LA BAILLÉE DES ROSES

Jocelyne Godard est née au Mans, et partage son temps entre Paris et le Val de Loire. Elle a été journaliste d'entreprise et photographe, puis a créé et dirigé *Sépia*, une revue d'art et de poésie. Outre ses romans, elle a également publié une anthologie biographique de femmes écrivains.

Paru dans Le Livre de Poche :

DHUODA LA CAROLINGIENNE

LYS EN VAL DE LOIRE

L'Apocalypse

1. La Nuit des démons
2. La Trahison des anges
3. La Revanche des dieux

Les Millefleurs

1. L'Offrande du cœur
3. Une flambée d'or

LES THÉBAINES

1. La Couronne insolente
2. De roche et d'argile
3. Vents et parfums
4. L'Ombre du prince
5. La Seconde Épouse
6. Les Dieux indélicats
7. Le Chant de la Terre
8. La Vallée des artisans
9. À l'est, le port

JOCELYNE GODARD

La Baillée des roses

**

Les Millefleurs

ROMAN

STOCK

ISBN : 978-2-253-11127-6 – 1re publication LGF

À Berthe, ma mère.

GÉNÉALOGIE DES PERSONNAGES HISTORIQUES

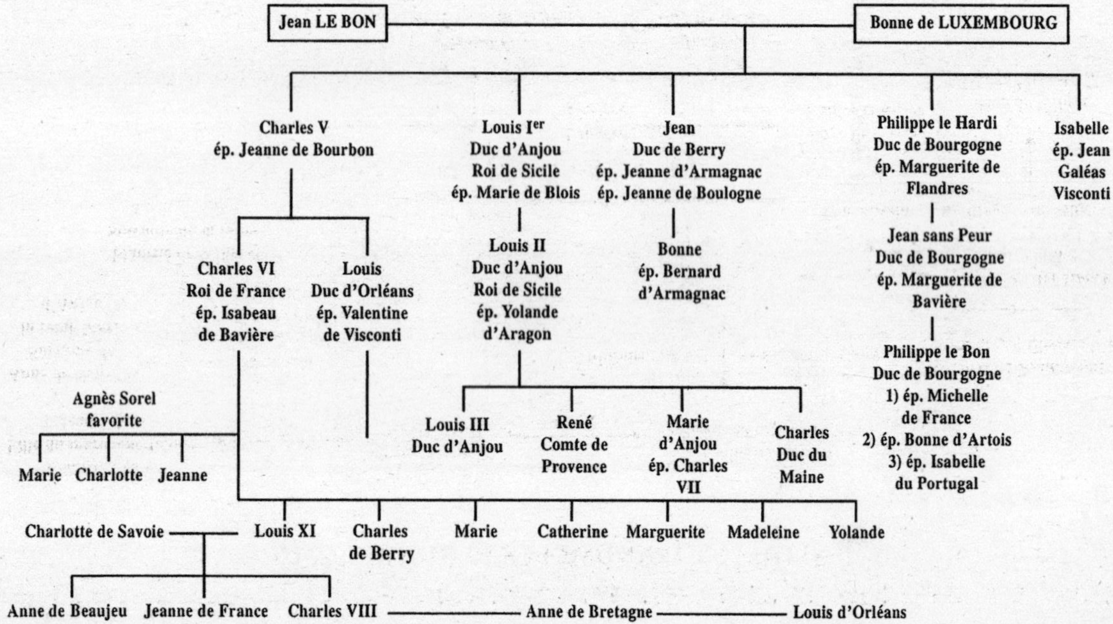

GÉNÉALOGIE DES PERSONNAGES FICTIFS

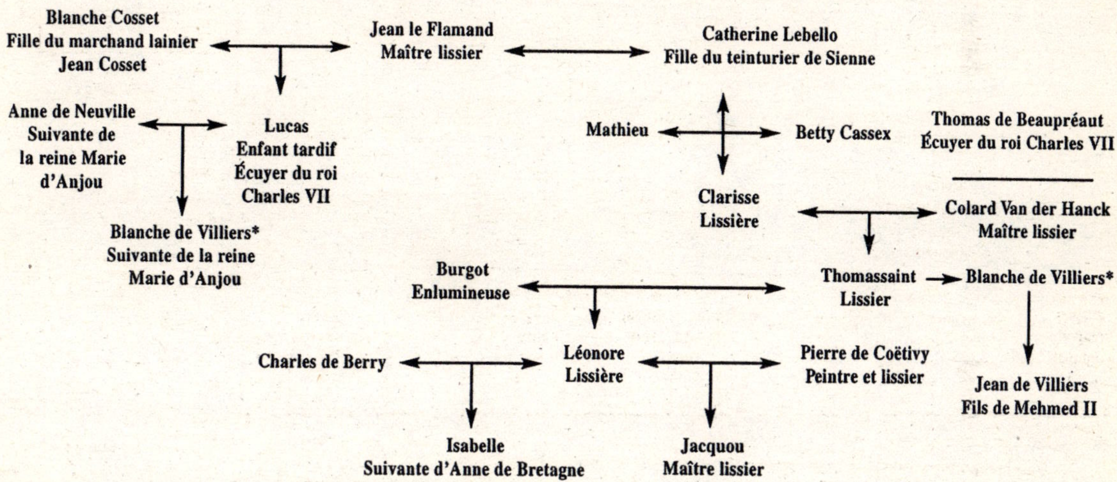

I

Bloquée aux portes de Nantes, Léonore se sentait impuissante. Guillemette, sa servante, et Jacquemin, son cocher, lui avaient suggéré que, dans l'impossibilité d'entrer, mieux valait s'écarter. La jeune femme comprit alors qu'elle ne verrait pas Isabelle.

Pour la troisième fois, Léonore s'acharnait à pénétrer dans la ville. Mais les soldats casqués et bottés, lances pointées pour les uns, arcs bandés pour les autres, s'apprêtaient à transpercer le moindre rebelle qui forcerait le barrage ou à décocher leurs flèches sur tout ce qui bougeait.

Du moins, Léonore avait-elle eu, cette fois-ci, l'avantage de renouer ses relations passionnelles avec Jean, hissé depuis peu au rang de premier chanoine à l'évêché de Tours. Ils se voyaient de temps à autre, lorsque les passages de Léonore dans la capitale tourangelle coïncidaient avec les activités de Jean. Ils chevauchaient alors loin de la ville et s'aimaient comme deux fous, déracinés l'un et l'autre du monde extérieur.

Et voilà que, pour la troisième fois, elle se trouvait désemparée. Elle revenait de Bruges où elle était restée quelque temps pour travailler dans les ateliers de haute lisse de son père, et la fatigue du voyage accentuait sa lassitude et son chagrin de ne pouvoir rencontrer sa fille. Fallait-il donc qu'elle assistât encore à ces tueries aux portes du château de Nantes ? Aujourd'hui, Isabelle était presque une adolescente et Léonore ne l'avait pas revue depuis ce triste jour où elle avait dû quitter la cour du duc de Berry.

Ce fut Guillemette qui proposa de s'éloigner de la zone dangereuse que les archers surveillaient en tirant leurs flèches en quasi-permanence. Guillemette avait raison. Léonore devait partir, quitter Nantes, ne pas traîner dans les parages, sinon ces satanés soldats finiraient par la tuer.

D'ailleurs, ne lui fallait-il pas se préoccuper d'en finir avec le procès qu'elle avait entamé pour récupérer les biens de son défunt mari qui devaient lui revenir, mais dont elle avait été spoliée ? En effet, après les fugues successives de sa jeune épouse, le seigneur Guillaume de La Baume l'avait tout simplement rayée de son testament.

— N'avez-vous pas froid, dame Léonore ?

La jeune femme sursauta, ouvrit l'œil, mais n'eut pas envie de répondre. Elle n'avait ni froid, ni faim, ni soif. Elle aspirait simplement à rêver, d'autant plus que les souvenirs, à présent, lui revenaient en foule. Elle replia ses jambes sur lesquelles elle ramena la chaude couverture et tourna son visage vers Guillemette qui cousait l'ourlet d'une jupe en faisant la grimace.

— Non, Guillemette, mais je voudrais tant voir Isabelle. Ces massacres aux portes de Nantes ne cesseront-ils jamais ?

— À mon avis, répondit la servante, ils se poursuivront encore longtemps. Les Bretons ne sont pas prêts à céder leur territoire aux Français.

Puis elle leva les yeux vers Léonore.

— Voulez-vous prendre un bol de lait ? Il en reste encore dans la cruche. Cela vous ragaillardira.

— Non, non, Guillemette, je n'ai besoin de rien. Tu peux rejoindre Jacquemin si tu veux.

— Voulez-vous que nous prenions dès à présent la route de votre domaine ?

— Mon domaine ! Comme tu y vas ! protesta Léonore en esquissant un sourire amer.

— Bah ! Ce sera bien le vôtre un jour ou l'autre.

— Oui ! Sans doute, les avocats disent que le sire de La Baume n'avait aucun droit de me déshériter.

— Alors, c'est un vaste et beau château que vous aurez là, dame Léonore.

— Le crois-tu vraiment ?

— Pour sûr !

Léonore hocha la tête et soupira.

— Pour l'instant, tu le connais mieux que moi.

Et comme Guillemette hochait la tête, se souvenant de son passage chez le triste sire de La Baume, Léonore poursuivit :

— Combien de temps y suis-je restée enfermée à double tour dans ma chambre ou prisonnière dans le petit donjon ?

— Bah ! N'y pensez plus, dame Léonore. Tout cela n'est plus qu'une vieille histoire.

— Soit ! Quittons la région de Nantes puisque nous ne pouvons rien y faire et filons en Bourgogne. Si nous roulons vite, nous serons peut-être demain soir à mi-chemin. Va retrouver Jacquemin, à présent.

Guillemette aimait trop conduire l'attelage sous l'œil exercé de Jacquemin pour se le faire dire deux fois. Elle sauta à l'avant du chariot et réclama aussitôt les rênes à son compagnon.

— Sois tranquille, lui assura-t-elle, je veille à tout. Tu peux t'assoupir un peu.

Le cahot de la voiture qui les emportait dans une bruine automnale les balançait de droite à gauche et

Léonore décida de fermer les yeux pour se laisser aller aux réminiscences qui affluaient à son esprit.

La voiture filait à toute allure. Depuis Nantes, un mauvais crachin refroidissait l'atmosphère. Leurs chaudes pelisses les recouvrant de la tête aux pieds, Jacquemin et Guillemette se relayaient.

Le lendemain, ils arrivèrent à Tours. Sans attendre davantage, Léonore, qui n'avait qu'une idée en tête, laissa la voiture non loin du prieuré de Saint-Grégoire et se dirigea vers le logis du père Cabusette.

Un souvenir bien piquant que celui de la maisonnette où elle avait logé autrefois, vêtue d'une bure de moine que Jean lui avait apportée un jour et qu'elle avait endossée sans sourciller pour passer inaperçue parmi les moines de Saint-Grégoire. Depuis, le logis qui jouxtait le prieuré avait été repris par un vieux jardinier qui s'occupait du potager. Léonore soudoyait le vieil homme en lui offrant une pièce chaque fois qu'elle passait par Tours et il l'informait des activités de Jean et du lieu où il se trouvait.

Aussi, ce soir-là, attendit-elle sur le pas de la porte que le jardinier revînt de son potager. Quand elle l'aperçut derrière le monastère, l'air un peu las, la silhouette courbée et tenant de la main droite un panier de salades fraîchement cueillies et de la gauche un cabas d'osier d'où sortaient de gros choux verts et des poireaux à barbe blanche, elle courut à sa rencontre.

— Ah ! père Cabusette ! s'exclama-t-elle joyeusement, quelle bonne nouvelle annoncez-vous ?

— Des bonnes nouvelles ! Pour sûr, y en a pas. Les oignons ont beaucoup de pelures cette année. C'est signe de grand froid et de gel intense. Les cheminées vont ronfler cet hiver.

— Père Cabusette ! Laissons l'hiver arriver doucement. Dites-moi plutôt où se trouve le chanoine Jean de Villiers, trancha aussitôt Léonore qui faisait peu de cas des pelures d'oignons et de leurs conséquences hivernales.

— C'est qu'il est parti !

— Parti !

— Du côté de Bourges et de Nevers. À cette heure, il doit être loin. Et, rapide comme il est sur son cheval, ça m'étonnerait qu'il traîne encore à Bourges. À mon sens, il est déjà arrivé à Nevers.

— Que doit-il faire à Nevers ?

— Ah, dame ! Il doit voir l'évêque.

— Et à Bourges ?

— Faut voir du côté des églises. Y a des processions en ce moment.

— Merci, père Cabusette. Si jamais vous le voyez avant moi, dites-lui que je vais à Dijon. J'y resterai probablement quelques semaines.

Léonore tendit au jardinier une pièce de dix sols qu'il fit aussitôt disparaître dans la poche centrale de son grand tablier. Il leva sur elle des yeux sans couleur, perdus dans les rides profondes de son visage.

— Voulez-vous rentrer boire quelque chose ?

— Non, mon bon Cabusette. Pas cette fois-ci. Nous avons encore une grande route à faire et nous ne voulons pas tarder.

Elle fit un grand signe et se dirigea vers la voiture qui l'attendait au bout du chemin. Peu de temps plus tard, Guillemette et Jacquemin conduisaient l'attelage en direction du Berry sans trop se préoccuper de la nuit qui tombait.

Léonore s'impatientait, mais la chance ne fut pas avec elle et le jardinier avait raison. Arrivée à Bourges dès le lendemain, elle s'arrêta sur le parvis de l'église où elle apprit que le chanoine avait quitté la ville pour Nevers et qu'il ne comptait pas y rester bien longtemps.

— Vite ! Jacquemin, nous devons être à Nevers demain soir, après il sera sans doute trop tard.

Une pluie violente fit ralentir les chevaux et le vent se mit à souffler avec une force incroyable. L'hiver était encore loin, mais parfois les bourrasques d'automne emportaient en quelques heures le feuillage restant sur les arbres. Le ciel s'était obscurci et les chevaux se mirent à hennir quand les rafales redoublèrent de vigueur. César avançait vaillamment, mais Césarine renâclait.

Un grand coup de vent décrocha le volet de toile qui occultait la fenêtre du chariot. Il cogna un instant contre le rebord en bois, quand soudain un autre coup plus violent le détacha complètement et le fit tomber sur la route.

— Il faut s'arrêter, cria Jacquemin.

— De toute façon, renchérit Guillemette, Césarine ne veut plus avancer.

Comme pour lui donner raison, la branche d'un orme se cassa devant eux d'un coup sec. Elle vint heurter la tête de Césarine qui se cabra en poussant un long et bruyant hennissement. La jument provoqua une embardée du chariot en entraînant César avec elle.

Jacquemin retint les rênes avec fermeté et maîtrise puis descendit caresser les chevaux tour à tour.

— Césarine a eu peur, mais n'a aucun mal, cria-t-il à Léonore.

Puis, à grandes enjambées, il courut sur la route afin de récupérer le volet de toile décroché.

— Guillemette a raison, fit Léonore quand il revint, je connais Césarine, elle n'ira pas plus loin.

— À mon sens, il faut retourner sur Bourges.

Guillemette passait doucement la main sur l'encolure des chevaux.

— Césarine ne veut plus avancer, mais ce n'est pas le vent qui lui fait peur, c'est la pluie. Elle craint l'eau comme la mort, il suffit de la recouvrir d'une bâche de toile.

— Elle a raison, répliqua Jacquemin, d'autant plus que nous ne sommes qu'à cinquante lieues de Nevers. Il serait dommage de retourner à Bourges.

Jacquemin sortit la bâche prévue pour le mauvais temps, en recouvrit le dos de Césarine et l'attacha solidement sous son ventre. Puis il reprit son poste.

— Guillemette ! Ne reste pas sous la pluie !

Léonore avait dû hurler, tant le vent soufflait et emportait ses paroles. La jeune servante entendit à peine, mais comprit qu'elle l'invitait à rentrer dans la voiture. Et, tandis qu'elle y pénétrait en grommelant contre le mauvais temps, Jacquemin resserra sa cape et fit avancer prudemment les chevaux sur la route parsemée de branchages que les bourrasques avaient arrachés. L'eau s'accumulant sur les bas-côtés rendait ceux-ci de plus en plus glissants. Heureusement, on aperçut les premières maisons de Nevers. Elles se tassaient sur les bords du chemin, grises sous le ciel menaçant, ternes sous la tempête, longues et basses sous leurs toits de chaume.

Malgré la nuit qui tombait, Léonore, tenant une torche à bout de bras, décida de se rendre tout de suite dans l'église principale. La porte du grand porche était fermée, mais l'une des petites entrées latérales restait encore ouverte. La jeune femme pénétra dans le chœur, s'avança, tourna la tête et observa les absides, mais n'y trouva personne. Elle ressortit et se dirigea vers la cure qui, en général, débouchait sur les habitations des chanoines.

Elle vit un moine s'approcher, le dos courbé sous la pluie, la tête complètement dissimulée dans la capuche de sa bure et les mains sur son buste, enfoncées dans ses larges manches qui, réunies, n'en faisaient plus qu'une.

— Je suis Léonore de La Baume et je cherche le chanoine Jean de Villiers, lui dit-elle.

C'est à peine si le moine leva le visage, mais il répondit d'une voix nasillarde :

— Le chanoine de Villiers est reparti depuis plusieurs jours.

Léonore ne put cacher son désappointement.

— Que lui vouliez-vous ? reprit-il en se redressant légèrement.

— L'entretenir sur la commande d'une petite tenture en fils de soie pour la chapelle de mon domaine en Bourgogne. Nous nous connaissons et je pensais qu'il était encore à Nevers.

La pluie s'arrêtait par instants pour redoubler de force peu après. Sous l'assaut d'une violente rafale, le moine se courba davantage.

— Alors, vous le trouverez à Tours.

— C'est regrettable, car je me rends à Dijon.

Impuissant, le moine haussa les épaules.

Puis il se tourna et courut s'abriter sous l'une des voûtes de l'église.

— Ne voyagez pas sous ce mauvais temps, cria-t-il. Il y a une auberge à deux pas sur la place. Elle vous accueillera pour la nuit.

Dans la chaleur réconfortante de l'auberge, Léonore contemplait une petite malle où elle enfermait quelques œuvres tapissières que lui avait remises son père. Elle pourrait les vendre un bon prix avant de récupérer le patrimoine de son époux.

Ces tapisseries tissées en fils de soie lui rappelaient celles de Pierre de Coëtivy, haut lissier comme son père. De Coëtivy, qu'elle avait aimé jadis et dont la notoriété croissait jour après jour, vivait toujours avec son épouse, dame Bertrande.

Son regard alla se poser sur la serrure du petit coffre qui enfermait tous ses biens, mais elle ne l'ouvrit pas. Elle se souvenait des années précédentes. Elle était tombée amoureuse de Pierre, ce bel artiste presque quadragénaire, hélas marié. Pierre avait su effacer les marques que son affreux et vieil époux, le triste sire de La Baume, avait laissées sur elle. Battue, violée, enfermée ! Que pouvait-elle dire puisqu'il s'agissait de son mari ?

Elle redressa le buste, décidée à poursuivre le fil de ses pensées qui la portaient vers Isabelle. Comment et pourquoi sa fille était-elle arrivée dans ce château de Nantes sans que sa mère puisse jamais la reprendre ?

Léonore avait connu le duc de Berry à quinze ans, alors qu'elle quittait la Bretagne pour aller à la recherche de son père, Thomassaint Cassex, qu'elle ne connaissait pas. Les circonstances l'avaient propulsée dans le sillage de Charles de Berry, au moment où celui-ci, avec l'aide de François II, le duc de Bretagne, complotait contre son frère, le roi Louis XI.

Le charme et la séduction du jeune homme, alors célibataire, avaient ému la jeune et jolie Léonore. Les bras chauds, douillets et tendres du grand séducteur s'étaient refermés sur elle, l'entraînant dans le cercle de ses maîtresses qui, les unes après les autres, lui donnaient des enfants. Léonore n'avait pas échappé au piège qui, sans pitié, se refermait sur elle. Isabelle était née à Bourges juste avant que le roi, réconcilié avec son frère, lui impose enfin une épouse en la personne de Marie de Bourgogne.

Refusant alors de rester sa maîtresse, Léonore avait quitté Bourges un beau matin, mais Charles l'avait mise en demeure de laisser sa fille à la cour de Berry où elle serait éduquée. Il en était ainsi pour les bâtards de lignée princière dont Isabelle faisait inexorablement partie.

À la mort de Charles de Berry, son épouse, qui ne les aimait guère et qui ne voulait pas s'encombrer d'enfants avec qui elle n'avait aucun lien, avait transféré deux des petites bâtardes à la cour de Bourgogne. Puis la régente Anne de Beaujeu les avait récupérées pour les attacher à la cour de Bretagne. Une forme de présent à la petite duchesse pour entamer, en quelque sorte, une procédure de rapprochement entre la France et la Bretagne. Oui ! Déjà, la régente posait ses jalons. Mais les hostilités avaient repris et Léonore n'avait jamais pu accéder au château de Nantes.

Elle soupira. Et Jean, le moine de Saint-Grégoire, Jean, le protégé de l'évêque de Tours ! Il était lui aussi le demi-frère de Gilles et de Martin, non par Thomassaint comme Léonore, mais par leur mère, Blanche. Celle-ci avait été retenue prisonnière au palais de Constantinople et enfermée au harem du sultan Mehmed II. Jean était né de son union avec le sultan.

Grand mystique et de nature secrète, dès son adolescence, Jean avait renié la religion musulmane pour adopter la foi chrétienne. Devenu moine, il était tombé follement amoureux de Léonore. L'évêque de Tours l'avait alors rappelé à l'ordre en lui offrant un bel avenir au sein de l'Église. Jean avait tout accepté, sauf l'essentiel : oublier Léonore.

Et la jeune femme revoyait Jean chaque fois qu'il pouvait se libérer. Car, désormais, il était chargé de toutes les questions commerciales en rapport avec les ateliers de soierie nouvellement créés à Tours. Ses relations privilégiées avec les plus importants lissiers du Nord facilitaient les transactions. L'évêque de Tours était le commanditaire et Jean exécutait ses missions avec un rare talent.

Les ecclésiastiques étaient grands demandeurs de luxueuses tapisseries et de vêtements d'église richement tissés.

À présent, Jean ne savait plus si sa foi chrétienne l'emportait sur son amour pour Léonore ou si c'était le contraire. Ils agissaient comme des amants sans cesse en faute, se voyaient à Tours, à Paris, à Nantes, à Bruges, au hasard des déplacements de Jean. Léonore n'attendait rien de lui que ces grandes flambées de passion à la croisée des chemins.

La jeune femme, née en pleine tourmente sur une mer déchaînée qui avait emporté Burgot, sa mère, exécrait les ports, les bateaux et tout ce qui rappelait la vie maritime. Mais pour autant, Léonore, qui avait à peine trente ans, n'aspirait pas encore à se reposer au coin d'un feu, les genoux enfouis sous une moelleuse couverture. Elle rêvait depuis son adolescence de courir les chemins, de ville en ville et d'auberge en auberge, de voir les saisons défiler dans les champs, les prairies, les vignes et les bois.

II

La petite duchesse Anne de Bretagne reportait son entrain et sa joie de vivre sur les gens de son royaume, ceux qui l'approchaient, la veillaient, la distrayaient, la choyaient. Nourrices, gouvernantes, suivantes, valets et chambrières avaient pour elle une attention qui ne se relâchait pas.

C'était un jour d'hiver de 1477 que ce grand duché de Bretagne était tombé sur les frêles épaules de cette enfant qui venait de jeter son premier cri. La foule des suivantes et des conseillers qui s'était pressée dans la chambre de la mère pour voir s'il s'agissait d'un garçon ou d'une fille s'était regardée, dubitative.

La loi salique qui exigeait qu'une couronne revînt à un mâle n'existait pas en Bretagne. C'était donc à la petite Anne qu'échoirait un jour le lourd fardeau de diriger le duché.

François II, son père, dont la santé déclinait, s'était longtemps heurté aux ruses de Louis XI. De vieilles rivalités opposaient la France et la Bretagne, transposées en un conflit qui durait encore. La fille de Louis XI, Anne de Beaujeu, avait pris la relève, s'acharnant sur le duc de Bretagne comme son père l'avait fait. Et voilà que la situation s'était aggravée à un point tel que le pauvre François avait été obligé de chercher du renfort. Une alliance entre l'Angleterre et la Bretagne était devenue impérative.

Les jours et les mois passant, devant le mécontentement du peuple, on avait enterré cette idée pour en faire surgir une autre : marier Anne de Bretagne à Maximilien d'Autriche, veuf depuis quelques années. Cette nouvelle suggestion ne laissait pas pour autant le duc de Bretagne libéré de tout souci. L'ombre de Louis XI veillait encore, même si Anne de Beaujeu ne procédait sans doute pas de la même manière que son père. Pour elle, la petite duchesse de Bretagne n'épouserait pas plus le prince de Galles que Maximilien d'Autriche. Elle se l'était juré et elle pousserait les choses de façon que le duché de Bretagne vînt agrandir le royaume de France. Elle envisageait donc d'unir son frère, le dauphin Charles, à la duchesse Anne.

Son cousin Louis d'Orléans ressortit alors de vieilles archives poussiéreuses un document qu'il avait soigneusement étudié. Celui-ci comportait un décret très ancien qui prévoyait que, au cas où les ducs de Bretagne n'auraient pas de descendant mâle, le pouvoir dynastique devait revenir à la maison de Blois.

Cette « trouvaille » inattendue pouvait rendre Louis d'Orléans euphorique. Cela le jetait dans les bras d'une duchesse, certes une fillette pour l'instant, mais que l'on disait jolie et bien faite et qui, le jour venu, deviendrait une gracieuse épouse. Il n'aurait aucun mal à se libérer de son épouse difforme, Jeanne, l'autre fille de Louis XI. Il lui suffisait de jurer devant le pape qu'il n'avait jamais touché celle-ci et que, par conséquent, le mariage n'avait pas été consommé. Enfin, il lançait un sérieux défi à Anne de Beaujeu en lui opposant une forte résistance, celle de deux maisons réunies dont les limites bordaient la royauté en Val de Loire.

Entre toutes ces propositions de mariage concernant

sa fille, la jeune duchesse de Bretagne, François II se trouvait pris dans un étau infernal.

Le château de Nantes était en état de choc. Le capitaine de La Trémoille et ses soldats l'assiégeaient.

Un document signé de la main de Louis XI contrait les visées de Louis d'Orléans et affirmait les droits de la France sur le duché de Bretagne à la mort du duc François II. Pour ce faire, le projet de mariage de Charles VIII avec Marguerite d'Autriche était remis en question et le nouveau nom envisagé pour la future reine de France devenait celui de la duchesse Anne.

La fureur de Louis contre la couronne de France avait décuplé. La « Guerre folle » commençait.

Les troupes françaises avaient attaqué le château de Nantes. Soldats, archers et fantassins empêchaient quiconque de passer et de circuler, bloquant les portes et fermant les entrées du port pour éviter la fuite des assiégés.

La veille, alertées par les bruits, les servantes, le front moite de sueur, avaient interrogé les portiers et observé l'extérieur par les fenêtres étroites du château. Les nourrices s'étaient concertées, puis s'étaient réfugiées avec les enfants tout en haut de la citadelle, près des chemins de ronde où les guetteurs surveillaient avec attention chaque entrée.

Depuis l'aube, le pont-levis avait été abaissé pour que les soldats de François II, soutenus par ceux de Louis d'Orléans qui faisaient front aux troupes d'Anne de Beaujeu conduites par Rieux et La Trémoille, puissent entrer. De toute la journée, la lutte n'avait pas cessé et la situation empira dans la soirée.

Enfermées depuis la veille dans une pièce d'où il leur était interdit de sortir, la petite Anne et ses compagnes lisaient, distraites par le bruit des hommes d'armes réunis dans la grande cour du château. De l'autre côté du pont-levis, ils avaient installé les canons et de temps à autre une détonation faisait frémir les fillettes.

Isabelle regarda Marguerite, qui semblait s'affoler. Anne était plus jeune, mais elle paraissait extrêmement consciente de ce qui se passait. Enfant mûre pour son âge – il faut dire que depuis sa naissance on lui inculquait un sévère enseignement et qu'elle prenait son rôle très au sérieux –, elle comprenait le danger que son pays encourait et les lourdes responsabilités que son père assumait. Après une petite enfance paisible, Anne se trouvait, soudain, témoin d'une conjuration commanditée par la cour de France.

— Pourquoi les soldats ont-ils insulté mon père ? s'étonna la jeune Anne en regardant les gouvernantes.

— Parce qu'ils veulent prendre votre royaume, duchesse.

— Mais pourquoi ? N'ont-ils pas la France ?

— Vous savez bien, duchesse, répondit Charlotte de Montpensier, que la Bretagne est un pays indépendant et que la régente de France veut l'annexer au royaume. C'était déjà le désir de son père, le roi Louis XI.

— Mais le Berry ? questionna Isabelle à son tour.

— Oh ! le Berry, s'empressa de répondre Anne, n'est qu'une petite province de France.

— On dit que le Berry est une jolie région, affirma Marguerite. T'en souviens-tu, Isabelle ?

Dame de Montpensier et dame de Méricourt se regardèrent, soulagées. Les fillettes discutaient tranquillement. C'était du moins un temps précieux pendant lequel elles ne se tourmentaient pas. Les deux femmes craignaient en effet le moment où les soldats décideraient de monter à l'assaut des étages.

Elles étaient de bon lignage, les deux petites bâtardes de Charles de Berry, frère du roi Louis XI. Aussi leur concédait-on les privilèges que l'on accorde aux enfants du royaume.

Toutes deux se souvenaient d'une vie douce et confortable à la cour de Berry, puis leur père était mort – à la fleur de l'âge, comme on dit – et elles s'étaient retrouvées à la cour de Bourgogne, puis à Nantes auprès de la petite duchesse. Les deux fillettes avaient eu l'avantage de ne jamais être séparées et d'avoir gardé auprès d'elles les dames de Montpensier et de Méricourt qui les avaient élevées depuis leur naissance.

— Allons-nous rester longtemps recluses dans cette pièce ? s'enquit Anne en refermant son livre.

Une forte détonation les surprit, comme pour répondre à la duchesse. C'était la première fois depuis très longtemps que le château de Nantes, qui n'avait d'austère que son aspect de citadelle percée d'ouvertures où passait à peine le soleil, subissait des attaques.

Oui, la vieille cité médiévale n'offrait de sévère que l'extérieur de ses murs. Tout à l'intérieur n'était que raffinement et beauté. Sans doute surpris par le luxe des pièces, tapis épais, meubles rares, murs tendus de soies et de velours, tableaux de maîtres, objets divers et somptueux, les soldats détruisaient à plaisir, l'œil allumé par les dégâts qu'ils causaient sur leur passage.

Gouvernantes et fillettes entendirent avec effroi le craquement d'un coffre ou d'un bahut que l'on fracasse, puis un éclat de rire et le bruit d'une porte qu'on défonçait.

— Les soldats de La Trémoille montent, annonça Charlotte à voix basse.

— Vont-ils entrer dans cette pièce ? demanda Marguerite en pâlissant.

Hélas, elles s'étaient enfermées dans la pièce la plus haute et la plus reculée du château et il n'y avait aucun autre lieu plus à l'abri.

— Ouvrez, chuchota une voix à travers la porte.

— Qui est-ce ?

— La comtesse de Laval.

Jeanne de Méricourt eut un instant d'hésitation devant le visage pâle de la jeune duchesse Anne. Elle s'inquiétait pour celle qui s'occupait de son éducation depuis qu'elle était enfant.

— Il faut lui ouvrir, dit-elle.

Jeanne fit un signe affirmatif et se dirigea vers la lourde porte dont elle tira le loquet de bronze. La comtesse de Laval s'engouffra, suivie par un soldat qui tirait une servante par le bras. Mais très vite l'homme s'écroula, atteint dans le dos par une flèche. Dans sa chute, il entraîna sa captive, effrayée.

— Au secours ! Au secours ! se mit-elle à crier.

— Ne hurlez pas ainsi, ordonna la dame de Montpensier qui tenait Isabelle par la main. Où sont les autres servantes ?

— Elles ont eu peur et sont parties se cacher dans les combles.

Dame de Méricourt, qui serrait contre elle Marguerite, soupira.

— Vite, sortons d'ici, avant que nous n'attrapions une maudite flèche en plein cœur. Dans un instant, ils vont nous surprendre.

— Mais où voulez-vous aller ? questionna la comtesse de Laval.

— Jusqu'au chemin de ronde. Là, au moins, nous bénéficierons de la protection des guetteurs.

La servante sur leurs talons, chacune tenant une fillette par la main, elles se précipitèrent à l'extérieur juste avant qu'une armée de soldats apparaisse dans l'angle du corridor. Charlotte de Montpensier entendit siffler une flèche qui se ficha dans le bois de la rambarde de l'escalier, mais Jeanne de Méricourt eut moins de chance et la flèche suivante l'atteignit à l'épaule. Elle dut lâcher la main de Marguerite, qui se mit à pleurer.

Soudain, la servante s'écroula dans un étouffement à peine perceptible, atteinte en plein dos. Elle ne bougeait plus, les mains crispées, les jambes repliées sous son ventre, un filet de sang coulant de ses lèvres. Charlotte se retrouvait donc avec trois enfants sur les bras, car son amie Jeanne, grimaçant de douleur, se tenait l'épaule dans laquelle était fichée la flèche.

Un groupe de soldats arrivait.

— Vite, mes agneaux, ne restez pas là. Courez jusqu'au chemin de ronde.

Mais les fillettes restaient pétrifiées. Charlotte de Montpensier, visée elle aussi, se jeta précipitamment sur le sol et envoya rouler Isabelle loin d'elle. La flèche siffla au-dessus de leurs têtes.

— Il faudrait ôter cette flèche, dit la comtesse de Laval en regardant Jeanne faire d'horribles grimaces.

Elle n'eut pas le temps de prononcer autre chose. Un soldat se jeta brutalement contre elle. Sortant un petit poignard à manche d'argent, elle n'hésita pas une seule seconde et l'enfonça dans le flanc de son agresseur.

Charlotte soutenait Jeanne, de plus en plus faible, qui regardait avec effroi la servante étendue sur le sol.

— Tout est fini pour elle, nous ne pouvons rien faire. Le plus urgent est de se rendre là-haut.

Une dizaine de soldats bretons, commandés par

Pierre Landais, vinrent heureusement se mettre en travers des hommes du commandant Rieux et du capitaine de La Trémoille. Ce qui permit aux femmes et aux fillettes de monter jusqu'en haut du donjon où elles se trouvèrent à l'abri. Elles y restèrent toute la nuit, tremblant de peur et de froid, protégées par les soldats du guet. Charlotte dut retirer la flèche du bras de sa compagne qui souffrait de plus en plus et la comtesse de Laval déchira un pan de sa robe pour arrêter le sang qui coulait abondamment.

Au lendemain matin, la cour du château était toujours encerclée et Pierre Landais se trouvait acculé. Les hommes de La Trémoille réclamaient sa mort. Vieux et malade, François II, incapable de défendre son conseiller, se terrait dans sa chambre.

Privé de son allié breton, Louis d'Orléans ne capitula pas, mais dut trouver le soutien d'autres seigneurs.

À le voir ainsi tourner sans cesse dans la région nantaise et prendre le parti de leur duc d'une façon aussi ostensible, les Bretons se méfièrent. Surtout quand ils apprirent que leur petite duchesse venait de se voir attribuer, d'un seul coup, deux nouveaux prétendants, le futur roi de France et le duc d'Orléans.

N'ayant jamais vu le dauphin Charles, ils reconnaissaient au jeune Louis un visage agréable. Son élégance et sa décontraction, son dynamisme et son charme impressionnaient son entourage. L'idée d'unir Louis d'Orléans et la jeune duchesse Anne était peut-être osée, mais dans l'urgence elle se présentait comme un compromis acceptable.

III

— Dame Léonore ! s'écria Guillemette en se retournant, un cavalier nous suit.

Léonore passa la tête par la fenêtre de la voiture. Le volet de toile mal remis depuis que le vent l'avait décroché lui claqua au visage. Elle le repoussa d'un geste impatient.

— Jean ! cria-t-elle.

En quelques bonds, le cavalier l'avait rejointe, puis dépassée tant la fougue du cheval l'emportait. Il s'accrocha à sa crinière et lui cria :

— Mon brave, ralentis. Oui, plus que ça, mon brave ! Là ! Là !

Le cheval freina sa course tandis que les deux alezans de Jacquemin forçaient l'allure quelques secondes pour être au niveau de Terre-de-Sienne. Jean prit alors son élan, sauta de sa monture et, d'un bond, accrocha la porte de la voiture près de laquelle il se tint en équilibre quelque temps. Se contorsionnant, il réussit à s'encastrer dans la porte et, tiré par Léonore, tomba sur le sol de la voiture où elle roula avec lui.

Jean, le fils du sultan Mehmed II, savait se comporter sur un cheval ! S'il avait eu le sabre en main, le cri du vainqueur en bouche et l'œil cruel, il eût en cet instant fortement ressemblé à son père. Mais Jean n'avait pris de lui que l'assurance du cavalier, la fougue et la grande élégance du prince oriental.

La chute sur le plancher du chariot les fit rire. Léonore buta contre le rebord. Jean la serra contre lui à l'étouffer. Elle dut se dégager légèrement afin de pouvoir reprendre sa respiration.

— Oh ! Jean, s'exclama-t-elle, je ne pensais plus te voir.

— Cabusette m'a informé de ton passage. Je suis reparti de Tours aussitôt et me voici, déclara-t-il en riant.

Ils roulèrent encore sur le plancher et, entraînés par les cahots du chariot, allèrent cogner le bord opposé. C'était à croire que Jacquemin menait l'attelage à un train d'enfer pour les coller au sol sans qu'ils pussent se relever. Enfin, Léonore fut la première à se tenir debout. Mais Jean, toujours allongé, attrapa sa cheville et la fit trébucher. Elle ne se fit aucun mal, car il la saisit, se redressa et l'enferma solidement entre ses bras.

— Oh ! Jean, mon amour, murmura-t-elle. J'avais tant besoin de tes bras. Je ne pensais plus qu'à nos étreintes. À Bruges, je commençais à étouffer.

Il plaqua sa bouche sur la sienne, mais elle le repoussa et poursuivit en chuchotant :

— Je ne sais d'ailleurs pas si j'y retournerai. J'aimerais rester à Tours, y tenir un atelier et être près de toi. Tu pourrais m'aider.

Jean ne répondit pas. Têtue, Léonore reprit :

— Il faut que je bouge, Jean. Je ne pourrai jamais rester enfermée en Bourgogne ou même à Bruges. Je garderai le domaine de La Baume pour Isabelle.

Son compagnon ne disait rien. Il reprit sa bouche, mais elle se libéra de nouveau pour lui reparler d'Isabelle.

— Voilà deux ans que les conflits avec la Bretagne durent et je n'ai toujours pas pu la voir. Oh ! Jean, parfois il me semble que je la perds chaque jour davantage.

Il caressa sa nuque et descendit lentement sa main dans son dos. Elle était douce, chaude et palpitante.

— Tu reverras ta fille, Léonore, mais il faut attendre que toutes ces guerres entre le royaume de France et la maison de Bretagne soient terminées.

Enfin, ils se levèrent. Jean la souleva dans ses bras et la déposa sur l'une des deux banquettes de la voiture qui se faisaient face.

— Quand j'aurai récupéré tous les biens de mon époux, je retournerai à Nantes et, cette fois, j'y resterai jusqu'à ce que je rencontre Isabelle.

La voiture fit une légère embardée et Jean comprit que Jacquemin attachait Terre-de-Sienne au convoi tout en maintenant César et Césarine. Léonore se recroquevilla sur la banquette, mais Jean prit doucement ses jambes et les allongea en les caressant au passage. Puis il s'agenouilla à côté d'elle.

— Ne te mets pas cette idée en tête. Une longue guerre s'est installée entre la France et la Bretagne. Tu ne pourras voir Isabelle que lorsque la paix entre les deux pays sera rétablie. Cela, je peux te l'affirmer.

Il se pencha sur son visage tout en respirant l'odeur de sa peau parfumée et il entreprit de la dévêtir. Ses seins dénudés offraient à son regard leur délicate pointe rosée, durcie par le désir qui l'envahissait peu à peu. Les doux mamelons vinrent se frotter à son buste. Consciente du trouble qu'elle suscitait en lui et du frisson qui commençait à le parcourir, Léonore colla sa bouche à son oreille et murmura :

— Oh ! mon amour, j'ai besoin d'Isabelle, mais ta

présence aussi m'est indispensable. Quand tu es là, je voudrais que tu ne repartes plus.

Il caressa ses épaules, ses seins, ses cuisses rondes et fermes, Léonore sentit sa gorge se nouer et son ventre vibrer. Sa bouche toujours collée à son oreille, elle chuchota encore :

— Pourquoi n'as-tu pas quitté l'Église lorsqu'il était encore temps ?

— C'est le choix que j'ai fait, mon amour.

Elle soupira et se laissa amoureusement aller à ses doux attouchements, se détendant comme une chatte heureuse alors qu'il la dépouillait de ses derniers vêtements.

— Ne t'inquiète pas, mon Jean, je sais que tu ne saurais pas t'occuper d'une épouse qui te ferait des enfants. Je t'en prie, aime-moi comme tu l'as toujours fait depuis que nous nous connaissons. C'est ce qui importe.

À présent, Jean fouillait sa nudité complète. Léonore eut un long soupir.

— Maintenant que tu es là, où allons-nous, Jean ?

— À Dijon ! Ne dois-tu pas t'occuper de tes affaires ?

Les yeux de la jeune femme s'illuminèrent de joie.

— Tu viens avec moi ?

— Bien sûr, et je resterai aussi longtemps que je pourrai. Je dois rencontrer plusieurs prélats de la ville et, peut-être même, le trésorier de la maison de Bourgogne.

Puis, ils se turent l'un et l'autre, goûtant soudain l'harmonie de leur silence. Jean se dévêtit, s'allongea sur elle en effleurant son ventre de son sexe dressé. Quelques instants plus tard, il la pénétrait doucement et, sous son grand corps musclé, celui de Léonore ondoya de plaisir.

Jacquemin et Guillemette menaient vivement l'attelage. César et Césarine calquaient leur galop sur Terre-de-Sienne qui les entraînait avec sa fougue habituelle. Réunis, les trois chevaux faisaient merveille. Guillemette se détendit, bâilla, posa sa tête sur l'épaule de Jacquemin et ferma les yeux.

Deux jours plus tard, ils étaient à Dijon et Jean se rendit au palais ducal de Bourgogne.

Sans le savoir, il marchait exactement sur les traces de Thomassaint Cassex qui, quelques années auparavant, cherchait à rencontrer le duc de Bourgogne, Charles le Téméraire. Depuis la mort de celui-ci, et surtout depuis que son duché était annexé à la France et que les Flandres, l'Artois et la Franche-Comté étaient passés sous la domination des Habsbourg, la célèbre maison de Bourgogne n'était plus ce qu'elle avait été.

Jean contempla la somptueuse résidence que tant de ducs bourguignons, depuis le règne de Jean le Bon, avaient illustrée. Il admira la merveilleuse architecture de cet éblouissant édifice qui n'était que dentelles de pierre, voûtes, sculptures et lumière. La grande cour carrée, entourée d'arcades, lui renvoya la somptuosité des hautes fenêtres en ogives et il pénétra dans le palais ducal avec ce respect que l'admirateur éprouve pour tant de beautés architecturales réunies.

La duchesse de Bourgogne – troisième épouse du Téméraire – l'attendait dans un petit salon pourpre et or, vêtue d'une robe à traîne bleu nuit aux larges manches retombantes qui dissimulaient ses fins poignets blancs. Elle avait environ une quarantaine d'années et sa prestance était celle d'une grande et noble dame, même si son influence avait considérablement baissé et qu'elle se sentait désormais écartée de la cour de France.

Son visage était celui des femmes qui, loin des problèmes conjugaux ou familiaux, connaissent un apaisement procuré par le simple bonheur du quotidien. Ses cheveux étaient dissimulés sous un bonnet de velours dont les pans retombaient de chaque côté de son visage pâle. Le décolleté carré de sa robe laissait apercevoir un collier de perles. Il entourait un cou gracile qu'elle ploya gracieusement devant le séduisant prélat courbé devant elle.

Incontestablement, elle semblait surprise du charme et de la grande distinction du chanoine Jean de Villiers.

— Pardonnez-moi, dit-elle en s'avançant vers lui, un délicat sourire sur les lèvres, le trésorier de la maison de Bourgogne que vous deviez rencontrer est reparti pour Nevers. Vous ne le verrez donc pas.

Elle jeta ses yeux dans les siens, mais l'éclat de feu que lançaient ceux du prélat les lui fit baisser aussitôt. Jean devina son trouble.

— À vrai dire, poursuivit-elle, votre visite me concernait personnellement, aussi je ne déplore pas qu'il soit absent. Je n'ai nul besoin de ses conseils pour vous entretenir de mon souhait.

À cet instant, Jean dut avoir la même réaction qu'avait eue autrefois Thomassaint Cassex en portant ses yeux sur la petite tenture accrochée juste au-dessus d'un coffre sculpté aux armoiries de la ville de Dijon. Et, bien qu'imperceptible, le sursaut qu'il eut ne parût pas échapper à la duchesse de Bourgogne.

— C'est là un splendide ouvrage, dit-elle en levant les yeux sur la petite tapisserie. Le connaissiez-vous ?

— Comment pourrais-je l'oublier ? C'est *L'Offrande du cœur*, une œuvre lissière qui autrefois appartenait à l'homme qui, en secondes noces, a épousé ma mère, Blanche de Villiers.

Étonnée, la duchesse de Bourgogne haussa les sourcils. Elle semblait reprendre de l'assurance. À présent le regard du chanoine ne l'impressionnait plus.

— Comment se nommait-il ?

— Cet homme est toujours en vie. Thomassaint Cassex m'a élevé lorsque j'étais tout jeune. C'est un lissier de Bruges, il a remplacé mon père que je n'ai jamais connu.

Mais la duchesse de Bourgogne voulait en savoir davantage. Son visage ridé ne portait aucun signe de contrariété, bien au contraire, il paraissait d'une extrême douceur.

— Et votre vrai père ?

— Je suis le fils du sultan Mehmed II. Ma mère, née en Val de Loire, s'est échappée du harem dans lequel mon père la retenait prisonnière. C'est Thomassaint Cassex qui l'a délivrée.

— Était-il parti en Orient pour faire du commerce ?

— Non. Il recherchait sa mère, disparue dans les mers orientales.

La duchesse hocha la tête.

— Hélas ! Je sais que la chute de Constantinople a engendré de nombreuses disparitions quand ce ne sont pas de multiples captures. Mais oublions tous ces désordres et parlons maintenant du sujet qui me préoccupe et pour lequel je vous ai fait demander.

Elle s'approcha de lui et, de son doigt effilé, effleura l'habit du prélat.

— Ah ! juste une question encore. Comment Thomassaint Cassex détenait-il *L'Offrande du cœur* qui n'a pas été tissée dans le Nord, mais en Val de Loire ? Elle a longtemps été perdue on ne sait où. C'est, paraît-il, le sire de La Baume, le chambellan de mon époux le duc de Bourgogne, qui lui en avait fait don.

— Hélas, répliqua Jean, cette œuvre ne lui appartenait pas. Il l'avait honteusement dérobée à sa jeune épouse, Léonore Cassex.

— Est-ce la fille de ce même Thomassaint dont vous me parliez ?

Sur le signe affirmatif du chanoine, la duchesse se laissa aller à quelques commentaires personnels.

— Je détestais Guillaume de La Baume. Ce vieux seigneur était un espion cruel et redoutable. Il travaillait en même temps pour le roi Louis XI. Je pense que sa jeune épouse ne devait pas être heureuse avec un tel homme. Sa mort l'a sans doute soulagée.

Toujours très mal à l'aise quand on abordait ce sujet, Jean ne rétorqua pas.

— Mais revenons à cette œuvre, poursuivit la duchesse de Bourgogne, il me paraît bien improbable que cette jeune femme puisse la récupérer. Elle est passée depuis longtemps dans notre patrimoine.

— Je m'en doute, consentit Jean en hochant de la tête.

Il leva de nouveau les yeux sur la tapisserie qui représentait une scène parfaitement structurée de l'amour courtois sur fond de Millefleurs. Le seigneur richement vêtu tendait un cœur à la femme qui lui faisait face. Il le lui offrait du bout des doigts et la noble dame tentait de cacher son émoi.

— Ce genre de scène courtoise ne me concerne plus, jeta la duchesse de Bourgogne. À présent, je me tourne vers des œuvres plus religieuses, c'est pourquoi j'ai désiré cet entretien avec un prélat. J'ai un ouvrage en tête qui me tient beaucoup plus à cœur qu'une simple représentation amoureuse, si belle soit-elle.

Elle fit un signe à Jean pour l'inviter à prendre place à son côté sur un sofa tendu de velours pourpre.

— Une seule passion vient égayer mon quotidien, celle des belles tentures. Sans le savoir, poursuivit-elle en souriant, j'ai dû faire le bon choix en vous désignant. Vos origines orientales vous font sans doute apprécier le tissage au fil d'or.

— En effet, je l'affectionne particulièrement. Le mélange de la soie et du fil d'or fait des merveilles.

— Alors, nous allons nous entendre. Cependant, comme vous le savez, la maison de Bourgogne a perdu une grosse partie de son patrimoine annexée aujourd'hui à la France et je me retrouve avec mes seuls biens propres, dont la valeur est moindre que n'était celle de la riche et puissante maison de mon époux.

— Quel est votre souhait, duchesse ?

— Une œuvre de dimension importante destinée à mon hôtel de Nevers et dont je ne peux être la commanditaire sans m'assurer d'une aide extérieure.

Elle étendit une jambe et, sous l'ample robe, Jean devina la longue cuisse qui faisait onduler le tissu soyeux. Il leva les yeux et accrocha le regard de la duchesse.

— Si je commande cette tenture à un lissier du Nord, je n'obtiendrai aucune aide. Les Flandres ne sont plus attachées à la Bourgogne, mais à la maison des Habsbourg.

Jean acquiesça de la tête.

— Il me reste les ateliers de Paris restés longtemps les amis des Bourguignons. Mais l'époque a changé. Les lissiers de la capitale me réclameront des avances pour mettre en route la fabrication.

— Tours est votre salut, il me semble.

— En effet, et je vous sollicite parce que vous êtes le membre principal du chapitre de la cathédrale de Tours.

Dans l'esprit de Jean s'échafaudait déjà un plan. La duchesse ne refuserait pas le marché qu'il s'apprêtait à lui proposer, bien au contraire. *L'Offrande du cœur* pouvait être une sorte d'acompte, peut-être même le paiement de son aide.

— Je sais que votre influence est grande tant auprès des négociants de soie que des divers évêchés avec lesquels vous commercez, reprit la duchesse.

— Je puis en effet vous servir de commanditaire, dit Jean de Villiers en levant son regard sur *L'Offrande du cœur*.

Le regard de la duchesse suivit celui de Jean posé sur la petite tapisserie au couleurs délicates et ocrées.

— La voulez-vous ?

Dans un large sourire qui dévoilait ses dents blanches, il acquiesça de la tête.

— J'accepte, et je me porte garant de votre caution.

La duchesse de Bourgogne parut satisfaite et son visage s'illumina. Elle se leva et, en quelques pas, se dirigea vers la fenêtre qui donnait sur une cour intérieure agrémentée d'une fontaine. Elle écarta la tenture de velours pourpre et aperçut une chambrière qui venait emplir d'eau une aiguière en argent.

— À présent, discutons de cet ouvrage.

Il s'agissait d'un grand ensemble de plusieurs panneaux historiés portant sur le thème des femmes vertueuses*. La duchesse de Bourgogne désirait un fond de Millefleurs, des teintes vives mais fondues, des visages sereins de femmes, des regards tranquilles, des attitudes portées sur le travail, la lecture, la musique, la broderie. Chacune des femmes porterait le nom d'un personnage biblique ou mythologique et chaque panneau aurait au moins deux mètres de haut et un mètre de large.

---

* De cet ensemble appelé *Des femmes vertueuses*, le seul panneau restant s'intitule « Pénélope ». Il représente une femme en train de tisser la laine.

— Soit, fit Jean, l'évêché de Tours sera votre commanditaire.

Sur la longue table de la grande salle de réception, Léonore avait disposé une nappe blanche, des chandeliers d'argent, des fleurs dans des coupelles et des mets froids que Guillemette s'était efforcée de varier.

Jean s'arrêta sur le perron. Léonore vint à lui et se jeta dans ses bras. Il les resserra étroitement et sans plus attendre chercha sa bouche. Ce fut un long baiser passionné qui appelait bien d'autres caresses. Mais il la repoussa doucement, avança de quelques pas et observa de loin l'intérieur de la pièce qui donnait directement sur le grand escalier qu'il avait emprunté jadis pour délivrer Léonore enfermée dans le donjon.

Le domaine de La Baume était semblable à tous les châteaux de petits seigneurs provinciaux. Les travaux effectués au cours des années leur ôtaient leur air de forteresse moyenâgeuse bien que murs, tours, courtines, mâchicoulis, donjon et chemin de ronde figurassent encore à leur décor. Le vieux château dont Léonore se préparait à reprendre possession n'était guère différent. Sa conception restait identique à celle des vieux manoirs qui avaient eu à se défendre contre les agressions extérieures des siècles précédents. Le donjon s'élevait trapu dans un ciel dégagé et les pavés du chemin de ronde avaient cessé de s'user sous les milliers de pas des gardes.

Les murs extérieurs étaient percés de fenêtres, mais les fossés étaient encore remplis de cette eau recouverte de mousse et de verdure. Des poules d'eau et quelques canards s'y ébrouaient après avoir été picorer leur nourriture dans la cour centrale où se tenaient le puits, les auges de pierre, les écuries, les étables et les greniers pour le fourrage des bêtes.

Les pressoirs, les fouleries, les celliers qui enfermaient les barils de vin ou de cidre, les huiles, les chandelles, le bois, les lards et viandes séchées, tout cet engrangement complétait la richesse du château.

À l'intérieur, le coup d'œil était plaisant. Entrées, salons, cuisines, escaliers qui montaient à l'étage et donnaient accès aux chambres offraient un riche mobilier. Rien ne manquait car le sire de La Baume avait longtemps bénéficié des faveurs de la cour de Bourgogne. Buffets, coffres, bahuts, tables, fauteuils, bancs allaient de pair avec les ustensiles qui ne faisaient pas défaut : bassins, chaudrons, poêles, broches, rôtissoires, grils, vaisselle d'étain sur les murs, poteries diverses, chopes et plats de grès, vanneries de toutes sortes.

La grande pièce que Jean observait de loin était pourvue d'une vaste cheminée au-dessus de laquelle trônaient des bois de cerf, deux arquebuses et deux hallebardes, un arc avec son carquois et ses flèches confirmant que le seigneur de La Baume avait été un chasseur assidu. Dans la cheminée attendaient un fagot sec et un tronc d'arbre qui permettrait un feu de longue durée.

À la mort du vieux La Baume, le personnel était parti. Seuls restaient un vieux couple de fermiers qui s'occupait des animaux, le jardinier, la cuisinière et une vieille chambrière qui ne savait où aller.

En inspectant la grande salle, Jean frémissait. Devant lui, le large escalier de marbre montait à l'étage, là où se trouvaient les marches en pierre grise qui tournaient et menaient au donjon.

Le visage du jeune chanoine était d'une extrême pâleur. Comment pouvait-il oublier les solives du plafond contre lesquelles il était resté dissimulé, accroché aux poutres, les pieds dans le vide au risque de tomber à chaque seconde ? Comment effacer de sa mémoire ce geste qu'il avait effectué de sang-froid ? Jean ne le regrettait pourtant pas, même après tout ce temps de réflexion et d'expiation. Il revoyait dans tous les détails le corps trapu, bossu, racorni du vieux La Baume qu'il avait éventré de son grand coutelas juste avant que celui-ci ne transperce du sien le corps meurtri et inanimé de Léonore.

— Ce château ne me plaît pas non plus, murmura la jeune femme. Je te l'ai dit, je le destine à Isabelle. Plus tard, elle seule saura en tirer parti.

Elle lui prit la main.

— Viens, partons ailleurs.

Puis, elle cria à Guillemette qu'elle pouvait dîner en tête à tête avec Jacquemin dans la grande salle et même dormir dans la belle chambre s'ils le désiraient, car eux ne rentreraient pas de la nuit.

Ils chevauchèrent à bride abattue, effectuant la route en sens inverse. César talonnait Terre-de-Sienne. Mais l'alezan montrait tant d'énergie qu'on pouvait bien le comparer à son princier compagnon.

Nevers fut atteinte le lendemain à l'aube. Et, reposant leurs montures par une allure tranquille à travers la forêt, ils avisèrent une cabane en bois dont ils s'approchèrent. Jean descendit de cheval et s'assura qu'elle était vide. Puis, prenant Léonore dans ses bras, il la déposa sur la couche de foin entassé dans l'un des angles.

Les deux chevaux eurent droit d'asile, car il n'était pas question qu'on vînt les voler pendant leur sommeil. À eux quatre, la place disponible fut vite occupée. Il ne restait pas un pouce de sol vacant. Mais peu importe, Terre-de-Sienne et César semblaient ravis de cette heureuse initiative.

Quand Léonore fut allongée, Jean déposa sur elle un petit paquet enroulé.

— Qu'est-ce que c'est ? fit la jeune femme en riant.

— Cela te revient.

Quand elle déroula *L'Offrande du cœur*, ses yeux s'emplirent de larmes et elle se jeta dans les bras de Jean.

— Comment as-tu fait ? demanda-t-elle, ne croyant pas encore ce qu'elle voyait.

— C'est mon secret.

Léonore tourna et retourna la tapisserie entre ses doigts tremblants. Il lui semblait que toute son enfance défilait devant elle. Venait alors le temps où elle serrait contre sa poitrine la petite tapisserie que son père avait laissée au marin Loïc pour le dédommager du soin qu'il prendrait à la ramener en Bretagne. Elle n'était qu'un bébé et le naufrage en Méditerranée où avait péri sa mère avait tant traumatisé Thomassaint qu'il ne voulait plus rentrer.

Léonore serra contre elle cette petite merveille tissée avec un art exceptionnel, qu'elle avait regardée, observée, étudiée tant de fois.

— Jean, regarde, ce grand seigneur te ressemble et le cœur qu'il me tend est le tien. Demain, nous sortirons de cette cabane et les lapins gambaderont autour de nous comme ils folâtrent sur cette toile.

Ils goûtèrent toute la journée à la chaleur et au calme de la masure et n'en partirent que le lendemain. Juste avant Bourges, ils s'arrêtèrent dans un grand champ où les chevaux purent paître tranquillement. Un bosquet dissimula leurs amours dont ils n'avaient pas encore épuisé tous les plaisirs.

Puis, sur les instances de Léonore, bien que Jean tentât fortement de l'en dissuader, ils empruntèrent la route de Nantes, prenant toutefois le temps de s'arrêter à Bourges, à Loches et à Saumur, descendant dans de petites auberges tranquilles.

IV

Louis d'Orléans avait réuni à sa cause les princes rebelles qui voulaient amoindrir la France à leur profit. Le comte Dunois, habile diplomate, le servait fidèlement, d'autant plus qu'il comptait bien bénéficier de la nouvelle situation. Il en était de même pour Charles d'Angoulême, troisième personnage du royaume, héritier présomptif de la couronne française après Louis d'Orléans. Se trouvant en permanence dans le sillage de son cousin Louis, Charles espérait tirer parti de l'aide qu'il apportait à la Bretagne.

Bien que leurs armées rassemblées offrissent une certaine consistance, ils se défendaient, hélas, d'une façon assez féodale. Les soldats des Beaujeu, en revanche, dont les corps d'armée se composaient de seize mille hommes, avaient depuis longtemps prouvé leur force et leur puissance, montrant que la France médiévale disparaissait peu à peu derrière la nation française.

François II, voyant que la situation de la Bretagne se dégradait de jour en jour, avait signé un traité par lequel il n'était pas hostile à tout rapprochement entre son duché et la France, rejetant ainsi tous les contacts et tous les entretiens, projets compris, qu'il avait tenus avec Louis d'Orléans.

On avait fini par appeler ces conflits internes la « Guerre folle » en raison de leur incohérence. Depuis deux ans qu'ils duraient, Louis tenait tête à sa belle-sœur. Il se donnait corps et âme dans chaque combat, aimant plus que tout les équipées périlleuses, le jet des lances, le tir à l'arc et les exercices violents. Au combat, Louis montrait de grandes capacités imaginatives et le danger stimulait son ingéniosité et son audace. Mais Anne de Beaujeu, plus déterminée que jamais à faire tomber l'arrogance et l'assurance de Louis, ne lâchait pas prise.

Le duc d'Orléans savait que les Bretons lui offraient un solide refuge tant que sa belle-sœur lui vouait une haine implacable. Anne de Beaujeu avait envoyé plus de cinq cents archers pour l'arrêter. Alerté par Charles d'Angoulême du traquenard qui l'attendait, Louis se dissimula toute la journée dans les bois et, par l'arrière de Saint-Aubin-du-Cormier, rattrapa les forêts avoisinantes. Fort heureusement, il connaissait les lieux pour les avoir arpentés de multiples fois et, par les routes forestières, il réussit à semer ses adversaires.

C'est au carrefour de quatre routes dont l'une menait directement à Nantes qu'il vit un cheval filer à toute allure. Il passa devant lui dans un nuage de poussière et bientôt ne fut plus qu'un point sombre devant ses yeux.

À peine Louis eut-il emprunté la voie étroite qui, à travers bois, le menait sur la grande route de Nantes, qu'un autre cheval surgit derrière lui comme s'il débouchait d'une proche clairière. Il s'interrogea sur ces deux cavaliers à l'attitude étrange. Apparemment, ce n'étaient pas des soldats, car ils étaient sans casque et sans armure.

Pour ne pas se trouver dans une dangereuse position avec un inconnu, il força l'allure, mais derrière lui le cheval en fit autant. Sacrebleu ! Ce cavalier-là savait mener sa monture. Louis éperonna Mordocus, mais le cavalier fit de même et ils chevauchèrent un instant, à bride abattue, côte à côte.

Relâchant un peu les rênes, il tourna enfin le visage vers l'inconnu qui semblait lui tenir tête et, quand il s'avisa de la masse de cheveux bruns qui volaient dans son dos, il faillit mener son cheval dans le fossé.

— Diable ! Une femme ! s'écria-t-il.

Elle s'accrochait à l'encolure de son cheval. Puis, levant un instant le visage sur lui, elle le dévisagea et ne répondit rien.

— Vous étiez inévitablement avec le cavalier qui m'a dépassé tout à l'heure, emportant avec lui la poussière du chemin.

Comme la femme ne répliquait pas, il prit le parti de se moquer.

— Un rendez-vous galant, railla-t-il.

— Vous avez gagné.

— Qu'ai-je donc gagné, belle dame ? répliqua Louis en riant.

— Ma présence à vos côtés si vous allez à Nantes.

Du haut de son cheval, il lui fit un grand salut, lâchant d'une main les rênes. Attardant son regard sur la cavalière, il se mit de nouveau à rire.

— Peste de circonstances ! J'attendais un soldat ennemi et voici la plus adorable des créatures. Quel est votre nom, belle dame ?

— Léonore de La Baume.

— Et vous allez à Nantes ! Savez-vous que tout intrus est arrêté ?

— Je ne suis pas un intrus.

— Sans doute avez-vous raison. Mais je veux dire que pour les soldats de la régente chacun est considéré comme tel. Vous ne réussirez pas à vous approcher de la ville.

— N'allez-vous pas m'y aider ?

— Où vous rendez-vous ?

— Au château.

Louis se mit à siffler et tira les rênes de son cheval.

— Pardieu ! Tu entends ça, Mordocus, dame Léonore de La Baume se rend au château de Nantes, lequel est assiégé, encerclé d'ennemis qui tirent à bout portant sur tout ce qui bouge. Mais, peu lui importe, cette belle dame y court, que dis-je ? Elle y vole ! Voulez-vous donc mourir si vite, belle apparition ?

— Je ne veux pas mourir, simplement voir ma fille qui se trouve être l'une des compagnes de la petite duchesse Anne.

Il la regarda cette fois avec un brin d'étonnement.

— Votre nom a-t-il un rapport avec Guillaume de La Baume qui était autrefois le chambellan de Charles de Bourgogne ?

— J'étais sa femme.

Louis fit une légère embardée, et, barrant le passage à la jeune femme, il disposa Mordocus en travers du chemin.

— Si nous nous arrêtions pour discuter, fit-il. Nous pourrions sans doute envisager un plan pour réussir notre entrée au château.

— Volontiers, mais avant d'y consentir j'aimerais savoir à qui j'ai l'honneur de parler.

Il descendit de son cheval et se planta devant Léonore, qui le dévisageait avec attention.

— Je suis Louis d'Orléans, en lutte actuellement contre la régente de France, Anne de Beaujeu, pour la sauvegarde de l'indépendance de la Bretagne.

— Et moi, répliqua Léonore, je suis en lutte contre la même régente de France, Anne de Beaujeu, qui s'est approprié ma fille comme un bien matériel qui ne lui appartenait pas et qu'elle a irrémédiablement donné à la cour de Bretagne.

— Bien dit ! s'écria Louis. Je suis avec vous, de votre côté jusqu'à ce que la mort nous sépare. J'adopte votre cause.

— Dois-je aussi adopter la vôtre ?

— Bien entendu. C'est indispensable.

Ils attachèrent César et Mordocus à un arbre. La forêt était clairsemée en cet endroit et plusieurs clairières laissaient pénétrer un pâle soleil printanier. Louis prit le bras de Léonore.

— Faisons quelques pas. Qui a autorisé la régente à donner votre enfant à la cour de Bretagne ?

— Ma fille, coupa Léonore, n'est pas née de celui qui fut brièvement mon époux. C'est une bâtarde de Charles de Berry.

À nouveau Louis se mit à siffler.

— Voyez-vous ça, railla-t-il, vous étiez donc l'une des nombreuses maîtresses de ce Charles que je badais quand j'étais encore enfant. Il s'attachait les plus jolies filles de la région.

Léonore ne répondit pas et il se permit de poursuivre, le sourire aux lèvres :

— Et lui ? fit-il en désignant le cavalier fantôme qui l'avait dépassé un peu plus tôt. C'est votre amant ?

Elle acquiesça de la tête.

— N'en parlons pas, je vous en prie. Vous m'avez laissé entendre, tout à l'heure, que nous pouvions établir un plan. Je suis assez forte dans ce genre d'exercice. J'ai fui deux fois mon époux et me suis cachée de longs mois. Je suis patiente, rusée, et je vais réfléchir.

— Et pour ne rien gâcher, vous êtes très belle.

Il s'approcha d'elle et, la saisissant dans ses bras, voulut prendre ses lèvres. Elle le repoussa avec brutalité.

— Entendons-nous bien, seigneur d'Orléans. Je ne suis point laide, je le sais, bien que l'âge effleure doucement mon visage. Ensuite, j'avoue que je voyage beaucoup, ce qui me laisse une grande liberté. Et pour finir, j'ai vécu des passions mouvementées, mais je ne suis point la propriété du premier venu qui me trouve à son goût.

Il recula et sourit.

— Pardonnez-moi, il m'est impossible de ne point tenter ma chance dès que je suis avec une femme dont le visage et la silhouette me ravissent. Mais, ne craignez rien, je suis un chevalier digne de votre confiance. Je ne vous importunerai plus.

Passé Saint-Aubin-du-Cormier, ils se retrouvèrent sur la route de Nantes. Mais à peine avaient-ils entamé leur parcours qu'un galop résonna derrière eux.

Louis d'Orléans se retourna et vit des cavaliers poindre à l'horizon. Il éperonna sa monture.

À l'unisson, les deux chevaux hennirent, secouèrent fougueusement leurs crinières et adoptèrent un train d'enfer. Mais les poursuivants se révélèrent aussi véloces qu'eux et bientôt le bruit des galops se précisa.

— Plus vite ! s'écria Louis. Plus vite !

— Halte-là ! entendirent-ils au loin.

Les sabots des chevaux effleuraient à peine la route, soulevant la poussière grise qui retombait lentement dans un nuage opaque. Une écume sortait de leurs naseaux et leurs flancs commençaient à se tremper de sueur. Derrière eux toute une armée était à leurs trousses.

Louis s'amusait de ce genre d'équipée sauvage. De temps à autre, il jetait un regard sur sa compagne qui menait son cheval de main de maître. Léonore remercia le ciel d'avoir laissé César se reposer le temps de sa halte forestière.

Tous deux étaient penchés sur l'encolure de leurs chevaux. Ils s'en seraient plutôt bien tirés sans une autre horde cavalière qui surgit devant eux. Elle leur bloqua complètement le passage et ils durent par la force des choses freiner, puis stopper net.

— Louis d'Orléans, nous vous arrêtons, fit le chef de la horde en pointant son index menaçant sur le duc.

L'un de ses compagnons se planta devant Léonore, faisant hennir et tournoyer son cheval, pattes avant levées comme pour mieux l'impressionner.

— C'est une tactique pour effrayer votre cheval, murmura Louis en rapprochant sa monture de sa compagne. Ne vous laissez pas troubler.

— Qui êtes-vous ? cria le soldat en pointant un doigt vers elle.

— Léonore de La Baume.

— Où allez-vous ?

— À Nantes.

— Nous vous arrêtons aussi.

Louis s'interposa.

— Pourquoi l'arrêtez-vous ? questionna-t-il. Je ne la connais pas. Nous nous sommes heurtés dans la forêt alors que je la traversais pour contourner Saint-Aubin. C'est une simple voyageuse.

Le soldat ricana.

— Et moi, je suis votre cousin !

Léonore haussa les épaules. Elle ne faisait aucun mal à vouloir rencontrer sa fille au château de Nantes. Dévisageant le soldat, elle osa le braver.

— Vous n'avez pas le droit de m'empêcher de voir ma fille.

— Elle dit vrai, insista Louis. Qui est votre chef ?

— Le capitaine de La Trémoille.

— Ah ! fit le duc d'Orléans en restant impassible, c'est lui qui vient d'assiéger Châteaubriant et Ancenis ?

— C'est lui qui vient aussi de disposer ses corps d'armée et ses canons tout au long de la Loire jusqu'à Nantes. Personne ne peut entrer.

— Et tout ce remue-ménage est-il organisé pour mon arrestation ?

Un cercle de soldats, à présent, entourait les captifs et quatre d'entre eux saisirent leurs chevaux à l'encolure, les firent ployer brutalement et tirèrent les cavaliers à eux, les obligeant à descendre.

— Duc d'Orléans, vous êtes arrêté. Quant à vous, dame de La Baume, vous vous expliquerez devant notre capitaine.

L'heure n'était plus aux ramages des oiseaux dans la forêt et aux galopades des lièvres à travers bosquets et clairières. Hélas, le ciel bleu de la Bretagne et l'air marin qui chatouillait les narines des voyageurs devaient bientôt disparaître. L'assurance de Léonore diminuait, mais son courage ne faiblissait pas.

Le capitaine de La Trémoille la regarda s'avancer entre les deux soldats qui la poussèrent brutalement devant lui. Ses cheveux noirs s'étaient éparpillés sur ses épaules et ses vêtements avaient subi quelques dégâts. Son corsage, entrouvert, découvrait une épaule blanche et soyeuse et la ceinture de sa robe était tombée sur ses hanches. Fort heureusement, elle avait dissimulé *L'Offrande du cœur* sous la selle de César.

D'un coup d'œil La Trémoille jaugea l'assurance de la dame. Il avait devant lui une femme, jolie, certes, mais dont l'audace et l'impertinence étaient inscrites dans son regard. Il trouvait le visage intéressant, d'une beauté mûrissante et voluptueuse, mais dans ses yeux sombres transparaissait une lueur combative. Cette femme ne devait pas se laisser mener comme une prude donzelle. Il décida donc de l'attaquer sans ménagement.

— Pour le compte de qui espionnez-vous ?

— À qui dois-je répondre ? rétorqua Léonore.

— Au capitaine de La Trémoille, attaché à la couronne de France et travaillant contre l'indépendance de la Bretagne.

— Alors, ce n'est pas mon problème, capitaine.

Il se leva d'un bond et elle crut qu'il allait la gifler, mais il dut se retenir, car sa mâchoire se crispa et ses lèvres s'allongèrent en un mauvais sourire.

— Je vous ai posé une question, dame La Baume.

— Je ne m'en souviens plus, capitaine. Vos hommes m'en ont tellement posé tout en me malmenant que j'avoue ne plus savoir qui m'a demandé quoi.

— Pour qui espionnez-vous ? aboya La Trémoille.

— Pour mon propre compte, capitaine.

Il s'avança près d'elle, l'observa en silence, les lèvres pincées, et tourna autour d'elle en claquant ses mains l'une contre l'autre, dans un petit bruit sec et agaçant.

Louis de La Trémoille n'avait pas trente ans. Il était le petit-fils du La Trémoille qui, à la fin de la guerre de Cent Ans, complotait contre le dauphin de France en se disant le conseiller indispensable de la reine Isabeau de Bavière. Grand, fort, il avait les yeux noirs et les cheveux drus relevés au-dessus de sa tête. Autour d'un grand nez aux narines dilatées s'organisait un visage que la dureté du regard rendait impitoyable. Un front haut, large et un menton carré à la mâchoire saillante surmontée de joues creuses que l'ombre noire d'une barbe naissante venait recouvrir.

— Pour votre propre compte ! Vous vous moquez. Que voulez-vous dire ?

— Ce que j'ai répété déjà mille fois à vos soldats. Je veux voir ma fille Isabelle qui est au château de Nantes auprès de la duchesse Anne.

— Alors, je vais vous enfermer en attendant que nous puissions prendre des renseignements.

— Quels renseignements ? hurla Léonore, qui, pourtant, voulait paraître calme.

Elle savait que sa fille – si on lui posait la question – ne comprendrait rien à cette requête. D'ailleurs, lui arrivait-il de penser quelquefois à une mère dont elle ne connaissait rien ? Elle leva les yeux sur La Trémoille et vit qu'il souriait d'un air cruel.

— Je l'ai rarement vue, avoua-t-elle à regret.

Elle refusa d'expliquer la vérité à cet homme qui dégageait une telle malveillance à son égard. Moins elle en dirait, mieux cela vaudrait.

— Cela ne vous regarde pas, continua-t-elle.

— Qu'on l'emmène, rugit La Trémoille.

Les soldats prirent un plaisir évident à l'empoigner de nouveau avec brutalité.

On l'enferma dans une cellule de la prison de Saint-Aubin-du-Cormier, une triste pièce exiguë aux murs suintants percés d'une seule fenêtre, étroite et haute, dont l'épaisse grille occultait toute la clarté. Une couche de paille, une écuelle et un bol traînaient à terre. Léonore frémit. Allait-elle rester longtemps dans cet enfer ? Une peur indescriptible la saisit. Elle rajusta son corsage, mais l'étoffe de l'épaule qui pendait sur son bras avait été déchirée par l'un des soldats.

Elle s'assit lourdement sur la paillasse et se mit à trembler.

Durant huit jours et huit nuits, les larmes perlant à ses yeux, elle n'absorba pas l'infâme nourriture qu'on lui apportait et n'arriva pas à fermer l'œil, sauf pour somnoler quelques minutes.

Puis, la neuvième nuit, alors qu'un soldat lui apportait sa maigre pitance composée d'un bol de bouillon, d'un morceau de pain noir et d'un plat de fèves gluantes, elle le vit s'écrouler soudain à ses pieds, renversant le bouillon et les fèves sur le sol. Puis une silhouette se glissa vers elle.

— Venez, Léonore. Dépêchons.

L'homme portait un bonnet profondément enfoncé sur les yeux. Sa haute silhouette ne lui disait rien qui vaille, mais la voix lui rappela un timbre qu'elle connaissait. Oui, c'était bien le duc d'Orléans. Il lui tendit une bure de moine.

— Vite, passez-la et enveloppez votre tête avec le capuchon.

Décidément, l'habit de moine lui était coutumier. C'est sous ce travestissement qu'autrefois Jean l'avait cachée parmi les moines de Saint-Grégoire.

Elle fit sans discuter ce qu'il lui demandait, le cœur battant et le geste imprécis car son esprit était engourdi par les longues insomnies que l'angoisse lui avait imposées.

— Pressons. Nos chevaux nous attendent un peu plus loin. J'ai réussi à les délivrer eux aussi.

Il lui prit le bras et la tira hors de la cellule tout en prenant soin de regarder à droite et à gauche. Les gardes de la prison gisaient à terre, inertes. Comme l'un d'eux barrait le passage, Louis le poussa du pied.

— Il a fallu que j'en étourdisse quelques-uns. Mais, si la chance nous sourit, dans peu de temps nous serons loin d'ici.

César et Mordocus étaient en effet attachés à un poteau qui faisait l'angle d'un appentis jouxtant les cellules de la prison. Léonore et Louis sautèrent prestement sur leurs dos et filèrent au grand galop à l'opposé de la route qui menait à Nantes. L'air vif de la nuit ranima les esprits de la jeune femme et la joie de sentir l'encolure et les flancs frémissants de César lui redonna du courage.

— Nous n'allons plus à Nantes ? cria-t-elle à son sauveur.

— Voulez-vous pourrir dans cette prison d'où je vous ai extirpée ?

— Certes non ! seigneur d'Orléans. Mais puis-je savoir où cette course nous mène ?

— En un lieu que je connais et où nous serons à l'abri. Nous chevaucherons toute la nuit. Vous en sentez-vous capable ?

— J'ai couru plus que ça, seigneur d'Orléans. Et César ne faiblira pas, d'autant qu'il vient de se reposer plus qu'il ne fallait.

Louis se cramponna à Mordocus et cria :

— Alors ! allons-y et ne flanchons pas.

— Est-ce un jeu pour vous, seigneur d'Orléans ?

Il se mit à rire. Apparemment cette situation ne l'avait guère traumatisé et il semblait jubiler à l'idée de devoir semer ses ennemis.

— En effet, approuva-t-il. Avec Mordocus, il nous est arrivé de traverser la France en deux jours et deux nuits.

Elle se demanda s'il n'exagérait pas un peu et répliqua simplement :

— Vous ne m'avez toujours pas dit où nous allions.

— Au Mans. J'y ai un ami fidèle qui nous accueillera.

Il tourna le visage vers elle. Léonore était en arrière à une demi-longueur de Mordocus, cramponnée à l'encolure de César.

— Cette bure un peu rêche ne vous gêne-t-elle pas ?

Elle eut un petit rire.

— Dois-je vous rappeler, seigneur d'Orléans, que

je suis une femme, donc habituée à chevaucher en jupe ou en robe ? Comment vous êtes-vous procuré cet habit de prélat ?

— Je l'emporte souvent. Il m'aide à dissimuler ma personne.

— Louis ! Dites-moi ce que je vais faire au Mans !

Elle s'était à peine rendu compte qu'elle l'avait prénommé Louis. Il n'en parut pas mécontent et lui sourit.

— Vous n'avez pas le choix. À présent, les soldats de la couronne de France vous poursuivent tout comme moi. Retourner en Bretagne c'est la mort pour vous et prendre la route du Val de Loire c'est vous jeter entre les mains des Beaujeu. Il faut donc vous en écarter.

— Ne pouvions-nous pas descendre vers le Poitou ?

— Je n'y connais personne. Je ne peux me rendre que là où mes amis peuvent m'aider. La régente de France place ses espions partout afin de me piéger. Nous resterons cachés quelque temps au Mans, puis nous repartirons.

— Où ?

— Chez moi, à Blois.

— Chez vous !

— Eh bien, oui. Dans mon château. J'y resterai tant que la régente me harcèlera, tandis que vous repartirez à Nantes sous un déguisement que nous vous trouverons.

— Mais pourquoi ?

— Ne voulez-vous pas voir votre fille ?

Léonore ne comprenait plus. Retourner à Nantes représentait un danger. Il venait de le lui affirmer.

Elle redressa un peu le buste, se dégageant de l'encolure de César. Elle semblait s'éveiller à la réalité qui, depuis leur départ, lui avait échappé. Une ardeur nouvelle la ranima et ses joues pâles reprirent des couleurs. À vrai dire, son cheval menait tout seul la course.

— Pourquoi voulez-vous que je me travestisse ?

— Vous porterez un pli au duc d'Albret, qui garde actuellement le château. C'est indispensable et je crois que vous êtes ma seule chance.

— C'est donc pour cette raison que vous m'avez sauvée.

Il s'esclaffa en venant se poster à sa hauteur. C'est à peine, lui aussi, s'il tenait les rênes de Mordocus. L'animal savait depuis longtemps galoper seul.

— Je ne suis point votre amant, belle dame. Vous me l'avez interdit, l'autre jour, dans la forêt de Saint-Aubin. Nous aurions entamé des entretiens sentimentaux et je vous aurais délivrée pour l'amour que j'avais de vous. Mais ce n'est point le cas et puisque vous refusez que mon cœur batte pour le vôtre, je vous ai délivrée dans une intention purement intéressée.

— C'est de bonne guerre, reconnut spontanément Léonore.

C'est à l'aube qu'ils passèrent le gué de la Sarthe et, arrivant au Mans, ils découvrirent l'étagement superbe et impressionnant du chevet de la cathédrale Saint-Julien. Ils grimpèrent jusque sur la colline entourée de son rempart gallo-romain et eurent du mal à pénétrer dans les ruelles tant elles étaient étroites et barrées constamment d'escaliers qui montaient toujours plus haut.

Les venelles étaient bordées de maisons à pans de bois qui n'avaient pas encore ouvert leurs volets. Les échoppes étaient fermées. Il y avait là une belle et vaste demeure, élevée voilà une vingtaine d'années par un échevin de la ville. Elle s'ornait d'une porte en accolade vers laquelle Louis jeta les yeux en passant.

Arrivés près de la cathédrale ils prirent la porte sud qui abritait un grand portail où s'alignaient les statues de saint Pierre et saint Paul, tandis que des apôtres occupaient les niches du linteau et que le Christ en majesté trônait au tympan, entouré des symboles évangéliques et encensé par les anges de la voussure.

Léonore admirait cet ensemble qu'elle ne connaissait pas. Jamais encore, au cours de ses longs périples, elle ne s'était arrêtée au Mans. Ils se rendirent au presbytère de l'évêché en passant par la petite place Saint-Michel.

L'évêque se tenait dans son logis. Quand le chanoine et l'abbé qui partageaient d'ordinaire son repas du soir lui annoncèrent l'arrivée de Louis d'Orléans, il se précipita et serra son ami contre lui.

Quelque temps plus tard, ils étaient attablés devant un pâté en croûte et une poularde bien dodue rôtie à point que Louis et Léonore dévorèrent avec un plaisir suprême. Après les quelques explications qui résumèrent rapidement la rencontre avec Léonore, son emprisonnement et celui de Louis, puis leur folle fuite et la course sur la route qui menait au Mans, on parla de revanche.

Mais quelle revanche ! C'est à ce point du récit que Léonore ouvrit des yeux grands comme des écuelles et que son cœur se mit à battre farouchement. L'évêque, un homme avenant, au teint plutôt rougeaud et qui ne devait pas se laisser abattre par la faim, en arriva au vif du sujet.

— Je vais vous mettre en rapport avec le chanoine qui vous apportera son aide. C'est un prélat attaché à l'évêché de Tours, que je connais par l'intermédiaire de l'évêque Bertrand. Il s'appelle Jean de Villiers.

Léonore faillit s'étrangler avec un os de poularde qu'elle était en train de lécher et qu'elle retira aussitôt de sa bouche.

— De Villiers, poursuivit l'évêque, était le nom de Blanche, sa mère. Ce personnage est assez particulier, mais il devrait aller loin. Intelligent, ambitieux, le sens du commerce. Bref ! de l'avenir.

Tout en versant à son ami un petit vin d'Yvré fort apprécié des Manceaux, il se pencha vers Louis comme si Léonore ne devait pas entendre les mots qui suivaient.

— On le dit fils du sultan turc Mehmed II. Sa mère, enfermée au harem de Constantinople peu de temps après la chute de l'Empire byzantin, se serait échappée avec lui alors qu'il n'avait que quelques mois. Il a un flair étonnant dans tout ce qui concerne le négoce de la soie.

— Est-il sûr ?

— Je m'en porte garant. Jean de Villiers se ferait tuer plutôt que de livrer un secret et, à mon sens, il en enferme plus d'un. Bertrand m'a affirmé qu'il avait eu une liaison avec une femme dont il était tombé amoureux. Il pense l'avoir repris en main en lui octroyant d'importantes fonctions.

— Voilà comme j'aime les prélats, s'esclaffa Louis en portant son gobelet de vin à sa bouche.

— Louis ! s'offusqua l'évêque. Je prends le parti de vous excuser, car je connais trop bien votre entrain et votre joie de vivre. Oui, je ne vois, pour l'instant, que cet homme-là qui puisse vous aider. Ses relations sont grandes dans les milieux ecclésiastiques et elles s'étendent plus encore dans les milieux du commerce.

Il but le reste de son vin, ce qui contribua à colorer davantage ses joues.

— Retournez-vous à Blois ? s'enquit-il en tripotant son gobelet vide.

— Hélas, pour l'instant, il n'y a que là où je puisse être à l'abri.

— Alors, je vais aviser mon ami Bertrand, l'évêque de Tours, de vous l'envoyer. C'est que vous êtes en bien mauvaise posture avec cette régente qui s'acharne sur vous.

Léonore n'en croyait pas ses oreilles, tandis qu'elle enfournait dans sa bouche son gâteau aux pommes sans même savoir ce qu'elle mangeait. Jean allait les aider ! Il est vrai que son amant ne lui parlait que rarement de ses affaires personnelles. Comment aurait-elle pu savoir qu'il était tant apprécié dans les milieux du négoce ? Comment pouvait-elle deviner qu'il discutait férocement livres, ducats et florins tout en portant avec aisance l'habit de prélat ? Jean se pliait à tout. Il était parfaitement à sa place là où il vivait, comme il l'était aussi quand elle se coulait voluptueusement entre ses bras.

Cette idée la laissa pensive et elle eut envie d'être seule. Elle se plaignit d'être lasse car elle n'avait pas dormi depuis deux nuits. Puis elle quitta les deux hommes et monta dans la chambre qu'on lui avait réservée.

Ils repartirent le lendemain à l'aube et prirent la route de Blois, César et Mordocus à peine étonnés de sentir encore contre leurs flancs la lourde bure de laine dont ils étaient vêtus.

Léonore avait vécu quelque temps dans les demeures royales du Plessis, de Chinon, de Loches, d'Amboise, de Bourges, mais le château de Blois lui était totalement inconnu.

— Vous êtes chez vous le temps que nous trouvions une solution à notre problème. L'heure de la tourmente est pour demain.

Elle sauta de son cheval, puis, imitant le geste de Louis, elle tendit les rênes au palefrenier qui s'approchait.

— Je vais vous laisser là, Léonore, des chambrières vont s'occuper de vous.

Louis s'inclina avec courtoisie devant elle.

— Prenez vos aises comme si vous étiez la maîtresse adulée de cette maison.

Un peu plus tard, livrée à elle-même et fortement étonnée de ne plus voir Louis, elle se laissa guider par une servante qui la fit entrer dans une belle et vaste pièce, richement meublée et décorée plus magnifiquement encore. Comment ne pas remarquer les superbes Millefleurs accrochées sur les murs ? Au fond de la pièce se tenait une femme, assise dans un fauteuil à très haut dossier et à larges bras capitonnés de velours bleu.

Les deux femmes s'observèrent quelque temps sans rien dire. L'une dévisageait l'autre dans un silence total. Léonore avait sur le visage cet air interloqué qui ne la saisissait que rarement. Quelle femme avait-elle devant elle ? Une bossue, laide, au torse difforme et aux jambes courtes. Une femme sans âge malgré le visage lisse et blanc qui se dégageait de la coiffe en velours noir.

— Ainsi, fit celle-ci d'une voix douce, j'apprends que vous étiez tenue en geôle à Saint-Aubin-du-Cormier en même temps que mon époux.

— Votre époux !

De plus en plus ahurie, Léonore écarquilla les yeux tout en observant la femme devant elle.

— Louis ne vous a-t-il donc pas dit qu'il était marié ?

— N... non.

— Ne soyez ni étonnée, ni offusquée. Louis ne parle jamais de moi, car je ne suis pas une épouse présentable. D'ailleurs, il ne m'aime pas et ne se préoccupe jamais de ce que je fais, de ce que je dis et de ce que je pense. Il doit avoir de nombreuses maîtresses. Êtes-vous l'une d'elles, dame de La Baume ?

— Non !

— Voilà un « non » qui me semble prononcé d'une façon plus sûre que le premier. Ainsi vous n'aimez point mon mari, mais je suis persuadée que lui vous trouve à son goût.

— Mais...

Jeanne se leva. Voulait-elle montrer à sa compagne combien elle était sans grâce ? Elle se dirigea vers la fenêtre et écarta les pans de la lourde tenture.

— Habituellement, dit-elle en jetant un regard vers la cour extérieure, je vois par cette fenêtre toutes ses allées et venues. Rien ne m'échappe. Si mon corps est enlaidi par ses formes disgracieuses, ma vue et mon ouïe sont excellentes. Or, j'ai cru remarquer, à votre arrivée dans cette même cour, que rien d'intime ne vous liait au duc d'Orléans.

— En effet, il n'y a rien entre lui et moi. Je vous en donne ma parole d'honneur.

— Je vous crois. Et je soupçonne aussi que vous êtes une victime de ma sœur, Anne de Beaujeu, régente de France.

— Vous êtes la sœur de la régente ! s'exclama Léonore d'une voix étranglée qu'elle ne put contrôler.

Et soudain, tout lui revint. Elle avait entendu dire, au temps où elle était à la cour du Plessis sous la protection de Louis XI, que sa fille cadette était une adolescente handicapée physiquement. Et voici qu'aujourd'hui elle était devant elle.

Cette femme lui inspira soudain confiance. Son regard était profond, serein, presque charmeur et sa voix plus douce encore. Aussi décida-t-elle de lui raconter ses déboires avec Isabelle, sa fille, qu'elle n'avait jamais revue depuis sa naissance. Jeanne l'écoutait en hochant lentement la tête.

Quand Léonore eut terminé son récit, Jeanne lui prit la main et la serra dans la sienne.

— Je prierai pour vous, Léonore, afin que vous puissiez revoir Isabelle. Oui ! Je prierai pour vous et si je puis vous aider autrement, je le ferai de grand cœur.

Elle lui sourit et, de sa belle voix, poursuivit :

— Pour moi, la prière est un réconfort, un soulagement, un refuge derrière lequel je me sens si bien. Oui ! Si bien. Allez, Léonore ! Allez ! Mon époux fait toujours très bien les choses quand il reçoit de jolies femmes, même si elles ne sont pas ses amantes.

Léonore prit un bain en compagnie des servantes de Jeanne et se restaura à la grande table de la salle à manger située au rez-de-chaussée, sous les arcades de la façade centrale. Ensuite, elle sortit dans les jardins et ne fut pas surprise lorsqu'elle vit Louis venir au-devant d'elle, sous le couvert des grands saules qui bordaient la roseraie. La nuit commençait à tomber.

— Vous êtes-vous bien restaurée ?

— C'est merveilleux, Louis. Je suis une autre femme.

— Alors, ai-je à nouveau mes chances ?

Elle se mit à rire et ignora la main qu'il lui tendait.

— Non. Pas plus que l'autre jour dans la forêt de Saint-Aubin.

— C'est dommage.

Puis, prenant son bras et l'obligeant à faire quelques pas avec lui, il se tourna vers elle.

— N'avez-vous donc point d'amant, si vous n'avez point de mari ?

— Je n'ai pas envie d'en parler.

— Était-ce vraiment l'homme dont la silhouette furtive a filé au grand galop devant moi sans vouloir me saluer au passage ?

— Il voulait peut-être ne pas se faire voir.

Elle rougit et regretta aussitôt ce qu'elle venait de dire. Aussi enchaîna-t-elle tout de suite :

— Quoi que vous en pensiez, Louis, votre épouse est charmante.

— Moi non plus, je n'ai pas envie d'en parler, grogna-t-il.

— Excusez-moi.

Ils marchèrent en silence, traversèrent la roseraie qui embaumait l'air de ses parfums enivrants. Au bout de l'allée centrale, un petit kiosque blanc d'où retombait un lierre qui s'enroulait sur les volutes sculptées des colonnes leur proposait une halte fraîche et reposante. Il lui tenait toujours le bras. Soudain, l'obligeant à s'asseoir à son côté, il lui saisit la main, la pressa et la porta à ses lèvres. Un pigeon vint roucouler à leurs pieds et sa femelle voltigea quelques minutes puis se posa près de lui.

— Ils s'aiment, fit-il niaisement en les observant.

Léonore respirait avec une gêne sans cesse grandissante. Elle ne voulait plus discuter, mais se retirer plutôt que de contrarier trop les pensées enfiévrées de son compagnon.

Il s'approcha d'elle et la prit dans ses bras.

— Embrassez-moi, Léonore. Juste un baiser et je ne vous ennuierai plus.

— Non ! Je ne suis pas une petite oie sotte. Un baiser engendre d'autres gestes que l'on peut regretter par la suite.

Sans plus attendre, il plaqua pourtant sa bouche sur la sienne et, surprise, Léonore se laissa faire. Les lèvres de Louis étaient chaudes, douces, apaisantes et pourtant si fougueuses. Mais elle le repoussa sans brusquerie et le baiser fut rompu avant qu'il ne prît une nouvelle ardeur. Déçu, Louis la lâcha et s'écarta.

— Rentrons, fit la jeune femme. Je suis lasse et j'aimerais dormir.

Ils s'en tinrent là et Léonore se retrouva peu après sous une douillette couette entre les courtines bleues d'un lit au cadre de bois sculpté.

Le lendemain, quand elle vit Jean s'approcher, muet de saisissement comme elle, Léonore crut que tout allait s'arrêter et que le duc d'Orléans les jetterait dehors. Mais rien de tout cela n'arriva. Ni Jean, ni Léonore ne virent la lueur intriguée s'allumer dans l'œil de Louis.

— Je suis fort heureux de vous connaître, chanoine Jean. Mon ami, l'évêque du Mans, m'a parlé de vous en termes très chaleureux. Je crois que vous êtes l'homme de la circonstance.

Un bruit de porcelaine ponctua ses propos. Léonore venait de laisser choir une petite bonbonnière garnie de dragées chocolatées. Une servante répara aussitôt les dégâts. Louis regarda la jeune femme qui rougissait et semblait ne plus savoir où poser les yeux, car visiblement elle évitait le regard de Jean.

Celui-ci paraissait plus maître de lui.

— Vous ne vous connaissez pas, dit Louis en désignant Léonore au chanoine. Voici Léonore de La Baume qui aimerait rencontrer sa fille au château de Nantes. Alors que nous étions tous deux sans connaître nos projets respectifs dans la forêt de Saint-Aubin, nous avons été arrêtés par les soldats d'Anne de Beaujeu et emprisonnés. Je l'ai sortie de sa cellule, juste après que je suis sorti de la mienne et...

— Je sais tout, seigneur, on m'a raconté l'épopée de votre fuite.

— Eh bien, voulez-vous nous aider ?

— Oui, voulez-vous nous aider ? marmonna Léonore d'une voix atone.

Jean regarda la jeune femme. Elle plantait enfin son regard dans le sien et Louis, en les observant, y chercha quelque chose qui aurait pu le mettre sur la voie. Ces deux-là se connaissaient, c'était évident.

— L'habit de moine est très seyant sur notre Léonore. À vos côtés, abbé Jean, elle passera inaperçue. Vous serez bien sûr le seul à distribuer vos sermons et vos prières. Il vous faudra subir la tonsure, Léonore.

— Non ! s'écria Jean.

Le duc lui jeta un coup d'œil aigu.

— Et pourquoi non ? s'enquit-il en souriant. Aimez-vous à ce point les cheveux longs et parfumés des femmes ?

— La chevelure féminine est une parure inestimable, fit Jean d'un ton assez piteux.

— Oh ! rétorqua Louis dans un sourire ironique, moi aussi j'adore la chevelure odorante des femmes, et sans doute plus que vous. Mais c'est ainsi. Léonore devra couper la sienne et ne laisser qu'une couronne autour de sa tête. Qu'un soldat vienne à tirer sur le capuchon de sa bure et aperçoive ce que vous semblez si fort apprécier, abbé Jean, et vous êtes morts tous les deux.

Il fit quelques pas en direction de la grande cheminée où flambait un feu que l'on venait de ranimer.

— Pour le reste ! poursuivit-il.

Léonore rougit.

— Pour le reste, précisa-t-elle, je me débrouillerai.

— Parfait. Je vous laisserai le message demain à l'aube. Vous partirez avec une bourse pleine. Elle vous aidera à survivre si un inconvénient majeur vous empêchait d'accomplir rapidement votre mission.

Il tendit la main à la jeune femme.

— Allez vous reposer à présent. Votre route sera dure et périlleuse.

Puis il fit signe à Jean.

— Restez, j'ai à vous parler.

Léonore lui lança un long regard avant de les quitter comme pour l'implorer de ne rien dire, mais déjà Louis mettait son compagnon à l'aise.

— Vous voici devenu protecteur d'une fort jolie femme. Cette mission ne comporte-t-elle pas une part d'agrément ?

Comme l'abbé ne disait rien, il reprit aussitôt :

— Ne mentez pas, Jean. Vous connaissez Léonore.

— C'est vrai, je la connais.

Le duc d'Orléans étira les lèvres en un sourire mince d'où la raillerie n'était pas absente. Simplement un doute venait encore effleurer son esprit.

— Était-ce vous, dans la forêt de Saint-Aubin ?

— C'était moi.

Un silence alourdit légèrement l'atmosphère, mais, avec Louis d'Orléans, tout ce qui s'apparentait aux femmes et à l'amour qu'elles engendraient – certes, à l'exception de la sienne – ne prenait jamais une tournure très tragique.

— C'est votre maîtresse, dit-il précipitamment en revenant vers lui.

Jean hocha affirmativement la tête.

— Merci de votre franchise. Ainsi tout est clair entre nous. Je ne voulais pas vous laisser partir avec ce doute dans l'esprit. Il fallait que je sache. Je nourrissais un autre soupçon. Mordieu ! Je préfère cette situation à celle d'un double espionnage. Léonore est-elle la femme dont m'a parlé mon ami l'évêque du Mans, ou est-ce une autre ?

— C'est elle.

— Alors, si je comprends bien, cet amour s'est poursuivi au-delà de toute promesse ! Qu'en dit votre protecteur, l'évêque Bertrand ?

— Je ne lui ai rien promis et il ne me demande rien. Je fais mon travail en bon prélat. J'aime le Dieu que j'ai choisi, celui de la religion chrétienne, et j'accomplis les activités de négoce qui me sont demandées. Pour le reste, cela ne regarde que mon cœur et moi-même.

V

Jean et Léonore, travestis en moines, étaient aux portes de Nantes. L'approche ne s'était pas faite sans mal. Ils avaient toutefois réussi à passer le barrage en prétextant que l'abbé de la chapelle du château était souffrant et qu'ils avaient été détachés au service de la duchesse Anne pour qu'elle puisse suivre les offices religieux qu'elle ne voulait pas manquer.

Au matin de leur départ, c'était Jean lui-même qui avait tonsuré Léonore devant le duc d'Orléans. Celui-ci avait fait mine de ne rien voir quand Jean s'était brusquement emparé d'une longue mèche brune qu'il avait enfouie dans l'une des manches de son habit de prélat. Que dire à cet amoureux impénitent ? Ce n'était certes pas le fougueux et impétueux Louis d'Orléans qui pouvait lui faire la morale ! C'était la seconde fois que Jean coupait les cheveux de Léonore, la rasant pour ne laisser qu'une mince couronne autour de la tête. Mais pour revoir Isabelle, elle était prête à tous les sacrifices. Et, rasée ou non, Léonore vivait à nouveau un plein amour avec Jean.

Par tous les saints du ciel ! Combien de fois s'étaient-ils arrêtés sur le parcours qui les emmenait de Blois à Nantes ? Repus de baisers, de mots tendres, de gestes attentionnés et surtout rassasiés par les multiples et douces violences qui les transportaient sans cesse plus haut dans leurs délires passionnels.

Ils avaient été retenus le temps de quelques questions par les Suisses de La Trémoille qui, fort heureusement, ne leur avaient pas montré trop d'opposition pour les laisser passer. C'étaient les mêmes qui avaient arrêté Léonore quelque temps plus tôt. Sur les astuces de Jean qui esquissait coup après coup un signe de croix plus calculé que sincère, ils les laissèrent aborder l'entrée du château.

Une horde de soldats faisant office de gardes les regardèrent avec méfiance quand ils voulurent passer le pont-levis sur lequel les hommes de La Trémoille avaient disposé des canons et, comme si cette précaution était insuffisante, une rangée d'archers se tassait le long de la rambarde.

À force de signes de croix et de paroles prêchant la foi chrétienne, la bonté humanitaire, le sens de la piété, mais aussi la colère de Dieu en cas de manquement à l'un des commandements du Seigneur, les portes du château leur furent ouvertes. Pourtant, une grande déception les envahit quand ils apprirent que le duc d'Albret avait fui un mois plus tôt avec les cinq mille lansquenets allemands et les trois mille Espagnols prêtés par le roi Ferdinand d'Aragon pour lui porter secours.

La mission confiée par le duc d'Orléans ne pouvait être accomplie dans l'immédiat. Seul restait pour Léonore l'espoir de voir Isabelle. C'en était fini pour Jean, il lui fallait retourner à Tours. Ils passèrent quelques nuits encore serrés l'un contre l'autre dans une pièce du donjon sans confier à personne leur secret. Puis, Jean s'en fut seul, laissant Léonore à ses rêves pleins d'enthousiasme.

Le jour qui suivit le départ de Jean, elle commença à sortir de la petite pièce du donjon. À qui pouvait-elle se confier ? À la gouvernante de la duchesse, au chambellan, au maître queux, au grand veneur, à l'apothicaire qu'elle rencontrait sans cesse dans les corridors du donjon ? Léonore se sentait perdue et n'osait descendre l'escalier qui menait aux pièces personnelles de la petite duchesse.

Elle s'y décida pourtant au bout de deux jours, d'autant que personne ne s'occupait d'elle, tant les habitudes du château se trouvaient perturbées.

Sur son chemin, elle heurta une servante qui la dévisagea avec un tel aplomb qu'elle resta sans voix. Détaillant fort audacieusement le fin visage blanc et soyeux de ce moine peu banal, remarquant l'allure balancée de son corps, la soubrette ne fit aucun effort pour montrer le respect qu'elle devait à un prélat.

— Ah ! l'abbé ! fit-elle en fixant ses yeux hardis sur la silhouette de Léonore enveloppée de sa longue bure, je croyais que les deux moines arrivés avant-hier étaient repartis. Que faites-vous là ?

— Je... je... j'étais souffrant et mon compagnon a dû réintégrer de toute urgence l'évêché auquel il appartient.

— Et vous ?

— Moi, répondit Léonore en baissant les yeux pour ne pas trahir l'émotion qui l'étreignait tant elle sentait la présence proche d'Isabelle, moi, je suis beaucoup moins pressé.

— Vous êtes encore séminariste ? s'enquit la servante.

— Oui. C'est ça, je n'ai pas encore prononcé mes vœux.

— Pourquoi voulez-vous prononcer vos vœux, l'abbé ? Vous avez un joli regard et une trop belle tournure pour rester votre vie entière dans une triste abbaye.

Elle s'approcha de Léonore et lui caressa le menton. Puis, elle avança les lèvres et les posa sur les siennes. Léonore sentit le bout de sa langue les humidifier et elle s'écarta brusquement. Dieu ! Que cette fille était hardie !

— Je m'appelle Axelle, dit la servante en riant. On dit que c'est un prénom qui fait rêver. Vous plaît-il ?

Comme Léonore ne savait que répondre, la soubrette poursuivit, en la serrant de près :

— Regardez-moi ce grain de peau ! Et l'intensité profonde de ce regard ! Vous a-t-on déjà dit que vous étiez un très beau garçon ? Oui ! Un trop beau garçon pour entrer au service de l'Église.

Léonore commençait à s'affoler. Où voulait en venir cette effrontée ?

— J'aimerais avoir un entretien avec...

— Avec qui ?

La jeune Axelle se collait contre Léonore et semblait ne plus vouloir s'en écarter. Ses mains frôlaient la bure grossière à l'endroit où elle aurait dû sentir une protubérance.

— Avec la gouvernante de la duchesse.

— La comtesse de Laval ! Que lui voulez-vous ?

— J'ai... j'ai un pli à lui remettre de la part de Louis d'Orléans.

L'effet fut brutal et Axelle se recula comme si un serpent l'avait piquée.

— Vous ne pouviez pas le dire plus tôt ! jeta-t-elle froidement. Je vais vous conduire à elle.

Maintenant que tous ses espoirs s'écroulaient, car elle savait qu'en présence des demoiselles du château et de leurs gouvernantes elle ne serait plus qu'une petite servante sans intérêt sur laquelle on ne posait même pas les yeux, elle haussa les épaules et jeta d'une voix atone :

— Suivez-moi.

Léonore avait recouvré ses esprits. Certes, aux côtés de Jean, elle n'avait jamais eu à s'expliquer sur son aspect de moine à l'allure étrange. Il fallait bien qu'à présent elle en supporte les aléas. On ne se travestit pas de la sorte sans courir quelques risques.

Quand elles arrivèrent à l'étage inférieur, Léonore prit le bras de la servante.

— Axelle ! murmura-t-elle, vous êtes une jolie jeune fille et si je n'avais pas été un moine, votre visage m'aurait beaucoup attiré.

La servante eut un large sourire et soupira. Puis elle poussa la porte et, s'avançant dans la pièce, annonça d'une voix assurée :

— Dame Françoise, l'un des jeunes moines venus récemment pour voir le duc d'Albret voudrait avoir un entretien avec vous.

— Je les croyais partis tous deux. Qu'il entre, articula la gouvernante.

Quand Léonore s'avança, elle aperçut une adolescente et comprit aussitôt qu'il s'agissait d'Isabelle. Elle reçut en plein visage l'éclat de ses yeux bleus et la blondeur de ses cheveux soyeux. Dieu ! Qu'elle était belle ! Elle la dévisagea mais, soudain, les lumières de la pièce vacillèrent, un voile noir passa devant elle et ses jambes ne la soutinrent plus. Elle s'avança, les mains tendues. Il lui sembla que ses pieds s'empêtraient dans sa bure. Elle suffoqua et tomba inanimée sur le sol.

Les trois adolescentes rassemblées dans la pièce poussèrent un cri unique. Ce fut la duchesse Anne qui se pencha sur elle. Les dames de Montpensier et de Méricourt accouraient en toute hâte.

— Vite, fit la comtesse de Laval en s'adressant à Jeanne et à Charlotte, allez chercher le médecin ou l'apothicaire. Ce jeune abbé n'a sans doute rien mangé depuis longtemps et la fatigue d'un voyage trop long l'aura épuisé. Un bon remède le remettra sur pied.

Axelle revint, les yeux agrandis d'effroi en voyant le jeune moine étendu inanimé sur le douillet tapis des Flandres qui recouvrait la totalité du sol. Puis le médecin du château s'approcha, tenant à la main sa sacoche. Il souleva sans effort Léonore et la transporta sur un lit de repos près d'un coffre breton en bois sculpté, tout à côté de l'âtre qui lançait de belles lueurs orangées. Il se pencha, souleva sa bure pour mieux l'examiner et rabattit brusquement l'étoffe grossière sur le corps du faux moine.

— Comtesse, fit-il en se retournant vers Françoise de Laval, faites sortir ces demoiselles.

— Charlotte, Jeanne, emmenez les enfants à la chapelle et laissez-nous.

— Que se passe-t-il ? s'inquiéta-t-elle en s'approchant du médecin quand elle se fut assurée que les fillettes étaient bien sorties.

— Il se passe que ce moine est une femme.

— Une femme !

Le médecin releva de nouveau la bure. Deux jambes fuselées leur apparurent, deux jambes aux cuisses longues et aux mollets fins, un ventre doux et blanc, deux seins joliment galbés et une gorge de rêve.

— Dieu du ciel ! murmura la comtesse. Serait-il possible que ces faux moines soient des espions ?

— Un espion ne tombe pas en syncope sans raison, comtesse. À mon sens, ce déguisement cache une autre raison.

Il posa sous les narines de Léonore une fiole qui dégageait une forte odeur, la secoua, l'aspergea d'eau froide que lui tendait Axelle, trop ahurie pour partir. Léonore ouvrit lentement les yeux.

— Isabelle, chuchota-t-elle, Isabelle.

La comtesse de Laval, Axelle et le médecin la regardèrent sans comprendre.

— Que voulez-vous à Isabelle ? demanda la comtesse de Laval en se penchant sur elle.

— Je suis sa mère.

Un coup de canon n'aurait pu déclencher plus violente stupeur. Il n'en fallait pas plus à Axelle pour qu'elle plongeât dans un torrent de larmes qu'elle ne pouvait plus arrêter. Elle avait été bien sotte de prendre ce petit moine pour un jeune éphèbe capable de lui faire les yeux doux et peut-être l'amour !

— La mère d'Isabelle ! ne cessait-elle de murmurer en s'essuyant les yeux.

Mais, le geste prompt et l'esprit vif, la comtesse de Laval commençait à comprendre. Cette femme s'était travestie en moine pour approcher sa fille, sans doute avec la complicité de l'autre prélat – un vrai, celui-ci – dont la mission était d'apporter un pli au duc d'Albret.

— Axelle, cessez de pleurer comme une fontaine et allez rejoindre les enfants.

La servante se frotta les yeux. Avant qu'elle quitte la pièce, la comtesse ajouta :

— Et ne leur soufflez pas un mot de ceci, sinon je vous jette dehors. Ce n'est pas à vous d'ébruiter cette affaire. Je le ferai quand bon me semblera.

Charlotte de Montpensier avait une quarantaine d'années. Depuis la naissance d'Isabelle, elle veillait sur elle, la soignait, l'éduquait. L'enfant était devenue sa fille adoptive, tout comme Jeanne de Méricourt l'était pour la jeune Marguerite de Mercœur, dont la situation était quasi identique.

Les deux gouvernantes n'avaient-elles pas suivi les fillettes de cour en cour, là où le destin les plaçait ? À l'époque où le duc de Berry fuyait son frère le roi

Louis XI pour avoir organisé un complot contre lui, les deux femmes avaient assisté aux accouchements de Léonore Cassex et de Marie Mercœur, deux maîtresses que le duc de Berry n'avait guère regrettées. L'une était morte en mettant Marguerite au monde. L'autre, ne supportant pas le partage avec l'épouse du duc, avait préféré quitter la cour, prétextant qu'elle partait à la recherche de son père.

Charlotte épongea son front ruisselant de sueur. Voici que, des années plus tard, la mère d'Isabelle revenait ! L'idée qu'elle allait lui reprendre la fillette la laissait anéantie. Qu'allait-elle faire si l'enfant lui était ôtée ? Ah ! si la chose était arrivée à Jeanne de Méricourt dont la famille de petite noblesse était ruinée, elle aurait pu partir au couvent des Ursulines à Paris où depuis douze ans sa vieille tante l'attendait.

Mais elle ! Charlotte de Montpensier, qui s'était fortement attachée à la fillette et dont les revenus d'un domaine prospère lui arrivaient sans même qu'elle les demandât à sa famille. Elle ! Charlotte, dont l'esprit et les qualités de cœur n'avaient attiré aucun homme et qui avait trouvé sa raison de vivre avec cette enfant qui lui était tombée du ciel un jour que sa mère contrainte par les aléas de la vie avait fui, Charlotte allait-elle devoir se battre ? Sans Isabelle, elle ne saurait plus que faire. Sa foi n'était pas, comme celle de Jeanne, assez grande pour qu'elle s'enfermât dans un couvent.

Les deux femmes se regardaient, s'observaient, se jaugeaient. Léonore s'était redressée. Elle regrettait cette faiblesse qui lui avait fait perdre ses moyens, mais elle sentait ses forces revenir.

— Je voudrais voir Isabelle.

Malgré son air impassible et son attitude immobile, Charlotte eut un frisson. Elle sentit son sang se glacer dans ses veines.

— Qu'allez-vous lui dire ?

— La vérité.

— Quelle vérité ?

Léonore s'assit complètement. Le rose revenait à ses joues. Elle sourit au médecin dont la compassion marquait le visage. Il n'avait point d'avis à donner sur cette question délicate. Léonore tourna un visage éploré vers Charlotte.

— N'ayez crainte, jeta-t-elle en soupirant, je ne vous prendrai pas Isabelle. J'ai compris que vous l'aimiez et je pense que cette affection doit être réciproque. Cent fois, mille fois j'ai attendu cet instant. La revoir ! Oui ! Juste apercevoir son visage et regarder la couleur de ses yeux, la forme de sa bouche et recevoir peut-être un sourire qui sera ma joie de vivre. Vous la reprendre, à présent ! Non ! Je l'aurais fait bien plus tôt si l'on ne m'avait pas assuré qu'elle appartenait à la cour de Berry, puis à la cour de Bourgogne quand Charles est mort et, maintenant, à la cour de Bretagne parce que la régente en a décidé ainsi.

Elle vit que les mains de Charlotte tremblaient. Elle eut un triste sourire et poursuivit, tout en plongeant les yeux dans les siens :

— Que ferais-je d'elle ? J'ai une vie si errante que je bousculerais sa calme existence faite des petits plaisirs d'une cour quasi royale. Pour l'instant, je n'ai rien à offrir à ma fille, habituée au luxe quotidien. Le procès que j'ai entamé pour récupérer les biens de mon époux n'est pas encore terminé.

Elle haussa les épaules.

— Oui, que ferait-elle avec moi ? Je ne suis guère faite pour la vie de château. Je suis trop habituée à courir les grands chemins.

Elle baissa enfin les yeux.

— Je reviens de trop loin pour tenir en place, souffla-t-elle.

Elle se leva, tituba un peu, et le médecin la retint par le bras.

— Laissez-moi, fit-elle en se dégageant. Je vais tout à fait bien à présent. Que l'on m'amène César, mon cheval. Finalement, je vais repartir sans la voir. C'est sans doute mieux ainsi. Si, un jour, Isabelle vous parle de moi, dites-lui que j'ai été très amoureuse de son père, mais que la vie en a décidé autrement. Dites-lui que les quelques secondes où je l'ai aperçue combleront mon existence.

Charlotte recula. Elle ne tremblait plus. Avant de quitter la pièce, Léonore se retourna vers elle.

— Ne lui trouvez pas un vieux et riche mari. C'est inhumain pour une femme. Laissez parler son cœur. L'essentiel n'est pas l'argent. Ce sont les sentiments.

Consciente qu'elle n'avait peut-être pas accompli la meilleure des choses, elle sentait les larmes brouiller sa vue. Le seul point qui pouvait la soulager restait l'image d'Isabelle. Une jolie fillette aussi blonde qu'elle était brune et les yeux aussi bleus que les siens étaient noirs. À qui pouvait donc ressembler sa fille ? Charles n'avait pas les cheveux blonds et ses yeux n'étaient pas aussi clairs. Fallait-il qu'elle se rappelât un certain jour où Thomassaint lui avait parlé de la brune Burgot, sa mère, dont les yeux, disait-il, quand un désir les avivait, lançaient mille paillettes aussi dorées que le soleil ? Mais ils n'étaient pas bleus !

À qui donc pouvait ressembler Isabelle ? Seul Martin, le cadet de Thomassaint, avait reçu en naissant cette soie blonde au-dessus de sa tête et ces morceaux d'azur dans les yeux.

Mais pour se poser cette question qui la hantait depuis qu'elle avait enfourché César, Léonore ne connaissait pas la blonde grand-mère de Thomassaint dont lui avait parlé un jour Loïc le marin, revenu avec elle de Constantinople. Elle s'appelait Élisabeth Cassex et toute la famille – Isabelle comprise – descendait de ce nom à consonance anglaise, car Élisabeth, dite Betty, était la fille d'un brodeur anglais dont le fils s'était trouvé exilé en France en plein milieu de la guerre de Cent Ans.

Léonore se cramponna à César. Qu'importait si sa fille ressemblait à Élisabeth, à Clarisse, à Burgot, à Léonore, à toutes ses aïeules. À présent, elle devait l'oublier. Sans doute la reverrait-elle un jour, alors qu'elle serait mariée et qu'elle viendrait à elle, les mains tendues et le cœur débordant d'amour. Mais, pour l'instant, tout cela n'était qu'un rêve et elle chevauchait vers Fougères, ville jusque-là restée neutre et où le duc d'Albret avait fui. Elle portait toujours le pli de Louis d'Orléans et se jurait de le remettre en main propre à son destinataire.

Elle eût certes préféré la présence de Jean à son côté, sentir ses bras sécurisants autour d'elle et voir son visage attentionné penché sur le sien pour lui tendre ses lèvres.

Léonore s'attendait à rencontrer les lansquenets allemands et les soldats espagnols prêtés à Louis d'Orléans par Ferdinand d'Aragon. Mais Fougères venait juste d'être réquisitionnée par les armées de la régente et les soldats de La Trémoille. Aussi, dès qu'elle fut aux portes de la ville, réagit-elle à peine quand deux soldats se piquèrent devant elle. Elle commença juste à se débattre au moment où elle s'aperçut qu'elle était bel et bien prisonnière.

Traînée à nouveau devant l'odieux capitaine de La Trémoille, elle se retrouva aussi désarmée que la première fois. Sa tête tonsurée ne suffit pas à calmer les doutes du capitaine. Il reconnaissait trop l'audace des yeux qui avaient nargué les siens pour faire confiance à ce soi-disant moine aux allures efféminées. Il donna l'ordre aux deux hommes qui l'avaient traînée jusqu'à lui de soulever la bure et ricana.

— Une espionne ! Je le savais, ma belle, que tu étais une espionne.

Cette fois, Léonore reprenait ses esprits. À présent, Isabelle était loin. Il fallait sortir de ce guêpier avant qu'il ne soit trop tard. Et il était inutile de parlementer.

— Je veux parler à la régente.

— Que veux-tu lui dire ?

— C'est elle qui m'a envoyée ici. Oui ! C'est elle ! Sans son impitoyable décision d'offrir ma fille en pâture à la duchesse de Bretagne, j'aurais pu la récupérer à la mort du duc de Berry.

Bien que disposant de toute la confiance de la régente et malgré son illustre famille, le jeune capitaine de La Trémoille ne pouvait prendre l'initiative d'emprisonner ainsi cette belle supposée espionne.

— Eh bien ! ma belle, dans quelque temps, nous saurons si tu dis vrai. Je vais détacher six de mes hommes pour te remettre entre les mains de la régente. Mais à mon avis, tu reviendras chez moi... la queue basse, puisque tu es un moine.

C'est à peine si Léonore rougit. Peu importaient les quolibets, les rires gras, les moqueries, les menaces puisque désormais il fallait agir. À elle de convaincre Anne de Beaujeu qu'elle était bien la seule fautive dans cette affaire.

Elle reconnut, cependant, que sans la bure de Louis d'Orléans les soldats de La Trémoille auraient découvert depuis longtemps le message qui aurait signé sa perte. La robe spécialement conçue pour le duc comportait des ourlets simples qui ne permettaient pas de cacher un document. Mais, à l'une des deux épaules, un emplacement spécial était réservé. Deux morceaux d'étoffe semblables à celle de la bure étaient étroitement collés. Dans la couleur brune et sombre du tissu, personne ne pouvait remarquer le stratagème. Léonore fut sauvée grâce à cette astuce.

Enfermée dans une sombre pièce, mais non une cellule, cette fois, elle dut attendre plusieurs semaines avant de partir, entourée par les hommes de La Trémoille, sur les routes du Val de Loire pour y rencontrer Anne de Beaujeu.

La régente se trouvait à Bourges quand Léonore lui fut amenée, encerclée par les six soldats. Ils avaient reçu l'ordre de ne point la maltraiter et de lui fournir sa nourriture quotidienne. César suivait le convoi, étonné sans doute de ne pas être monté par Léonore qu'il voyait pratiquement chaque jour à son côté.

Anne de Beaujeu avait été coquette et gracieuse au temps de sa jeunesse. Mais sa nature solide, réservée et sage, son tempérament réfléchi, calculateur et restrictif avaient fait d'elle une femme d'allure austère, à l'œil d'acier et à la poigne rigoureuse. Ne gouvernait-elle pas encore la France à la place de son jeune frère ?

— Pourquoi dites-vous que je vous ai envoyée à Nantes ? dit-elle d'un ton sec à Léonore quand elle fut devant elle.

— Parce que, sans votre décision de placer ma fille Isabelle auprès de la duchesse Anne, je l'aurais récupérée à la mort de Charles de Berry.

— Votre mari, Guillaume de La Baume, ne voulait pas élever votre fille.

— Et moi je ne voulais pas épouser cet homme.

Anne apprécia l'aplomb de cette femme, mais elle ne devait en aucun cas se laisser attendrir.

— Qui vous l'a imposé ?

— Votre père, le roi Louis XI.

L'étonnement vint s'inscrire sur le visage d'Anne de Beaujeu.

— Ainsi vous connaissiez le roi !

— Votre père m'avait imposé le sire Guillaume de La Baume qui travaillait encore pour le compte du duc de Bourgogne. Il voulait s'assurer de sa traîtrise par mon intermédiaire.

— Et que vous a-t-il donné en échange ?

— La possibilité de partir à la recherche de mon père, et j'avoue que son aide m'a été très précieuse.

Anne de Beaujeu appela ses servantes et leur commanda d'apporter à Léonore une tenue décente. Quand elle eut quitté la bure et revêtu une élégante robe de couleur pourpre, à larges manches, décolleté carré et corsage resserré à la taille, la régente prit la bure entre ses mains et se mit à l'observer avec attention.

— Mon cousin Louis d'Orléans, avec qui j'ai passé une partie de mon enfance et partagé de multiples jeux, parlait toujours de bure de moine aux ourlets truqués. Cela l'amusait de me voir rire à ce sujet.

Léonore se mit alors à trembler. Anne tendit la bure aux servantes.

— Que l'on découpe en morceaux ce vêtement. Je le veux tailladé en tous sens.

Quelque temps plus tard, on apporta le message à Anne de Beaujeu qui, un sourire aux lèvres, le lut rapidement, puis se tourna vers la jeune femme.

— Ainsi, le capitaine de La Trémoille avait raison. Vous étiez bien une espionne.

— Non ! s'écria Léonore. Mais c'était la seule façon de voir ma fille. J'ai rencontré incidemment le duc d'Orléans dans la forêt de Saint-Aubin-du-Cormier, nous avons fait route ensemble, lui pour les motifs que vous connaissez, moi pour ceux que je viens de vous exposer. Nous avons été arrêtés l'un et l'autre. Louis d'Orléans, après s'être échappé, m'a délivrée. Ce message est simplement le service qu'il m'a demandé d'accomplir pour le remercier de m'avoir libérée.

VI

Jean chevauchait au grand galop en direction de Nantes. Il portait sur lui un petit ouvrage tissé en fils de soie représentant une Millefleurs qu'il s'apprêtait à offrir à la jeune duchesse Anne afin de s'introduire dans le château.

Passer le pont-levis et pénétrer dans la cour intérieure fut plus aisé qu'il ne l'aurait cru. Les tensions s'apaisaient depuis que les villes bretonnes se soumettaient peu à peu aux exigences de la couronne de France et l'on commençait à entrevoir de façon plus précise un mariage entre la duchesse Anne et le dauphin Charles.

Lorsqu'il fut en face de la comtesse de Laval dont la mission était toujours d'éduquer la duchesse, elle l'observa sans rien dire, sans doute le temps de remettre un nom sur ce visage trop singulier pour qu'on l'oubliât en quelques mois.

Quand Jean vit la lueur s'allumer dans les yeux de la comtesse, il sut qu'elle l'avait reconnu. Elle fit un geste d'impuissance qui amenait déjà la réponse à la question qu'il n'avait pas encore formulée.

— Cherchez-vous la mère d'Isabelle Cassex ? demanda-t-elle d'un ton tranquille.

Le regard de Jean, étonnamment sombre et brillant, caressant autant qu'il pouvait être meurtrier, se planta dans les prunelles grises de la comtesse.

— Oui.

— Et pourquoi ?

— J'avais pour mission de la protéger. Le duc d'Orléans m'envoie à sa recherche.

Elle esquissa de nouveau le geste qui la rendait indécise.

— À ce jour, elle est incarcérée, mais je ne puis vous dire où.

Jean hocha la tête tout en réfléchissant à ce qu'il allait dire ou faire.

— Auriez-vous la possibilité d'effectuer une enquête ? questionna-t-il sans trop espérer une réponse positive.

— Hélas ! Ce n'est plus notre problème. La Bretagne se soumet peu à peu et semble accepter un mariage entre la duchesse Anne et le futur roi de France.

— Est-ce pour cette raison que la surveillance ennemie s'est un peu relâchée ?

— Sans aucun doute.

— Si c'est le cas, ne pouvez-vous rien entreprendre pour...

— Non ! coupa la comtesse d'une voix lasse. Au moindre faux pas, je serai incarcérée moi aussi et la jeune duchesse Anne sera envoyée dans l'un des châteaux du Val de Loire en attendant son prochain mariage. On lui donnera deux ou trois duègnes et elle se morfondra entre quatre murs qu'elle prendra en horreur. Sa nature fière et indépendante ne le supportera pas.

Jean sortit de son habit la petite tapisserie tissée en fils de soie. Ses couleurs chatoyantes forçaient le regard.

— C'est un présent que notre abbaye de Saint-Martin offre à la jeune duchesse. Pour mieux lui plaire, nous avons choisi le personnage de sainte Anne. Regardez l'expression du regard et l'attitude du visage ! Elles relèvent d'une complète harmonie avec les Millefleurs qui l'entourent. Les anges eux-mêmes sonnant de la trompe s'y intègrent admirablement.

La comtesse tourna et retourna entre ses doigts la petite œuvre d'art qui étincelait comme si les rayons du soleil s'y posaient. Soudain, la porte s'ouvrit sur une tête bouclée, brune comme les ailes d'un corbeau, derrière laquelle s'avançaient deux silhouettes merveilleusement blondes qui attirèrent l'attention de Jean.

Elles s'égaillèrent dans la pièce comme une volée de moineaux puis, remarquant le prélat, elles s'avancèrent joyeusement alors qu'arrivaient plus tranquillement les dames de Montpensier et de Méricourt. Anne s'approcha de Jean la première.

— Oh ! quel ouvrage splendide, fit-elle en admirant la tapisserie que tenait toujours sa gouvernante.

— C'est un présent de l'évêché de Tours qui vous est destiné, duchesse, fit celle-ci en se retournant vers Anne.

Marguerite, elle aussi, s'approcha de Jean. Elle tendit le doigt vers les coloris qui semblaient la fasciner, puis se pencha sur l'ouvrage.

— Regardez ces mille petites fleurs posées là comme des pétales alors que ce sont des ombelles. On croirait respirer leur parfum. Et regardez, Anne, le visage de votre sainte patronne. Elle est aussi jolie que vous.

Anne et Marguerite admiraient la tapisserie en ne tarissant pas d'éloges sur les maîtres d'œuvre qui avaient contribué à sa réalisation. Deux jolies adolescentes qui, bientôt, seraient de séduisantes jeunes filles.

Et Isabelle ! La blonde Isabelle ! Elle s'était campée devant Jean, qui l'observait sans rien dire. Oui ! La fille de Léonore était là, devant lui. Des yeux bleus, certes très différents de ceux, presque noirs, de sa mère, mais le regard était identique, à la fois farouche et tendre. Et cette attitude noble et racée ! C'était bien celle de Léonore. La vision d'une pouliche douée et rebelle. Sa mère aurait dit en souriant : « Ma fille est l'image d'une licorne souple, légère et gracile, qui ploie, mais ne faiblit pas. » Et Jean, en un seul regard, constatait la ressemblance. Isabelle avait les gestes de sa mère, son maintien, ses allures, ses expressions. Son sang coulait en elle.

Avec de tels yeux et un tel sourire, avec une telle grâce, Jean en était convaincu : qu'on la mariât ou non de force, Isabelle ferait des ravages dans le cœur des hommes. C'était inscrit et il le ressentait au plus profond de lui-même. Déjà tout en elle l'affirmait.

— Il me semble vous avoir déjà aperçu, messire l'abbé ! dit-elle d'une voix douce.

— En effet. Je suis venu dans ce château, il y a quelques mois à peine.

— Pour porter un pli au duc d'Albret qui venait de s'enfuir à Fougères.

— Exactement.

Si cette adolescente paraissait fragile, Jean dut réviser son jugement. Elle ne devait pas trembler facilement. En cela aussi, elle ressemblait à Léonore. Sacrebleu ! pensa-t-il en fixant la fillette, où donc était enfermée sa mère ? Sa passionnée et belle amante !

Comme Isabelle le regardait de ses grands yeux bleus, il poursuivit, en s'adressant à elle :

— Aimez-vous les tapisseries ?

— Autant que mon amie Marguerite. Regardez, elle n'arrive pas à détacher les yeux de cette merveille que vous avez apportée.

— Isabelle a raison, fit la duchesse Anne d'une voix rieuse en se tournant vers Marguerite, si vous la regardez avec autant de désir, nous serons obligées de nous la partager.

— Bah ! jeta Isabelle en haussant légèrement les épaules, vous en aurez une autre. Sainte Anne ou sainte Marguerite sont-elles si différentes ? Pouvez-vous me répondre, messire l'abbé ?

— Isabelle ! objecta Charlotte de Montpensier. Ce propos n'est pas digne de vous.

— Elle a raison, fit Jean en se tournant vers l'adolescente. Si les saintes se retrouvent toutes au ciel, quelles peuvent être leurs différences sur la terre ?

Voyant que ce séduisant prélat prenait sa défense, Isabelle s'enhardit :

— Pourquoi n'êtes-vous pas venu avec le moine qui vous accompagnait la dernière fois ? Nous l'avons vu après votre départ et je me souviens qu'il m'observait étrangement. Son regard me fouillait.

— Isabelle ! intervint encore Charlotte d'une voix qui tremblait.

Mais l'adolescente poursuivit :

— Vos yeux à vous, messire l'abbé, sont deux morceaux de braise qui éclairent tout l'âtre d'un foyer.

— Isabelle ! reprocha cette fois Charlotte, ne soyez pas aussi effrontée.

La fillette se mit à rire, fit une révérence à Jean et prit la main de Marguerite.

— Nous devons nous rendre à notre leçon de musique. Je vous souhaite un bon retour, messire l'abbé. Peut-être nous reverrons-nous une troisième fois !

Quand elles furent parties, Charlotte de Montpensier s'approcha du prélat.

— Elle ne sait rien, expliqua-t-elle d'un ton neutre. Nous avons jugé plus prudent de ne pas la tenir au courant. Cela déséquilibrerait sa vie. C'est encore une adolescente fragile.

Comme Jean ne disait rien, elle ajouta :

— Mais vous le savez, c'était le souhait de sa mère. Où est-elle enfermée ? Avez-vous de ses nouvelles ?

— Hélas, c'est ici que je venais en chercher.

La comtesse de Laval s'approcha du prélat et le questionna à son tour :

— Où est-elle allée exactement en sortant d'ici ?

— Attendu par l'évêché, je suis rentré à Tours tandis qu'elle désirait se rendre à Fougères. Elle tenait à remettre le message au duc d'Albret. Cette mission lui tenait à cœur.

— Alors, c'est là que vous devriez aller.

Ne voulant rien négliger pour retrouver Léonore, Jean décida de suivre ce conseil.

À Fougères, la tension régnait comme autrefois à Nantes. Des soldats sillonnaient les routes, surveillaient les alentours, arrêtaient le tout-venant. Nombre de colporteurs et de marchands ambulants se voyaient dans l'obligation immédiate de faire demi-tour.

Le problème se posa pour quelques moines dont l'allure n'était pas plus étrange que celle de Jean. Devant les soldats qui leur opposaient leurs hallebardes et les archers qui les menaçaient de leurs flèches, ils prétextèrent que le prieur de l'abbaye des bénédictins les attendait.

Quand Jean vit les hommes armés se saisir un peu trop brutalement des cinq moines qui avaient tenté de les convaincre, il se dit qu'il devrait étayer ses arguments. Il préféra donc évoquer le sire Jacques Dabronville, un habitant de Fougères qu'il connaissait pour avoir entretenu avec lui quelques opérations de négoce. Dabronville, jardinier de sa profession, fournissait les plants de mûriers à la ville de Tours pour alimenter les vers à soie de sa fabrique. Depuis que les Lyonnais avaient refusé d'assumer les contraintes de la culture du mûrier dont ils détenaient le monopole, les petits ateliers de soierie quittaient Lyon et remontaient tous en Val de Loire pour se fixer aux alentours de la ville. Tours devenait l'un des plus grands centres commerciaux en ce domaine et, sous la conduite de l'évêque Bertrand, Jean en surveillait étroitement le développement.

— Où allez-vous, l'abbé ? cria l'un des soldats.

— Je dois rencontrer le sire Dabronville qui tient commerce de jardinerie de l'autre côté de la ville et négocier des mûriers avec lui. L'évêché de Tours m'a donné toute latitude pour mener les opérations.

Son prétexte était moins vague que celui de ses compagnons, déjà enfermés dans la prison de Fougères. On avait trouvé sur chacun d'eux une dague et, pour aggraver leur cas, l'un des cinq moines dissimulait un message dans les replis de sa bure. Un document écrit en latin qui paraissait assez anodin et que l'on aurait pu prendre pour la traduction d'une prière adressée à leur saint patron Bernard.

Il sut un peu plus tard que les cinq moines s'étaient débattus comme des lions avant d'être enfermés et il remercia Dieu de ne point avoir été brassé dans la mêlée. Mais Jean voulait en avoir le cœur net, et, si c'était à Fougères qu'il devait être renseigné sur le sort de Léonore, il y resterait le temps qu'il faudrait.

Il attendit donc, non pas emprisonné, mais du moins étroitement surveillé, que l'on se renseignât sur l'existence du sire Dabronville. Celui-ci affirma connaître le prélat de Tours et Jean dut passer une commande de plants de mûriers non prévue pour le compte de l'évêché. Bah ! Jean ne se tracassait guère à ce sujet, il trouverait bien un moyen de justifier cet achat.

Jean apprit le matin même de sa libération que les cinq moines avaient été pendus la veille pour avoir trahi le royaume de France. Il n'était pas homme à trembler. Le sang qui bouillait dans ses veines lui apportait trop d'énergie pour qu'il laissât tomber une cause qui lui tenait tant à cœur. Cependant, ses recherches demeurèrent infructueuses et il se rendit compte finalement qu'il n'apprendrait rien d'autre dans cette ville et qu'il était préférable de s'en retourner à Tours.

Il enfourcha son cheval et fila à bride abattue, laissant derrière lui les soldats poursuivre leur surveillance assidue.

VII

Durant sa séquestration dans la tour du château de Bourges, Léonore apprit l'arrestation de Louis d'Orléans par La Trémoille. On l'avait enfermé aux Ponts-de-Cé sur l'ordre d'Anne de Beaujeu, puis transféré à Sablé pour y être jugé et enfin emprisonné dans l'un des infects cachots du château de Lusignan.

La couronne de France s'affermissait de jour en jour. Depuis la mort de Louis II de Bretagne, le jeune capitaine de La Trémoille faisait des merveilles pour le compte de la régente, renversant les dernières villes bretonnes qui hésitaient à se soumettre et campant ses armées jusqu'à Saint-Malo pour empêcher la flotte anglaise de venir au secours de ses alliés.

Le dauphin Charles avançait en âge en supportant l'autorité de sa sœur aînée, même lorsqu'elle allait à l'encontre de ses plaisirs futiles, de ses goûts personnels, parfois fantasques, ou de ses idées chevaleresques périlleuses pour le destin de la France. Ainsi en allait-il quand le dauphin parlait de l'emprisonnement de son cousin Louis d'Orléans dont il demandait sans cesse la libération à la régente. Charles VIII prenait conscience, jour après jour, du rôle secondaire qu'il jouait au sein du royaume et, malgré la grande estime qu'il gardait pour sa sœur, il souhaitait de plus en plus vivement exercer le pouvoir.

Anne de Beaujeu, qui de temps à autre venait voir sa prisonnière, lui avait affirmé qu'elle bénéficiait d'un traitement de faveur compte tenu des bons rapports qu'elle avait eus avec le roi Louis XI et des services loyaux qu'elle lui avait rendus. Ce privilège ne la satisfaisait guère dans la mesure où sa vie était entre les mains de la régente et où celle-ci, à tout instant, pouvait signer sa condamnation à mort.

Bien qu'Anne de Beaujeu se montrât courtoise lorsqu'elle venait la voir, Léonore était consciente de son état de prisonnière. La peur d'être enfermée dans un cachot où l'obscurité, la faim, le froid taraudent les prisonniers la saisissait comme une maladie dont on ne peut guérir. La crainte de ne plus sortir et de ne jamais revoir sa fille, Jean ni son père la tenait dans une permanente inquiétude.

Puis, un jour, elle apprit de la bouche même de sa geôlière que cinq des moines venus de Tours et se dirigeant à Fougères dans un but assez trouble – on avait évité d'ébruiter l'affaire car un prélat de l'évêché de Tours y était impliqué –, avaient été pendus après quelques jours de détention.

Persuadée que Jean en faisait partie, Léonore tomba dans une brusque hébétude que la régente ne s'expliqua pas. Six mois durant, sa vie ne tint qu'à un fil. Elle s'obstinait à ne plus vouloir se lever, se nourrir, ni même regarder le filet de ciel bleu au travers de l'étroite et unique fenêtre en ogives dressée tout en haut de la paroi pierreuse.

Déprimée, faible, atteinte de cette maladie qui n'a besoin d'aucun remède pour guérir si ce n'est l'oubli, Léonore pleurait Jean, son tendre compagnon. Dieu les punissait-Il d'avoir mené si loin l'amour qu'ils se portaient ? Manifestait-Il Sa vengeance envers l'un de Ses sujets, un homme d'Église dont l'unique devoir était de se consacrer à Lui seul ?

Léonore gémissait doucement en se retournant mille et mille fois sur sa couche. Jean était mort, pendu, banni de la terre. Il avait dû murmurer le prénom de sa bien-aimée avant de disparaître dans les abîmes de l'enfer. Aussi appelait-elle ce Dieu vengeur pour qu'Il la plongeât elle aussi dans ces mêmes ténèbres d'où l'on ne ressortait plus.

Mais Dieu ne voulut point d'elle. Il est vrai que Léonore était faite d'un bois dur et solide. Passé ce temps où elle refusait de manger, ne quittant plus sa couche et fixant le vide sans rien dire, elle eut envie un beau matin de regarder un jour le haut de sa fenêtre où filtrait un rai de soleil qui lui suggérait de reprendre espoir.

Voyant qu'elle retrouvait le goût de vivre, Anne de Beaujeu lui accorda la permission de se promener dans les jardins du château, escortée par deux gardes dont la stature ne permettait aucun espoir d'évasion. Quand elle fut complètement rétablie et que les couleurs revinrent à ses joues, la régente l'autorisa à poursuivre ses promenades deux fois par semaine.

Léonore retrouvait quelques forces grâce aux informations que lui apportait la régente – car, en cela, elle n'était pas cruelle – sur la bonne santé de sa fille à la cour de Nantes. À chacun de ses passages à Bourges, Anne de Beaujeu venait voir Léonore et elles discutaient quelque temps. La régente connaissait à présent son histoire, et son audace et son intelligence lui plaisaient. Elle lui parlait souvent de son fils, qui était un peu plus jeune qu'Isabelle.

Un jour, à la grande surprise de Léonore, Anne de Beaujeu entra dans la tour avec les deux gardes qui ne quittaient pratiquement par les lieux. Ils portaient un lourd métier à tisser et une table à tréteaux qu'ils aménagèrent aussitôt en y déposant tout ce qu'il fallait pour travailler.

— Vous ne vous ennuierez plus, Léonore, dit la régente, assez contente d'elle-même, en scrutant le visage étonné de la jeune femme. Qu'allez-vous tisser sur cette basse lisse ?

Tout en observant les gestes des deux hommes qui s'affairaient à son côté, Léonore avisa les laines, les fils d'Arras, les fils de soie et même les fils d'or qui s'entassaient à vue d'œil, les outils, les aunes de toile, les cartons à dessin, les crayons, les plumes, les encres, enfin tout ce qui était nécessaire pour commencer un ouvrage.

— Qu'allez-vous tisser ? répéta la régente, curieuse de connaître les réactions de sa prisonnière.

Léonore soupira avant de répondre :

— Je vais tisser mon chef-d'œuvre que je présenterai à la guilde des lissiers du Nord lorsque vous m'aurez libérée. Puis, j'ouvrirai mon atelier à Tours ou ailleurs.

Les deux gardes repartis et la stupéfaction de Léonore dissipée, l'atmosphère de la pièce reprit sa morbide quiétude. Pourtant, tout avait changé, il y avait là une lisse et des fils de qualité aux couleurs chatoyantes. La fenêtre tout en haut de la pièce jetait son rai de lumière matinale et, dans sa tête, Léonore sentit un flot d'idées se bousculer.

Elle tourna son visage vers la régente.

— Une scène courtoise, reprit-elle. Oui ! Une belle scène d'amour que je vais rendre sublime aux yeux qui la regarderont plus tard si ce ne sont pas les miens. Oui ! Madame la régente, comptez sur moi pour la parfaire comme il le faut. J'y tisserai un couple fou d'amour et d'évasion. Mon seigneur sera agenouillé devant sa dame et lui offrira l'espace et la liberté.

Elle se tourna lentement vers Anne de Beaujeu et la dévisagea avec insistance.

— Il y a une question que je ne vous ai jamais posée. Qu'a-t-on fait de mon cheval après mon arrestation ?

— C'était un trop bel animal pour le laisser entre les mains des soldats de La Trémoille. Je l'ai fait ramener au domaine de La Baume.

Rassurée, Léonore soupira. *L'Offrande du cœur* était donc sauvée ! Un jour, elle serait entre les mains d'Isabelle. En quelques secondes, elle revit les teintes bleues et ocrées, les formes, le point tissé assez lâche comme on le faisait au début de ce siècle et qui mêlait si bien les couleurs à la structure même de la petite tapisserie.

L'Offrande du cœur ! Le seul bien matériel qui la rattachait à Jean, le seul souvenir glissé sous la selle de César ! La petite tapisserie avait dû être récupérée par Jacquemin et Guillemette et mise en bonne place.

— Le procès intenté pour reprendre le patrimoine de mon époux décédé est-il terminé ? s'enquit-elle d'un ton tranquille.

La régente esquissa un sourire qui ressemblait à celui de Louis XI lorsqu'il s'apprêtait à asséner une vérité bien pesée à un adversaire redoutable.

— Vous oubliez votre trahison, Léonore. Le domaine de La Baume vous est définitivement confisqué. Il a été mis sous séquestre. Inutile de vous leurrer.

— Et le personnel, qu'en avez-vous fait ?

Anne de Beaujeu accentua son sourire et ses yeux gris, toujours froids, prirent cette expression qu'elle ne savait rendre indulgente qu'à de trop rares instants.

— Vos gens sont restés au domaine. Ils n'ont pas été mis à la porte. On m'a rapporté qu'outre votre chambrière et votre cocher, seuls un jardinier, une cuisinière et une vieille servante étaient restés. Je les ai donc pris en charge.

— Ce domaine n'était pas pour moi, jeta Léonore d'un ton las. Je n'en ai jamais voulu, il me rappelle de trop mauvais souvenirs. Je le réservais pour ma fille qui, un jour, aurait su le mettre en valeur. Il lui faudra bien une dot quand elle se mariera.

— Ne craignez rien à ce sujet, rétorqua la régente d'un petit ton sec. L'avantage d'être élevée à la cour d'une future reine est considérable. D'une manière ou d'une autre, elle sera correctement dotée le jour de ses épousailles. Anne de Bretagne pourvoira largement à cet état si votre fille n'a pas un sou.

Comme Léonore ne répliquait rien, elle crut bon d'ajouter :

— Et ne le ferait-elle pas que j'y pourvoirais moi-même. Je vous en donne ma parole.

Elle eut un petit geste de la main qui semblait mettre fin à l'entretien et, pourtant, elle ne bougea pas d'un pouce, comme si elle s'enracinait.

— Je viendrai voir chaque semaine l'avancement de votre ouvrage, dit-elle avec un soupçon de sourire. Car il me tarde d'apprécier vos compétences de lissière.

— Je commencerai dès ce soir.

— Pourquoi pas maintenant ?

Léonore savait-elle vraiment se servir d'une basse lisse, laquelle, en l'occurrence, n'était pas un simple petit métier à tisser semblable à ceux que beaucoup de femmes utilisaient à l'intérieur de leurs demeures ?

En observant longuement tout ce qu'on lui avait apporté, Léonore se rendit compte qu'il s'agissait d'un matériel de qualité. C'était une lisse de large dimension avec laquelle on pouvait effectuer un ouvrage de grande envergure. Elle inspecta quelque temps la navette, les peignes, les rouleaux, les baguettes, le cadre métallique. Puis, elle entreprit de passer ses fils de chaîne.

Anne de Beaujeu avait décidé de ne pas la lâcher du regard et, deux heures plus tard, quand Léonore se mit à passer les fils de trame qui s'entrecroisaient avec les fils de chaîne en formant le support, elle sut que sa prisonnière ne lui avait pas menti et qu'elle travaillait avec beaucoup de maîtrise.

Les semaines et les mois passaient. Peu à peu Léonore se remettait et Jean fut bientôt un doux souvenir qu'elle ensevelit au plus profond d'elle-même.

Elle pensait parfois à Louis d'Orléans, prisonnier dans une cellule froide et puante où il se morfondait. Une prison qui, assurément, ne présentait pas l'agrément de celle dont elle disposait avec cette grande pièce éclairée par la haute fenêtre et jouxtée par un cabinet d'aisances où elle pouvait faire sa toilette.

Quant au lit, bien qu'il ne fût pas aussi moelleux que ceux dans lesquels il lui était arrivé de coucher, elle en appréciait parfois l'apparente douceur, les nuits où elle se laissait aller à ses rêves d'infortune. Léonore avait trop couru les routes et les chemins, dormant au hasard des auberges ou sur les banquettes des chariots attelés aux chevaux, pour qu'elle trouvât incommode cette couche qui avait au moins l'avantage d'être toujours propre.

Seule une servante fidèle de la régente, dame Gerboise, avait le droit de s'occuper d'elle. Elle venait deux fois par jour et lui apportait ses repas, l'eau pour se laver et ses vêtements de rechange. À l'exception de dame Gerboise, de la régente elle-même et des deux gardes postés en permanence devant la tour, Léonore ne voyait personne.

Sa nourriture était correcte, variée et saine. Parfois, toujours encadrée par les deux gardiens qui surveillaient chacun de ses gestes et de ses regards, la régente lui permettait d'aller cueillir des fruits dans le verger ou ramasser des légumes dans le potager qui bordait le grand parc. Les narines frémissantes au moindre parfum qui se dégageait, Léonore subissait le charme des saisons en se demandant si elle resterait là toute sa vie.

Cette courte diversion, qui lui faisait voir la lumière du jour et la couleur de la terre, la sortait du quotidien routinier. Et, si elle n'avait eu sa lisse devant laquelle elle passait le reste de son temps, elle serait tombée bien des fois dans une dépression sans issue.

À présent, elle pouvait compter les mois qui défilaient les uns derrière les autres. Presque deux années qu'elle était prisonnière d'Anne de Beaujeu ! Deux longues années où elle ne pensait plus qu'à Isabelle et à ses yeux bleus.

Quand la régente venait lui tenir compagnie, elle l'entretenait des affaires de l'État, lui parlant de la duchesse Anne qui épouserait un jour le dauphin Charles, assurant que la Bretagne annexée à la France était le grand rêve du roi son père et qu'elle allait réussir cet incroyable tour de force.

Puis, elle déposait sur la table quelques manuscrits enluminés que Léonore prenait plaisir à lire. Enfin, elle étudiait sous tous ses angles l'ouvrage que sa prisonnière tissait jour après jour. Sa scène d'amour courtois était splendide et l'on pouvait rêver sur le délicat tissage qui dégageait une pureté extraordinaire. Certes, en cet instant où elle terminait son œuvre, sa grand-mère Anastaise et sa mère Burgot n'auraient pu en renier la qualité artistique. Léonore pouvait être fière.

Sa première tapisserie réalisée par elle seule et qu'elle avait intitulée *Les Amants du Levant* était une réussite.

Le ciel d'azur couvrait le fond et le seigneur avait une sorte de grâce orientale avec son visage mat et son regard de braise qui enveloppait son amante. Deux chevaux blancs l'encadraient. Il n'était pas agenouillé comme elle l'avait souhaité au départ, mais debout, telle une apparition dans un soleil levant. Sa grande cape qui le recouvrait des pieds à la tête comme une bure de moine était toute en fil d'or. Il rayonnait, et ce n'était pas un cœur qu'il tendait à la dame de ses pensées, mais un oiseau. Celui de la liberté. Il avait le plumage rouge comme le sang qui circule dans un cœur et son œil bleu était tourné vers la dame nonchalamment étendue sur un lit de Millefleurs.

Un jour, alors qu'elle arrachait avec un plaisir évident quelques laitues dans le potager et que les deux soldats qui, d'habitude, la surveillaient de près venaient de relâcher un instant leur vigilance, une adolescente grande et mince, aux cheveux châtain clair, à la bouche fine, au menton gracieux, au nez un peu fort, peut-être, mais dont les narines restaient délicates et aux yeux gris-bleu légèrement tristes, s'avança vers elle.

— Vous êtes la prisonnière de ma cousine Anne !

— Sans doute, puisque tu le dis. Qui es-tu ?

— Je suis Louise de Savoie. La reine Charlotte était la sœur de mon père. Mais je suis orpheline, élevée par ma cousine Anne de Beaujeu.

— Je ne t'ai jamais vue.

— Parce que je ne viens pas souvent à Bourges. Je suis élevée au château d'Amboise. Souvent, je vais à Gien et parfois au Plessis.

— Mais j'aurais pu te voir quand tu viens ici.

— Je ne sors jamais dans le jardin. Je reste dans ma chambre et je lis.

— Quel âge as-tu ?

— Douze ans.

— Tu es plus jeune que ma fille.

— Ah ! vous avez une fille, soupira la fillette. Où est-elle et qui s'occupe d'elle puisque vous êtes séquestrée ?

— Elle est un peu prisonnière, elle aussi.

— Oh ! fit l'adolescente en arrondissant ses jolies lèvres dans une surprise non dissimulée.

— Elle est au château de Nantes et vit avec la jeune duchesse Anne de Bretagne.

— Est-elle malheureuse ?

— Je ne sais pas.

— C'est triste de ne pas savoir si votre fille est heureuse ou non.

Léonore hocha la tête et sourit à Louise.

— Mais dis-moi, par où es-tu venue ? Je ne t'ai pas vue arriver par la terrasse du jardin, ni par la façade du château, ni même par l'escalier du grand perron.

— Je suis venue par là, fit Louise en désignant de son index pointé le fond du potager.

— Y a-t-il une porte ?

— Bien sûr.

— Je ne l'ai jamais remarquée. Où donne-t-elle ?

— Derrière les remparts, là où on arrive directement sur l'auberge de la mère Françoise. Mais cette porte est dissimulée derrière d'épais feuillages qu'il faut écarter pour passer.

— Tu la connais, la mère Françoise ?

— Oui ! Elle est très gentille avec moi.

Léonore réfléchissait. Un léger tremblement s'empara de ses mains et son cœur se mit à battre. Se pouvait-il qu'elle parvînt à s'échapper un jour où la surveillance de ses gardes se relâcherait ? Un plan mûrissait dans sa tête. Oui, un prochain jour, elle filerait entre les mains des deux soldats et se cacherait chez la mère Françoise. L'auberge était si près ! affirmait la jeune Louise.

Ensuite, ce serait la chance ou la malchance qui l'accompagnerait. Son futur destin ! Tout dépendait de la mère Françoise.

Elle profita d'une négligence de ses gardes, trop habitués à sa bonne conduite et à sa soumission évidente pour la surveiller de près lorsqu'elle cueillait tranquillement fruits et légumes. Partis dans une discussion agitée sur l'efficacité des armées de la couronne de France, discussion qui, visiblement, semblait les opposer l'un à l'autre, ils ne la virent pas s'esquiver au fond du potager et prendre la poterne qui donnait derrière les remparts. Ils crurent même, en ne la voyant plus, qu'elle était rentrée seule. C'étaient autant de précieuses minutes gagnées pour Léonore.

Après avoir suivi pendant quelques centaines de mètres l'arrière des remparts du château, elle se trouva face à l'auberge de la mère Françoise et elle s'y engouffra comme un chat qui se faufile entre deux obstacles.

L'aubergiste était à son comptoir, en train d'astiquer ses plats, ses chopes et ses écuelles. Un beau comptoir en bois de chêne qui sentait bon la cire. L'heure n'était pas assez tardive pour que la grande salle soit occupée par les clients et le calme régnait. Léonore craignit un instant qu'une servante ne vînt gêner l'entretien.

La mère Françoise était une grande et forte femme au visage osseux et à l'œil bleu-gris, terne et délavé, mais qui, cependant, ne devait pas laisser échapper grand-chose. Étonnée, elle leva la tête vers Léonore, qui s'avança prudemment.

Rassurée par sa bonne présentation, son visage paisible, ses bonnes manières, elle lui décocha un sourire qui, pourtant, restait méfiant, mais que Léonore ressentit comme un bon présage.

— Que voulez-vous, ma belle dame, le gîte ou le couvert ?

— Ni l'un ni l'autre. Je veux que vous m'aidiez à trouver une voiture et à sortir d'ici.

— Quoi ?

Cette fois, la mère Françoise faillit s'étrangler et elle rentra son sourire.

— N'ayez crainte, reprit Léonore. C'est la petite Louise de Savoie, parente de la régente, qui m'a dit que vous pouviez m'aider.

— La petite Louise ! Ah ! par tous les saints du ciel ! Qu'est-ce qui lui a pris d'aller vous raconter de pareilles choses ?

— Elle vous aime bien et elle a voulu venir à mon aide.

— À votre aide ! Ça alors ! Qu'est-ce que vous voulez, si ce n'est ni manger ni coucher ici ?

— Je suis prisonnière de la régente depuis deux ans.

— Deux ans ! Mais qu'est-ce que vous avez fait tout ce temps ?

— Je m'ennuie. Je suis malheureuse et j'aimerais bien voir ma fille, ma famille et tous ceux que j'aime.

— Ah ! ça alors ! Pour une histoire, c'est une histoire.

Face à cette brave femme, Léonore ne cacha rien de sa vie, elle en rajoutait même quand elle voyait la mère Françoise renifler et prendre le coin de son grand tablier pour s'essuyer les yeux.

— Ah ! ça alors ! ne cessait-elle de répéter.

Elle lui montra son escarcelle gonflée qui, en une seconde, décida l'hostelière. C'était la bourse que lui avait remise le duc d'Orléans et qu'elle n'avait jamais eu l'occasion de vider.

— On ne dira point que j'ai refusé de secourir une mère en difficulté qui recherche sa petite.

La mère Françoise se montra d'une grande efficacité. Tout fut soupesé, organisé, enclenché. Léonore vida la presque totalité de sa bourse, ne conservant que les quelques grosses pièces d'or tapies au fond, ce qui provoqua chez la brave aubergiste un élan plus fougueux encore.

Un chariot traîné par un gros bœuf fut mis à sa disposition dans l'heure qui suivit, temps durant lequel elle se cacha dans la pièce voisine pour éviter toute mauvaise rencontre.

L'hostelière trouva même un vieil habit de son défunt époux, des braies en toile rugueuse et un surcot de laine qu'accompagnait une chemise grossière pardessus laquelle Léonore glissa une jaquette en feutre.

Ainsi parée pour faire face à toutes les rencontres périlleuses, Léonore remercia la mère Françoise, qui tint absolument à lui plaquer deux gros baisers sur les joues.

— Faudra bien vous nourrir, ma belle dame, car vous êtes aussi pâlotte qu'une morte. J'ai fait un balluchon de vos beaux vêtements pour le jour où vous en aurez besoin et j'y ai joint une jupe et une cotte de servante, ça pourra vous être utile quand vous aurez dépassé Orléans, Chartres ou Paris. Après, vous n'aurez plus besoin de passer pour un homme.

— Merci, ma bonne Françoise, merci, murmura Léonore, les larmes lui piquant les yeux, tant elle s'étonnait encore de la généreuse et totale compréhension de l'aubergiste.

— Ah ! j'oubliais, fit celle-ci. Je vous ai mis un gros pâté, un jambon et une boule de pain bien blanc. Pour l'heure où vous aurez un creux à l'estomac.

Il ne fallait plus perdre de temps. Si les deux gardes ne s'étaient pas encore aperçus de sa fugue, ses chances se renforçaient. Plus tard, on la chercherait dans tout le château, on fouillerait chaque parcelle du parc, du jardin, du potager et du verger et, comme le soir ne tarderait pas à tomber, peut-être attendrait-on le lendemain matin pour penser vraiment à une fugue.

Elle conduisait elle-même le chariot qui transportait un chargement de foin. Encore étourdie par ce coup de chance incroyable, elle ne regardait pas en arrière et filait en direction du nord. Elle avait décidé de se réfugier chez son père. Avec ce chariot transportant du foin, son habit de paysan, ses vivres et les écus qui restaient dans sa bourse, elle pouvait passer n'importe où, se rendre de ville en ville et s'attarder sur les places des marchés. Elle irait jusqu'à Bruges se cacher, là où la régente ne pourrait pas la trouver.

VIII

Alors que Léonore savourait sa chance, Louis pourrissait dans cet infect cachot de Lusignan. Sa nourriture, composée d'infâme pain noir, de fèves gluantes et malodorantes, de soupe où nageaient quelques tristes morceaux de couenne de porc, restait à ses pieds quand les forces lui manquaient pour se baisser.

Sa couche était sale, ses vêtements sentaient mauvais et la vermine commençait à poindre dans les coins de sa cellule et risquait fort d'entamer son reste de vitalité.

Jeanne, son épouse, venait le visiter de temps à autre. Par la force des choses, bien qu'il n'eût jamais voulu entendre parler d'elle, ni la reconnaître pour sa femme, il s'était laissé prendre, peu à peu, à sa douceur et à ses bontés. Pensait-il au jour où Louis XI lui avait appris qu'il devait épouser sa fille cadette qu'aucun homme ne voulait ? Là où elle était, la pauvre Jeanne, tapie derrière la lucarne qui s'ouvrait sur le cachot, il ne pouvait voir ni sa bosse, ni ses difformités. D'ailleurs, elle portait toujours une large cape qui la dissimulait tout entière.

— Louis, fit-elle ce jour-là en le regardant de ses yeux tristes, je vous ai apporté des remèdes. Il faut les prendre, sinon vous ne tiendrez pas plus de quelques semaines.

Il restait voûté, la regardait à peine, mais entendait chacun de ses mots comme dans un brouillard qu'il n'arrivait pas à percer.

— Louis, répéta Jeanne, je sais que vous m'entendez. Il faut prendre ces remèdes. Ils vous permettront de survivre.

Toujours immobile et les yeux fixés au sol, Louis d'Orléans n'était plus que l'ombre de lui-même. Jeanne soupira.

— Avez-vous réclamé qu'on nettoie votre couche ? Vous m'avez dit la dernière fois que la vermine s'y était installée.

— Non, on n'a rien fait et on ne fera rien.

Sa voix caverneuse arrivait à peine jusqu'à Jeanne. Elle soupira de nouveau.

— Écoutez-moi, Louis. Je ne voulais pas vous en parler aujourd'hui. Je préférais attendre afin d'en être complètement sûre. Mais vous êtes en si piteux état que je vais vous le dire. Cela vous donnera quelque courage.

Elle pencha la tête vers l'ouverture de la lucarne grillagée.

— Louis, j'ai parlé à ma sœur.

Cette fois, il leva les yeux sur son épouse et elle lui sourit.

— Qu'a-t-elle dit ?

Son regard ne reflétait que lassitude et dégoût.

— Elle va étudier la question. Depuis que je lui en parle, je crois l'avoir convaincue. En tout cas, elle semble peinée de me voir aussi triste.

— Elle se fiche de ma mort.

— Vous l'avez trahie, Louis.

— Trahie ! Je n'ai rien intenté contre le dauphin. Je me suis défendu des perpétuelles attaques de votre sœur contre moi.

— Vous inversez les rôles, fit doucement Jeanne.

Il s'énerva et se mit à tousser.

— Peu importe, murmura-t-il. La conclusion est que je pourris dans cette geôle.

Sa voix était creuse, sans timbre. Une voix écrasée par le destin contraire et l'infortune. Il était maigre et livide, une barbe crasseuse envahissait son visage, et ses yeux glauques, sans vie, trahissaient son désir d'en finir. Et, pour achever un tableau déjà bien sombre, Jeanne remarqua qu'il toussait chaque fois davantage. Mais elle avait réussi à le tirer de son apathie. Elle leva sur lui son visage inquiet.

— Il est possible qu'elle fléchisse sur un point, murmura-t-elle.

— Lequel ?

— Celui de vous transférer à Bourges. Vous serez enfermé dans la grosse tour.

Louis eut un hoquet, comme un rire qui n'arrivait pas à s'exprimer, puis il toussa sans plus pouvoir s'arrêter.

— Je croyais que la place était prise, parvint-il à articuler.

— La prisonnière que nous connaissons l'un et l'autre s'est évadée.

— Évadée !

Voilà un mot qu'il jetait enfin avec un brin de force, sinon d'humour. Évadée ! Ah ! que ce mot lui plaisait. Léonore était une fine mouche, une audacieuse, une bien piteuse conquérante, mais une conquérante tout de même.

— Je suis content pour elle.

— Je sais, vous la teniez en grande sympathie. Je n'ai jamais approuvé ma sœur de garder ainsi prisonnière une pauvre innocente entraînée malgré elle dans une aventure qui la dépasse. Si elle ne vous avait pas rencontré, elle n'aurait jamais été captive. Personne ne pouvait lui tenir rigueur de vouloir connaître sa fille.

Elle haussa les épaules et soupira d'impuissance.

— Plus de deux ans détenue dans cette tour froide et inconfortable ! Pauvre femme ! C'est inhumain. Chaque jour, je prie le Seigneur qu'Il rende ma sœur un peu plus clémente.

Mais Louis ne l'écoutait plus. Retombé dans son apathie, il baissait la tête et fixait le bout de ses pieds nus passés dans des sandales dont les lanières de cuir n'étaient plus que d'infâmes ficelles.

— Louis, écoutez-moi bien. Je vous promets que, dans un mois ou deux, vous serez transféré à Bourges. La grosse tour vous accueillera plus confortablement.

Anne tint parole. Sur l'insistance du dauphin, dont on s'apprêtait enfin à célébrer le couronnement, Louis d'Orléans fut retiré de Lusignan et transféré à la tour de Bourges, le temps de retrouver peu à peu son équilibre et sa santé défaillante. Plus tard, sur la demande du nouveau roi Charles VIII, il serait libéré et rendu à son domaine blésois.

Un matin d'avril, Charles VIII fit son entrée solennelle dans Nantes en réclamant que tous les Nantais lui prêtent serment. Malgré ses quatorze ans, la duchesse Anne se cabrait tout entière, refusant de voir ce roi de France qu'on voulait lui faire épouser.

Certes, avec son armée de cinquante mille hommes et son artillerie tirée par trois mille chevaux, le jeune roi se voyait déjà possesseur de la Bretagne. Mais Anne refusait de capituler. Elle réclama l'aide de Maximilien d'Autriche, à qui elle avait été promise auparavant, et dont la fille, la jeune Marguerite, était encore la fiancée de Charles VIII puisque le serment de mariage n'avait pas encore été rompu. Marguerite vivait à Amboise auprès des Beaujeu en compagnie de Louise de Savoie.

La vie d'Anne basculait. Tout d'abord, la comtesse de Laval n'était plus à ses côtés. Engagée à la naissance de l'enfant – on le sait, orpheline de mère –, elle avait eu pour mission d'éduquer la fillette pour faire d'elle une duchesse. À présent que c'était chose faite, la comtesse pouvait repartir sur ses terres. Elle avait su semer dans l'esprit de son élève la bonne graine. Maintenant, le germe de la grandeur d'âme croissait. Anne avait appris qu'il fallait parfois s'imposer, parfois s'effacer. La sagesse et le goût de la réflexion ne lui faisaient pas défaut. Mais, pour l'instant, sa couronne de duchesse était en jeu et il n'était nullement question de se laisser faire par un roi de France qui croyait l'emporter aussi facilement. Et si Anne se rendait compte que sa chère Bretagne était en train de lui échapper, du moins essaierait-elle d'atténuer les dégâts.

Anne disposait désormais d'une suite importante. Outre son personnel et ses servantes, lingères et chambrières, ses deux amies d'enfance, Isabelle et Marguerite, sa compagnie se renforçait à présent de la nièce du duc d'Albret, Antoinette, et de la fille du comte de Foix, Catherine. Un peu plus tard étaient venues s'ajouter Marie de Vendôme et Louise de Rochefort.

Pour la première fois, Anne de Beaujeu fut en désaccord avec La Trémoille, qui voulait utiliser ses armées pour forcer la Bretagne à mieux accepter le roi de France. L'ex-régente refusa. Au contraire, il fallait rendre populaires les gens de la couronne royale auprès des Bretons de façon que la jeune duchesse Anne n'ait pas l'impression d'avoir été vaincue. La Trémoille dut courber l'échine et ordonner à son artillerie, massée aux portes du château de Nantes, de ne pas attaquer.

Mais, si les cinquante mille soldats de La Trémoille attendaient avec impatience d'autres instructions, Charles VIII décida d'agir à sa guise, tournant le dos au projet d'Anne de Beaujeu pour conquérir le cœur de celle qu'il désirait épouser.

Plus sentimental et plus chevaleresque que ne l'était sa froide et autoritaire sœur, il choisit tout simplement de se faire aimer. L'accouplement d'un roi de dix-huit ans et d'une duchesse de quatorze ans, tous deux bien assortis, ouvrirait de toute évidence sur un roman d'amour qui engendrerait la paix des peuples et la sérénité des royaumes.

Quand la duchesse Anne vit enfin le jeune roi devant elle, elle fut d'abord surprise de le trouver moins beau qu'elle ne l'aurait cru. Elle reconnut, cependant, que ses yeux bruns assez globuleux étaient veloutés et tendres et que son nez en bec d'aigle, proéminent et disgracieux, était le signe d'une force virile qui plaisait aux femmes.

Quant aux charmes de son corps, ils étaient tout aussi inexistants. Le jeune roi de France était petit de taille, avait un buste large et court, des épaules trop hautes, un cou rentré, des membres mal proportionnés, des mains trop grandes, mais il savait tenir l'épée et chevauchait comme un cavalier hors classe.

Anne observa de nouveau son visage en s'attardant sur sa bouche épaisse aux lèvres sensuelles et les imagina un instant posées sur les siennes.

Charles, lui, fut émerveillé devant la grâce de la jeune fille. Petite elle aussi, fine, les traits déliés, tout en elle était merveilleusement bien proportionné. Brune au teint clair, de ce blanc crémeux semblable aux ivoires délicats, Anne avait des yeux brillants comme des perles de jais, une bouche aux lèvres rosées et pulpeuses, un menton fin qui s'attachait sur un cou de cygne qu'elle mouvait avec une grâce extrême.

En fait, Anne plaisait infiniment à Charles et il saurait le lui prouver bien avant que les armées de La Trémoille s'en prennent sauvagement au duché de Bretagne. Dans quelques jours, la duchesse aurait oublié Maximilien d'Autriche, qu'elle n'avait d'ailleurs jamais vu.

Depuis qu'Anne de Beaujeu n'était plus régente – elle avait pris le titre de duchesse de Bourbon –, elle veillait à ce que tout se passât le mieux du monde sans autres effusions de sang que celles qui avaient entaché la Bretagne pendant presque dix ans.

IX

Anne ferma les yeux. Ballottée dans sa litière qui l'emmenait sur les routes de la Touraine, elle laissait les souvenirs affluer à son esprit. Fugaces et imprécis, ils alternaient entre douceur et amertume, comme si le sucré de sa petite enfance eut atténué dans sa gorge l'aigreur qu'elle devait surmonter.

Elle gardait certes sa couronne de Bretagne, mais elle cédait tout de même son pays à la France.

Les cahots du chariot la balançaient de droite à gauche, mais la jeune fille avait décidé de ne pas ouvrir les yeux. La moindre parcelle de réalité allait systématiquement faire disparaître ce dont elle voulait se souvenir. Son père et la haine qu'il avait du roi Louis XI, l'ennemi de tout un règne, le vicieux personnage, le tortueux monarque qui souriait derrière ses hypocrisies en préparant ses menaces. Louis XI qu'elle exécrait en faisant resurgir sa rage froide et son acharnement diabolique. Et voici qu'Anne allait épouser son fils !

Pouvait-elle effacer ce jour où les soldats envoyés par Charles et sa sœur dans sa propre demeure s'étaient sauvagement conduits, crachant, jurant comme des manants, insultant les gens du château, n'hésitant pas à les tuer, détériorant avec un plaisir cruel les riches objets dont elle aimait tant s'entourer. Les attaques avaient été si violentes que son père en était mort. Pouvait-elle oublier tout cela ?

Dans le chariot qui suivait, Isabelle et Marguerite devaient échafauder les préparatifs de leur toilette. Le mariage de la Bretagne et de la France ! C'en était bien fini de son union avec le grand Maximilien d'Autriche et de celle de sa fille Marguerite avec le roi de France.

Anne soupira. Elle devait comprendre à présent la triste destinée des peuples, celle qui parfois engendre des désastres. À l'inverse de ses compagnes, elle ne pouvait plus se permettre de croire encore aux jeux de l'enfance, aux rêves et aux amusements. Anne se trouvait sacrifiée à la cause de son pays.

Elle rouvrit finalement les yeux et se tourna vers la petite fenêtre de sa litière. La pluie commençait à tomber. D'un geste lent, elle ramena la couverture sur ses genoux. Cette fois, les souvenirs devenaient plus précis, plus fouillés, plus récents aussi et fourmillaient d'anecdotes comme le jour où son regard avait affronté hardiment celui du roi de France.

— Ne croyez pas, lui avait-elle jeté froidement, que vous ferez de moi et de mon pays ce que vous voudrez. Mon prestige de duchesse ne sera pas éphémère. Ma détermination et ma volonté vous le prouveront.

Pourtant, il l'avait quittée en la regardant tendrement. Elle en était sûre. Un souffle généreux traversait ses yeux clairs. Prenant soin de bien croiser son regard, il avait murmuré :

— À bientôt, duchesse, nous nous retrouverons pour le mariage.

— Et Marguerite d'Autriche ? avait-elle aussitôt rétorqué. Sa présence, Majesté, casse le fil de mes enthousiasmes et de mes ardeurs.

La flamme qui s'était allumée dans les yeux du roi s'était éteinte et son sourire avait subitement disparu.

Qu'elle évoque ainsi le sort de la jeune Marguerite d'Autriche le gênait. Était-ce le signe d'un regret, d'une honte mal dissimulée ou simplement la peur du scandale ? La pauvre Marguerite, que l'on disait jolie, gentille et douce, et qui attendait sa nubilité pour épouser le roi de France, se verrait jetée comme une pestiférée, une galeuse, une damnée.

Charles s'était redressé, piqué au vif.

— Marguerite est intelligente, elle comprendra les aléas des impératifs royaux.

Anne aussi était fine et subtile. Le ton ne s'accordait pas au regard. Il était presque froid et sec alors que ses yeux démentaient ses paroles et, d'instinct, elle sut qu'il regrettait vivement la jolie Marguerite.

— C'est le sort de tous les enfants royaux, avait-il ajouté, comme pour se convaincre de ce qu'il disait.

Mais, son sens aigu de l'observation en éveil, Anne avait remarqué qu'un tremblement imperceptible venait d'altérer le ton de sa voix. Elle savait aussi par les multiples bruits qui traversaient les murs d'une cour sans cesse aux aguets que le peuple français avait appris à connaître cette enfant blonde, gracieuse et gaie et que, depuis longtemps, il était prêt à l'accepter comme reine de France. Elle n'avait donc rien rétorqué et s'était contentée de hausser ses jolis sourcils noirs délicatement dessinés.

Anne regardait distraitement la pluie tomber et frapper le carreau de sa litière. Devait-elle encore se remémorer le dialogue acerbe et menaçant qui les avait opposés avant qu'il ne reparte en Val de Loire ? Propos qui se rapportaient toujours à Marguerite d'Autriche et à son père Maximilien.

— Pensez-vous, Majesté, que vous évincerez le père aussi facilement que la fille ? avait lancé Anne dans un geste de dédain.

— J'en suis sûr.

— Eh bien, moi, je crois que vous lui fournissez un excellent prétexte pour qu'il s'en prenne à votre pays.

De nouveau, il s'était redressé, avançant vers elle son buste court et faisant frémir les narines de son grand nez busqué.

— N'avez-vous donc pas suffisamment compris que nos armées sont fortes et puissantes et que les siennes n'ont jamais rien fait pour vous et votre pays ?

— C'est exact, avait aussitôt admis Anne d'un ton sec, vous avez fait assez de dégâts chez nous pour qu'on ne l'oublie pas. Mais la puissance d'une armée se mesure aussi à la motivation que l'on a de combattre.

Les propos et les observations d'Anne qui, à quatorze ans, discutait comme une adulte sage et avisée surprenaient ce jeune roi de France dont l'expérience en politique pour l'instant était nulle.

— Maximilien d'Autriche tourne ses pensées vers d'autres conquêtes que la Bretagne. Les Flamands ont signé un traité avec lui et, en Autriche, il vient de conquérir l'est du pays. À présent, il s'apprête à soumettre la Hongrie. N'est-ce pas un plan qui occupera suffisamment son temps pour l'empêcher de venir nous chercher querelle ?

Comprenant qu'il avait gagné quelques points, Charles l'avait regardée d'un air légèrement ironique.

— Et puis, votre mariage avec lui n'a pas été consommé, il me semble !

Le dévisageant à son tour, Anne avait esquissé un frisson de déplaisir en remuant ce sombre souvenir. Elle se remémorait encore l'homme envoyé par la cour d'Autriche, le maréchal Polheim, qui, muni d'une procuration en bonne et due forme, avait effectué avec des gestes odieux et précis le simulacre du mariage. Cette pratique étrange était courante dans les pays de l'Est restés encore un peu barbares.

Ce soir-là, alors qu'elle était étendue sur le lit nuptial, les gentilshommes de la cour qui entouraient la couche royale avaient ramené draps et couvertures sur le corps blanc, lisse et dénudé de la jeune duchesse. Polheim, en tenue déshabillée, avait soulevé un pan de la couverture et glissé l'une de ses jambes contre celle d'Anne. Le contact malsain et langoureux de la peau de l'homme sur sa jambe l'avait laissée muette, pétrifiée. Les autres attendaient que le maréchal interprétât la comédie de la possession de son corps. Il la joua à la perfection, grimaça de plaisir, soupira comme s'il éprouvait l'orgasme ultime qui rendait le mariage consommé et faisait d'Anne l'épouse de Maximilien d'Autriche.

— Je réitère l'importance que les Autrichiens attachent à cette cérémonie d'origine germanique, avait affirmé la duchesse à Charles.

— Allons ! Vous savez bien que ce n'est pas ainsi que l'on devient mari et femme. Ne vous a-t-on rien appris de plus ?

Anne avait rougi si fortement que Charles avait préféré, cette fois, clore le débat. Mais la petite duchesse était tenace et n'aimait pas perdre au jeu. Si elle ne trouvait pas, sur l'heure, une réplique digne de son esprit pointu, il s'en irait la tête gonflée d'une attitude supérieure. Alors, redressant le buste comme un jeune coq en colère, elle avait rétorqué :

— Êtes-vous bien sûr, Majesté, que vous serez le premier à me l'apprendre ?

Anne et Charles s'étaient quittés sur cette teinte aigre-douce et, à ce souvenir, la duchesse esquissa une petite grimace significative.

Quand la litière s'arrêta, il pleuvait encore et Anne ressentit, cette fois, le besoin de discuter avec ses compagnes.

— Ah ! ma douce Marguerite, fit-elle quand la jeune fille fut installée sur la banquette à son côté. Je ressasse des souvenirs qui ne sont pas tous bons.

— Mais, s'exclama Isabelle, qui venait de prendre place près de Marguerite, le roi Charles, pourtant, laisse présager de merveilleux moments en votre compagnie. Ne voulez-vous plus les partager avec lui ?

— Si fait, si fait, j'y suis bien obligée de toute façon. Mais que sera la vie auprès de lui ? soupira Anne.

— Il est jeune et fort. Tous les espoirs sont permis ! Vous l'aimerez sans doute quand vous le connaîtrez mieux.

Anne haussa les épaules.

— Qu'importe de s'aimer s'il faut sauver la Bretagne !

Isabelle prit la main d'Anne et la serra dans la sienne.

— Ne dites pas de sottises, Anne. Vous l'aimerez, j'en suis sûre, peut-être plus que je n'aimerai celui que vous me destinerez.

— C'est vrai, il faudra y penser. Je vous promets, Isabelle, que je vous offrirai un domaine dès que je serai mariée. Il permettra de vous trouver un époux acceptable.

Elle passa un bras autour des épaules de sa compagne.

— Il faudra bien un jour que nous parlions de votre mère. Mais je crois que dame Charlotte le fera mieux que moi.

— Et que me dira-t-elle ? Elle s'esquive chaque fois que je lui pose des questions à ce sujet.

— Elle devra pourtant s'y soumettre, un jour ou l'autre.

— Oh ! Anne, ce jour-là, me fera-t-elle pleurer ? J'ai si peur qu'elle ne m'apprenne de tristes choses et, pourtant, j'aimerais tant savoir. Mais savoir quoi ? Je ne sais même pas.

— Par exemple que votre mère possédait un domaine en Bourgogne qui semblerait être mis sous séquestre. Nous essaierons tout simplement de le récupérer. Le roi ne pourra certes pas me refuser cette grâce.

— Un domaine en Bourgogne ! s'extasia Isabelle. Mais de quel domaine s'agit-il ?

— Il porte le nom, paraît-il, de La Baume. Ce seigneur était l'époux de votre mère.

— Mais...

— Isabelle, ne m'en demandez pas plus. Je n'en sais pas davantage.

De Rennes, où Charles VIII était revenu une troisième fois pour voir celle qu'il devait épouser, le convoi était parti, lourd de chariots habillés de velours pourpre, contenant ses volumineuses garde-robes, sa vaisselle en porcelaine, ses coupes d'or, ses tapis luxueux, ses livres enluminés, ses objets personnels enfermés dans des dizaines de coffres en bois sculpté. Les équipages de haquenées blanches et grises suivaient. Le convoi qui emportait le luxe de sa chère Bretagne permettait à Anne de garder le parfum du château qui avait bercé toute sa jeunesse.

Elle se posait mille questions dont chacune remettait au lendemain sa réponse. Le peuple, à qui l'on avait annoncé brusquement que la nouvelle reine de France était bretonne, ne semblait pas joyeux. Angevins, Tourangeaux, Blésois étaient trop habitués à voir depuis presque six ans la tête blonde et bouclée de la petite

Marguerite d'Autriche. Voilà subitement qu'on leur demandait d'accepter une étrangère, duchesse d'un pays dont ils ignoraient mœurs et traditions.

Anne eut un triste pincement au cœur. À observer derrière le petit carreau de sa litière capitonnée ces mines méfiantes, toute sa joie s'était envolée. Qu'allait-elle trouver en ces demeures du Val de Loire qu'elle ne connaissait pas ? Et puis, avait-elle vraiment le désir d'épouser cet homme dont le père, Louis XI, ce roi intolérant et inflexible, était responsable de la déchéance de son pays, de son déshonneur et de sa honte ?

Où partait la couronne de la duchesse de Bretagne, sa bien-aimée province restée si longtemps glorieuse et puissante ? Dans le trésor de France, le pays de Louis XI et des Beaujeu !

Encore une fois ses méditations se tournèrent vers Maximilien, qui n'avait pas su la retenir. Ce bel homme de trente-deux ans, dans la force de l'âge, plein de prestance et de charme, plus puissant encore que le simple roi de France, ce personnage sous les pieds duquel tout pliait aurait certes pu la rendre heureuse. Et de quels titres grandioses n'aurait-elle pas usé avec justice et élégance ? Reine des Romains et impératrice d'Autriche auraient pu si bien s'accorder avec duchesse de Bretagne !

Les chariots et les équipages approchaient de La Flèche. En cet automne où le soleil se faisait frileux et l'air humide, la campagne perdait peu à peu ses feuillages et les routes devenaient plus sombres, baignées dans l'obscurité qui n'arrivait pas à se lever.

Avec ce crachin désagréable, il fallait que la matinée fût bien avancée pour que le jour permît au convoi de distinguer les approches de la ville.

— Antoinette, allez chercher Jacquotte, je vous prie, elle me tiendra compagnie, fit Anne à sa suivante, la jeune comtesse d'Albret, et prenez un peu de repos dans votre propre litière.

Antoinette était la nièce du vieux duc d'Albret au visage rouge et vérolé qui avait osé demander la main d'Anne à son père quand les ducs de Bretagne étaient en guerre contre la couronne de France. Ah ! certes, à ce moment-là, Anne préférait le séduisant Louis d'Orléans qui portait, lui aussi, ses prétentions sur la duchesse. Le duc d'Orléans, l'Adonis ! le charmeur ! qui avait été emprisonné par Anne de Beaujeu pendant trois ans pour avoir mené la « Guerre folle » contre ses idées politiques.

— Votre chambrière est avec les autres servantes, duchesse.

— Eh bien, allez la chercher. Les chariots se sont arrêtés. Dans quelques minutes à peine, l'escorte d'Anne de Beaujeu chevauchera à notre rencontre. Et puis, tenez ! Je ne veux pas accueillir ma future belle-sœur en litière. Prévenez Nicolas qu'il harnache Auréolie, ma haquenée blanche.

— Mais...

— Je vous en prie, comtesse, l'idée de rencontrer Anne de Beaujeu, duchesse de Bourbon, en selle me plaît davantage que de l'accueillir enfermée et emmitouflée sous ces couvertures de laine.

Cette fois Antoinette d'Albret ne fit aucun commentaire et descendit avec précaution la petite marche de la litière pour poser, plus délicatement encore, ses pieds sur un sol bourbeux de feuilles mortes et décomposées.

— Quel pays ! maugréa-t-elle. Le temps est-il toujours aussi pluvieux dans ces régions ?

Jacquotte, qui arrivait précipitamment avant même d'avoir attendu que sa maîtresse ne la réclamât, empêcha que les idées sombres de la comtesse n'envahissent davantage son esprit maussade. Elle lui sourit avec bienveillance, mais Antoinette l'apostropha avec une pointe de hargne.

— La duchesse veut monter sa haquenée, fit-elle à la chambrière. C'est ainsi qu'elle veut accueillir la duchesse de Bourbon.

— Je m'en doutais, répliqua la jeune Jacquotte en relevant le bas de sa jupe grise qui balayait le sol humide. Aussi, ai-je prévenu Nicolas. Il détache Auréolie et l'amène immédiatement à la duchesse.

— Oh ! s'écria Isabelle, qui sortait de sa propre voiture. J'aimerais monter la mienne aussi. Est-ce possible ?

— Vous savez bien que la duchesse Anne ne sait rien vous refuser, rétorqua Antoinette, qui se montrait assez jalouse de l'amitié qu'Anne de Bretagne vouait à ses deux compagnes d'enfance, Isabelle et Marguerite.

Isabelle – hélas ! elle l'ignorait – avait la même attirance que sa mère pour les chevaux et les interminables cavalcades. Plus elles étaient longues et folles, plus elle semblait heureuse.

— Nicolas peut-il m'amener Framboise ?

À peine avait-elle jeté ces mots qu'Anne montra le bout de son nez à l'extérieur de la litière. Avançant le cou prudemment, elle huma l'atmosphère froide et humide et fit la grimace. Auréolie n'aimait guère cette pluie fine et pénétrante. Elle préférait l'air chargé de sel qui stimulait ses petits trots alertes et fringants dans les forêts bretonnes.

— Isabelle, prenez la suite de l'équipage. Je sais que Framboise lui fera honneur. Mais dites à Marguerite qu'elle reste en litière, elle est si malhabile à cheval qu'elle serait capable de se rompre le cou juste en passant devant le roi de France.

Puis elle regarda Jacquotte s'approcher et parut satisfaite. Nicolas la suivait, tenant Auréolie et Framboise par le licol. Isabelle sauta sur le sol, saisit aussitôt sa jument et l'entraîna vers l'équipage qui commençait à s'ordonnancer pour le défilé d'apparat. Celle d'Anne était aussi blanche qu'une poudreuse neige d'hiver. Elle remua la crinière en apercevant sa maîtresse et fit un écart pour se dégager de la forte poigne de Nicolas.

Il est vrai que le palefrenier en imposait par la puissance de sa carrure et la largeur de ses épaules. Rien ne semblait l'effrayer et sa grosse tête carrée encadrée d'une chevelure rousse, coupée ras, juste au-dessus des oreilles, lui donnait un air de gentil monstre capable d'attendrir les filles les plus endurcies.

Auréolie montrait sa joie. De sa queue soyeuse, brossée et tressée avec des fils d'or, elle remuait vigoureusement la croupe, signe chez elle d'un fort contentement. En effet, la haquenée paraissait fière de son harnachement doré et des étoffes pourpres qui recouvraient ses reins et son dos jusqu'à sa tête. Ses grandes oreilles blanches passaient au travers de larges fentes et remuaient de plaisir. Sur ses flancs que l'humidité de l'air faisait frémir tombaient les plis raides et empesés du tissu écarlate.

Anne parut, elle aussi, satisfaite. Auréolie se montrait convenable, bien disposée, digne d'accueillir Anne de Beaujeu. Le mauvais crachin qui tombait depuis presque une heure venait de s'arrêter et l'arrivée du convoi dans La Flèche semblait bien s'amorcer.

X

La duchesse de Bretagne, juchée sur sa haquenée blanche, encadrée de deux dignitaires qu'avaient envoyés Anne de Beaujeu, les comtes de Lescun et Dunois, se balançait souplement au rythme du pas cadencé d'Auréolie. Le maréchal de Rieux chevauchait en avant avec le prince d'Orange, commandant des armées bretonnes. L'un portait un fanion bleu à l'emblème du lys, l'autre un fanion rouge avec l'écusson de la Bretagne.

Ainsi, dans le matin brumeux de cette journée d'automne, la France et la Bretagne réunies venaient au-devant de la duchesse de Bourbon. Un événement qui aurait enthousiasmé son père tant il l'avait souhaité.

À l'arrière, habillés de velours noir et chapeautés d'un bonnet à plumes, avançaient six bourgeois de Rennes, désignés expressément pour assister aux noces du couple royal, et plus précisément attester que le mariage était bien consommé. Les six hommes portaient la tête haute et marchaient au rythme du convoi, fiers de la mission qui leur avait été confiée.

Dans un ciel immense et blanc se détachaient les premiers toits de La Flèche et le pas des chevaux résonnait sur les pavés humides de la route. Au loin, on entendait le grondement des roues cerclées de fer et le roulement des chariots. Le long convoi de la duchesse entraînait son passé comme une fumée déjà dissoute dans l'air automnal.

Soudain, le son des trompes et le roulement des tambours annoncèrent l'arrivée de l'ex-régente. Fanions et banderoles se déployèrent sous les acclamations de la foule amassée devant les échoppes et sur les bas-côtés des rues.

Perchée sur sa haquenée, Anne vit s'avancer le faste de la France et comprit pourquoi la dame de Beaujeu avait tant d'influence. Cette femme savait s'imposer par la maîtrise de ses atouts et dominer par la présence et le maintien de sa personne.

Au rythme paisible de sa monture, les yeux démesurément ouverts, la jeune duchesse observait un spectacle qu'elle ne pourrait oublier. Chaque détail avait son importance et, prenant ainsi sa première leçon, elle en mesurait l'étendue pour en rassasier, plus tard, l'esprit de ses sujets.

Toute une cavalerie légère et somptueuse se mit en branle. Les chevaux étaient petits, agiles et les mains de ceux qui en tenaient les rênes savaient sans aucun doute maîtriser leur nervosité. Trompes et clairons jetaient dans l'espace leurs échos retentissants. Banderoles et fanions s'agitaient comme de grands oiseaux colorés agressant un ciel trop pâle. Cris et ovations accueillaient la régente et, s'écartant sur les bas-côtés en une file impeccablement ordonnée, les petits chevaux lui laissèrent le passage.

Anne de Beaujeu s'avança, mue par un instinct d'autorité et de puissance, un sourire étrange fleurissant sur ses lèvres minces. Non pas un sourire chaleureux, mais un étirement équivoque de la bouche qui s'efforçait de traduire une attitude supérieure. La duchesse Anne n'y perçut pourtant aucun dédain et lorsque l'ex-régente vit s'approcher cette adolescente hautaine sur son cheval blanc, le buste fier, la tête haute bien dégagée dans son bonnet de velours noir, elle abandonna son sourire mystérieux et prit une attitude plus magnanime.

Le son des trompes et le roulement des tambours venaient brusquement de cesser. Les deux haquenées s'arrêtèrent et se firent face, chacune tenue au licol par son palefrenier. Ce fut la duchesse de Bourbon qui descendit la première.

— Je suis si heureuse de vous accueillir, mon enfant. On m'avait dit que vous étiez jolie, mais ces mots-là ne sont pas tout à fait justes. Vous êtes belle et majestueuse. Cela plaira à la France.

— Merci, madame, fit Anne en sautant de son cheval, aidée par Nicolas qui lui tendit sa main. Je suis moi-même bien aise de vous connaître.

Et, sans façon, la régente l'embrassa sur les deux joues. Un geste qui surprit plus d'un de ses conseillers, car la réputation d'Anne de Beaujeu était celle d'une femme fort peu démonstratrice et plutôt avare de baisers et de caresses. Elle en distribuait d'ailleurs si peu – même à ses propres enfants – que le seigneur de Rieux s'en racla la gorge de surprise.

— Montons dans ma litière, nous bavarderons plus à l'aise que grimpées sur la selle de nos chevaux, dit-elle.

Elle avait pris d'autorité le bras d'Anne et l'entraînait vers sa voiture marquée aux armes de la France. Ses suivantes marchaient derrière elle, silencieuses, observant avec curiosité cette étrange jeune fille qui, demain, serait la reine des Français. Seules Isabelle et Marguerite savaient à quel point elle réussirait.

— Nous repartirons dans quelques jours pour préparer votre mariage, fit la régente en s'installant dans sa voiture. Et lorsque toutes les formalités auront été réglées, nous rejoindrons Langeais. C'est là que la cérémonie se tiendra. Charles nous y attendra.

L'une de ses dames de compagnie installa la duchesse en face d'elle, prenant soin de la caler confortablement contre les coussins de velours bleu fleurdelisés. Voyant qu'Anne prenait aussitôt ses aises, la duchesse de Bourbon fit signe à la dame de compagnie de s'éloigner et donna l'ordre au convoi de repartir.

À présent, l'étonnement d'Anne faisait place à un sentiment d'audace. Elle refusait de laisser paraître son inquiétude et son désarroi. Plutôt mourir que de montrer à cette femme la peur qui s'installait en elle à l'idée d'épouser ce vilain roi de France. Elle attaqua aussitôt :

— Votre frère, madame, est encore fiancé, il me semble.

L'ex-régente réprima un sursaut.

— C'est un point qui ne doit plus vous inquiéter, mon enfant.

— Mais encore ? Madame, la rupture est-elle faite ?

— Elle le sera dès votre arrivée à Langeais.

— Donc, elle ne l'est point.

Anne de Beaujeu l'observa avec attention. Par tous les dieux, que cette petite était hardie ! Elle balançait une vérité dont il fallait aussitôt éclaircir la portée.

— Je n'épouserai point votre frère tant que cette rupture ne sera pas effective. Ce serait sacrilège que de laisser plus longtemps Marguerite d'Autriche dans l'ignorance de votre nouveau projet.

Elle redressa son buste qu'une poitrine à peine éclose tendait délicatement et pointa ses yeux sombres dans le regard calme et froid qui l'étudiait. Puis, souriant enfin à la régente, elle précisa :

— Et cela nous porterait malheur.

Anne de Beaujeu lui rendit son sourire. Elle enchaîna aussitôt :

— Qu'à cela ne tienne. Je donnerai des ordres pour que mon frère accélère la procédure. Je vous promets que ce sera chose faite lorsque nous entrerons au château de Langeais.

Puis elle détourna la conversation. Façon habile de se tirer avec les honneurs d'une joute oratoire périlleuse. Encore une leçon pour la jeune duchesse qu'elle rangea dans un petit coin de sa mémoire. Consciente que la régente la testait, Anne jugea qu'il serait lourd d'insister sur ce point et attendit qu'elle abordât un autre sujet de conversation. Ce qui, d'ailleurs, ne tarda pas.

— Un trousseau complet vous attend, mon enfant. Un trousseau de la plus belle étoffe et une lingerie des plus fines. Charles a tenu à ce qu'on y ajoutât les bijoux de famille et les objets de luxe qui agrémenteront votre vie quotidienne.

— Tout cela n'est-il pas un peu futile, madame, à côté de l'immense charge qui pèsera sur mes épaules !

Elle vit, avec un plaisir qu'elle s'efforça néanmoins de réprimer, que sa réplique allumait dans le regard de son interlocutrice une lueur d'intérêt. La régente l'observa sans rien dire. Puis, presque enjouée, elle changea à nouveau de sujet.

— J'aimerais que le Val de Loire vous séduise et que vous puissiez en apprécier les diverses résidences dans lesquelles vous serez amenée à vivre selon les fêtes et les événements qui jalonneront votre existence.

La duchesse de Bourbon écarta le rideau de velours qui obstruait la fenêtre de sa voiture et reprit :

— Vous vivrez au Plessis, du moins le temps que Charles entreprenne des travaux à Amboise, mais Chinon vous plaira davantage. Le charme de ses maisons à pans de bois sculpté et de leurs pignons de pierre flanqués de tourelles ravira votre regard.

Elle remarqua la satisfaction qui s'inscrivait sur le visage de la jeune fille et poursuivit :

— Chaumont aussi vous séduira. Comment rester insensible devant ce vieux château féodal qui dresse aussi fièrement ses deux donjons ancestraux et lève avec autant de grâce son pont-levis qui se souvient encore des assauts passés ?

Elle prit la main d'Anne. Encore un geste qui eût surpris conseillers et suivantes, mais personne ne put voir la lueur de sincérité passer dans les yeux gris de la dame de Beaujeu.

— Ainsi, vous oublierez un peu votre Bretagne, murmura-t-elle.

— La Flèche ! Quel joli nom de ville. On dirait que l'on va s'y envoler, s'y fondre, s'y oublier. Jacquotte, je veux voir de plus près cette ville si proche de ma Bretagne, mais qui n'appartient pas à mon duché.

— Sans escorte ! fit la jeune chambrière, surprise.

— Crois-moi, Jacquotte, cela n'est peut-être pas près de se reproduire.

Anne tendit à Jacquotte sa tête brune à coiffer.

— Je serais fort surprise qu'à Baugé, notre prochaine étape, on m'accorde quelques minutes de distraction ou de détente. Anne de Beaujeu dit que la préparation du mariage sera longue.

Elle soupira et pencha la tête en avant pour laisser libre cours aux mains agiles de Jacquotte.

— Quant à Langeais, je crains fort que la cérémonie ne me retienne prisonnière et que mes allées et venues ne soient épiées au point que je ne puisse ni rêver ni sortir.

Jacquotte dessina une raie médiane dans la chevelure sombre d'Anne.

— C'est le moment ou jamais de prendre un peu de liberté, Jacquotte. Profitons-en et vivons quelques instants de plaisir.

La chambrière brossait énergiquement la chevelure longue et bouclée de la duchesse Anne.

— On dit que Madame l'ex-régente se lève tôt, dit-elle. N'avez-vous pas peur de la croiser dans un des corridors ?

— Nicolas affirme que le cocher de sa voiture est libre toute la journée, ce qui laisse prévoir qu'elle ne sortira pas. Un de ses serviteurs prétend aussi qu'elle se lève beaucoup plus tard quand ses habitudes se trouvent bousculées.

Jacquotte enferma les cheveux d'Anne dans son petit bonnet de velours noir dont la pointe arrondie venait mourir sur son grand front pâle et dégagé. Elle y dissimula la dernière mèche qui, rebelle, sortait de l'étoffe et tendit subitement son index vers la porte où l'on venait de frapper quelques petits coups discrets.

— Entre, Francette, jeta Anne.

Une jeune fille pénétra dans la chambre de la duchesse. Un peu plus âgée que Jacquotte, aussi blonde que l'autre était brune, grande, élancée, elle portait avec grâce son bonnet de dentelle, sa cotte bleue et son tablier blanc savamment empesé, tenue qui la haussait au rang de lingère privée de la duchesse.

Francette tenait entre les mains une grande cape rouge bordée d'hermine blanche dont les pans traînaient à terre.

— Ce manteau est trop voyant. Apporte-moi plutôt ma cape noire. Elle se mêlera mieux aux rues de la ville.

Quand Anne fut habillée, coiffée, prête, elles se glissèrent sans bruit dans les couloirs, frôlant les murs, descendant à pas de velours les grands escaliers, et atteignirent sans encombre l'écurie où attendait Nicolas à côté d'Isabelle et de Marguerite, qui ne voulaient pas manquer les joies de cette fugue.

— Prenons votre attelage, dit Anne à Nicolas. Il se fondra mieux dans la ville. Le mien est trop important. Il se remarquerait tout de suite.

Jacquotte et Francette disposaient en effet de leur propre voiture qui leur permettait de suivre la duchesse lorsque celle-ci partageait la sienne avec ses suivantes.

Le buste dressé, l'œil en alerte, Nicolas mena les chevaux avec une discrétion qui n'attira aucun regard et, quelque temps plus tard, ils filaient prestement dans les rues de la belle ville de La Flèche.

Elles étaient aussi animées que n'importe quelle autre ville un jour de marché. Des porteurs d'eau revenaient des fontaines, leurs seaux emplis équilibrés sur leurs épaules ou attachés à leurs ceintures. Ployés sous le poids, ils allaient livrer l'eau dans les maisons les plus riches. Les moins favorisés venaient eux-mêmes la puiser à la fontaine.

Fracas et bourdonnements, grincements et heurts, les bruits les plus divers se faisaient entendre et chacun d'eux se distinguait par le son heurté du métier qu'il représentait.

Les barbiers tenaient leur couteau affûté, les tailleurs et les pourpointiers leur mètre à mesurer et les plumassiers étendaient devant eux leurs volumineux étalages de plumes de poule, de coq, d'oie. Les raccommodeurs en tout genre s'égosillaient à pleins poumons. Porcelaine, vêtements, paniers en paille, chaises, ustensiles de cuisine, tout pouvait se recoller, se réparer, se rénover.

Les marchands de bois portaient leur chargement sur leur dos. Certains disposaient d'une charrette et débitaient leur bois en plein milieu de la chaussée, obstruant le passage et provoquant de grands cris. Parfois, une bûche tombait sur le pied d'un passant qui injuriait à grandes volées le marchand insensible aux insultes.

Anne et ses compagnes s'approchèrent d'un cirier qui vendait des bougies, des chandelles de suif et de la cire à éclairage.

— Je veux des rubans neufs à mon bonnet, criait une fillette à sa mère qui la secouait vigoureusement afin de la ramener à de moins onéreuses perspectives.

— Il faut d'abord réparer les chaussures. J'aperçois le savetier. Il va nous arranger ça. Tu auras des chaussures plus confortables pour cet hiver.

— Je veux des rubans neufs, pleurnicha de nouveau la fillette.

La femme soupira, puis, excédée, lui donna une claque qui fit aussitôt crier la petite.

Le savetier avait disposé ses bouts de cuir, ses planchettes de bois et tous ses outils devant lui. Sabots, bottes, poulaines et savates de toutes sortes étaient accumulés à ses pieds.

— Approchez, mes p'tites dames, je change vos semelles et vos empeignes en quelques minutes. Qu'est-ce qu'elle veut, la p'tite dame ?

Il saisit les galoches de l'enfant qu'elle lui tendait et les inspecta.

— Je vais vous réparer ça, fit-il en reniflant.

Mais il fallut qu'à ce moment précis passât un colporteur qui, corbeille accrochée à son cou, faisait voltiger dans ses mains les plus beaux colifichets qui soient. Fils, rubans et lacets divers pendaient à ses bras.

— Nouez, liez, serrez, accrochez. Voici mes beaux rubans !

La gamine se mit à hurler.

— Alors, fit le savetier, les s'melles ou l'ruban ?

Mais, la mine épanouie et l'œil agile, le colporteur plaçait déjà dans la main de la gamine un soyeux ruban aussi rouge que ses joues en feu.

— Tiens, j'm'arrange avec le sav'tier et l'auras les s'melles et l'ruban.

Isabelle, qui, amusée, observait la scène depuis le début, murmura :

— J'étais sûre que cette enfant aurait le dernier mot.

Elles marchaient toutes les cinq dans la foule des badauds, des marchands, des forains qui exposaient leurs charrettes emplies d'objets divers à acheter, à échanger, à gagner. Quand, soudain, elles se heurtèrent au rubanier qui les apostropha gaillardement.

— C'est qu'elles sont mignonnes toutes ces donzelles ! Pour vos basquines, mes p'tites dames. Pour vos bonnets et vos jupons. Tenez, r'gardez-moi ça.

Il étendit devant elles rubans de soie, dentelles, lacets de cuir et de velours.

— Tenez, y en a un pour chacune.

Isabelle avait déjà saisi un délicat ruban de satin noir. Et, pendant que Jacquotte triturait entre ses doigts des lacets de velours, Anne lissait rêveusement dans la paume de sa main un ruban blanc brodé de perles.

— Elle est connaisseuse, la donzelle. Mais, c'ruban-là, c'est l'plus cher. Faut dire qu'il vous irait comme à une duchesse.

Ce fut une explosion de rire générale et le brave homme ne sut vraiment pas ce qui déclenchait l'hilarité de ces pucelles en promenade.

— On les prend tous les trois, fit Anne en sortant d'un pli intérieur de sa cape noire une petite bourse d'où elle tira un écu.

Elles poursuivirent leur chemin en direction de l'église où les attendaient Nicolas et l'attelage.

Un écrivain public, accroupi devant son écritoire,

les regarda passer et Francette lui décocha une œillade si osée qu'il renversa son encrier sur la feuille de parchemin qu'il s'apprêtait à recouvrir de sa plus belle écriture. Les roues de bois des charrettes crissaient sur le pavé, les chevaux frappaient leurs sabots sur le sol, les cochers pressés faisaient claquer leur fouet et il fallait se ranger sur le bas-côté de la rue pour ne pas être accroché.

Quand elles furent mêlées aux étalages de fruits et de légumes et qu'elles eurent dans les pieds poules, coqs, perdrix et canards piaillant dans un charivari indescriptible, les jeunes filles décidèrent qu'il était peut-être temps de rentrer si elles voulaient que leur absence passât inaperçue.

Isabelle triturait entre ses doigts tremblants le ruban de satin noir dont elle venait de faire l'acquisition lors de sa folle équipée dans la ville avec Marguerite, Anne et ses chambrières.

Dame Charlotte, sa mission achevée, lui avait avant de partir fait des révélations qui la tenaient encore sous le choc. Son cœur battait à tout rompre comme un poussin cassant sa coquille pour en sortir. Dans un instant, il s'échapperait de sa poitrine en la brisant en mille éclats qui s'éparpilleraient çà et là parmi l'indifférence des autres. À présent, à qui pouvait-elle expliquer le désarroi qui s'emparait d'elle ?

Pourquoi sentait-elle les larmes affluer au bord de ses paupières ? Assurément, dans quelque temps, elle allait pleurer comme une fontaine. Sa tête lui faisait mal et elle ne pouvait plus réfléchir. Trop de questions l'assaillaient. Le récit de dame Charlotte avait été trop bref. Des mots heurtés, hachés, ponctués par les permanents « comment » et « pourquoi » d'Isabelle.

Durant tout l'entretien, Charlotte, affreusement mal à l'aise, n'osait plonger son regard dans celui de l'adolescente. Les phrases, pourtant si courtes, sortaient de sa bouche avec peine et elle ne cessait de dire à Isabelle qu'elle n'en savait pas davantage. Et que savait-elle d'autre, dame Charlotte, si ce n'était que Léonore avait mis au monde sa fille au château de Bourges quand le duc de Berry s'opposait à son frère Louis XI et que, après la naissance, la jeune femme avait refusé de partager la couche de son amant avec d'autres concubines et plus encore avec l'épouse que le duc devait prendre ?

C'est étrange comme Isabelle ne lui en voulait pas de cette fuite : comment aurait-elle pu supporter elle-même de partager l'amour d'un homme avec une autre ? Jamais son tempérament exclusif ne pourrait s'y accoutumer.

Et que pouvait penser la jeune Isabelle alors que dame Charlotte lui avait affirmé, en opinant tristement de la tête : « Elle a aimé passionnément votre père, Isabelle ! Je puis vous l'assurer. » Et ce vieil époux, Guillaume de La Baume, dont le domaine lui reviendrait peut-être, l'avait-elle aimé aussi ? Qui pouvait le lui dire ?

Tout cela avait fortement affecté la jeune fille, mais pourtant ce n'étaient là que des propos auxquels elle s'attendait puisque, depuis toujours, elle savait que sa mère était en vie.

Puis, dans la brièveté du récit, il y eut ce moment précis où la jeune fille avait ouvert de grands yeux emplis d'une stupéfaction horrifiée. Le bleu lumineux de son regard était devenu sombre comme l'eau d'un lac en pleine nuit. Elle venait d'apprendre l'arrestation de sa mère qui cherchait à la rencontrer au château de

Nantes, au temps où les Bretons se défendaient avec acharnement contre l'armée française.

Mais ce qui était pire encore, c'est que dame Charlotte lui avait parlé de la séquestration de sa mère par la régente Anne de Beaujeu qui la soupçonnait d'être une espionne. Isabelle s'était mise à pleurer. L'horreur lui sautait en plein visage. La responsable de cette méprise était celle qui, alors, prenait tant soin de la jeune duchesse Anne de Bretagne, celle qui préparait et organisait astucieusement son mariage avec le dauphin de France !

C'était l'ex-régente, la duchesse de Bourbon, qui avait accompli une telle injustice. Un tel crime ! Isabelle détestait Anne de Beaujeu de toute son âme. Elle le lui ferait savoir, elle protesterait, elle lui crierait sa haine. Et, pas plus tard que ces jours-ci, elle lui demanderait un entretien. Elle ne la lâcherait pas avant de s'entretenir avec elle. Elle l'obligerait à lui révéler où se trouvait sa mère.

Quand, le matin suivant, elle revit la duchesse Anne, elle comprit que son amie succombait sous les préparatifs, les rendez-vous, les contacts, les emplettes, les discussions avec les conseillers, les chambellans, le personnel. Elle la tint pourtant rapidement au courant de l'essentiel qu'elle venait d'entendre de la bouche de dame Charlotte. Et, sans trop s'étendre sur son désarroi, elle cacha juste les points litigieux pour ne pas ternir l'image d'Anne de Beaujeu dans l'esprit de son amie avant la cérémonie de mariage.

Isabelle ne mit donc pas en cause l'arrestation et encore moins l'emprisonnement de sa mère. Elle lui signala simplement que la duchesse de Bourbon savait probablement où elle se trouvait et elle lui demanda d'obtenir une entrevue afin d'en savoir davantage.

Anne, qui n'y voyait point de mal, obtint le rendez-vous et, deux jours plus tard, Isabelle se retrouvait face à l'ex-régente.

Elle se tenait debout face à Isabelle, l'air sévère et l'œil froid. Son visage était lisse et blanc. Pas un cheveu ne glissait de son bonnet de velours noir. Ses traits réguliers, légèrement marqués par les années, avaient dû plaire, dans sa jeunesse. Les plis de sa longue robe, pourpre comme un ciel crépusculaire, tombaient à terre et les larges manches bordées de zibeline qui descendaient presque aussi bas suivaient souplement chacun de ses mouvements.

— Alors, fit-elle en fixant ses yeux dans ceux de la jeune fille, voici la fille de Léonore de La Baume.

— Isabelle Cassex ! coupa l'adolescente. Oui ! Je m'appelle Cassex puisque je ne connais pas ce La Baume.

— Cassex était en effet le nom que portait votre mère avant son mariage.

— Oui, madame.

La régente fit un pas en avant et leva la main, ce qui fit remonter la large manche qui se mouvait souplement sur son buste.

— Vous êtes jolie, mon enfant, aussi belle que l'était votre mère.

— Pourquoi, madame, dites-vous « était » ? Ma mère est-elle morte ?

Isabelle avait prononcé ces mots en tremblant. Une angoisse lui étrangla subitement la gorge.

— Oui, elle est morte dans sa prison ?

— Je ne sais pas, répondit la dame de Beaujeu.

— Vous ne savez pas ! s'exclama l'adolescente.

— Mesurez vos paroles, mon enfant. Je veux bien croire que la douleur vous égare, mais je ne saurais tolérer plus longtemps de votre part l'audace et l'irrespect.

Isabelle planta ses yeux bleus dans ceux gris et froids de l'ex-régente.

— Vous avez séquestré ma mère. Où cela ?

— À Bourges.

— Quelle femme êtes-vous donc, madame, pour avoir emprisonné ma mère alors qu'elle voulait simplement me rencontrer ?

— Votre mère était une espionne.

— Une espionne ! Mais c'est faux ! Je suis sûre que c'est faux.

Anne de Beaujeu s'approcha si près d'Isabelle qu'elle reçut son parfum en plein visage. C'était un mélange de jasmin et de violette.

— Quand Léonore Cassex s'est trouvée en face de moi, elle portait une bure de moine.

— Je le sais, cria Isabelle. Elle l'avait passée pour tromper les soldats qui assiégeaient le château de Nantes. Comment vouliez-vous qu'elle y pénètre puisque tous vos hommes nous harcelaient, nous attaquaient, nous tuaient !

Elle lançait ces mots avec une telle rage qu'Anne de Beaujeu laissa passer dans ses yeux une lueur presque bienveillante.

— Allons ! Tout cela est de l'histoire ancienne qui ne vous concerne plus. Vous êtes en vie, Isabelle, ne l'oubliez pas.

— Oui ! Je suis en vie. Mais ma mère, l'est-elle encore ?

— Je vous ai dit que je ne savais pas. Elle n'est pas morte en tout cas dans la grosse tour de Bourges.

— Vous l'avez donc transférée ailleurs. Où ? Qui l'a tuée ? Et pourquoi dites-vous qu'elle était une espionne ?

— On a trouvé un message collé entre deux épaisseurs de l'épaule de sa bure. Ce pli était destiné à l'un des sympathisants de la Bretagne.

— Remis par le duc d'Orléans.

— Vous voyez ! Vous le saviez.

— Il y avait un autre moine avec elle et celui-là était un vrai. C'est lui qui avait le message. Ma mère a dû le prendre ensuite pour se donner un alibi afin d'entrer au château. Elle ne voulait qu'une seule chose, me rencontrer. Seul, cet autre moine...

Soudain, elle s'arrêta, consciente qu'elle venait de trop parler. Ce moine que le bref récit de dame Charlotte avait évoqué pourrait peut-être l'aider dans ses recherches s'il était toujours à l'évêché de Tours.

La régente avait levé les sourcils à l'évocation de ce moine dont elle n'avait pas eu vent en son temps. Seul son cousin Louis d'Orléans avait été en cause.

— Madame, vous avez commis une injustice. Ma mère n'était pas une espionne.

— Mon enfant ! jeta la régente d'un ton tranquille, il n'y a pas d'injustice en temps de guerre. Il n'y a que des gagnants et des perdants. Fort heureusement, l'armée de France a gagné.

Isabelle sentit les larmes affluer à ses paupières.

— Je vous hais, vous avez tué ma mère.

Anne de Beaujeu voulut saisir sa main, mais Isabelle recula brusquement, farouche et déterminée.

— Je vous hais, madame. Oui ! Je vous hais.

— Je ne l'ai pas tuée puisqu'elle s'est évadée.

— L'a-t-on retrouvée ? ânonna Isabelle, interloquée par cette réponse inattendue.

— Bien sûr que non. Votre mère était assez intelligente pour préparer une fuite sensée et réfléchie. Cependant, une chose m'étonnera toujours.

Elle s'aperçut qu'Isabelle reprenait des couleurs et que sa respiration devenait plus normale. Comme elle comprenait cette enfant à présent apaisée d'apprendre que sa mère n'était pas morte des suites de son emprisonnement.

Elle fit quelques pas vers l'unique bahut de la pièce et l'ouvrit. Elle en tira un paquet enroulé.

— Une chose m'étonnera toujours, reprit-elle en déroulant une splendide tapisserie qu'elle étala devant les yeux d'Isabelle. Pourquoi n'a-t-elle pas emporté son œuvre ?

Comme l'adolescente ne disait rien, elle poursuivit, d'une voix presque douce :

— Contrairement à ce que vous pensez, les rapports que votre mère et moi entretenions n'étaient pas détestables. Nous nous sommes toujours respectées. J'admirais ses qualités de courage et d'intelligence. En échange, elle comprenait mes devoirs de régente.

— Mais...

— Laissez-moi poursuivre, mon enfant. Votre mère a eu le temps de me raconter toute son histoire, comme je lui ai parlé de la mienne qui était aussi celle de la France.

Elle prit la main d'Isabelle qui, cette fois, ne la retira pas.

— Voulez-vous en savoir plus ?

La gorge nouée, Isabelle ne répondit pas, mais esquissa un léger signe de tête affirmatif.

— Votre mère est fille et petite-fille de lissiers et de lissières. C'est à Bruges, chez son père Thomassaint Cassex, qu'elle a appris son métier. À mon sens, c'est là qu'elle a fui.

— À Bruges !

— Les Flandres vous font-elles peur ?

— Je n'irai pas la chercher, murmura Isabelle, je craindrais trop que vous ne la repreniez pour la jeter à nouveau en prison.

— Allons, petite ! Nous ne sommes plus en guerre. Le duc d'Orléans lui-même vient d'être libéré. Pourquoi voulez-vous que votre mère, si elle est toujours en vie, craigne à présent quelque chose ?

Elle tendit la tapisserie à Isabelle.

— Elle est à vous. Je sais qu'en fuyant Léonore Cassex n'a pas voulu me la laisser. Si elle ne l'a pas prise, c'est qu'elle n'a pas pu le faire. Désormais, ce bel ouvrage vous appartient. Votre mère l'avait intitulé *Les Amants du Levant*.

Elle enroula l'ouvrage et le glissa entre les mains de la jeune fille.

— Et ne croyez plus qu'elle était maltraitée. Seule la liberté lui manquait. C'était l'unique prix de sa négligence. Allons ! Partez, maintenant.

Isabelle en savait assez. Elle recula sans rien dire. Mais la duchesse de Bourbon la rappela.

— Attendez, petite. J'ai encore quelque chose à vous dire. Je crois que je l'aurais fait même si vous n'étiez pas venue à moi. Le domaine de La Baume sera le vôtre. Je vous l'offrirai le jour de votre mariage.

— Qui était ce La Baume ? chuchota Isabelle.

— Bah ! Un triste sire que mon père le roi Louis XI avait exilé sur ses terres. C'était un mariage forcé. Votre mère ne l'a jamais aimé. Bien au contraire, elle le détestait et le fuyait.

XI

Pour se changer les idées, oublier le destin de sa mère, Isabelle avait enfourché sa haquenée dès l'aube.

— File, file, Framboise. Traverse la ville. Va jusqu'à l'autre bout. Sortons de ces remparts qui nous écrasent.

Elle se tenait penchée sur sa monture, arrêtée cependant par les charrettes, les attelages, les bœufs, les ânes portant leur chargement, les marchands ambulants qui entraient dans la ville.

— Ah ! ma Framboise ! Nous partirons pour la Bourgogne dès que la duchesse sera mariée.

Dans tout ce que lui avait conté Charlotte et qu'elle avait étayé par le récit de l'ex-régente, une pointe de regret l'assaillait. L'image du moine tombé inanimé devant ses yeux au château de Nantes, et qui n'était autre que sa mère, la hantait. Elle en était encore interloquée. Qu'aurait-elle fait si elle avait su ? Parfois, elle se disait qu'un cri farouche, violent l'aurait saisie, un cri affirmant qu'on se moquait d'elle. Parfois, elle pensait qu'elle serait tombée à genoux pour mieux voir ce fin visage dont les yeux restaient obstinément fermés.

De toute évidence, elle devait essayer de rencontrer ce prélat qui, à l'époque, l'accompagnait dans la mission qu'elle avait reçue de Louis d'Orléans. Charlotte lui avait dit qu'il était chanoine à l'évêché de Tours.

Isabelle n'en savait guère plus. Léonore, sa mère ! Qu'avaient été sa vie, ses rêves et ses amours ? Qu'avaient été ses pensées pour sa fille ? Autant de questions qui restaient sans réponse.

Isabelle chevauchait avec une rage peu coutumière. Subitement, le mariage de la duchesse Anne ne la stimulait plus. La proximité des fêtes l'angoissait. Marguerite avait beau lui affirmer que sa douleur passerait, rien n'y faisait, et, plus elle avançait, plus elle se forçait à penser.

Elle vit poindre devant ses yeux l'autre bout de la ville, derrière la place centrale qu'il fallait traverser. Elle évitait les ruelles trop étroites, les venelles, les échoppes où commençaient à s'arrêter les citadins en quête de victuailles, de bois, de chandelles, de lait frais à acheter.

Sur la place qu'elle se préparait à franchir, un groupe de cavaliers stationnait en discutant assez bruyamment. Ils étaient tous descendus de leurs montures et tenaient tranquillement les rênes de leurs chevaux. Tous les quatre la regardèrent arriver. Isabelle ralentit son allure, mais Framboise, mue par une hardiesse soudaine, piqua sans raison apparente un petit galop jusqu'au rassemblement des cavaliers. Ils portaient le bel uniforme de la garde royale de France. Un habit couleur gris perle avec parements et galons bleu et or, un casque emplumé et une épée attachée à la ceinture.

Soudain Framboise s'arrêta près d'un bel alezan noir à crinière fauve et se mit à hennir sans qu'Isabelle en connût la raison. Les cavaliers s'esclaffèrent et Isabelle les trouva stupides.

— Depuis combien de temps votre jument n'a pas vu de cheval ? se moqua l'un d'eux.

Isabelle rougit et tenta de retenir Framboise, qui se précipitait littéralement à la tête du cheval inconnu.

Jamais Isabelle ne l'avait vue dans cet état. Ses naseaux fumaient, ses flancs tremblaient, ses jambes s'agitaient de façon désordonnée. Elle dut descendre précipitamment de sa monture pour ne pas être jetée violemment à terre.

— Apparemment, c'est un coup de foudre ou je ne m'y connais pas.

Isabelle leva son regard vers le propriétaire du cheval et planta droit sur lui l'azur de ses yeux en amande, tandis qu'elle entendait encore rire ses compagnons.

— Un étalon se laisse à l'écurie, messire, rétorqua-t-elle sèchement, vexée de subir à nouveau la risée des autres.

À présent, les deux chevaux se donnaient des coups de tête en piaffant. Ils semblaient se jauger, se défier et, visiblement, ne se maîtrisaient guère.

— Comment s'appelle votre cheval, messire ?

Si l'acidité de sa première réplique avait porté, elle se trouva ridicule avec la banalité de la seconde. D'ailleurs, le rire des cavaliers lui montra qu'elle avait eu raison de s'être aussitôt jugée sotte. Pourtant le jeune homme lui répondit.

— L'amoureux de votre haquenée, demoiselle, s'appelle Perle Noire.

Il s'approcha des chevaux qui caracolaient de plus en plus fougueusement sans se soucier des rires et des quolibets qu'ils déclenchaient.

— Laisse-le, dit en riant un grand garçon au visage triangulaire dont le menton pointu s'avançait de façon autoritaire. Laisse-le. Ton cheval est comme nous, il a besoin de s'amuser.

— Arrêtez de rire, s'irrita soudain le maître de Perle Noire, tombé sous le charme des yeux d'Isabelle.

Mais les trois autres cavaliers s'étaient regroupés autour des deux chevaux excités et les provoquaient par des cris et des exclamations égrillardes.

— Mais enfin, vous êtes stupides, s'écria Isabelle que la colère commençait à énerver, aidez-moi plutôt, messires. Ce n'est pas une manière d'agir. Il faut séparer ces chevaux avant qu'on ne puisse plus le faire.

— C'est exactement ce qu'on veut voir, ricana l'un d'entre eux.

— Ça suffit, Étienne, jeta sèchement le maître de Perle Noire. Aidez-moi avant qu'il ne soit trop tard.

— Merci, messire, prononça Isabelle d'une voix forte.

Les autres firent enfin ce que leur compagnon demandait et la force rassemblée des quatre garçons eut gain de cause. Isabelle récupéra hâtivement son cheval pendant que le maître de Perle Noire demandait :

— Et vous, demoiselle, quel est votre nom ?

— Je suis Isabelle de La Baume, répondit-elle.

Pourquoi avait-elle lancé cette affirmation ? Voilà quelques jours à peine qu'elle connaissait le nom de sa mère qui, jeune fille, était une Cassex, un nom d'origine anglaise, lui avait dit dame Charlotte.

Mais, bah ! Si Anne lui avait fait don d'un autre domaine, il aurait bien fallu qu'elle en prît le nom. Alors celui de La Baume ou un autre ! Quelle différence ? Elle frémit cependant à l'idée de laisser tomber le nom maternel auquel elle s'était habituée depuis son enfance. Mais puisqu'elle ne connaissait pas sa mère, ni son père, ni même ce La Baume, qu'importait donc !

— Et vous, messire ? fit-elle en prenant soin de se dégager pour éviter une nouvelle joute amoureuse entre les deux chevaux, puis-je savoir qui est le maître du cheval à qui ma haquenée montre tant d'affection ?

— Julien de La Trémoille.

— Êtes-vous de la famille de ce capitaine venu autrefois se battre au château de Nantes ?

— Pourquoi ? Y étiez-vous ?

Elle enfourcha promptement Framboise et lança son regard bleu vers le jeune cavalier. Soudain son visage ne reflétait qu'indifférence et dédain.

— Êtes-vous de sa famille ? insista-t-elle au lieu de répondre à sa question.

— Fais attention à ce que tu vas répondre, s'esclaffa l'un de ses compagnons. Sinon, Perle Noire attendra longtemps son plaisir.

— Ça suffit ! hurla le jeune sire de La Trémoille, excédé par les moqueries de ses camarades.

Puis, il se tourna vers Isabelle. Elle tirait sur les rênes de Framboise afin de s'écarter du groupe qui lui faisait barrage.

— Hélas, que dois-je répondre ?

— La vérité, messire, un vrai chevalier ne ment jamais.

— Je suis son fils.

— Alors, je vous dis adieu, messire de La Trémoille, car jadis votre père s'est conduit envers nous comme un vrai sauvage. Il nous a causé de graves préjudices. Tout d'abord à la duchesse Anne de Bretagne, puis à moi qui étais auprès d'elle. Enfin à mon amie Marguerite de Mercœur qui a eu grande peine à s'en remettre. Les hommes de votre père ont tué nos gens, ont pillé nos richesses, déshonoré nos mémoires et sali nos noms. Oui ! messire, nous avons été longues à nous remettre des brutalités du capitaine de La Trémoille.

Puis, voyant que les autres la prenaient en tenaille, elle tira sa cravache et en menaça le premier visage qui se tenait près d'elle.

— Allons, viens, Framboise, ce Perle Noire n'est pas pour toi.

— Attendez ! entendit-elle crier derrière elle, alors que, dans une folle ruade, elle se dégageait pour foncer hors de la place. Attendez ! Pour sauver l'honneur de notre compagnon, on peut vous assurer qu'il était encore dans les jupons de sa mère lors des massacres de Nantes.

Ils se mirent tous à rire, à l'exception de Julien.

Isabelle chevauchait sur une large voie qui débouchait en direction du Loir dont le fil grisâtre coulait d'un côté vers Angers et de l'autre vers Vendôme.

Aveuglée par la colère, la confusion de ses sentiments et son amour-propre bafoué, elle avait envoyé au diable ces stupides cavaliers et filait au galop sans savoir où elle se dirigeait. L'ombrage des grands arbres qui bordaient la voie et la tranquillité du cours d'eau qu'elle suivait en talonnant Framboise la calmèrent. Elle leva les yeux sur le grand ciel bleu qu'aucun nuage ne venait perturber, puis les ramena sur la route. Elle s'écartait trop de la ville et elle risquait quelques petits ennuis si elle prolongeait plus longtemps sa course folle. Elle revint donc sur ses pas et regagna peu de temps plus tard la grande allée qui menait dans la ville.

Elle croisa des lavandières et des porteurs d'eau, se mêla à l'agitation de la matinée. Elle retrouva sans peine la boutique du savetier et celle du marchand de chandelles qu'elle avait approchées la veille avec ses amies. Elle revit même le jeune écrivain public installé entre les deux échoppes, son écritoire sur les genoux.

Comme elle s'approchait de lui, il cria :

— Bonjour, demoiselle, vous cherchez quelque

chose ? Ne l'avez-vous donc pas trouvé, avec vos compagnes ?

— Vous étiez moins hardi hier, monsieur l'écrivain, quand, sur un simple regard d'une de mes amies, vous avez renversé votre encrier sur votre parchemin !

Isabelle sauta de son cheval et vint se poster devant le jeune homme. Il n'avait pas plus de vingt ans et rejetait sans cesse en arrière une mèche rebelle sur le front.

— Nous visitions la ville, car nous repartons dans quelques jours. Nous sommes attachées à la suite de la duchesse Anne de Bretagne.

— Va-t-elle vraiment se marier avec le dauphin ?

— Dauphin ! Il ne l'est plus à présent, jeta Isabelle en repensant à l'austère Anne de Beaujeu, qui avait eu l'audace de lui affirmer que sa mère n'avait pas été malheureuse en captivité. Charles est roi de France, et sa sœur n'est plus la régente du royaume. Elle est redescendue au simple rang de duchesse.

— Il me plairait de redescendre au simple rang de duc, ironisa le jeune homme.

Isabelle se mit à rougir. Il ne lui était guère coutumier d'étaler ainsi sa position de demoiselle du royaume. Pourquoi parlait-elle de la sorte à ce jeune écrivain public qui, ce soir, n'aurait peut-être pas le moindre sou en poche pour payer son pain avant de se coucher ? Qu'avait-elle à vouloir briller aussi sottement ? Elle ! fille et petite-fille d'artisan lissier. La régente le lui avait affirmé mais elle n'en rougissait pas. Sa mère n'avait-elle pas tissé une œuvre remarquable qu'elle avait appelée *Les Amants du Levant* ?

Pour ne pas s'enliser dans une discussion gênante, elle s'enquit plutôt :

— Je recherche un atelier de tapisserie, en connaissez-vous un dans la ville ?

— Celui de maître Le Tournier. Il est à deux pas d'ici. Vous ne pouvez pas vous tromper. Son atelier s'encastre entre celui de l'enlumineur et celui du verrier.

— Merci. Je vous souhaite une bonne journée, messire l'écrivain.

Elle s'écarta du jeune homme. Puis, réfléchissant avant de s'éloigner, elle précisa :

— Pourquoi ne venez-vous pas faire un tour du côté de l'hôtel où nous sommes installés ? Les gens de la cour de France ne sont pas tous des lettrés. Je suis sûre que vous trouveriez quelques lettres à écrire.

Elle le quitta en tenant la longe de Framboise. L'atelier de tapisserie se trouvait dans un quartier plus calme, là où se regroupaient les quelques artistes de la ville, relieur, peintre, enlumineur, lissier et même le verrier qui travaillait pour une église des environs.

Isabelle pénétra dans le petit atelier de tapisserie et fut étonnée de n'y voir que deux hommes qui activaient la haute lisse sur laquelle était tendu un ouvrage religieux représentant le martyre d'un saint. Le plus jeune tourna son visage vers elle, visiblement surpris devant la silhouette d'Isabelle. Mais ce fut l'autre qui l'apostropha :

— Que voulez-vous, demoiselle ?

Voilà une question à laquelle Isabelle ne s'était pas attendue.

— Oh ! fit-elle, rien, je... je...

Puis, affolée, elle ressortit précipitamment, enfourcha Framboise et galopa jusqu'à son hôtel.

La date du mariage à Langeais n'était pas encore fixée, aussi, dès que la cour eut quitté La Flèche, le château de Baugé prit la relève pour l'accueillir. Résidence du roi René et de Yolande d'Aragon, fidèles soutiens de Charles VII et de Jeanne d'Arc qui avaient détourné les Anglais de l'Anjou, Baugé ne manquait pas d'intérêt.

Anne s'arrêta devant le portrait du sire Guérin de Fontaines qui s'était vaillamment battu à la tête des Angevins.

— C'était un valeureux chevalier, entendit-elle dans son dos.

La duchesse se retourna. Anne de Beaujeu était derrière elle. Le regard dur qu'elle portait souvent sur les autres s'adoucissait et n'avait rien d'inflexible quand elle le posait sur la jeune Anne. Madame la Grande, comme l'appelait à présent le bon peuple de France, semblait disposée à parler avec la jeune fille et l'autoritarisme hérité de son père et qui caractérisait ses idées et ses décisions prenait, envers elle, une tournure plus souple.

Anne de Beaujeu savait qu'il fallait apprivoiser cette enfant de quatorze ans qui n'avait pas encore accepté l'idée d'épouser son frère. Elle devait l'éblouir, la flatter, l'attirer progressivement vers la France. Ce matin-là, elle était détendue et sa bonne humeur retombait sur la jeune duchesse qui, pour l'instant, suivait docilement les ordres que, depuis plusieurs jours, la cour de France lui dictait.

La petite escapade qu'Anne avait faite à La Flèche avec Isabelle, Marguerite et ses deux servantes ne l'avait nullement contrariée. Quand elle l'avait appris – car on rapportait tout à la cour de France –, elle avait simplement mis en garde la jeune duchesse contre le danger de ne pas se faire escorter davantage.

Elle toucha d'un doigt l'épaule de la jeune fille et tourna son regard vers le portrait.

— Oui, Guérin de Fontaines était un valeureux chevalier et le roi René lui devait bien la bataille de Vieil-Baugé.

— Baugé est un bel endroit, fit Anne en se détournant du portrait. Qui l'a construit ?

— Le roi René a fait bâtir les tourelles, celles que vous avez admirées de loin lorsque vous êtes entrée dans la ville.

— Et cette curieuse échauguette où les maçons se sont eux-mêmes représentés, en est-il aussi le maître d'œuvre ?

Anne de Beaujeu acquiesça de la tête.

— Ainsi que le petit oratoire dans lequel vous avez prié hier soir et la grande porte qui donne accès à l'escalier à vis que vous venez de descendre.

Elle tendit le doigt vers les dernières marches qui tombaient abruptement sous l'immense voûte en palmier où elles se trouvaient.

— Regardez, ma fille, dit-elle en pointant son regard vers les blasons ornés de la voûte. Regardez, c'est l'emblème de l'Anjou et de la Sicile réunis, comme le vôtre désormais assemblera le lys et l'hermine.

— Et ce symbole, que représente-t-il ?

— On le nomme la Croix du Christ, une étoile incomparable qui, dans l'Apocalypse, désigne les Bienheureux dans l'éternité.

— Et celle-ci ?

La jeune duchesse désignait l'un des dessins qui ornaient la voûte. Flattée que la future reine lui posât tant de questions, l'ex-régente lui souriait avec bienveillance.

— Cette croix à double traverse est l'image de la croix d'Anjou. Le roi René l'a toujours vénérée comme un fragment de la véritable Croix de Jérusalem.

— Cette croix me fascine, murmura Anne.

— Lorsqu'il a remporté la bataille de Nancy sur notre ennemi Charles le Téméraire, René II, duc de Lorraine et descendant des ducs d'Anjou, en a fait son insigne. Depuis, cet emblème sacré s'appelle « croix de Lorraine ». Elle est en lieu sûr, mais je vous la montrerai un jour.

— Est-elle donc si belle ?

— Taillée dans le bois de la vraie Croix et rapportée de Terre sainte par un croisé, cette merveille d'orfèvrerie est enrichie de pierres précieuses et de perles fines. Elle porte un christ sur chaque face.

Anne de Beaujeu regarda la jeune duchesse avec insistance.

— Vous êtes très pieuse, n'est-ce pas ?

La jeune fille acquiesça.

— On dit que les Bretons sont aussi des gens superstitieux, est-ce vrai ?

— On ne peut renier les mœurs et les traditions de son pays, jeta la jeune duchesse d'une voix rieuse. Ne dit-on pas qu'en Bourbonnais, votre pays, madame, la sorcellerie est tout autant pratiquée qu'en pays gascon ou en pays normand et que les gens de Touraine font appel à des procédés bien étranges lorsqu'ils veulent attirer sur eux les bienfaits de la nature ou de l'humanité ? À mon sens, aucune région n'est plus barbare qu'une autre.

La régente haussa un sourcil étonné tant la repartie de cette adolescente était empreinte de bon sens. Puis, l'observant de nouveau, elle se reprit et jeta :

— Allons, ma fille ! Ne tardons plus à présent. Tailleurs, brodeuses et dentellières nous attendent.

Elle prit Anne par le bras et l'entraîna vers l'escalier qui menait aux chambres du château.

— N'oubliez pas, Anne, que votre robe de mariée vous est offerte par mon frère Charles ainsi que tout votre trousseau d'épousée.

Cette remarque bassement matérielle qui rappelait la pauvreté de la duchesse brisa soudain l'harmonie qui s'était à peine installée entre les deux femmes. Pourtant, Anne de Bretagne était soulagée à l'idée qu'elle apparaîtrait devant les Français comme une reine authentique et non comme une pauvre « duchesse en sabots », selon l'expression ironique qu'elle avait entendue dans la bouche de quelques serviteurs.

La robe était en effet une véritable merveille d'art. Les écus du roi de France avaient dû sonner lourd pour payer une telle parure, taillée dans un luxueux drap d'or brodé de perles fines. Les bords étaient ourlés de zibeline et la traîne s'étendait en longueur dans un mouvement vaporeux de soie et de fourrure.

— Rehaussez le buste, conseilla le tailleur en pinçant un pli récalcitrant sur l'épaule de la duchesse. Là, c'est mieux. Il vous faudra marcher lentement, la taille un peu cambrée.

De son côté, la blonde Isabelle ôta d'un geste nerveux le corset qui enserrait ses hanches.

— Cette guimpe est trop large, fit-elle en la tendant à l'habilleuse. Elle bâille, elle tombe et me rend disgracieuse. Il faut m'en confectionner une autre.

Catherine de Foix se mit à rire.

— Votre taille, ma chère, ne me paraît pourtant pas plus fine qu'avant notre départ. Votre guimpe est parfaite, il suffit d'en serrer les lacets.

Antoinette d'Albret, qui exhibait ses longues jambes dénudées en virevoltant autour de l'habilleuse, coupa aussitôt :

— Si votre guimpe est aussi parfaite que l'est mon corps-de-cotte, alors nous serons les plus séduisantes du cortège. Cessez donc de geindre, Isabelle, et poursuivez votre essayage.

Mais Marguerite maugréait elle aussi.

— Ces souliers sont trop étroits et la boucle me blesse.

Empêtrée dans le voile de sa traîne que l'habilleuse étirait pour en faire disparaître tous les plis disgracieux, Anne regarda tour à tour ses demoiselles de compagnie et se demanda si elles ne cherchaient pas tout simplement à provoquer l'ex-régente, qui affichait un calme froid.

Les suivantes d'Anne, dont la tenue était aussi offerte par la cour de France, ne sympathisaient guère avec la sœur du roi. Il est vrai que celle-ci ne manquait pas de les rabrouer en se montrant austère, hautaine et arrogante.

— Allons, fit la duchesse Anne, conciliante, nous avons l'honneur de la maison de Bretagne à défendre. Voulez-vous donc paraître telles de vulgaires filles de province ? Je veux que vous soyez les plus séduisantes de la cour de France.

Elle se tourna vers Anne de Beaujeu et vit que le visage de celle-ci arborait son éternel sourire ambigu.

— Les seigneurs français seront séduits par votre beauté, votre grâce et votre maintien naturel.

Catherine de Foix gesticulait dans la fine chemise de batiste blanche qui moulait étroitement son buste mince. Une menue poitrine, car elle n'avait que quatorze ans, tendait le linge que sa finesse rendait presque transparent. Elle regarda ses compagnes et se mit à glousser en enfilant les chausses que lui tendait l'une des habilleuses.

— Il me semble, Anne, qu'un jour vous nous avez recommandé de ne jamais porter de dentelle qui ne soit d'origine bretonne.

Anne de Beaujeu eut un sursaut, mais la sagacité d'Anne rattrapa aussitôt la maladresse de la jeune fille.

— Certes, fit-elle, mais la cérémonie de mon mariage est une exception et je m'étonne, Catherine, que vous ne le compreniez pas. Votre étourderie me surprend.

La jeune Catherine rougit et n'eut plus envie de rire.

— Ces dentelles de Flandres et de Milan sont d'ailleurs fort luxueuses, poursuivit la duchesse. Elles devraient ravir vos yeux comme elles ravissent les miens.

L'ex-régente n'avait rien dit. Ce babillage de jeunes filles, à peine sorties de l'adolescence, l'agaçait. Elle se contentait d'aller de l'une à l'autre, inspectant, observant, critiquant l'armée de tailleurs et d'habilleuses qui s'affairait autour de la duchesse et des six jeunes filles. En réalité, elle avait hâte que la cérémonie fût terminée, comme si elle craignait qu'un événement inopiné ne vînt en rompre le bon déroulement.

Le problème épineux de la rupture entre Charles et la princesse d'Autriche n'était pas réglé. Et planait l'ombre de Maximilien, évincé, qui risquait de se tourner défavorablement contre la France. Ne cherchait-il pas, depuis la mort de Louis XI, à récupérer le territoire du Téméraire ? Allait-il s'allier à quelques puissantes cours européennes pour déverser sa rancœur subite sur un allié qui venait de le trahir ?

Anne de Beaujeu n'était en rien apaisée. En aucun cas, il ne fallait libérer la petite Marguerite d'Autriche. Mieux valait la garder en otage. Dès son arrivée à Langeais, elle mettrait son frère en garde.

Mais la décision restait délicate. La duchesse Anne

avait précisé en des termes clairs que, s'il n'y avait pas rupture entre Marguerite et le roi de France, elle n'épouserait pas ce dernier, et la jeune Anne de Bretagne n'était pas fille à lancer un propos en l'air.

Si le site de Baugé avait séduit Isabelle par le charme de ses donjons et de son échauguette, la petite ville de Langeais qui se pressait autour du château l'émerveilla tout autant.

Partie dès l'aube et montée sur Framboise, Isabelle passa le pont-levis qui enjambait les douves. Le ciel clair et pur, le temps adouci qui écartait tout nuage et les forêts aérées d'étangs et de clairières comme on en trouvait peu en Bretagne la charmaient véritablement.

Bien que ce début de Renaissance fût plus calme, la forteresse féodale sécurisait toujours un peuple à la merci des brigandages, des invasions, des vols et agressions de toutes sortes. Langeais imposait sa structure médiévale et son histoire apparaissait dans toute sa grandeur. C'était un comte d'Anjou, Foulques Nerra, un homme redoutable, celui qu'on appelait le « Faucon noir », qui, à la fin du Xe siècle, avait fait élever le vieux donjon carré qui subsistait encore et qu'Isabelle admirait, désarçonnée à l'idée que sa construction devait, à l'époque, servir à se défendre, entre autres, contre les Bretons.

Arrivée près de la forteresse, Isabelle resta subjuguée face à ses hauts murs qui semblaient défier le ciel au-dessus des eaux calmes du fleuve. Les grosses tours rondes et grises, presque menaçantes, qui dissuadaient par leur seule présence plus d'un manant de s'arrêter, protégeaient la petite ville qui se serrait autour d'elles comme une grappe de raisin. Un chemin de ronde à créneaux, abrité sur toute sa longueur, permettait une promenade fort agréable offrant une vue plongeante sur la Loire et les toits de Langeais.

En quelques galopades, Isabelle fut à l'intérieur de la ville. Elle était bien décidée, cette fois, à ne pas se sauver sottement du premier atelier de tapisserie qu'elle dénicherait dans cet enchevêtrement d'échoppes ouvertes. Elle avait pris soin d'emporter *Les Amants du Levant* qu'elle pourrait fièrement déployer.

Elle traversa rapidement le quartier des commerçants de bouche, puis celui des tailleurs, savetiers, cordonniers, rubaniers, dentelliers et autres fabricants de colifichets vestimentaires et trouva enfin, au bout d'une venelle où les charrois avaient peine à passer, celui des artisans. Il y avait là un émailleur, un vaisselier, un panetier, un ébéniste et, tout au bout de la ruelle, un atelier de tapisserie.

D'un geste assuré, elle attacha Framboise à la porte en lui chuchotant à l'oreille qu'elle ne serait pas longue. Elle pénétra dans la grande pièce de l'atelier éclairée par une baie qui donnait sur l'arrière, tenant serrée contre elle sa petite tapisserie. Pour un peu, elle aurait senti battre le cœur de l'oiseau à l'unisson du sien.

Bien qu'il y eût deux hommes dans l'atelier, ce fut une femme qui vint à elle, sans doute l'épouse du maître des lieux. Elle avait un visage grassouillet et un double menton. Son regard clair se posa sur Isabelle et un sourire étira ses lèvres charnues. Le tablier qui recouvrait sa jupe de coutil était propre et elle tenait dans ses mains un écheveau de laine d'une couleur écarlate qui tranchait avec le bleu de son bliaud.

— Que peut-on pour vous, demoiselle ?

— Je voudrais vous montrer une petite tenture, jeta Isabelle d'un ton qu'elle voulait ferme.

Isabelle déroula son ouvrage et la femme se mit à l'observer avec intérêt.

— Viens voir ça, Antoine, dit-elle à l'homme qui conduisait la haute lisse, tandis que l'ouvrier reportait des repères sur le cadran derrière lequel un carton dessiné lui servait de modèle. C'est du bel ouvrage ou je ne m'y connais pas.

Elle admira la splendeur des couleurs, le thème peu commun, le point tissé et le fond de Millefleurs qui s'étendait avec maîtrise et harmonie. Elle hocha la tête et regarda Isabelle.

— Mais il y a méprise, petite demoiselle, fit la femme en poursuivant son hochement de tête, nous sommes un atelier et nous vendons notre production. Nous n'achetons pas.

— Je sais, répondit Isabelle, dont l'assurance se faisait de plus en plus grande. Je ne cherche pas à vendre cette tapisserie. Je voulais juste connaître l'avis d'un maître lissier.

— Eh bien, Antoine, fit la femme en s'adressant à son époux, qui n'avait fait que tourner la tête vers elles, dis-lui à cette petite que cette tapisserie est une pure merveille.

— Qui l'a tissée ? fit l'homme en s'approchant enfin.

— Ma mère.

— Votre mère !

— Oui.

Le lissier secoua la tête de gauche à droite.

— Il y a dans cet ouvrage la touche d'un grand maître, pas celle d'une femme.

Le ton de l'homme qui devenait suspicieux ne plut guère à Isabelle.

— C'est bien ma mère, affirma-t-elle. Elle a travaillé dans les plus grands ateliers du Nord. À Bruges surtout où elle est restée plusieurs années. Mais cette œuvre-là a été exécutée à Bourges.

L'homme la regarda en fronçant les sourcils, l'œil carrément soupçonneux tandis que sa femme ne disait plus rien.

— Je ne connais point de lissière à Bourges. Et comment a-t-elle fait pour trouver tout ce fil d'or ?

— Oui, comment a-t-elle fait ? reprit l'épouse du tapissier. Il est difficile de s'en procurer tant il est rare.

Sa bouche aux lèvres épaisses s'arrondissait en une moue dubitative.

— Et surtout si cher ! Votre mère a eu bien de la chance.

Isabelle comprit alors qu'ils ne la croyaient pas.

— C'est la sœur du roi de France qui lui en a procuré. Anne de Beaujeu, la régente. Enfin... l'ex-régente.

— La sœur du roi de France ! ironisa la femme du lissier.

— Oui ! Elle lui apportait du fil d'or tous les jours.

— Tous les jours !

— Et elle regardait ma mère travailler. Ce beau et séduisant seigneur était l'homme de ses pensées. D'ailleurs, regardez, il tient un oiseau dans sa main, un oiseau en forme de cœur, et la dame allongée...

— Allons ! petite, cela suffit, déclara sèchement le lissier. Où as-tu dérobé cet ouvrage et à qui ?

Le visage d'Isabelle pâlit. Dans quel guêpier s'étaitelle fourvoyée ? Elle ne resterait certes pas plus longtemps ici. Elle attrapa sa tapisserie et déguerpit sans demander son reste.

Quand ils la virent détacher Framboise et la monter aussi vite que si le feu était à ses trousses, la femme murmura :

— Tout de même ! Avec un si beau cheval et des vêtements pareils, cette petite n'était pas n'importe qui.

Tu as peut-être eu tort, Antoine, de ne pas lui faire confiance.

— Allons, allons, ma bonne ! Foi de lissier ! Je ne connais point de femme capable de tisser une si belle œuvre.

Quand Isabelle rentra, fourbue, alors que midi sonnait à l'horloge du château, le cortège avait pris place dans la cour. Un tumulte indescriptible y régnait. Cochers et palefreniers allaient en tous sens, cherchant asile dans les écuries du château. Écuyers, laquais et valets prenaient d'assaut les annexes et criaient à la cantonade qu'ils ne pourraient jamais loger tout le mobilier emporté depuis Nantes.

Servantes, lingères et chambrières s'affolaient, tournoyaient, maugréaient dans les chambres, les salons, les cuisines pour installer au plus vite quelques pièces confortables afin que les lieux plaisent aux futurs épousés.

Lorsque la cour arrivait dans un château du Val de Loire, c'était toujours une nuée d'abeilles qui s'activait dans la ruche. Les grandes pièces hautes et froides étaient nues de tout mobilier, de tapis, de tapisseries et d'objets divers. Rien ne restait à demeure. Tout était à créer, meubler, emplir, aménager. Il fallait qu'en quelques heures un immense château vide devienne un agréable lieu d'habitation chaud et confortable.

Une armée de serviteurs s'empressait donc de décharger les voitures de charroi, de traîner et installer les coffres, les crédences, les bahuts, les chaises et tout ce qui constituait le mobilier des pièces où devait vivre la cour pendant quelques jours, quelques semaines ou quelques mois. Puis ils déroulaient les immenses tapisseries pour les suspendre aux murs, là où des rangées de clous et de crochets attendaient déjà. Les tapis étaient déployés afin que les pieds ne subissent pas l'agression des froids de l'hiver et les tableaux, emportés eux aussi dans les chariots du convoi, prenaient leur place sur ce qui restait des murs de tuffeau.

Dans les chambres les cadres de lit à ciel doublé de velours et frangé de soie étaient aussitôt montés, les rideaux et les courtines installés, les draps et couvertures dépliés. Dans les cuisines les plats, les pots, les ustensiles divers étaient accrochés, la vaisselle, les serviettes et le linge de maison empilés. Enfin, l'hiver, d'immenses bûches étaient disposées auprès des cheminées et l'on allumait le feu qui crépitait sans discontinuer jusqu'au jour du départ.

Isabelle aperçut Anne, qui attendait dans la salle de garde, entourée de ses suivantes.

Des fenêtres à meneaux éclairaient faiblement la grande pièce et, sur le carrelage aux savants dessins géométriques d'une teinte verdâtre, quelques tapis réchauffaient les pieds de ces jeunes filles chaussées de fins souliers de velours écarlate.

Au fond de la pièce, une imposante cheminée crépitait dans une braise rougeoyante qui éclairait le fauteuil où la duchesse Anne était assise, droite dans sa tenue sobre de velours noir, le buste redressé, les épaules jetées en arrière et son long cou de cygne tendu. Son visage blanc semblait taillé dans du marbre délicatement veiné et la lueur intense de ses yeux sombres forçait l'attention. Bien que le nez fût un peu rond, l'ensemble dégageait une agréable image.

Ses demoiselles et dames de compagnie étaient regroupées à ses pieds, sagement assises sur des petits tabourets à coussin de velours, Isabelle à sa droite, Marguerite à sa gauche, les autres resserrées sur les côtés. C'est ainsi que, par la suite, Anne de Bretagne allait bien souvent se faire représenter par les artistes les plus prestigieux de son temps.

Anne de Beaujeu arriva la première. Elle était vêtue d'une robe écarlate au buste cintré sur lequel retombait une large médaille d'or. C'était le seul bijou qu'elle s'était accordé ce jour-là. Un bonnet de satin assorti à sa robe recouvrait ses cheveux noirs et, dans ses mains que cachaient presque les larges manches de son corsage, elle tenait un coffret de velours aux serrures ouvragées.

Pierre de Beaujeu, duc de Bourbon, son époux, vint peu après. Il était accompagné des grands du royaume. C'était un homme d'âge mûr. Grand, mince, il pouvait encore par sa prestance séduire plus d'une femme. Rien ne transparaissait dans son attitude qui fût trouble ou douteux. Le couple des Beaujeu restait soudé l'un à l'autre par la même ambition, cette avidité réciproque à tout maîtriser, posséder, diriger.

Il sourit à la jeune Anne et prit sa main dans la sienne.

— Duchesse ! Que la France vous accueille comme sa fille et que le peuple vous considère comme l'une des nôtres.

Anne le regarda. Ce propos était-il teinté d'insinuation ? Y avait-il là un sous-entendu qu'elle devait aussitôt reprendre ? Elle n'eut pas le temps de répondre, car l'arrivée du jeune roi stoppa les préliminaires d'une discussion que l'ex-régente s'apprêtait sans doute à corriger.

Charles n'était pas seul. Louis d'Orléans l'accompagnait. Un instant, la duchesse ne sut qui regarder. Son ancien fiancé, le beau Louis, second personnage de France, était superbe. La dégaine alerte, l'œil de velours et le sourire éblouissant, il observait Anne, ne pouvant lui parler avant le roi de France.

Pourtant, quiconque le connaissait bien aurait pu déceler sur son mince visage, déjà sillonné par quelques rides, les maltraitances qu'il venait de subir durant trois ans d'internement à Lusignan, puis dans la grosse tour de Bourges. Charles avait tout de même obtenu gain de cause auprès de sa sœur, qui l'avait libéré pour qu'il puisse assister à ses noces.

De loin, Isabelle vit qu'Anne détournait son regard de Louis et le reportait, attentive et prudente, sur Charles, qui avançait vers elle. Vêtu d'une tunique courte à pans plissés de soie brochée rouge, de bas-de-chausses bruns et de souliers noirs en forme de pied d'ours, Charles avait soigné sa mise.

Il regarda longuement Anne et s'inclina devant elle. Puis, toujours avec sollicitude, il lui prit la main.

— Je me réjouissais à l'idée de vous revoir, duchesse, et je suis heureux que vous acceptiez d'unir votre destin à celui de la France.

Elle ne retira pas sa main, mais piqua résolument ses yeux dans ceux de Charles et, subitement, les trouva beaucoup plus clairs que dans son souvenir. Des yeux étranges, d'une couleur imprécise et d'un éclat bizarre, comme s'ils découvraient toujours quelque chose de nouveau. Le regard de la jeune duchesse descendit alors sur la bouche du jeune homme. Ses grosses lèvres ne lui plaisaient pas.

— Avant mon accord définitif, Sire, il me faut obtenir satisfaction d'une certaine requête. Avez-vous oublié laquelle ?

— Duchesse de Bretagne, jeta-t-il en libérant sa main, je n'ai rien négligé, rien omis. Votre désir fut un ordre.

— Puis-je en avoir la preuve ?

— Marguerite d'Autriche est actuellement en route pour le château de Blois où elle devra résider en attendant de quitter la France afin de rejoindre son père et son pays.

— Y restera-t-elle longtemps ?

— La rupture est officielle, duchesse. N'était-ce pas là l'objet de votre hésitation ?

— Certes, Sire. Mais il me déplairait de rencontrer la princesse d'Autriche au détour d'une galerie de votre château de Blois.

— C'est au Plessis-lès-Tours que nous résiderons, fit le roi après avoir hésité quelques secondes.

— Y resterons-nous longtemps ? Je pensais qu'Amboise serait notre demeure d'attache.

Il haussa les sourcils au-dessus de ses yeux clairs et eut un geste d'ignorance. Isabelle tendit le cou pour apercevoir le coffret de velours rouge que sa sœur lui tendait. Charles le saisit et jeta d'une voix ferme :

— Aujourd'hui, nous allons procéder aux signatures des contrats de mariage. Demain, nous célébrerons la fête.

Il ouvrit le coffret, prit les documents et les déroula.

Vêtus d'une livrée rouge et jaune, deux laquais apportèrent une écritoire posée sur un socle de bois à trois pieds. Ils étaient accompagnés de quatre pages tout habillés de blanc, cottes, chaussons et bas-de-chausses, qui se courbèrent devant Anne.

La cour n'attendait plus que les deux notaires de Tours. Annoncés par le héraut de la régente, ils prirent aussitôt leur place devant la petite écritoire dressée pour les signatures.

Documents en main, silence à l'appui – seules les bûches crépitaient dans un bruit de craquement sec –, ils lurent à voix haute les textes et l'assemblée écouta religieusement les termes du contrat.

L'acte dressé en deux originaux, l'un en français, l'autre en latin, avait été préparé à Rennes. La duchesse Anne apportait le duché de Bretagne à la France, mais il était convenu que les époux se cèdent mutuellement leurs droits sur la Bretagne. Cette formule habile et astucieuse marquait l'emprise complète de Charles VIII sur le duché breton. Ainsi, il se rendait maître de tous les biens de sa femme sans que celle-ci y trouvât à redire.

De plus, Anne ne pouvait révoquer cette donation par testament au cas où elle viendrait à mourir sans héritier avant le roi. Si Charles VIII décédait avant elle, la reine devrait épouser son successeur afin que la Bretagne restât bien attachée à la France. Bloquée, la duchesse Anne ne pouvait révoquer, en aucun cas, l'alliance et la domination française.

Après la lecture des actes, les accords de principe passés, les signatures des futurs époux apposées, l'assemblée se détendit et l'on évoqua les réjouissances qui devaient se dérouler au lendemain de cette austère journée.

C'est aux écuries qu'Isabelle revit Julien de La Trémoille.

Les demoiselles et dames d'honneur attachées aux cours de ces multiples châteaux du Val de Loire semblaient disposer d'une plus grande liberté qu'au château de Nantes. Isabelle, lasse de rester inactive dans ces nouveaux lieux qui offraient tant de diversité, s'apprêtait à s'échapper le plus souvent possible.

De toute évidence, Anne était trop préoccupée par son mariage pour réclamer en permanence l'une ou l'autre de ses suivantes. Et surtout, depuis que Françoise de Rohan était venue compléter son entourage, il se trouvait toujours cinq ou six demoiselles disponibles à son côté. Anne était consciente du rôle et de la valeur que devait requérir une cour royale.

Isabelle tenait toujours son amie Marguerite au courant de ses fréquentes escapades et Dieu sait si elles étaient nombreuses. Sa récente séparation avec Charlotte de Montpensier et les révélations sur sa mère la laissaient désemparée mais elle n'avait nulle envie de raconter à qui que ce soit l'objet de ses angoisses.

— Votre haquenée me semble en bonne forme, demoiselle, fit Julien de La Trémoille, qui entrait dans la stalle où le palefrenier avait mis son cheval.

— Je le vois bien, messire, ce n'est pas la peine de me le dire.

Julien conversait avec cet ami au menton triangulaire dont l'attitude grossière l'avait si fortement choquée. Ce jeune homme effronté, trop sûr de lui, n'était autre qu'Étienne d'Amboise, arrière-petit-cousin de l'évêque d'Albi, Louis d'Amboise.

— Allons ! Avancez, demoiselle, Perle Noire n'est pas ici. Quand Julien a vu votre haquenée, il a mis son cheval dans une stalle de l'écurie voisine. Mais je suis sûr que, d'où il se trouve, il renifle l'odeur de celle qu'il voudrait tant culbuter.

Et il s'esclaffa comme il l'avait fait sur la place centrale de La Flèche.

— Je vous laisse rire, messires, fit Isabelle, hautaine et dédaigneuse, qui n'avait pas oublié les railleries de l'autre jour. Vous moquer niaisement semble être votre préoccupation principale et, à mon sens, ce n'est guère flatteur.

Elle détacha Framboise et s'en fut sans plus rien ajouter. Mais Julien la rattrapa et lui saisit le bras.

— Mon ami est stupide et je lui en veux d'être aussi sot avec vous. Me croyez-vous ?

— Je ne crois que ce que je vois, messire de La Trémoille. Or, je remarque que la cavalerie de la garde royale du jeune Charles VIII n'est composée que de soldats lourdauds et bêtes. Ce n'est guère respectable.

— Je n'y peux rien si mes camarades sont ainsi. Je vous assure que je ne suis pas comme eux.

— Je n'en crois rien.

Elle grimpa sur Framboise et tira sur les rênes.

— Attendez-moi. Je vais chercher Perle Noire.

— Pour la perturber à nouveau ! Non, messire. Laissez-moi.

Éperonnant sa jument, elle le planta là, pantois et indécis. À peine fut-elle dans l'une des rues qui menaient à la place centrale de La Flèche qu'elle entendit un galop derrière elle. Un cavalier la suivait, sur un petit cheval arabe qui volait plus qu'il ne trottait. Aussi la rattrapa-t-il très vite.

— Demoiselle, vais-je vous voir aux festivités du mariage d'Anne de Bretagne et du roi de France ?

— Non ! Car je ne pense pas que les chaleurs de Framboise soient passées.

Il s'arrêta, sidéré de sa réponse.

— Mais, regardez, j'ai emprunté la monture de...

— De votre père ! coupa-t-elle. Je connais ces chevaux-là. Tous les hommes du capitaine de La Trémoille montaient des chevaux arabes. Ils sont excellents dans les combats, dit-on.

— Oh ! je n'y puis vraiment rien si...

De nouveau, il s'arrêta. Les yeux d'Isabelle lançaient des éclairs. La colère qui marquait son visage ne s'atténuait pas.

— Des cadavres jonchaient le sol. Nos gouvernantes, nos servantes, nos gens mouraient dans le sang, le cœur, le flanc, le dos transpercés par les flèches décochées par les archers de votre père. Ses hommes saccageaient tout dans le château, ils crachaient à terre, cassaient les objets de luxe, déchiraient et éventraient les tapisseries. Et tout cela par plaisir.

Julien avait pâli et ne savait plus que dire.

— Êtes-vous de ce bois-là, messire Julien ?

— Bien sûr que non.

— Et pourtant, si nous étions encore au temps des querelles entre les barons bretons, les hommes de la couronne de France et ceux qui venaient secourir la Bretagne comme ce vaillant duc d'Orléans lâchement emprisonné par la régente pour avoir voulu nous aider, vous auriez été, vous aussi, enrôlé parmi les hommes sauvages et cruels de votre père.

— Oui, sans doute, admit piteusement Julien. Mais je crois que si j'avais été devant vous, Isabelle, je vous aurais aussitôt secourue. Peu importe de quel corps d'armée j'aurais fait partie.

Elle le regarda et, enfin, l'ombre d'un sourire vint éclore sur ses jolies lèvres roses.

— Je vous crois. Maintenant, laissez-moi.

— Attendez, vous verrai-je aux festivités nuptiales ?

Il jetait sur elle un regard implorant et doux. Il était grand, beau et séduisant et la couleur mordorée de ses yeux s'accordait à la teinte châtaigne mûre de ses cheveux.

— Je ne sais pas.

Elle avait lancé Framboise dans la première ruelle qui se trouvait là. Dans son élan, la jument faillit renverser un colporteur qui traînait une charge de huit ou dix bottes d'osier.

— Satané cheval, entendit-elle crier.

Isabelle se retourna et vit l'homme qui ramassait ses bottes d'osier. Si Julien n'avait pas été à sa poursuite, elle se serait sans doute arrêtée pour l'aider et peut-être même le dédommager d'une piécette qui l'eût rendu moins hargneux.

XII

Que Charles VIII rompît avec une telle désinvolture avec sa fille Marguerite, prédestinée depuis l'enfance à être reine de France, était une faute impardonnable pour Maximilien d'Autriche, mais qu'en plus il lui ravît celle qu'il se préparait à épouser, dès que ses troupes auraient définitivement triomphé des Flandres, l'opposait à présent farouchement à la France.

Le soir qui précéda la signature des actes, Charles dormit peu, tourmenté par un remords qui assaillait sans cesse son sommeil. Les grands yeux étonnés de la jeune Marguerite qui ne comprenait pas la brutale décision prise par la cour de France le hantaient. Combien de fois Charles l'avait-il assurée de son amour et de sa fidélité, les deux mains posées sur les Évangiles ?

Et voici que, pour unir la Bretagne à la France, le roi Charles allait manquer à tous ses engagements, piétinant sans vergogne l'honneur du chevalier.

Marguerite avait senti les larmes monter, brouiller ses yeux, brûler ses paupières et, dans un élan auquel elle croyait encore, elle avait tendu les bras vers Charles qui l'avait serrée tout contre lui, caressant ses cheveux blonds et ses joues soyeuses.

Puis ils avaient pleuré l'un et l'autre, tristes des aléas d'une politique exigeante et cruelle.

L'adolescente avait tant voyagé ces derniers jours

qu'elle ne savait plus où elle était, ce qu'elle faisait, bringuebalée d'un château à un autre. De Baugé, où elle se trouvait, il lui avait fallu quitter précipitamment le délicieux manoir des ducs d'Anjou pour s'enfermer dans les vilaines tours de Langeais qu'elle ne pouvait supporter tant elles étaient tristes.

Puis, de Langeais où elle ne resta que quelques jours, on la ramena à Baugé, et voici qu'à présent elle se trouvait à Blois où elle devait attendre l'accord du roi de France pour repartir chez elle, en Autriche.

Charles se retourna sur sa couche, tremblant encore des mots que Marguerite avait prononcés avant son départ définitif. Des mots justes et sensés qui tombaient encore comme un couperet sur sa tête. Oublier cette phrase qui revenait sans cesse à son esprit n'eût pas été digne d'un roi de France et chercher une excuse qui l'eût pleinement soulagé s'ajustait mal à ses principes de chevalier. Comment effacer ces mots que Marguerite avait soufflés entre deux larmes : « Je n'ai rien à me reprocher, Charles. Vous êtes le seul responsable. »

Il jeta tristement un regard vers la fenêtre de sa chambre et se leva pour en écarter le pan du rideau occultant le jour qui commençait à poindre.

Dès qu'il fut debout, laquais, serviteurs et chambrières apparurent, absorbés, affairés, agités comme un nid de fourmis où chacun courait sans rien voir d'autre que son rôle bien assigné.

Suivaient les évêques déjà vêtus de leurs habits religieux, les deux témoins, Charles d'Angoulême et Jean de Foix, et enfin Louis d'Orléans.

Alors que l'on discutait de l'ordonnancement de la journée, Charles fut préparé, habillé, coiffé devant sa cour. Petit, assez malingre, conscient de sa silhouette disgracieuse, le roi prenait grand soin de sa mise extérieure.

Son garde-robier, dont il voulait d'ailleurs offrir les services à celle qu'il allait épouser, tant ses dons lui semblaient réels et affirmés, gesticulait autour de lui en inspectant son travail. Puis, posant la toque de velours noir sur le front du roi, il observa quelques instants le grand nez aquilin et la redressa légèrement vers l'arrière, pour atténuer l'angle trop aigu de l'arête nasale et mettre plus en valeur le regard.

— Votre allure n'est point déplaisante, Sire, dit-il en époussetant la manche du mantel qui recouvrait le buste du jeune homme, et j'en suis satisfait.

— Cet habit me va-t-il donc si bien ?

— Il vous sied à merveille, Sire. Ce justaucorps de couleur vert-de-gris sous votre mantel noir est du meilleur effet.

Il baissa les yeux sur le bas-de-chausses assorti et ses yeux s'arrêtèrent là où la proéminence de ses attributs ne passait pas inaperçue. Il s'assura du contentement de toute l'assemblée et, posant un doigt grassouillet sur sa bouche arrondie, il se mit à rire en légers gloussements saccadés et successifs.

— Les teintes que vous portez, Sire, s'harmonisent à merveille et le « Blason des Couleurs » nous indique qu'il doit y avoir « affolement d'amour ».

Cette fois, la cour se mit à rire, aussitôt imitée par le roi.

À côté de Charles, Anne se tenait immobile. L'évêque Jean de Rely recueillit son consentement comme un jardinier arrache un fruit qui n'est pas encore mûr et que la saison trop précoce refuse de laisser tomber.

Le couple paraissait bien sombre. Dans les yeux du roi passait ce regret intense de laisser la jeune Marguerite seule au château de Blois envahie par ses rancœurs et sa tristesse. Dans ceux d'Anne luisait une farouche détermination à ne pas se laisser absorber par ce personnage falot soudain tombé dans sa vie.

Puis, le consentement mutuel se perdit dans le souffle retenu de la cour de France, suspendue à leurs lèvres.

Anne de Beaujeu se tourna discrètement vers son époux et poussa un soupir de soulagement. Enfin, la Bretagne et la France se trouvaient réunies. Après cette « Guerre folle » qui venait d'épuiser les Bretons, le vœu de son père se réalisait. La duchesse de Bourbon sentit un bien-être parcourir tout son corps.

Elle regarda à nouveau Pierre de Beaujeu. Il passait nerveusement l'une de ses mains sur son large front recouvert par une mèche indocile et grise. Il en essuya la moiteur et se concentra sur le déroulement de la cérémonie qui en était à l'échange mutuel de promesse de fidélité.

Mais le bruit de la porte encastrée dans l'un des murs boisés de la chapelle lui fit tourner la tête. Un homme entrait. Celui que la cour de France n'attendait plus. Il était grand, svelte, de belle allure, le visage taillé dans de la pierre de granit et le regard aigu d'un vautour.

Un sourire satisfait passa sur le visage des Beaujeu. Ils avaient craint un instant qu'il n'arriverait qu'après les festivités du mariage. Mais le maréchal de Gié était là, dans toute sa respectabilité. L'homme qui servait fidèlement Charles VIII comme il avait servi Louis XI.

Seule, Anne ne s'était pas retournée. De Gié vint se placer au côté de Louis d'Orléans, qui lui adressa un signe amical, soutenant quelques instants son regard de rapace.

Trompes et clairons firent aussitôt résonner leurs airs de joie et de triomphe. Des jeunes filles jouèrent de la harpe et du rebec, alternant les notes de leurs instruments avec celles du clavecin sur lequel les doigts d'un vieux maître de musique couraient agilement. Puis, dans sa tenue rouge et noir, la toque surmontée d'une plume de faisan et le pied chaussé d'une poulaine en fourrure à bout recourbé, le grand maître d'orgue attaqua brillamment la musique liturgique et les chants qui clôturaient la cérémonie religieuse.

Enfin, dans le roulement des petits tambours et le son des trompettes que les hérauts lançaient à la ronde, le cortège se mit en branle pour rejoindre la grande salle du château où se tenaient les festivités.

Anne avait posé sa main blanche sur l'avant-bras de Charles. Malgré le froid qui était durement tombé la nuit précédente, le couple royal dut faire le tour du château sous les ovations des villageois qui se pressaient le long des remparts.

Au loin, les orgues s'étaient tues et, seules, les trompes avaient repris leurs fanfares joyeuses et entraînantes, se mêlant aux roulements de tambour au rythme des pas du cortège qui avançait lentement le long des remparts de pierre.

La grisaille hivernale du temps obscurcissait plus encore les ruelles déjà sombres et on avait allumé des torches qui éclairaient le passage du cortège.

Peu après la sortie de la chapelle, ce fut une explosion de riches couleurs. Robes de velours écarlate, de broché cramoisi, de taffetas noir emperlé, de satin mordoré – selon les goûts des seigneurs, des comtes et comtesses – foisonnaient dans le long défilé de la cour. Isabelle et Marguerite n'étaient pas parmi les moins jolies.

Certes, le roi de France et sa sœur avaient misé fort sur les dépenses vestimentaires de ce mariage, car tous les sujets de la cour s'étaient vus luxueusement habillés aux frais des Beaujeu.

Et, dans cette débauche de tissus luxueux, étincelait la robe de drap d'or dans laquelle Anne s'était glissée dès son lever à l'aube. Une robe fourrée de zibeline et tissée en « figures de croisilles » qui n'étaient autres qu'un semis de petites croix de Jérusalem, évocatrices des anciennes croisades et peut-être même du royaume de Naples qu'il fallait à tout prix conquérir.

Anne passa devant le maréchal de Gié, qui la salua. Elle haussa les sourcils, mais resta impassible. N'était-ce pas là ce fourbe de Breton qui avait déserté son duché pour servir le roi de France et dont son père lui avait tant parlé lorsqu'elle était encore fillette ?

Elle le toisa quelques secondes d'un regard glacial et, sans le saluer, poursuivit sur le chemin de ronde son entrée dans le royaume de France. Chose curieuse, elle recevait les hommages du peuple comme si ces ovations n'étaient destinées qu'à son nouvel époux. Anne ne savait pas vraiment si cette impression décuplait en elle l'envie de conquérir la France ou celle de passer, indifférente, devant ces gens qui semblaient la bouder.

Elle adopta pourtant le parti de sourire à la foule, une main posée sur l'avant-bras de Charles, l'autre tenant délicatement un pli de sa robe qui en relevait légèrement l'extrémité.

On jetait sur le passage du roi des fleurs et des grains de riz. Des vivats résonnaient en l'honneur de Sa Majesté. On courait, on applaudissait. Marguerite riait et tentait d'entraîner Isabelle dans son euphorie. Mais la jeune fille restait mélancolique, ressassant en permanence les informations qu'elle avait reçues concernant sa mère. Elle essayait même de les classifier : sa rencontre avec le duc de Berry, sa fuite, son mariage avec le seigneur de La Baume, son emprisonnement, son évasion. Puis tout s'arrêtait là. Était-ce à Bruges qu'elle connaîtrait la suite ? Elle tourna son visage vers Julien de La Trémoille, mais le regard arrogant de son ami Étienne lui fit aussitôt détourner la tête.

Sur la place centrale de la ville et devant les échoppes, on montait des tréteaux pour aligner des tables sur lesquelles on posait les victuailles. On disposait aussi des tonneaux de vin rosé – le petit clairet était fort prisé des Tourangeaux – et chacun, la chope à la main, pouvait boire aux frais de la royauté. Voyageurs, commerçants, paysans, manants, tous arrivaient des quatre coins de la région. Marguerite buvait un peu, mais Isabelle repoussait la moindre boisson, comme elle refusait d'ailleurs de s'amuser. Trop de choses trottaient dans sa tête. Elle ne cessait de penser aux *Amants du Levant*. Qui pouvait être ce séduisant seigneur que sa mère avait tissé dans une cape en fils d'or ?

Enfin, le tour de ville fut terminé. Anne se sentait lasse. Elle n'avait pas dormi la nuit passée, bien que Jacquotte et Francette lui aient assuré le maximum de confort en éloignant les indiscrets qui tentaient de l'approcher.

Les six bourgeois de Rennes ne la quittaient plus, comme s'ils devaient commencer leur rapport avant même la nuit de noces. Anne tremblait à l'idée de cette nuit prochaine. C'était la comtesse de Montauban, la plus âgée de ses suivantes, qui, en quelques termes discrets, lui avait expliqué certaines choses qu'elle devrait faire et d'autres à ne pas faire.

En une seule nuit, une fille pouvait-elle devenir femme ? Cette idée l'effrayait et elle aurait aimé, en ces instants d'angoisse qu'elle dissimulait derrière un visage apparemment serein, que ce fût une mère aimante qui lui expliquât ce qu'on attendait d'elle au cours de cette nuit-là.

Ils étaient arrivés dans la grande salle au dallage de petits pavés rouges et au plafond poutré auquel était suspendu un énorme lustre en ferronnerie d'art d'où émergeaient une centaine de bougies qui éclairaient la pièce. Le festin eut lieu dans une grande agitation. Valets, serviteurs, laquais, gens de bouche, panetiers, charcutiers, surveillés par le maître d'hôtel, l'écuyer tranchant et le grand échanson, se pressaient, se heurtaient et poussaient même parfois un juron quand un hallebardier ou un page entravait leur passage.

Puis, le banquet terminé, les convives quittèrent la table.

Le cœur battant et les tempes un peu affolées, bien que son attitude restât digne, Anne s'était éclipsée avec ses suivantes.

— Isabelle ! Restez avec moi, je vous en prie, supplia-t-elle en se tournant vers sa compagne.

— Anne ! Avez-vous peur ?

— De me réveiller femme, non. Mais d'être reine, oui.

Femme ! Isabelle aurait voulu l'être en cet instant où elle sentait que son adolescence fuyait et qu'elle devrait prendre bientôt des décisions qui n'étaient plus celles d'une enfant.

Attablés encore, de Gié, l'évêque Louis d'Amboise, le prince d'Orange, le maréchal de Rieux discutaient avec Pierre de Beaujeu de l'Italie et surtout du pays de Naples qu'il serait opportun de conquérir. Quelques femmes se mêlaient encore aux hommes. Mais, à vrai dire, elles comptaient bien peu car seules la comtesse de Dunois, qui espérait que son époux en finisse avec ces discussions interminables de politique, et Orlandine de Rochefort, qui somnolait à demi, les coudes appuyés sur la table, attendaient que les laquais et les valets éteignent toutes les chandelles pour aller se coucher.

— Le seigneur de Bordes, Sire ! Il veut parler à Votre Majesté.

Les deux hallebardiers qui se tenaient à la porte de la grande salle s'écartèrent pour laisser passer un jeune homme. Le roi se précipita vers lui et le serra dans ses bras.

— Bourdillon, mon ami ! Te voici déjà de retour ?

Philippe de Bordes, que Charles appelait Bourdillon, revenait de Blois où le roi l'avait envoyé la veille pour y tâter l'atmosphère et en rapporter les rumeurs. Le chambellan hésita, fit des yeux le tour de la table où ne restaient plus que les proches compagnons du roi et les deux comtesses endormies. Il retira sa cape doublée de fourrure et jeta les premiers mots de son rapport.

— Maximilien d'Autriche parle de venir en personne.

— En France ! fit Dunois. Allons, c'est impossible. Que viendrait-il y faire ?

Bourdillon posa sa cape sur la table et se tourna vers Dunois.

— On dit qu'une intention maligne bouillonne dans son esprit plein de colère. Une double rage l'étouffe. Sa vengeance est en route. Il cherche, paraît-il, à enlever la duchesse.

— Jamais Maximilien d'Autriche n'osera. Qui t'a dit cela ? interrogea le roi en regardant son chambellan.

— Tout le monde le murmure à Blois. Il paraît même qu'en amont et en aval de la région chacun se pose des questions.

— S'il veut s'emparer de la duchesse Anne, rusons, dit Louis d'Amboise. Mais rusons bien.

— Ce n'est guère pensable, fit Charles en se grattant distraitement le nez. À vrai dire, c'est même impossible.

Visiblement, il paraissait très contrarié qu'un événement de dernière heure vînt perturber la nuit de ses noces. Il avait tout préparé, ce qu'il allait dire, ce qu'il allait faire. Et le splendide bijou qu'il s'apprêtait à offrir à sa jeune épouse attendait, dans le petit coffre de son salon personnel, d'orner le joli cou d'Anne.

— C'est toujours possible, Sire, objecta le prince d'Orange. L'honneur de Maximilien d'Autriche est doublement bafoué. Avez-vous oublié que ses troupes sont toujours là, cantonnées dans le Nord ? Même si elles n'inquiètent guère les Français, un coup en traître est concevable.

— Alors, je vais faire renforcer la garde des hommes d'armes, doubler celle des hallebardiers, disposer s'il le faut des archers au-dessus des murailles et...

— Non, coupa brusquement Pierre de Beaujeu, qui n'avait pas encore ouvert la bouche. Amboise a raison. Il faut ruser.

— Que me conseilles-tu d'autre ? fit le roi en se tournant vers son beau-frère.

Et, comme si celui-ci eût attendu le consentement de sa femme pour répondre à une telle question, Anne de Beaujeu entra dans la pièce, détendue, souriante, apparemment sereine.

— Que nous veut cet impossible personnage ? jeta-t-elle en levant les bras au ciel. Enlever la duchesse à notre nez et à notre barbe ? Laissez-moi rire ! C'est du chantage. Il ne viendra pas en France.

— Qu'en savez-vous ? fit Beaujeu.

— Mon ami, je vous le dis. C'est un faux bruit pour nous tromper. Une vulgaire calomnie que toutes les cours d'Europe sont prêtes à croire. Voilà ce qu'il médite.

— Qu'allons-nous faire, ma sœur ? s'enquit Charles, un peu vexé que sa proposition de doubler la garde du château fût à ce point prise à la légère.

— Nous allons partir dès l'aube.

— Mais...

— Allons, Charles, fit Anne de Beaujeu, conciliante, nous vous laisserons le temps de séduire votre jeune épouse et peut-être même de lui faire un enfant.

Elle soupira.

— Il en faut si peu pour concevoir un fils.

Et elle poursuivit, avec ce calme qui la caractérisait :

— Nous partirons demain matin pour Le Plessis-lès-Tours. Nous n'avons fait que trop de bruit, ici, à Langeais.

— Il fallait bien accomplir ce mariage, répliqua le prince d'Orange en haussant les épaules. Vouliez-vous donc une cérémonie par procuration, comme l'a déjà subie la duchesse avec ce même Maximilien qui semble ne pas vouloir la lâcher ?

— Bien sûr que non, fit aussitôt la duchesse de Bourbon en relevant les sourcils, mais je persiste à dire que ces noces ont été trop bruyantes.

— Mais enfin que voulez-vous, ma sœur, si ce n'est renforcer nos moyens de surveillance ? se plaignit Charles.

De Gié, qui n'avait pas encore dit son mot, se redressa, fit quelques pas en direction d'Anne de Beaujeu et fit remarquer d'un ton sceptique :

— Partir aussi vite pour Le Plessis-lès-Tours ne changera guère le risque que nous encourons.

— Pas si nous rusons, rétorqua la duchesse. Laissons une grande partie du personnel à Langeais, et emmenons en grand secret la duchesse Anne au Plessis.

— Ainsi, fit de Gié, de plus en plus incrédule, faire croire au peuple que la duchesse Anne est toujours ici vous paraît la meilleure des formules ?

— Et combien de temps voulez-vous la séquestrer au Plessis ? questionna Amboise dans un sourire discret, mais assez ambigu pour montrer qu'il partageait les vues de l'ex-régente.

— Jusqu'au sacre de Charles dans la basilique de Saint-Denis.

— Alors, fit Pierre de Beaujeu, il faudrait hâter la cérémonie. Car le peuple pourrait murmurer que ce mariage est nul.

Mais Louis d'Amboise intervint précipitamment :

— Il y a beaucoup plus redoutable que Maximilien d'Autriche ou la rumeur populaire : que faites-vous de la dispense du pape qu'il n'a toujours pas envoyée ?

Sur cette vérité que personne n'avait encore soulevée, le silence se fit pesant. Amboise poursuivit :

— Le couple royal encourt l'excommunication et vous le savez aussi bien que moi.

S'assurant que le roi était assez contrarié pour qu'il soupesât toute l'importance de ses propos, Amboise se planta devant lui.

— Que ferez-vous, Sire, en souverain excommunié ? Vous n'existerez plus, ni pour le pape, ni pour Rome, ni même pour les catholiques.

C'est alors qu'ils s'accordèrent tous un moment de réflexion. On entendait dans les couloirs les pas agités des valets et des chambrières qui préparaient la nuit décisive de leur nouvelle reine. On percevait des chocs de bassinoires, d'aiguières, de tabourets en bois pour ceux qui veilleraient à la porte de la chambre nuptiale.

On devinait des gestes démultipliés afin que tout soit en ordre pour l'accomplissement de l'acte final.

Malgré l'importance du débat, Charles restait distrait et ne pouvait s'empêcher de penser à la jeune duchesse qui, étendue sur sa couche, l'attendait. Mais Amboise revenait à l'attaque et le forçait à réagir.

— Le pape se détournera de la France et vous ne pourrez rien faire, lança-t-il en jetant un bras éloquent dans l'espace. Délié du devoir d'obéissance envers lui, vous n'existerez plus.

Amboise venait de taper fort. Charles parut véritablement ennuyé et il écarta pour un temps l'image de sa jeune épouse soumise et attentionnée.

— C'est exact, Sire. On dit que le pape a eu connaissance de la cérémonie religieuse à Langeais, fit Bourdillon. Tous les Blésois en parlent.

— Alors, pourquoi tarde-t-il à nous envoyer cette dispense ?

— Nous la lui réclamerons à nouveau. Et, s'il le faut, nous dépêcherons un ambassadeur afin qu'il la ramène.

— C'est une proposition que je retiens, Sire, fit Louis d'Amboise avec un large sourire. Et, dans ce cas, je suis votre fidèle serviteur. Mieux, cette mission me tient à cœur.

Anne de Beaujeu posa la main sur le bras de l'évêque.

— Nous en reparlerons très prochainement, Louis. Mais, pour l'instant, tenons-nous-en à l'idée de partir dès demain pour Le Plessis.

Puis, elle regarda son frère.

— Allons, Charles, cette nuit risque d'être courte. Courez vers votre épouse.

XIII

Charles à son côté, Anne était étendue sur sa couche, les yeux ouverts pareils à de grands lacs sombres traversés par d'étranges tourbillons. Relâchés, alanguis, ses seins qui, tout à l'heure, avaient subi les assauts amoureux de son époux, lui fournissaient, à présent, les réponses aux multiples questions qu'elle se posait depuis son arrivée à Langeais.

Son ventre avait frémi sous les caresses de Charles et, certes, la duchesse pouvait se l'avouer, il n'en avait pas été avare, se montrant plutôt généreux en baisers, en gestes complaisants et en mille mots doux et prévenants.

La cour s'était retirée depuis longtemps, mais les six bourgeois de Rennes écoutaient encore, l'oreille tendue derrière les courtines tirées, comme s'ils devaient recueillir les derniers souffles de leurs ébats.

Sur le coffre sculpté aux armoiries de France, l'énorme diamant enchâssé dans un large sillon d'or serti de saphirs et de perles blanches reposait, attendant patiemment qu'Anne le passât à son joli cou.

Soudain, la duchesse entendit qu'un des bourgeois marchait. Il contourna le lit et s'arrêta, intrigué par un bruit suspect qui n'était autre que celui d'un laquais entretenant le feu.

Les cinq autres bourgeois s'étaient peut-être assoupis, rassurés sur le contenu du rapport, authentique et croustillant en détails, qu'ils s'apprêtaient à fournir à la cour de France. Un rapport qui, bien entendu, devait aussi circuler à travers la cour d'Autriche pour persuader Maximilien que le mariage était bien consommé et que la petite Anne n'avait été ni contrainte ni forcée de subir les attaques amoureuses du roi de France.

Et quelle aubaine ! Les bourgeois pourraient écrire que la duchesse avait appelé à grands cris l'assaut final qui la libérait d'un étourdissement dont elle découvrait soudain, avec un délice tout neuf, les bienfaits.

Hélas, si Anne de Bretagne avait senti que son époux se classait parmi ceux que l'on pouvait retenir sur une couche, elle n'avait pas encore compris qu'un roi perpétuellement amoureux pouvait aussi se satisfaire ailleurs.

Pour l'instant, Anne se délectait des heures magiques à peine envolées. Elles étaient encore suspendues au-dessus de sa tête, refusant de se fondre dans l'atmosphère douillette de la pièce. Devait-elle essayer de dormir avant que l'aube naissante ne la jette, somnolente, dans la litière qui l'emmènerait au Plessis-lès-Tours ?

Et ce bourgeois rennais qui marchait encore devant l'âtre, cherchant sans doute pour son rapport une autre précision, plus émoustillante encore que les précédentes. Elle surprit des bruits, des pas, des chuchotements qui réveillèrent le roi de France. Il passa un bras autour de sa taille et le glissa sur son corps nu et blanc. Anne gémit. Le bras de Charles glissa doucement jusqu'à son ventre plat qui se soulevait en de petits coups impatients et convulsifs. Il suspendit son geste quelques instants et Anne eut un long souffle languissant. Il murmura qu'elle était belle et désirable et qu'il voulait d'autres nuits semblables à celle-ci.

Comment aurait-elle pu rester insensible à de telles caresses, de tels mots et de tels espoirs ?

Draps et couvertures gisaient à terre et le corps dénudé du roi s'agita sur celui de sa compagne. En redressant les reins, Anne vit deux gros yeux se glisser dans l'une des fentes des courtines. Deux yeux sombres écarquillés et grotesques qui les observaient et qu'elle s'efforça d'oublier. Elle soupira et, sans retenue aucune, se laissa conduire au-devant de la nouvelle étreinte que lui proposait son époux. Ce soir-là, Charles était un homme comme un autre qui oubliait son état de roi, un être humain fougueux et passionné, capable de combler une femme.

Ce soir-là, Anne n'était plus une duchesse vaincue, réduite à observer la déchéance de son pauvre pays soumis à la loi du plus fort. Elle était brillante, glorieuse. Elle tenait la victoire et le succès à pleines mains et sentait que sa vie ne serait pas une suite de jours insignifiants et moroses. Que lui importait alors que son époux ne soit pas un modèle de beauté physique et que son aspect extérieur ne soit pas paré des atouts majeurs et de la perfection qui en eussent fait un séducteur ?

La jeune duchesse avait des années devant elle pour apprendre les subtilités, les contraintes et les aléas qu'offrait la vie d'une reine. Pour le moment, ces nouveaux ébats terminés laissaient sur son corps une pesanteur bienheureuse qui lui laissait augurer le plus merveilleux avenir.

Charles de nouveau endormi et la curiosité des bourgeois enfin calmée, le sommeil la prit comme si un coup de massue lui tombait sur la tête. Répit de courte durée, car une suivante vint réveiller le couple royal peu de temps plus tard.

Alors, tout se précipita. Un vent de folie secoua les murs du château. On courait dans les couloirs, on se heurtait dans une agitation fébrile, on murmurait qu'il fallait faire vite. Enfin, on avertit la duchesse que les voitures étaient prêtes, mais que le roi ne ferait pas partie du voyage. Seules, Jacquotte et Francette, escortées de quelques valets et de deux ou trois servantes, l'accompagnaient.

Assurée par les bourgeois rennais que cette courte nuit nuptiale avait été fort convaincante et qu'elle devait porter ses fruits, Anne de Beaujeu décida qu'elle suivrait le convoi avec ses principales dames d'honneur, veillant ainsi au confort de la duchesse.

Quelques gardes et une poignée de hallebardiers précéderaient les litières, assurant un minimum de protection et, si tout se déroulait bien, le petit convoi entrerait en secret dès la nuit tombée au Plessis-lès-Tours par la poterne du château.

À présent, Anne était trop désireuse de revoir Charles pour accepter le risque d'un enlèvement. On lui avait expliqué que la colère de Maximilien d'Autriche était si forte qu'il voulait se venger. Et, comme il n'était pas question que le roi de France réparât l'offense dont il était coupable, il fallait ruser sur l'endroit où se trouvait la duchesse jusqu'à son sacre à la basilique de Saint-Denis.

Le convoi allait bon train. Anne se sentait détendue, heureuse, soulagée d'un poids qui pesait sur son esprit depuis son départ de Bretagne. Dans quelques jours à peine, Charles VIII viendrait la rejoindre et, ensemble, ils attendraient que le pape veuille bien leur adresser son consentement.

De temps à autre, Anne écartait les rideaux de sa

voiture. Une litière toute simple, dépourvue d'ornement et d'armoiries pour ne pas attirer l'attention des voyageurs qui dépassaient le convoi.

Le ciel était bleu, malgré le froid sec. Dépouillés de leurs feuilles, les arbres offraient leurs branches nues et noires qui se découpaient sur le bord d'un fleuve argenté. Anne observait en silence ce paysage qui encore une fois la changeait tant de sa Bretagne bien-aimée. Quand ils arrivèrent au pied des tours d'angle du Plessis, les équipages frôlèrent la muraille de brique et, en silence, pour n'éveiller la curiosité de personne, ils longèrent les fortifications et pénétrèrent discrètement par la poterne du château.

Pour tromper l'ennemi, les festivités se poursuivirent à Langeais en l'absence du couple royal parti dès l'aube sans que personne ne s'en aperçoive. Pour danser, rire, boire et s'amuser, la cour et le peuple n'avaient point besoin d'avoir devant eux l'image du roi et de la reine.

Le délire envahissait la ville comme une grosse tornade dont les effets duraient de l'aube au crépuscule. Des tréteaux soutenant de longues planches servaient de tables et l'on y avait posé des pâtés, des pains, des salaisons, des fruits et, partout, le vin de clairet coulait des tonneaux que l'on remplaçait dès qu'ils étaient vides.

Le long des rues et des avenues, Isabelle chevauchait Framboise, talonnée par Julien, qui gardait espoir malgré l'indifférence qu'elle lui témoignait. Dieu ! qu'elle était sotte ! Elle avait tellement envie de plonger son regard dans le sien. Isabelle en avait attiré plus d'un, aux bals, aux festins, aux concerts et aux joutes qui avaient marqué les festivités. Elle en avait pris conscience et pourtant elle n'y avait point prêté attention. Sans cesse Marguerite lui avait fait des signes afin qu'elle se décidât à s'amuser. Sur la place centrale où s'était rassemblé un peuple disparate, le long des échoppes aux devantures aguichantes, sous les airs de flûte et les guirlandes de fleurs, elle avait vu Étienne d'Amboise emporter Marie de Vendôme dans une virevolte endiablée et un autre de ses compagnons saisir la taille de Catherine de Foix, qui riait à gorge déployée. Rien n'y faisait et elle refusait de tourner son visage vers Julien, qui l'observait de loin.

Dès qu'il la remarquait parmi les jeunes filles de la suite royale, dès qu'il la voyait s'agiter, sortant ses mains blanches et ses poignets délicats de ses larges manches, ou qu'il apercevait ses petits pieds chaussés de satin blanc fouler le sol qu'il s'apprêtait lui-même à piétiner, l'air rêveur et ne sachant que faire pour attirer son attention, Julien soupirait.

Le dernier soir, au dîner qui clôturait les fêtes, dans la grande salle des banquets, une vaste pièce au dallage de petits pavés rouges, Julien s'était installé près de la cheminée qui crépitait. Isabelle était à l'opposé, juste en face, et ils s'étaient regardés sans broncher jusqu'au moment où un page, se faufilant entre les valets, avait apporté un message à la jeune fille. Son calme n'était qu'apparent, car son cœur battait la chamade et ses yeux s'affolaient. Pourtant, elle ne lut le billet qu'un peu plus tard, alors que les baladins, les jongleurs et les poètes occupaient l'esprit des convives.

Les mots étaient tracés d'une écriture serrée. Isabelle lut : « Rejoignez-moi à la fin du banquet auprès de Framboise. » Des jongleurs lançaient des balles colorées qui s'élevaient avec grâce jusqu'aux poutres du plafond. Une danseuse vint charmer le public avec ses contorsions. Un amuseur public, la barbe imposante et l'air goguenard, passait entre les tables en compagnie d'un gros ours brun qu'il tenait en laisse et dont les grognements amusaient les convives. Les petits yeux noirs de l'animal brillants comme deux agates allaient et venaient sur l'assemblée tout en raflant sur les tables les reliefs des agapes.

— Va, mon beau Jason ! dit l'homme en scrutant, lui aussi, les restes de viande qui gisaient çà et là.

Isabelle n'attendit pas plus. La place de Julien était vide. Elle se leva lentement, salua de Gié, Orange, Rieux, Amboise, Lauzun, La Trémoille et les quelques femmes qui les accompagnaient. Elle observa la porte d'entrée et prit sa décision tandis que l'ours Jason lui barrait la route.

— Ah çà, ma belle ! jeta l'homme en grattant négligemment sa barbe. Apparemment Jason s'est épris de vous et ne veut plus vous laisser passer. Il faut dire que l'éclat de vos yeux l'a séduit.

— Puis-je lui donner une friandise ?

— Il n'attend que ça, belle demoiselle.

Et, sans plus réfléchir, Isabelle saisit sur la table un morceau de gâteau à la groseille parfumé à la cannelle et le tendit à l'ours. Il la regarda de ses petits yeux en bille, poussa un grognement de satisfaction et lécha sa main jusqu'à disparition de la moindre miette. Quand elle quitta la grande salle, Jason se mit debout sur ses pattes arrière et agita celles de devant comme s'il disait adieu à la jolie demoiselle.

Isabelle passa devant un seigneur richement habillé. Il portait un pourpoint rouge brodé de soie blanche. Ses cheveux noirs étaient parsemés de fils d'argent, ses yeux sombres l'observaient avec attention au-dessous de ses sourcils arqués et noirs, son nez parfait semblait humer encore les odeurs du banquet, son front haut surmonté d'un grand bonnet rouge enrubanné lui donnait un air d'empereur byzantin.

— J'aurais voulu être cet ours pour vous manger

dans la main, belle Isabelle, dit-il d'une voix modulée par des accents étrangement graves. Hélas, je ne suis qu'un homme, moi aussi séduit par la beauté de vos yeux.

— Vous connaissez mon nom, messire, mais je ne connais point le vôtre.

— Bah ! Peu importe.

Comme il n'en disait pas plus sur son identité, elle jeta, avant de passer :

— Comment savez-vous que je m'appelle Isabelle ?

Le seigneur se mit à rire.

— Toute la soirée je n'ai entendu que des « Isabelle » par-ci, « Isabelle » par-là. Même la duchesse Anne, notre nouvelle reine, n'a cessé de citer votre nom. Elle semble très attachée à vous.

Elle le jaugea avec la même intensité qu'il avait eue envers elle tout à l'heure, puis elle inclina la tête.

— Je vous souhaite le bonsoir, messire.

Il la suivit du regard, un léger sourire aux lèvres et, quand elle eut disparu, il revint à la table et se mêla aux convives dont l'agitation ne s'était pas modérée.

Dans l'écurie, Julien l'attendait, en caressant l'encolure de Framboise.

— Je crois qu'elle n'est plus en chaleur, dit-il en lui souriant.

— C'est possible, répondit la jeune fille d'un ton froid.

— Isabelle ! Pourquoi m'ignorez-vous à ce point ?

Elle haussa les épaules et, à son tour, caressa le flanc de Framboise.

— Pour quelle raison ferais-je attention à vous plus qu'à un autre ?

— Je vous ai observée durant toutes ces festivités. Je n'ai même fait que cela. Or, vous ne vous êtes intéressée à aucun autre. Si tel avait été le cas, je vous tournerais le dos et je ne vous importunerais plus.

Il voulut lui prendre la main, mais elle l'en empêcha et répliqua :

— En ce moment, je suis préoccupée. Voilà tout !

En quelques pas, elle fit le tour de la stalle puis revint à lui.

— Des questions auxquelles je ne trouve aucune réponse me tourmentent.

— N'y a-t-il vraiment pas de solutions ? Voulez-vous que je vous aide ?

Cette attention la toucha. Un instant, elle pensa au gentilhomme qu'elle avait heurté en quittant la salle et qui portait si fière allure. Puis ses yeux se posèrent sur Julien.

— Dès que les fêtes nuptiales seront passées, je demanderai la permission à la reine de quitter quelque temps la cour.

— Où voulez-vous aller ?

Elle se mit à rire, ce qui eut pour effet d'étonner Julien de La Trémoille, car c'était bien la première fois qu'il apercevait les perles blanches de ses dents.

— Vous riez ! murmura-t-il. Parce que je vous demande où vous désirez vous rendre ?

— Parce que vous me posez mille questions auxquelles je n'ai point envie de répondre. Cependant, je vous dirai que je dois faire la connaissance de mon futur domaine situé en Bourgogne.

— Le domaine de La Baume.

— Je ne le connais point. Il appartient à ma mère que je ne connais point non plus.

— Oh !

Il reprit sa main que, cette fois, elle ne retira pas.

— Et votre père ?

— Il est mort.

— Était-ce le seigneur de La Baume ?

— Non, c'était le seigneur de Berry.

Il marqua un temps d'arrêt et reprit :

— Mais le duc de Berry est mort il y a très longtemps.

— Oui, j'étais toute petite.

Elle le vit soudain s'approcher d'elle et sentit ses lèvres sur sa joue. Un baiser si pur, si chaste qu'elle en fut émue.

— À présent, laissez-moi, Julien. J'ai besoin de me reposer.

— Demain, nous pourrions faire une promenade à cheval. À l'aube, voulez-vous ? Je vous attendrai ici.

Elle acquiesça en remuant la tête. Puis elle s'échappa tel un oiseau qui veut reprendre sa liberté.

XIV

L'atelier de Thomassaint bourdonnait de mille bruits divers. Les hautes lisses tournaient dans de petits claquements secs, des chuintements qui indiquaient que tout se passait bien. Les basses lisses entre les mains des apprentis ne s'arrêtaient que si l'un d'eux jurait ou criait. Alors, l'un des fils de Thomassaint accourait, regardait, réparait et le métier à tisser repartait.

Thomassaint était l'un des lissiers les plus renommés sur la place de Bruges. Il effectuait des pièces de grandeur considérable. L'une d'elles faisait partie d'une série de Millefleurs aux tons chatoyants que Léonore ne se lassait pas d'admirer. C'était l'un des nombreux tableaux de *La Chasse à la licorne*, très en vogue en cette fin de siècle.

Thomassaint, qui avait récupéré sa fille depuis bientôt deux ans déjà, l'avait enrôlée dans son atelier. Deux mains et une tête de plus n'étaient pas de trop pour assumer les nombreuses commandes qui lui parvenaient. Maître Thomassaint fournissait aux commanditaires, aux marchands, aux évêques, aux seigneurs flamands et parisiens de luxueuses tentures historiées sur lesquelles figurait souvent l'animal mythique favori de Léonore, la licorne.

Et Léonore ne pouvait s'en passer. Tant de souvenirs s'y rattachaient. Tant de mystère aussi, car peut-on se comprendre soi-même, peut-on expliquer ses propres réactions quand l'absence d'une fille écorche le cœur de sa mère ?

— Que ces licornes sont belles, murmura-t-elle en observant celle qui s'élevait tout en hauteur sur la lisse verticale de Gilles, son demi-frère.

Certes, Léonore n'avait pas conservé pour rien la petite licorne de sa mère Burgot, la première épouse de Thomassaint. Une licorne peinte par sa grand-mère Anastaise qui avait vécu à l'âge d'or des enluminures. C'était le temps où les frères Limbourg tenaient le haut du pavé flamand avec les si belles illustrations des *Très Riches Heures du duc de Berry*.

La licorne qui avait suivi toute la jeunesse de Léonore et que sa mère Burgot tenait entre ses doigts le jour où elle mourut en mettant sa fille au monde ! La licorne qui aurait pu lui être volée par son époux Guillaume de La Baume tout comme *L'Offrande du cœur*, cette magnifique tapisserie que Thomassaint avait pieusement remise au matelot chargé de ramener Léonore en France.

Et voilà les souvenirs qui refluaient de nouveau à l'esprit de Léonore. Pourtant, elle oubliait peu à peu son triste passé pour ne penser qu'aux heureux jours.

— Que ces licornes sont séduisantes et gracieuses, chuchota-t-elle à nouveau.

Quand elle entendit Gilles répondre à son murmure par un assentiment rauque, elle se tourna vers lui et sourit en lâchant le cadre de son tissage.

— Je crois que je dessinerai partout des licornes, fit-elle en riant.

— En attendant, jeta Gilles à son tour, il faut que je termine celle-ci avant que la semaine soit achevée. Quand devons-nous livrer cette pièce, père ?

Thomassaint releva la tête. Il calculait avec application le montant de la matière première dont il avait besoin pour commencer un ouvrage. Il s'agissait d'une commande pour l'échevin d'Arras dont le thème offrait le plus parfait type de Millefleurs en campant une scène seigneuriale dans un jardin d'agrément.

Cette besogne réclamait le plus grand soin pour éviter des pertes. Il fallait compter les aunes de tissu, les fils de laine, de soie et d'or qui venaient souvent rehausser la beauté de la tenture. Il fallait aussi chiffrer le travail du cartonnier qui effectuait les dessins et parfois celui d'un peintre renommé si l'on voulait que l'ouvrage présente une plus grande valeur. Thomassaint devait enfin compter le temps de ses ouvriers, de ses apprentis, de ses deux fils et, à présent, celui de Léonore.

— Ton prochain travail, père, lança la jeune femme en reprenant ses fils de trame, n'aura pas de licorne et c'est bien dommage.

Thomassaint se mit à rire et observa le calme visage de sa fille. Comme elle avait changé depuis le jour où elle était arrivée chez lui, épuisée de fatigue, les yeux encore agrandis d'effroi et la peur accrochée au ventre tant elle craignait que les soldats d'Anne de Beaujeu ne la ramènent dans sa prison de Bourges.

Elle ne s'était pas étendue sur sa vie privée, évoquant seulement sa fille et mentionnant l'épisode du château de Nantes, et la mort de Jean sur l'ordre des soldats de la régente de France. Thomassaint n'avait pas insisté. Il savait que le duc de Berry était le père d'Isabelle et que Jean l'avait aidée dans de multiples démarches périlleuses. Mais il ignorait, bien sûr, la passion qui les avait unis comme il ignorait celle qui avait lié sa fille au grand maître de Coëtivy.

Dans tout cet enchevêtrement de sentiments mutilés, Léonore ignorait que Jean était toujours en vie et, de jour en jour, le souvenir de cet amour et la blessure qui s'y greffait s'atténuaient.

Elle travaillait vite quand elle ne se prenait pas à penser. Léonore aimait le tissage et n'aurait pas voulu pour un empire manquer à son ouvrage.

— Voilà deux ans que nous tissons des Millefleurs, dit-elle à son père. Ne veux-tu pas un peu changer ? Ne veux-tu pas reproduire plus d'animaux en des lieux imaginaires ?

La licorne des tapisseries, moins sauvage que celle des peintures, était souvent représentée près d'un lion, d'un singe, d'un cerf ou d'un porc-épic. On la montrait fière, noble, puissante, fougueuse, toujours apprivoisée par une femme et Léonore savait bien la dompter sur les œuvres de son père.

Tandis qu'elle travaillait les visages, son jeune frère Martin, le fils cadet de Thomassaint, n'avait pas son pareil pour les motifs floraux. Il exécutait des ombelles serrées les unes contre les autres, étalant leurs prestigieuses couleurs dans des camaïeux de vert, d'ocré et de pourpre. Puis il plaçait de petits animaux forestiers, lapins, perdreaux et autres volatiles qui surgissaient de partout, gambadant joyeusement sur cette herbe fleurie.

Thomassaint travaillait en étroite collaboration avec Paris et Bruxelles. Très influencé par les travaux de sa mère Clarisse qui avait tenu son atelier dans le Val de Loire au temps du roi Charles VII, grand amateur de Millefleurs, il soignait tout particulièrement ses clients, attisant dans leurs regards cette lueur de satisfaction qu'il connaissait si bien. Ses tapisseries – il le savait – s'inscrivaient dans la grande tradition d'un goût français motivé en général par des scènes seigneuriales : promenades, bains, leçons de musique, toilettes de femmes, offrandes de cœurs et, bien sûr, toute l'imagerie relative à la chasse.

Les quatre grandes lisses de Thomassaint étaient toutes occupées. Gilles, l'aîné de ses fils, travaillait sur deux hautes lisses à la fois. L'une tendait sur sa trame une chasse en forêt assez spectaculaire et l'autre une tapisserie faisant partie d'une grande suite qu'avait mise en route l'atelier de Jean de Wilde : *Les Messes de Saint-Grégoire*. C'était un thème religieux que Thomassaint n'abordait que lorsqu'il fallait y joindre des fils d'or et d'argent qu'il aimait tout particulièrement manier. N'avait-il pas œuvré autrefois dans des ateliers de Constantinople où il avait appris à manier l'or ?

Gilles, qui travaillait toujours deux thèmes à la fois, réfléchissait déjà à un troisième ouvrage : *L'Histoire de Jules César*, une grande rétrospective des combats de l'empereur romain.

C'est ainsi que toutes les lisses de Thomassaint fonctionnaient dans le brouhaha sécurisant d'une bonne organisation. Les cartons que remettaient les peintres aux lissiers pullulaient en cette fin de siècle où l'on abordait un style très différent de ce qui avait été fait jusqu'alors.

Quand elle ne s'affairait pas avec ses licornes, Léonore s'attachait aux costumes. Martin, avec qui elle s'entendait particulièrement bien, disait en riant que, depuis l'arrivée de sa sœur, les vêtements sur les œuvres lissières prenaient de la valeur. C'est ainsi qu'on voyait la mode évoluer. Les hommes chaussés de poulaines depuis plusieurs décennies y renonçaient en faveur de bottes et de souliers à bouts carrés. Les chausses s'arrêtaient aux genoux et non plus aux mollets. Les manteaux courts devenaient vagues, amples et s'agrémentaient de larges fentes sur les côtés pour remplacer les manches, facilitant ainsi les gestes.

Quant aux pourpoints, ils n'avaient jamais été aussi divers. On le remarquait sur toutes les tapisseries des

Millefleurs. Certains habits étaient ouverts pour laisser voir la chemise, d'autres fermés par un lacet plus ou moins serré. Ils s'arrêtaient aux hanches dans un mouvement de souplesse et se parsemaient de galons et de soie brochée.

La forme carrée prédominait dans les coiffures masculines. Les grands chapeaux enrubannés, remontés sur le haut de la tête avec le pan qui retombait sur le côté – chapeaux chers aux ducs de Bourgogne et aux Flamands du XVe siècle –, commençaient à disparaître. Les bonnets et les bérets des gentilshommes se portaient plus carrés, à revers, souvent piqués d'une plume ou d'une pierre de couleur, et se posaient penchés sur un côté du front.

Quant aux dames, leurs toilettes subissaient elles aussi une évolution importante. Le hennin, à flèche, à corne, à bourrelets, ne se portait plus. Les dames arboraient des bonnets très ajustés recouverts de voiles retombant souplement sur les épaules. Ces coiffures étaient plus faciles à poser que les anciens hennins pour lesquels il fallait un savoir-faire extraordinaire afin de les placer correctement et surtout solidement.

Les robes avaient des corsages très ajustés avec des empiècements carrés d'un tissu différent. Les manches devenaient très amples aux poignets. Les jupes étaient ajustées de la taille aux hanches et tombaient en plis souples et gracieux jusqu'au sol. Pour les étoffes, le choix s'offrait entre velours, brocarts, satins, moires, et Léonore savait les traduire mieux que quiconque.

Quant à Gilles, il exprimait plutôt les changements de mœurs dans les représentations de chasse ou de combat. Il s'attachait particulièrement aux armes. La garde des épées devenait moins lourde, moins trapue et les lames s'effilaient. Les pieux qui servaient dans les chasses se terminaient par un fer lancéolé et les bâtons eux-mêmes s'allongeaient. Sur les ouvrages de Léonore et de Martin, Gilles venait parfois corriger le geste d'un valet de limier ou le cor d'un chasseur enroulé sur son épaule ou bien l'attitude d'un chien flairant et dépistant le gibier. Et l'ensemble mettait toujours en relief le merveilleux fond des Millefleurs.

C'est dans cette atmosphère d'atelier et de travail que se plaisait Léonore et, pour l'instant, rien ne l'aurait fait changer d'avis. À moins que...

C'était un de ces matins printaniers, alors que Léonore et Martin travaillaient ensemble sur l'un des tableaux, *Le Seigneur de la chasse*, l'un peaufinant les mille petites fleurs colorées et chatoyantes, l'autre détaillant avec un soin extrême les vêtements d'un seigneur qui avançait avec son petit lévrier sur ses talons. Oui, ce fut un de ces matins-là qu'un messager apporta des estampes.

Quand Léonore eut jeté les yeux sur les dessins, elle tressaillit, puis pâlit et observa ses frères et son père qui s'extasiaient sur le titre et la signature des esquisses.

Ses yeux ne la trahissaient pas. Elle lisait bien : « Exécution de Polyxène dans l'Histoire universelle d'Orose » par le maître Pierre de Coëtivy. Puis, après avoir lu ces mots, elle les murmura sans se rendre compte que ses mains tremblaient en tenant les documents.

Elle connaissait ce sujet-là ! C'était un tableau qui devait figurer dans la célèbre *Guerre de Troie*. Le thème de Polyxène avait subi des transformations, dans la façon de mener les combats. Le sabre dirigé sur la femme coupable paraissait bien différent, plus clément. On eût dit que la femme allait réussir à se disculper et que l'arme vengeresse n'allait point accomplir son travail de bourreau.

La représentation de Coëtivy devenait presque romantique aux yeux de Léonore, qui ne cessait de tourner et de retourner les dessins entre ses doigts devant les yeux interrogateurs de son père et de ses frères.

On disait qu'à présent maître de Coëtivy ne s'occupait plus de ses ateliers de haute lisse, se consacrant essentiellement aux dessins, aux estampes, aux peintures des miniatures et à celles de plus grande facture. On disait que sa palette de couleurs, vibrante, audacieuse et inhabituelle, avait été inspirée par son travail en atelier de haute lisse. Et Léonore, qui ne parlait jamais de Coëtivy, le savait. Elle l'avait suffisamment regardé travailler pour comprendre le génie qui animait son art.

Pendant ces deux années où, à Bruges, elle se cachait encore après sa fuite, Léonore s'était tenue au courant des travaux de maître de Coëtivy.

Fallait-il qu'elle se souvînt des tendres effusions qu'ils avaient vécues ensemble et qu'elle se rappelât les caresses de son ancien amant ? Fallait-il qu'elle revécût en rêve les grandes envolées amoureuses de Pierre, ses générosités de cœur, ses mots exaltés ? Et fallait-il aussi que Léonore se souvînt du jour où il lui avait froidement fait comprendre que son métier d'artiste ne pouvait se conjuguer avec la passion qu'il éprouvait pour elle ?

Allons ! Allons ! En retour, Léonore devait être franche avec elle-même. Ce même jour, un jour diabolique comme tous les jours de rupture, ne lui avait-elle pas dit à son tour que le duc de Berry, se trouvant en même temps qu'elle dans les Flandres, lui proposait de lui parler d'Isabelle ? Comment Pierre de Coëtivy pouvait-il ne pas voir dans cette rencontre un rapprochement amoureux ?

Puis, l'image de Pierre, comme celle de Jean, s'était effacée. Et voilà que Coëtivy reparaissait. Savait-il que Léonore vivait à présent avec son père ?

Dans ses déplacements sur les routes des Flandres elle avait tant vu d'œuvres peintes dont il était l'auteur qu'il lui semblait ne pas l'avoir quitté. À présent il utilisait beaucoup plus qu'autrefois des jaunes pâles et des ocres très inhabituels, des rouges orangés qu'il ombrait de bleu foncé afin de les faire ressortir d'une façon plus violente. Elle avait retrouvé ce parti pris chez l'artiste qui avait dessiné le costume d'un chasseur aux cheveux grisonnants d'une scène de *La Chasse à la licorne*.

Maître de Coëtivy aimait aussi les toits à tuiles formant des motifs. Il teintait toujours les pierres des édifices pour leur donner plus d'éclat. Léonore avait vu son impressionnante *Ève* dont on avait beaucoup parlé dans les milieux picturaux et dont la posture, le geste et le sourire étaient si audacieux qu'on eût dit une courtisane enjôleuse et tentatrice.

Et sa *Genette près de la fontaine* ! Une autre œuvre qui n'était pas passée inaperçue et dont beaucoup d'artistes, aujourd'hui, s'inspiraient. Thomassaint lui-même, son père, en avait tiré quelques leçons.

Mais, cette fois, tout était bien différent. Voici que le grand maître envoyait des estampes à Thomassaint pour qu'il réalisât d'après elles une tenture aux proportions gigantesques.

— Vas-tu réaliser cet ouvrage ? s'enquit-elle d'un ton faussement détaché en tendant les dessins à son père.

Elle avait repris son sang-froid et ses mains ne tremblaient plus.

— Bien sûr ! C'est une excellente commande pour moi. Il va même falloir que je rencontre Coëtivy. Veux-tu le voir aussi ?

Elle sentit le regard de ses frères posé sur elle. Savaient-ils que Pierre avait une épouse, dame Bertrande, murée à Nantes, et qu'il n'avait jamais eu d'enfant ? Savaient-ils qu'elle avait une forte envie de le revoir, de sentir son grand corps fleurant le tabac et le musc, de toucher sa main, de le frôler, même s'il discutait avec Thomassaint, et même de le séduire à nouveau pour redonner à sa vie un semblant d'espoir ?

— Veux-tu le voir, Léonore ? répéta Thomassaint en tournant un visage tranquille vers sa fille.

— Oui, père !

Tout était dit, Léonore avait pris sa décision. Elle retourna vers ses Millefleurs et jugea, en les regardant distraitement, qu'elles avaient une belle texture serrée et un dessin coloré, précis et raffiné. Il fallait qu'elle travaille pour libérer un peu son esprit. Elle se concentra et refusa de regarder son frère qui lui jetait un regard interrogateur. Devant son indécision passagère, Gilles tira le grand levier qui actionnait la haute lisse, reportant les repères sur les fils de chaîne.

Le fils aîné de Thomassaint était un maître pour effectuer cette tâche qui permettait à l'artiste de conserver une grande liberté d'interprétation. Un bon lissier devait créer son décor avec son textile. Et la matière textile chez maître Thomassaint était de belle qualité. Des fils de soie venant de Chypre, des fils d'or et d'argent en provenance de Constantinople, des fils de lin, des fils d'Arras, des laines venant d'Espagne et filées à Lyon, et d'autres qui venaient d'Angleterre.

Les ateliers de Thomassaint sentaient l'huile, le textile et la teinture. Le sol jonché de laines défectueuses, mal dégraissées ou insuffisamment teintées, prenait une apparence de fête en étalant toutes leurs couleurs. Maître Thomassaint refusait systématiquement la mauvaise qualité. Depuis longtemps, il connaissait ses teinturiers, ses fournisseurs, ses cartonniers. Ses laines et ses fils étaient colorés avec des teintures végétales dont Léonore avait appris les origines.

Depuis l'Antiquité, la garance était cultivée en Europe et produisait des rouges vifs qui rendaient de belles lueurs dans les tentures. Léonore s'en servait pour les boules du houx, le pourpoint du chasseur sonnant le cor, un œillet qu'une dame cueillait dans un jardin, le flanc d'un cerf blessé taché de sang et l'escarcelle attachée à la ceinture d'un seigneur.

La gaude, avec ses infinies tonalités de jaune, était une variété de réséda. Tout comme la garance, elle était largement utilisée depuis l'Antiquité. Pour créer des teintes orangées, des jaunes d'or, des aires pâles, Léonore connaissait les mélanges de fils adéquats. Quant à la guède, plante proche de la moutarde mais aux fleurs bleues, elle donnait une teinture profonde et lumineuse, avant que l'indigo des Indes vînt en Europe. Léonore l'utilisait dans les grands fragments de ciel. Avec certains mélanges, elle obtenait des nuits, des ombres et des zones où le soleil ne pénétrait pas.

Les verts étaient une combinaison entre la gaude et la guède. Tout un nuancier subtilement maîtrisé. Il suffisait d'observer une tenture achevée pour remarquer que la couleur des prairies estivales n'était pas la même que celle des tendres pousses printanières et que le vert jaunissant des forêts d'automne tranchait avec celui des feuilles de ronces d'un sous-bois ombragé.

Léonore avait appris à maîtriser toutes ces teintes et elle aimait les travailler. Elle plaçait ses fils en fonction des résultats qu'elle voulait obtenir. Ses cartons dessinés, toujours disposés à l'arrière de ses trames, ne lui servaient que de repère. Elle savait maintenant créer, interpréter, métamorphoser s'il le fallait. Elle recommençait souvent un motif qui ne lui plaisait pas, ce qui faisait ronchonner son jeune frère.

Thomassaint, qui dépassait la cinquantaine, était encore un bel homme dans la force de l'âge bien qu'en deux ans Léonore ait vu quelques rides sillonner son front. Quant aux cheveux blancs, ils commençaient seulement à envahir son opulente chevelure bouclée.

Ce matin-là, ce n'était point Thomassaint qui se préoccupait de sa forme physique, c'était Léonore. Dans quelques jours, elle rencontrerait Pierre. Cela faisait plus de dix ans qu'ils ne s'étaient pas vus. Une période durant laquelle six années avaient été remplies par l'amour de Jean.

Pour l'instant, Léonore étudiait son visage dans le miroir de sa chambre. De minuscules rides apparaissaient au coin de ses yeux, mais son teint gardait sa fraîcheur et l'éclat de son regard n'avait perdu aucune intensité. Trente-quatre ans ! Dieu ! qu'elle était vieille ! Isabelle avait dix-huit ans. La duchesse Anne de Bretagne l'avait-elle mariée à un riche seigneur ? Vivait-elle toujours dans sa suite ? À son âge, Léonore était déjà mère.

Elle redressa le buste et passa la main sur son ventre. Il était plat et ses jambes étaient toujours fines et longues. Léonore voyait bien dans les yeux de ses frères et des ouvriers de l'atelier qu'elle était restée comme à vingt ans. Mais que penserait Pierre en la redécouvrant ? Elle sentit son cœur battre à tout rompre. N'allait-il pas se fendre avant qu'elle ne le vît ?

XV

Ce fut une minute calme, silencieuse, presque froide, un instant d'anxiété qui surgissait entre eux. Mais leur visage n'afficha qu'une fausse indifférence.

Thomassaint serra la main de maître Coëtivy et Léonore le salua de loin, en prenant soin de garder ses distances. Ils s'observaient sous l'œil étrange de Thomassaint, qui n'osait les rapprocher.

Pierre de Coëtivy avait changé, beaucoup changé. Il avait pris du poids, de l'envergure, du pouvoir et de l'autorité. Ses cheveux, tout comme ceux de Thomassaint, avaient grisonné et des sillons filaient sur son grand front dégagé. Autrefois, un grand bonnet enrubanné l'entourait, un bonnet tout en hauteur, souvent rouge ou noir, dont l'un des pans retombait sur le devant du buste, comme la mode le demandait. Sa tête était surmontée d'un béret carré piqué d'une plume jaune et ses hauts-de-chausses s'arrêtaient aux genoux au-dessus de bottes souples et lacées.

Thomassaint sentit une gêne s'installer. Pour la rompre au plus vite, Coëtivy s'approcha enfin de Léonore. Sa voix était toujours basse et grave.

— Je suis heureux de vous revoir, Léonore.

— Je le suis aussi, dit la jeune femme en rougissant légèrement.

Le rose apparaissant brusquement sur ses joues pâles lui allait à merveille. Puis arrivèrent Gilles et Martin, ce qui détendit cette fois totalement l'atmosphère. Thomassaint les présenta et la discussion s'engagea, naturellement.

Thomassaint disposait de la commande, rien ni personne ne pouvait la lui retirer. Une fois que les cartons ou les dessins étaient remis au tisserand, ils devenaient sa propriété. Le maître de l'atelier les achetait parfois très cher quand la renommée de l'artiste s'étendait au-delà de son propre pays, mais il en disposait ensuite comme il l'entendait. S'il arrivait qu'il fût en possession d'une série originale, nul ne devait la copier sous peine de poursuites légales. *L'Exécution de Polyxène* en était un cas typique.

— Vous êtes à présent propriétaire de cette œuvre, lança Coëtivy en tapant sur l'épaule de Thomassaint.

— Mais vous en restez l'artiste indiscutable, répliqua le maître lissier avec un clin d'œil complice.

— Je sens que, de notre union, sortira un bel ouvrage.

Visiblement très satisfaits l'un de l'autre, ils se congratulèrent encore quelque temps. Puis, revenant à des questions plus matérielles, Thomassaint s'enquit :

— Où logez-vous, maître Coëtivy ?

— À Bruxelles, à la maison de L'Arbre d'or.

Durant les années 1480, la corporation des artisans de la tapisserie, assez riche et assez puissante pour posséder une résidence personnelle, avait élevé celle de L'Arbre d'or sur la grand-place de Bruxelles, ce qui, à l'époque, avait engendré de violentes contestations quant au lieu choisi, car on disait que Bruxelles enfermait beaucoup plus d'ateliers de basse lisse que de haute lisse et chacun savait que c'était en haute lisse que l'on produisait les tentures les plus belles et les plus renommées. La maison de L'Arbre d'or asseyait considérablement l'importance de la corporation des hauts lissiers du Nord.

— Regagnerez-vous Bruxelles ce soir ?

— Sans doute.

— Pourquoi ne point venir vous installer cette nuit chez moi ? proposa Thomassaint. Vous repartirez demain à l'aube.

Voyant que son compagnon hésitait, il insista :

— C'est un honneur pour moi de vous inviter dans ma maison. J'aimerais que vous acceptiez.

Coëtivy eut un sourire. Léonore s'était reculée vers la fenêtre et, de loin, semblait ne pas donner son accord à cette invitation. Il voulut refuser, mais Martin, qui regardait les estampes avec une grande attention, s'exclama soudain :

— Regardez Polyxène. C'est presque le visage de Léonore.

— C'est vrai, admit Gilles en lui prenant les dessins des mains.

Thomassaint hocha la tête.

— Maître Coëtivy a sans doute bien des visages dans sa mémoire et, de temps à autre, l'un d'eux doit en sortir triomphant.

— Triomphant ! murmura Léonore.

Mais personne ne l'entendit, car le mot n'avait qu'effleuré ses lèvres.

— Vous vous trompez, fit Pierre en souriant. Si j'enferme en moi bien des visages, c'est le même qui revient souvent. Certes, il m'arrive d'avoir recours à des modèles dont les expressions sont très différentes ; un sourire, un regard, une pose peuvent changer l'allure du personnage, mais un artiste retourne toujours à son type favori et s'il a devant lui une femme blonde aux yeux bleus doux et rêveurs, il peut fort bien peindre son portrait avec des cheveux noirs et des yeux sombres, pleins de fougue.

Il esquissa un geste d'impuissance.

— Je crois qu'il en est ainsi pour tous les peintres.

— Sans doute, sans doute, marmonna Thomassaint.

Puis, d'une voix plus forte :

— Vous n'avez pas répondu à ma proposition, maître Coëtivy.

— J'accepte votre invitation, maître Thomassaint.

— Ah ! j'en suis ravi. Nous pourrons converser plus longuement. Avez-vous vraiment arrêté votre activité pour ne vous consacrer qu'à la peinture ?

— Certes non ! J'ai conservé tous mes ateliers, disposé des gens compétents à leur tête et j'en surveille toujours l'organisation et la bonne marche.

Léonore et Pierre ne s'étaient pas quittés des yeux durant tout le dîner. Comment pouvait-il en être autrement ? Et, quand la nuit se mit à tomber, ils se retrouvèrent près du porche de l'entrée des ateliers. Un léger vent printanier les caressait.

— N'avez-vous pas sommeil, Léonore ? demanda-t-il à voix basse.

— Je n'arrive pas à dormir, répondit-elle. J'ai voulu prendre un peu l'air.

Il s'approcha et trouva touchante sa posture un peu nonchalante, accolée à l'un des battants de la grande porte qui ouvrait sur l'avant des ateliers. Elle portait une jupe simple et un corsage serré à la taille, dont l'échancrure carrée laissait voir un début de gorge blanche qui se soulevait doucement. Sur sa tête était posé l'un de ces bonnets à la mode, en velours noir et gansé de satin broché sur le bord, dont la pointe du sommet venait mourir en douceur sur le front.

En l'observant sans rien dire, Coëtivy se dit qu'elle était encore très belle et que l'éclat de ses yeux jetait toujours trop de feux pour qu'il restât insensible. Il la frôla et croisa son regard. Puis, ses yeux qui, eux non plus, n'avaient rien perdu de cette braise incandescente qui les animait autrefois allèrent se fixer sur l'autre côté de la rue où les lumières des auberges commençaient à s'allumer.

Levant le bras, il les désigna du doigt.

— Voulez-vous boire une cervoise ? De toutes ces tavernes allumées, il y en a bien une qui nous en servira de bien mousseuses et bien fraîches.

Quelle sorte de folie l'eût habitée si elle avait rejeté une telle proposition ? Assurément, si elle rentrait à présent et se couchait, elle se retournerait mille fois dans son lit, jusqu'à l'aube, sans dormir, se maudissant de sa stupidité. Elle préféra écouter plutôt les forts battements de son cœur et, quelques minutes plus tard, ils marchaient en direction des tavernes.

La grande salle de l'auberge était pleine. Les Flamands se retrouvaient la nuit, installés autour d'une chope de bière ou d'un riche dîner. Ils parlaient fort, riaient, se tapaient les côtes, reluquaient les servantes et, parfois, les accostaient gaillardement. Mais la taverne choisie par Coëtivy avait bonne allure et bonne réputation, contrairement à celles, voisines du port, où débardeurs et matelots au sang bouillant venaient chauffer l'atmosphère.

Assis l'un en face de l'autre sur les bancs de bois qui enserraient la grande table centrale où d'autres clients menaient joyeuse vie, ils n'eurent soudain plus rien à se dire. Léonore se sentait quasi paralysée. Dix années la taraudaient à cet instant où il plongeait ses yeux dans les siens, y cherchant l'indice, l'ombre à remettre en lumière, l'infime déclic qui le ferait renouer avec le passé.

Les bruits étaient tels, heurts des chopes sur le rebord des tables, rires, cris des clients qui apostrophaient leurs voisins, chocs des ustensiles et des plats, jusqu'aux ordres du patron lancés d'une voix tonitruante, tout était si fort et si ahurissant que Coëtivy dut tendre l'oreille pour écouter Léonore, qui, enfin, se décidait à parler.

À côté d'eux, trois hommes terminaient un repas apparemment copieux si l'on en jugeait par les reliefs qui traînaient encore sur la table. Une servante vint les débarrasser. Elle portait une robe ample en cotonnade bleue sur laquelle était attaché un tablier blanc. La coiffe qui enfermait ses cheveux blonds laissait apparaître des boucles folles dont le soyeux et la finesse donnaient envie aux plus éméchés de les caresser. À en croire le petit peigne glissé sur le côté de son bonnet qui n'attachait presque plus rien, il eût été facile d'en saisir l'un des bords et de le tirer à soi. Plus d'un de ces Flamands replets au teint rouge et à l'œil délavé devait s'imaginer saisir à pleines mains ces cheveux d'or croulant sur les épaules de la jeune fille.

Celle-ci riait, elle aussi, aux joyeuses boutades qu'on lui adressait. Deux grands yeux d'un bleu de porcelaine frangés de cils noirs et surmontés de fins sourcils dorés, une petite bouche rose et un teint délicieusement laiteux complétaient cette agréable vision. Comme tous les autres clients, Coëtivy attarda son regard sur elle.

— Un autre visage à enfermer dans votre mémoire, maître Coëtivy, murmura Léonore.

Il eût pu ne pas entendre, mais il était trop près d'elle pour manquer cet aparté. Sa bouche s'allongea en un fin sourire. Un sourire où Léonore reconnaissait tout le charme qu'il savait déployer.

— Sans doute, mais je crains que celui-ci ne soit pas triomphant.

— Qui est donc triomphant ce soir, maître Coëtivy ?

Peut-être crut-elle qu'il allait répliquer et faire basculer la conversation dans un autre sens. Elle reprit sans attendre :

— Avez-vous toujours votre atelier de Paris ? Et votre maison du quartier Saint-Jacques ?

— Oui. Et vous, Léonore, avez-vous enfin retrouvé votre fille ?

— Non.

Il s'enhardit et saisit sa main qu'elle voulut tout d'abord retirer. Mais la jeune servante revenait avec deux pots de bière dont la mousse passait par-dessus bord. La jolie Flamande qui tenait haut les chopes sourit à Coëtivy, mais n'eut pas un regard pour Léonore.

— Je vous souhaite le bonsoir, messire, dit-elle, tandis qu'un autre client impatient l'appelait.

Léonore sentait les doigts de son compagnon serrer les siens. Dieu ! qu'ils lui semblaient souples et chauds, tendres, rassurants, d'une douceur extrême. À regret, elle dut lâcher sa main pour prendre sa chope si lourde qu'une seule main ne suffisait pas pour la porter jusqu'à ses lèvres.

— Vivez-vous toujours à Paris ? s'enquit-elle.

— Je suis là où mon travail et mes affaires me réclament. À Paris, à Nantes, à Bruges, à Bruxelles, à Florence ou à Rome même. Et vous, Léonore, que faites-vous ici, chez votre père ?

— J'ai dû fuir Anne de Beaujeu.

— Comme vous fuyiez autrefois le sire de La Baume ?

Elle eut un petit rire sec.

— Oui, tout pareil. Sauf que mon époux n'arrivait pas à me séquestrer plus de quelques jours alors que la régente m'a tenue enfermée plus de deux ans.

— Diable !

— Et vous, maître Coëtivy, avez-vous atteint le but que vous vous étiez fixé ?

— En partie, oui.

Il se tut, l'observa. Quand elle déposa sa chope sur la table, deux taches de mousse brillaient au coin de ses lèvres. Il leva lentement la main et les lui enleva en caressant doucement sa bouche.

— Êtes-vous retournée à la cour de Berry après mon départ ?

— Non. Je vous avais dit que je voulais simplement voir Isabelle.

Coëtivy eut un léger rictus. Plutôt une sorte de sourire qui, celui-ci, n'était en rien séducteur. Une grimace de contrariété plutôt.

— Et durant ces années qui nous ont séparés...

Apparemment, il attendait une autre réponse que celle qui lui cingla l'oreille.

— J'ai aimé quelqu'un, Pierre.

De son pouce un peu trapu, il se gratta le menton alors qu'elle poursuivait :

— Et vous, maître Coëtivy ? N'avez-vous pas mis dans votre couche quelques jolis modèles pendant ces dix ans-là ?

Ignorant la question, il répliqua un peu sèchement :

— Aimez-vous encore cet homme ?

— Il est mort.

Le peintre ne broncha pas tandis qu'il achevait de vider sa chope.

— Et dame Bertrande, se porte-t-elle bien ? s'enquit Léonore d'un ton badin.

Ah ! la dame Bertrande, l'épouse officielle, la femme qui assurait sa vie quotidienne à chacun de ses retours de voyage ! Celle qui, aux yeux de tous, était Mme de Coëtivy.

— Oui, répondit-il d'une voix atone.

Par touches quelquefois délicates, quelquefois amères ou aigrelettes, quelquefois tendres aussi, de question en question, chacun d'eux arriva, peu à peu, à reconstituer les dix années qui manquaient à leur connaissance réciproque.

Le peintre se gratta la gorge. Il ne devait pas s'enfoncer dans une inextricable situation avant même d'avoir pu renouer de tendres liens avec Léonore. Aussi questionna-t-il :

— Allez-vous rester à Bruges ?

— Je ne sais pas ! J'ai trouvé ici, chez mon père, un équilibre et une grande sécurité, la chaleur d'une famille qui, de plus, est la mienne. Je m'entends bien avec mes frères et j'aime ce travail. Pourtant, à présent qu'Anne de Beaujeu n'est plus régente et que son frère Charles est roi, j'ai parfois envie de partir.

— Voulez-vous donc encore courir les routes ?

— Elles me manquent. Martin aimerait venir avec moi. Nous pourrions ouvrir un petit atelier en Bourgogne ou en Val de Loire. Si mon père accepte, je l'emmènerai avec moi.

— Comprendra-t-il ?

— Je n'en suis pas sûre. Il faudrait lui présenter les choses de manière qu'il y trouve des avantages pour Martin. Auriez-vous une idée ?

Il se mit à rire doucement, les yeux fixés au plafond de l'auberge.

— Je crois que j'en ai une.

— Puis-je la connaître ?

— Non ! Pas avant que j'y aie sérieusement réfléchi. Je ne veux pas vous décevoir pour le cas où ce serait impossible. Venez, rentrons à présent. Si votre père s'aperçoit de votre absence, il peut s'inquiéter.

— Quand il s'apercevra de la vôtre, il ne s'inquiétera plus. Et puis, ajouta-t-elle d'un ton joyeux, je sors souvent avec Gilles. Il m'emmène beaucoup plus loin que cette taverne.

— N'a-t-il pas de bonne amie ?

— Il pense beaucoup trop à son travail. Je crois bien que sur le plan des amourettes Martin qui est bien plus jeune pourrait lui donner des leçons.

Ils marchèrent tranquillement le long des canaux avant de rentrer. Coëtivy la tenait par les épaules en la pressant doucement contre lui. Une brise nocturne, douce et réparatrice, soufflait sur eux. En passant, ils regardaient les pignons roses et crénelés des maisons s'engouffrer dans l'obscurité de la nuit. Ils ne disaient soudain plus rien, se contentant de respirer au même rythme la quiétude de la ville endormie.

— Avez-vous bien dormi, Pierre ? demanda Thomassaint en prenant la liberté, pour la première fois, de l'appeler par son prénom.

— Ah ! comme un enfant ! répondit le peintre en riant. La pièce que vous m'avez donnée est silencieuse comme une cellule de moine, mais confortable comme une chambre de roi. C'est à peine si j'ai entendu les heures sonner au beffroi.

Léonore arrivait, suivie de Martin, et, les observant à tour de rôle, leur père vit à leur étrange mine qu'ils avaient l'un et l'autre quelque chose à lui dire. Comment aurait-il pu savoir qu'ils avaient passé une partie de la nuit à discuter ?

— Cela ne va pas, Martin ? commença-t-il.

— Père, j'aimerais partir avec Léonore si elle rentre en France.

Mariette, la vieille servante, apportait de grands bols de lait au miel, du beurre, des confitures de rhubarbe et des tartines chaudes. Elle déposa le tout sur la table en jetant un regard furibond à son protégé, si souvent venu se consoler dans ses jupons après la mort de sa mère. Son petit allait-il vraiment partir ?

Thomassaint se tourna vers Léonore.

— Je savais que tu en arriverais là, ma fille, dit-il simplement. J'étais juste surpris que tu sois restée aussi longtemps.

— Oh ! père ! Il fallait que j'apprenne à vous connaître. Maintenant, je sais que j'ai une famille qui m'aime. Je reviendrai vite.

— Il semble que tu veuilles profiter du départ de Pierre pour quitter Bruges. Cela me plairait que tu disposes de son attelage. Je serais moins inquiet. Tu ne serais pas seule.

Il paraissait ignorer la requête de Martin. L'adolescent avait repoussé son bol et ses tartines et paraissait contrarié.

— Père, Martin voudrait venir avec moi.

Cette fois, l'étonnement marqua le visage de Thomassaint et son dos se courba légèrement. Léonore se dit que si elle avait compté ses cheveux blancs elle en aurait trouvé quelques milliers d'autres venus s'y ajouter durant cette seule seconde.

— Oh ! s'exclama son fils, la voix exaltée et des lueurs plein les yeux. Tu m'as raconté cent fois ton voyage du Val de Loire à Bruges quand tu avais mon âge.

— J'étais plus jeune encore, dit Thomassaint à voix basse, mais ma mère m'accompagnait. Ah ! Martin, comme j'aimerais refuser.

— Cela veut-il dire que tu acceptes ? s'enquit le jeune homme dont la voix avait baissé d'un ton tant l'inquiétude le prenait à la gorge.

— Je crains ce départ.

— Pourquoi ? fit Pierre de Coëtivy, qui, jusqu'à présent, n'avait rien dit. Les voyages ne forment-ils pas la jeunesse ? Laissez-le donc partir avec sa grande sœur, je me porte garant de la sécurité du parcours.

Chacun voyait la grande hésitation du tisserand. Un pli soucieux lui barrait le front. Lui aussi écarta bol, beurre et tartine. Soudain, il n'avait plus faim. Cette journée-là ne serait pas comme les autres. Thomassaint avait eu tant de joie à élever sa famille, même après la mort de Blanche. Ses fils étaient de bons garçons qui l'avaient rendu pleinement heureux. Gilles n'aurait jamais l'idée de déserter les ateliers de Bruges. Il se considérait trop comme l'aîné devant assumer la succession de son père. Mais Martin ! Il ne pourrait sans cesse rester sous les ordres de son frère. Lui aussi devait prendre de l'assurance, de l'envergure et, plus tard, du poids dans la corporation des lissiers du Nord.

— Écoutez-moi, Thomassaint, je puis, si vous le désirez, leur laisser l'un de mes ateliers de Tours. Ils pourraient, de ce fait, travailler en collaboration avec vos propres ouvrages.

Thomassaint se gratta le menton. Maître Coëtivy n'était-il pas en train de lui proposer une franche association, offrant de lui fournir les dessins des tapisseries que Martin et Léonore effectueraient sous la direction d'un maître lissier en attendant que son fils en ait les compétences ?

— Il pourra même y réaliser son œuvre qui le consacrera maître haut lissier, reprit Coëtivy.

Il fallait en ce temps-là que l'apprenti, passé obligatoirement ouvrier, présentât un ouvrage de sa création et de sa confection à la guilde des lissiers du Nord pour être reconnu maître lissier. Et il fallait aussi que cet ouvrage soit parrainé par un haut personnage de la société, tel qu'un seigneur, un gros commerçant, un artiste renommé, un juge, un avocat, un médecin, bref, un homme qui symbolisât la réussite matérielle ou sociale.

D'ailleurs, seul un haut lissier reconnu par la guilde avait le droit de diriger un atelier de haute lisse. S'il n'était que le propriétaire des lieux, il devait engager à prix d'or un maître tisserand.

— Soyez tranquille, je le parrainerai, fit encore Pierre de Coëtivy, vous n'aurez pas à le regretter.

Le parrainage, pour son fils, de ce grand peintre lissier ! Une collaboration saine et fructueuse entre eux deux. Comment refuser ? Thomassaint croyait rêver, mais cela n'atténuait pas pour autant la crainte qu'il avait de voir partir le plus jeune de ses fils.

Trente-cinq ans plus tôt, sa mère, Clarisse, avait, elle aussi, un atelier à Tours. Partie à la recherche de son époux, le prévôt de Paris, qui s'était embarqué pour Constantinople, la malheureuse n'en était jamais revenue, ni son mari d'ailleurs. L'atelier de Tours qui lui venait du prévôt avait été réquisitionné par un nouvel administrateur sans que Thomassaint eût un mot à dire sur la légalité de la succession. Le verdict avait été sans appel : Michel de Lallier, le prévôt de Paris, n'était pas son père et Thomassaint n'avait aucun droit sur ses biens.

Et voici qu'une proposition d'atelier à Tours se concrétisait. Thomassaint essaya d'enfouir ses craintes au plus profond de lui-même. Martin était intelligent, dégourdi, travailleur et de bonne moralité. Il percerait là où son père avait voulu travailler autrefois.

Le départ ne fut pourtant pas programmé de façon brutale. Pierre de Coëtivy en recula la date qu'il fixa même à l'été, affirmant que la fin d'août serait souhaitable pour voyager. Ils ne seraient pas gênés par les trop grosses chaleurs estivales, ni par les premiers froids de l'hiver. De plus, certains petits points d'organisation se révélaient nécessaires. Le peintre devait tout prévoir.

— En effet, précisa-t-il, le maître lissier que j'ai engagé voici quelques années prendra la direction de mes ateliers de Paris. Je lui ai volontiers assigné d'autres fonctions et il devra travailler en relation étroite avec les Flamands. Vous devriez en entendre parler très prochainement, Thomassaint. C'est un homme compétent. En échange, j'embaucherai quelqu'un d'autre à Tours.

Il frappa l'épaule de Martin d'une façon amicale et affirma d'un ton satisfait, jovial, compréhensif :

— En attendant que tu te débrouilles comme il se doit, mon garçon. J'ai confiance en ton travail. Tu seras un grand maître. Mais, attention, ne me déçois pas.

— Sûrement pas, lança Martin d'une voix enthousiaste.

Oui, maître Coëtivy préparait bien son départ. Son arrivée aussi ! Et deux ou trois mois de plus dans les Flandres lui permettraient de voir comment les choses évoluaient, car il n'était bien sûr pas question que Léonore, dont il voyait l'acharnement et la compétence au travail, lui filât entre les doigts pour aller en aimer un autre.

C'était évident, Léonore lui plaisait toujours, et, jour après jour, il s'apercevait que tous les sentiments qui l'avaient envahi autrefois affluaient.

Quant à sa vie professionnelle et à l'art qu'elle avait de mener un atelier, maître Thomassaint l'avait bien formée. Léonore savait commander, travailler, ordonnancer. Elle maîtriserait la fougue de son jeune frère si, en poulain rétif, il devait lui arriver de se relâcher quelque temps. Martin avait de grandes qualités, il les avait jaugées. Il fallait juste qu'il mûrisse un peu et s'attache à des considérations plus sérieuses.

Pourtant, maître Coëtivy voulait réfléchir. Artiste, il était aussi homme d'affaires et rien ne lui échappait concernant le bénéfice ou la perte d'une opération financière. Il avait tant traité par le passé avec d'importants commanditaires, mettant en jeu d'énormes capitaux – certaines tentures historiées avaient une valeur si grande qu'elles servaient de monnaie d'échange entre les rois –, qu'organiser cette association avec Thomassaint était un jeu d'enfant.

Afin de tout clarifier et pour ne rien laisser au hasard, des papiers furent signés. Thomassaint s'engageait à prendre des parts dans l'atelier de Tours que Coëtivy mettrait à la disposition de Martin et de Léonore. De son côté, Coëtivy promettait d'alimenter l'atelier en travail. Il cautionna aussi par document écrit le parrainage qu'il offrait à l'adolescent lorsqu'il présenterait son œuvre à la guilde des lissiers du Nord.

Pendant toute cette période de préparatifs, Léonore avait accompagné Pierre plus d'une fois aux grandes foires d'Anvers, de Lille et de Bruxelles pour rapporter des commandes. Le reste du temps, Coëtivy continuait de bénéficier de l'hospitalité de Thomassaint. Léonore ne se cachait même plus pour aller rejoindre le peintre dans sa chambre lorsque la maisonnée entière était endormie. Et si, à minuit passé, elle se heurtait à l'un de ses frères qui partait se coucher, ou si à l'aube, à peine sortie des soubresauts de l'amour, elle se cognait à son père qui se levait toujours très tôt, chacun faisait celui qui n'avait rien vu.

Au bout de deux mois, elle s'aperçut avec effroi qu'elle était enceinte.

Elle préféra n'en parler à personne, cachant assez facilement son état qui n'était pas encore trop apparent. Elle fut aidée par une absence de Pierre qui se trouvait à Venise pour négocier la mise en route d'un travail en collaboration avec le jeune peintre Dürer dont les œuvres commençaient à devenir célèbres. L'artiste d'origine allemande quittait sa province de Nuremberg pour se lancer à l'étranger. Il travaillait sur des esquisses en vue d'une grande production lissière.

Pierre de Coëtivy demeura presque trois mois à Venise et revint à Bruges juste à temps pour le voyage que Léonore et Martin avaient préparé avec un soin extrême.

Le départ se fit un beau matin de la fin du mois d'août, alors que le soleil, déjà haut perché, resplendissait dans un ciel d'azur. Comme chaque année, quand l'été se terminait, des odeurs assez fortes remontaient des canaux. Elles ne se dissipaient qu'aux premiers jours de l'hiver.

Depuis le retour de Pierre, Léonore portait une robe resserrée sous la poitrine qui tombait en larges plis jusqu'au sol. L'amplitude de ce vêtement, sur lequel elle passait une sorte de bliaud qui cachait totalement son ventre, dissimulait ses formes.

Pierre, dont le regard ne cessait pourtant de s'attacher à sa personne, était si préoccupé par ses discussions avec Thomassaint pour structurer leur future collaboration qu'elle ne s'était pas encore retrouvée seule avec lui. Léonore n'en eut d'ailleurs aucune contrariété, bien au contraire, préférant retarder des retrouvailles plus intimes. Elle ne voulait pas inquiéter Thomassaint. Lui révéler son état l'amènerait à la dissuader de partir. Il prétexterait aussitôt l'inconfort du voyage et réclamerait qu'elle accouche à Bruges. Pis ! il se demanderait comment elle organiserait sa vie avec cet enfant qu'elle n'avait nullement prévu et qui, peut-être, encombrerait et gênerait celle de Coëtivy. Mille questions viendraient à ses lèvres, indisposant fortement les bonnes intentions de l'amant de sa fille.

Ses nuits s'encombreraient d'impossibles questions auxquelles il ne trouverait pas de réponse. Que ferait Pierre avec un enfant sur les bras ? Oserait-il seulement le reconnaître ? Que dirait-il devant les réactions de Léonore qui, privée de l'amour d'Isabelle, ne renoncerait pas aux joies maternelles auprès de son second enfant ? Où se placeraient les satisfactions du travail devant le bonheur d'être mère ?

Par ailleurs Thomassaint savait bien que Pierre n'était pas disposé à quitter sa femme, au risque de tout perdre. Les mœurs de cette époque n'étaient guère favorables au divorce. Lui-même était le fils naturel d'un haut lissier de Bruges qui, autrefois, avait séduit sa mère. Marié, le maître Van der Hanck n'avait pas divorcé pour autant. Ah oui ! Thomassaint, pour avoir vécu ce drame, n'aurait pas d'illusions sur la conduite de Pierre.

Gilles et son père assistèrent à leur départ, leur lançant de grands signes d'adieu. Même Mariette et son mari, qui faisait office de palefrenier, de conducteur de chevaux, de jardinier et de commissionnaire, agitaient un grand mouchoir blanc. Depuis plus de deux ans que Léonore vivait avec eux, ils avaient su apprécier sa gentillesse et sa discrétion.

Coëtivy conduisait l'attelage mais avait promis à Martin qu'il lui confierait les rênes dès qu'il serait las, car il n'était pas question qu'ils s'arrêtassent chaque nuit à l'auberge. Le chariot était confortable, bien bâché, étanche sur les côtés. On pouvait y dormir et y manger succinctement.

Martin ne rêvait que de mener l'attelage. C'était un bon conducteur et il aimait les animaux, chiens et chevaux en tête. Mais Pierre décréta qu'il garderait les rênes jusqu'à la frontière flamande. Parfois, Léonore prenait place à son côté. Elle semblait heureuse et Pierre la couvait de regards d'autant plus amoureux qu'ils n'avaient pas depuis longtemps passé une seule soirée en tête à tête et moins encore dormi dans les bras l'un de l'autre. L'inconfort du chariot et la présence d'un tiers ne permettaient hélas que de simples attouchements qui n'allaient pas plus loin que ce que Léonore permettait à son amant.

Main dans la main, ils allaient parfois se promener dans les rues quand ils traversaient une ville. Le matin, ils se mêlaient plus volontiers à la foule qui encombrait les places des marchés et le soir, ils observaient les ciels lumineux criblés d'étoiles.

À Audenarde, ils descendirent enfin dans une grande auberge où ils dînèrent copieusement et réclamèrent une chambre que Martin partagea avec eux. Là encore, la proximité du jeune homme les empêcha de se rapprocher trop l'un de l'autre et Léonore se retournait contre le mur quand elle sentait la main de Pierre se poser sur sa gorge. Comme elle restait vêtue et que Pierre était fatigué de toutes ces nuits passées à conduire l'attelage, il s'endormait vite et ne se réveillait qu'à l'aube. Léonore manœuvrait donc fort habilement pour que le manque d'intimité l'empêchât de parler à Pierre de son état.

C'est à Tournai qu'ils s'arrêtèrent le plus longtemps. Ils trouvèrent une auberge agréable qui, en plein centre de la ville, élevait gracieusement ses deux étages à balcons fleuris. Le crénelage du pignon marquait encore l'influence flamande et le grand porche en ogives par où passaient les attelages ouvrait sur une cour intérieure où les écuries laissaient flotter une bonne odeur de foin.

D'autres effluves alléchants attendaient nos voyageurs, car la grande salle où les clients dînaient sentait le bois ciré, la bière et le bouillon de poule. Venaient s'y ajouter d'agréables senteurs d'épices, de miel et de pain chaud.

Ce soir-là, Léonore se décida. Martin était parti à une fête foraine qui se tenait sur la grande place que l'on apercevait de la fenêtre à petits carreaux sertis de plomb. Il les avait prévenus qu'il ne rentrerait pas avant l'aube. Depuis que Pierre était rentré de Venise, c'était la première nuit où ils se retrouvaient seuls.

Allongée sur le grand lit, encore vêtue, Léonore hésita soudain, mais comme Pierre s'approchait et soulevait sa jupe, bien décidé à contempler la blancheur douce et laiteuse de son corps et à en caresser chaque contour, elle se lança avant qu'il ne fût surpris de la rondeur de son ventre.

— Te souviens-tu...

Pierre l'attira contre lui.

— De quoi devrais-je me souvenir, ma colombe, si ce n'est de l'amour que je te portais autrefois et qui, aujourd'hui, me semble revenu d'une façon quasi identique ?

— Te souviens-tu, Pierre ? Un jour tu as cru qu'un malaise attestait chez moi un état de...

Il la lâcha subitement, puis revint et souleva plus haut les épaisseurs de ses jupons. Et, les yeux écarquillés de stupeur, son regard ne quittait plus son ventre.

— Dieu ! s'exclama-t-il. Es-tu enceinte ?

Elle acquiesça de la tête. Que dire d'autre ? Il se leva d'un bond et fit le tour de la chambre à grandes enjambées. On eût dit qu'il les comptait une à une. Quand il fut rendu au point de départ, c'est-à-dire au grand lit dont les montants de bois disparaissaient sous des courtines de cotonnade fleurie, il recommença en sens inverse. Puis il s'arrêta.

— Cela te contrarie-t-il, mon amour ? murmura Léonore d'une voix à peine audible.

Alors, il se jeta sur la jeune femme en tremblant de tout son corps. Un enfant ! Que lui arrivait-il soudainement ? Dame Bertrande aurait tant voulu en élever un, et celui-ci était de Léonore.

Ce fut la jeune femme qui l'apaisa tant il semblait bouleversé. Elle lui susurra des mots tendres, le caressa, l'embrassa. Puis, remis de sa stupeur, il fut pris du désir violent de la posséder et Léonore subit un véritable assaut de soldat en rut auquel Pierre ne l'avait pas habituée. Lui, si délicat, si prévenant, si attentionné au plaisir que prenait sa compagne ! Ils durent recommencer une fois, deux fois, trois fois avant qu'il ne retrouve le raffinement de ses gestes. Ils devaient cette nuit-là oublier la gravité de ce qui les attendait. Pierre reconquérait ses amours de jeunesse et Léonore ses espoirs d'adolescente.

Repus, ils s'endormirent juste quand Martin arriva.

Martin avait pourtant compris depuis longtemps. Un jour qu'il était sorti avec Léonore et qu'il conduisait l'attelage de Thomassaint, il l'avait retrouvée courbée sur le bas du chemin où les chevaux étaient arrêtés. Dans un élan généreux il s'était précipité afin de lui venir en aide.

— Laisse-moi, avait jeté sa sœur en s'essuyant la bouche. Dans quelques secondes, il n'y paraîtra plus.

— Mais qu'as-tu, Léonore ? Es-tu malade ? Veux-tu

que j'aille chercher un médecin ? avait-il répliqué sans comprendre.

Mais Léonore s'était vivement redressée, juste pâle, un air de lassitude sur le visage.

— Ce n'est rien, Martin. Rentrons.

Ah ! comme elle avait eu envie, à ce moment-là, de dire à son frère : « Tu vois, la famille de maître Thomassaint va s'agrandir. » Et si Pierre avait été là, il aurait pu ajouter : « Celle de maître Coëtivy aussi. » Mais ces mots-là ne sortirent pas de sa bouche, et Pierre n'était pas là.

Un doute avait subsisté dans l'esprit du jeune homme, mais il n'avait parlé de rien. Peut-être avait-il craint, en étant trop bavard, de faire annuler le voyage.

Le soir suivant, il fut tenu au courant. Il ne fit aucune réflexion et ne rentra qu'à l'aube. Toute la nuit, Léonore s'accrocha désespérément à Pierre comme si, par cette naissance inattendue, elle devait le perdre bientôt.

À partir de ce jour, Martin prit soin de ménager leur intimité. Alors, il détachait un cheval et partait à la recherche de paysages nouveaux, de gens qu'il ne connaissait pas, de situations inattendues. Il semblait découvrir la vie, développer ses enthousiasmes au hasard de ses promenades, et tirer parti des propos qu'il recueillait çà et là, ceux des commerçants, des aubergistes, des hommes d'armes, des prélats, autant d'hommes qu'il rencontrait, autant d'avis qu'il se forgeait.

Voyant que Pierre et Léonore s'adonnaient à des tendresses réciproques, Martin se sentait rassuré. D'ailleurs, en accord avec sa sœur, Pierre décida de lui faire confiance et de lui laisser une autonomie plus grande en payant une chambre pour lui seul, ce qui lui octroyait de grandes libertés dont il ne refusa certes pas les avantages.

Puis les amants décidèrent de séjourner à Tournai. Une sorte de voyage de noces, disait Léonore en riant. Tout aurait pu être merveilleux si, quelque temps plus tard, les complications n'avaient pas commencé à leur arrivée à Lille. À peine furent-ils entrés dans la ville que le bruit courut qu'une épidémie arrivait de l'est. On disait que la ville de Reims était fermée à tout voyageur. Il fallait se dépêcher de descendre sur Amiens, Beauvais et entrer dans Paris qui n'était pas touché. Là, Pierre pourrait rejoindre son habitation rue Saint-Jacques et s'y enfermer avec Léonore et Martin jusqu'à la fin de l'épidémie.

À Beauvais, ils furent bloqués plusieurs semaines. Mais, la peste – car c'était bien elle – n'étant pas encore déclarée dans la ville, ils purent enfin s'acheminer vers Paris. Le trajet ne s'effectua pas sans difficultés. Les routes grouillaient de voyageurs et de marchands que les prévôts des villes faisaient refluer, de colporteurs suspects, de paysans empêchés de rejoindre leurs maisons. Tout cet enchevêtrement de population engendrait un désordre indescriptible.

Aux portes de Paris, tout se compliqua et Pierre comprit, hélas trop tard, que justement ce n'était pas dans la capitale qu'il aurait fallu s'arrêter. La peste y était installée de façon sournoise, venant non pas de l'est de la France comme tout semblait l'indiquer, mais du sud-est, c'est-à-dire Troyes, Chaumont, Auxerre, et elle menaçait la Normandie et le Val de Loire.

Paris fut fermé à toute circulation et les denrées cessèrent d'arriver. Chevaux et attelages étaient impérativement retenus aux portes de la ville. Pierre n'avait plus qu'une idée en tête, rejoindre sa maison. À présent, il en était si proche. Mais, comme tous ceux qui attendaient à la porte Saint-Martin, bloqués autant par la crainte que par les ordres placardés sur les murs, il n'obtint pas gain de cause.

Des soldats refoulaient les arrivants en pointant leur hallebarde sur eux. Les plus récalcitrants se voyaient chassés en quelques secondes. Restait la possibilité pour ceux qui en avaient les moyens de se terrer quelque temps dans une auberge non loin de la capitale en attendant, hélas, on ne savait trop quoi.

Au bout de quelques jours courut le bruit qu'un bureau de santé venait de s'ouvrir à la porte Saint-Martin, juste à côté de l'église dont on apercevait le grand porche et le chevet tout en haut de la dune sur laquelle Pierre avait campé son attelage. Il fallait aller s'y inscrire après être passé devant une commission qui décrétait le bon état de santé du postulant. À défaut, on refoulait les voyageurs loin dans la campagne. Les vagabonds, même s'ils ne portaient aucun symptôme, étaient écartés d'office et il se trouvait toujours des gens mal intentionnés ou simplement paniqués pour leur asséner des coups de bâton ou leur jeter des pierres s'ils ne décampaient pas au plus vite.

Quand Pierre, Léonore et Martin se présentèrent devant le préposé du bureau de santé, il les observa, les questionna, hochant la tête à chaque réponse que lui faisait le maître Coëtivy, qui fit largement état de sa position d'artiste renommé.

L'homme se tourna vers Léonore.

— Votre nom, fit-il d'un ton bref.

— Léonore de La Baume, et voici mon jeune frère Martin.

Pierre intervint aussitôt.

— Ils ont été remis entre mes mains par mon ami maître Thomassaint Cassex, haut lissier de Bruges, leur père. Nous allons à Tours où l'un de mes ateliers leur est ouvert.

L'homme porta son regard sur la silhouette de Léonore.

— Vous êtes enceinte ?

— Oui.

— Et votre époux ?

— Je suis veuve.

L'homme n'insista pas. Il appela le médecin qui devait les examiner. Il passa peu de temps avec Pierre et Martin, mais, quand ce fut le tour de Léonore, il s'attarda davantage, multipliant les questions pour déceler la maladie. La jeune femme, avertie du danger, ne tomba pas dans le piège et, loin de s'en inquiéter, son regard confiant plongé dans celui de Pierre affichait une joie de vivre totale tandis qu'elle s'efforçait de ne point trop attirer l'attention sur son cas.

Le praticien, dont le travail n'était que d'examiner le cou, l'aine, l'aisselle, les yeux, la gorge, ne trouva rien à redire et, quand l'opération fut terminée, il apposa le sceau d'admission sur un papier qu'il tendit à Pierre d'un air las et préoccupé.

XVI

Munis d'un document qui les préservait de toute arrestation, ils purent passer la porte Saint-Martin et pénétrer dans Paris, mais à peine avaient-ils longé la première rue qu'une poignée de soldats réquisitionna leurs chevaux en décrétant que tous les animaux étaient porteurs du germe de la peste et qu'il fallait les abattre.

À cette idée, Martin sentit les larmes lui monter aux yeux. Mais rien n'y fit et il fallut sacrifier les bêtes. Pierre dut abandonner la voiture qui ne servait plus et, si Léonore n'avait ressenti certains symptômes dus à son état, la maison de Coëtivy les eût accueillis.

Quand Léonore eut fait quelques lieues courbée, soutenue par ses compagnons, elle dut s'allonger, prise de contractions qui n'annonçaient rien de bon. Il fallait trouver d'urgence une auberge qui les acceptât.

Ils s'arrêtèrent près de l'enseigne « Les Deux Couronnes », à l'angle d'une place, non loin de l'église de la porte Saint-Martin. Tout était fermé, mais aucune marque peinte sur les volets de bois n'indiquait de contamination. Pierre frappa. En vain Martin y alla de son poing fermé contre les montants de bois de la grande porte d'entrée.

— Regardez, cria Léonore.

Pierre et Martin levèrent les yeux vers l'une des lucarnes élevées que les habitants de l'auberge n'avaient pas obstruée et aperçurent un visage dissimulé derrière les carreaux. Ils tambourinèrent sur la porte jusqu'à ce qu'une voix s'élevât à l'intérieur.

— Personne ne pénétrera chez moi. Allez-vous-en.

Pierre sentit la colère l'étouffer.

— Une femme enceinte va bientôt accoucher !

La réponse cingla, cruelle.

— Allez-vous-en. Une femme enceinte ne peut que porter malheur parmi ceux qui sont en bonne santé. Moi, je le suis et je tiens à le rester.

— Je peux vous donner beaucoup d'argent, insista Pierre.

Cette fois, l'aubergiste ne répondit pas. Maître Coëtivy, voyant la souffrance défigurer Léonore, poursuivit, en maîtrisant son irritation :

— Nous sommes tous les trois porteurs d'un bulletin de santé. Vous ne craignez rien.

Enfin, ils entendirent le loquet de la porte et le visage de l'aubergiste apparut entre les deux battants.

— Laissez-nous entrer, dit encore Pierre. Vous ne le regretterez pas.

Il porta la main à sa ceinture et montra sa bourse pleine, un air faussement poli sur le visage. De fait, il avait envie de pousser rageusement la porte d'un coup de pied brutal.

Quand ils pénétrèrent à l'intérieur de l'auberge, ils virent à la mine de l'hôtelier que la partie était loin d'être gagnée. Pierre et Martin déposèrent doucement Léonore à même le sol et, cherchant un coussin pour lui caler la tête, ils ne trouvèrent qu'une pelisse en laine épaisse accrochée à l'un des murs. Pierre la saisit et la posa sous la tête de la jeune femme dont les contractions semblaient s'être apaisées.

— Voici notre bulletin de santé, jeta-t-il en tendant

les documents à l'homme dont le front buté affichait encore la mauvaise grâce.

Il les regarda, les tourna entre ses doigts tout en pinçant ses lèvres charnues, les observa encore et, remarquant que la date apposée par le bureau de santé était toute récente, les lui rendit en haussant les épaules.

C'était un homme corpulent, d'environ quarante ans, les cheveux blonds et rares, avec une barbe de plusieurs jours et des yeux bleus marqués par l'abattement et la crainte de ce terrible fléau qui, sous des formes diverses, frappait régulièrement. Parfois ce n'était qu'une alerte qui fuyait très vite vers d'autres horizons, parfois, c'était l'enfer qui ensevelissait en quelques jours des milliers de victimes.

Comment allait se présenter cette épidémie-là ? Elle commençait bien mal si l'on en croyait la mine fermée de l'aubergiste et l'atmosphère sinistre que la tristesse des murs, le silence des pièces avoisinantes rendaient plus menaçante encore.

Pierre sentit qu'il était temps de monnayer leur séjour.

— Je vous paie le double du prix, juste pour une petite chambre.

Il savait que toutes les auberges, en cas de forte épidémie, fermaient leurs portes et que nul ne pouvait y entrer, du moins après la déclaration de peste. Le grand atout des hôteliers résidait dans les réserves alimentaires qu'ils détenaient alors que, partout dans la ville, la faim subsistait puisque rien n'y arrivait plus.

L'aubergiste hésita. S'il y avait quelque chose qui flambait encore dans ses yeux, c'était bien la peur. Il tourna la tête de droite à gauche. Allait-il réitérer son refus et les jeter dehors après tant de difficultés ?

— Le triple, lança Coëtivy.

Élevant sa bourse à hauteur de sa tête, il fit tinter les pièces qui en alourdissaient les fines parois de cuir fauve. Les yeux de l'homme semblaient s'être apaisés, mais la crainte s'y lisait encore. Il ne disait toujours rien.

— Je quadruple, fit Pierre.

Puis, il jeta sa bourse sur le comptoir.

— Et nous resterons le temps qu'il faudra, ajouta-t-il d'un ton péremptoire. Cette escarcelle contient plus de pièces qu'il n'en faut pour voir filer cette maudite peste. Où se trouve la chambre que vous allez nous donner ?

— Au premier étage, celle du fond en tournant sur le corridor de gauche.

— N'avez-vous plus de servantes ?

— Elles sont toutes parties et, dans leur précipitation, elles n'ont même pas réclamé leurs gages.

Martin et Léonore frémirent.

— Qui reste-t-il ?

— Un vieux palefrenier qui ne quitte pas les écuries et mon épouse qui tremble, enfermée dans sa chambre.

Les jours suivants, la capitale annonça, à coups de tambour sinistres et d'affiches placardées sur tous les murs, que plus personne ne devait sortir sous peine d'être arrêté et mené en des lieux qui enfermaient tous les pestiférés. Des ordonnances du prévôt de Paris interdisaient de circuler, commandaient de déposer les morts devant les portes. Une énorme croix rouge était peinte sur chaque maison abritant des malades.

Sur les places et dans les plus grandes rues, des trompettes annoncèrent la sévérité des décrets. Des hommes enveloppés jusqu'au nez dans de grandes capes pour ne pas respirer les miasmes de la peste parcouraient la ville à pied et observaient, avec une attention aiguisée par la crainte, les alentours. Dès qu'un bruit menaçait leurs oreilles, dès qu'une ombre remuait devant leurs yeux, ils s'acharnaient sur le fauteur de délit qui risquait de mettre leur propre vie en jeu.

La ville entière était partie en guerre contre les manquements aux règles d'hygiène. On brûlait tout ce qui risquait de propager l'insalubrité de la ville, les étals des tripiers et des bouchers demeurés en l'état devant leurs portes, les peaux de bêtes qui séchaient encore à l'extérieur, les fumiers des ânes et des chevaux et les déchets des marchés.

Comme il n'y avait plus de communication entre les différents points de la capitale, on ne savait comment les choses se passaient ailleurs. Le meilleur moyen de ne pas répandre l'épidémie était de rester calfeutré chez soi, mais ceux qui n'avaient pas de nourriture en réserve mouraient de faim. On entendait tout d'abord crier dans les maisons, puis, quand les forces humaines commençaient à manquer, un silence de mort planait.

On savait aussi – et c'est pourquoi les hommes de surveillance redoublaient leurs efforts – que, la nuit, bien des portes s'entrouvraient pour laisser passer une silhouette emmitouflée des pieds à la tête en quête d'un bout de gras ou de pain à se mettre sous la dent. L'approvisionnement de la population relevait des bureaux de santé campés aux portes des villes. Mais quand la peste dévastait tout et qu'il n'y avait plus de sortie possible dans les rues, ils devenaient inutiles et c'est à ce moment-là que sortaient les plus affamés.

Un matin Léonore sentit une crispation anormale lui tordre le ventre. Pourtant, en comptant, les mois de sa grossesse n'atteignaient pas le chiffre neuf. Il y avait encore un mois infernal à subir et chaque jour elle sentait ses forces l'abandonner. Pour ne pas rester prostrée dans la soupente que leur avait octroyée l'aubergiste, elle était sortie plusieurs fois se promener dans le couloir qui menait à l'escalier du rez-de-chaussée.

Martin passait presque toute la journée dans l'écurie où il s'était fait un ami du vieux palefrenier. Il n'en disait rien à l'aubergiste, qui les aurait aussitôt jetés dehors.

La contraction suivante la prit en pleine nuit. Pierre descendit et ne trouva pas l'aubergiste. Remontant précipitamment à l'étage, il se mit à frapper comme un fou sur toutes les portes pour savoir où il s'enfermait. Bientôt, la tête de l'homme apparut et Coëtivy poussa si fort la porte derrière laquelle il se trouvait qu'il le fit basculer. La pièce où il entra était vaste et confortable. Une grande cheminée au manteau de pierre blanche venait occuper presque tout un mur. Un mobilier de luxe, des coffres à serrures de bronze, des chaises et des fauteuils capitonnés, une table aux pattes tournées et un bureau sculpté où l'hôtelier devait faire ses comptes complétaient le cadre.

À l'idée du triste réduit qu'il leur avait laissé pour une vraie fortune, Pierre bouillait de rage. En pénétrant plus à l'intérieur, il vit une femme allongée sur le lit. Elle fut effrayée quand elle l'aperçut et rabattit sur son visage la couverture qui se trouvait sur elle.

— Que faites-vous ? cria l'aubergiste en tentant de le repousser. Êtes-vous fou ? Continuez ainsi et je vous jette dehors.

Pierre sentit monter en lui une envie meurtrière qu'il ne pouvait plus maîtriser. Il se rua sur lui et l'empoigna au collet.

— Ouvrez-nous la porte d'une chambre spacieuse comme celle-ci, au lieu de nous laisser dans cet infect galetas sous prétexte qu'il est à l'écart des autres pièces et qu'il vous préserve de la maladie. Je vous ai payé pour cela. Vous savez très bien que nous ne sommes pas contaminés.

— C'est vous qui le dites, murmura l'aubergiste, qui commençait à étouffer sous la forte poigne de Coëtivy.

— Si nous l'étions, il y a longtemps que les germes de la peste se promèneraient dans votre auberge et que l'un de nous aurait été atteint. Alors un réduit ou une vaste pièce, un étage ou un autre, qu'importe.

Ayant coincé l'aubergiste contre le mur et glissé les mains autour de sa gorge, Pierre ne le lâchait plus, bien décidé à serrer davantage s'il persévérait dans son refus. Quand il vit que l'homme bougeait imperceptiblement la tête en esquissant un faible signe affirmatif, il le lâcha. L'aubergiste courut à son bureau, empoigna un trousseau de clés et, de loin, le lança aux pieds de Pierre. Celui-ci se baissa pour le saisir et à ce moment l'aubergiste se rua sur lui, pointant sur sa poitrine un long couteau effilé à manche de bois. L'arme devait être soigneusement cachée à côté des clés.

— Si vous ne partez pas tout de suite, je vous troue le ventre ! vociféra-t-il.

Le buste dressé, sa femme avait un visage de déterrée, des yeux fous et hagards. Ni coiffée, ni habillée, elle portait de tristes dentelles qui sortaient de sa chemise.

— Tue-le, tue-le ! cria-t-elle à son tour.

Pierre vit l'œil rouge et enflammé de l'aubergiste quand il voulut saisir le trousseau de clés, toujours à terre. La pointe de l'arme effleurait sa poitrine. Elle perçait presque l'étoffe de son justaucorps. Pierre capitula, car il sentait l'homme capable d'aller au bout de son geste, tout comme lui-même avait été sur le point de l'étrangler tout à l'heure.

Au bout de quelques jours, voyant Léonore s'affaiblir, Pierre n'y tint plus. Il devait trouver le moyen de rejoindre sa maison par des rues qui n'étaient pas surveillées. Dès qu'il aurait repéré un itinéraire non bloqué par les soldats et les hommes de guet, il reviendrait chercher Martin et Léonore.

Martin l'aida à sortir de l'auberge. Le vieux palefrenier, qui ne quittait toujours pas l'écurie, lui avait remis une clé qui ouvrait l'une des portes de l'extérieur à l'arrière de l'auberge que l'hôtelier n'empruntait presque jamais.

Emmitouflé dans la grande pelisse qui avait servi d'oreiller à Léonore, Pierre fut tout d'abord anéanti par la désolation qui régnait dans Paris, puis saisi par l'odeur pestilentielle qui se dégageait. On ne remarquait plus que les portes barrées d'une immense croix peinte en rouge. Il comprit la raison de ces infects remugles quand il vit devant les portes les corps étendus, morts, affreusement défigurés par les bubons qui suppuraient encore.

Il rasait les murs et s'écrasait contre la paroi des maisons, dès qu'il apercevait une patrouille de soldats qui, le nez bandé d'une étoffe pour ne pas respirer l'air vicié, arpentaient le quartier qui leur était assigné.

Contre combien de portes marquées d'une croix mortelle s'était-il collé et combien de corps affreusement puants avait-il heurtés ? Il n'aurait su le dire. Une sonnette l'avertissait quand passait la personne chargée de récupérer les morts déposés devant les portes des maisons. De temps à autre, il entendait une fenêtre s'ouvrir et voyait deux ou quatre mains précipiter un cadavre dans le vide, qui tombait et venait s'écraser dans un bruit sec et lourd sur le pavé de la rue.

Certaines victimes étaient jetées vêtues de leurs habits de nuit, l'épouvante et la folie gravées sur leurs visages émaciés. Le personnel chargé de les ramasser les transportait dans des charrettes qui étaient ensuite regroupées et envoyées à l'extérieur de la capitale. Tandis que les corps étaient balancés sans pitié dans des fosses emplies de chaux vive, les pauvres âmes n'avaient plus qu'à s'envoler vers un meilleur au-delà, même si elles étaient destinées à l'enfer puisque parties sans les secours de l'Église.

Ayant pu contourner l'église de la porte Saint-Martin sans se faire remarquer, Pierre s'apprêta à suivre l'avenue qui menait au centre de la capitale. Mais il entendit crisser les roues d'une charrette qui transportait les dépouilles des pestiférés et se rabattit violemment contre un mur en pensant qu'il n'avait pas choisi le meilleur chemin. Il lui fallait bifurquer sur sa gauche, emprunter une ruelle et poursuivre ainsi, de venelle en venelle, pour déboucher sur une autre avenue qui le rapprocherait du centre.

Tassé contre le mur, tapi dans un recoin qui, avant la déclaration d'épidémie, devait servir d'étal, car il se trouvait devant la boutique fermée d'un savetier, Pierre attendit le cœur battant que le chariot passe. S'il était repéré, saisi, embarqué avec les autres, il ne donnait pas cher de sa peau. Il le savait d'autant plus qu'il entendait parfois un cri rauque s'échapper du triste convoi, indiquant vraisemblablement qu'un vivant était enfoui parmi les morts, abandonné à son sort cruel.

Immobile, encastré dans le creux de l'étal du savetier, emmitouflé dans sa pelisse, Pierre sentit soudain un frôlement le long de sa jambe. Il faillit crier mais se retint de justesse. Quand il bougea le pied, une ombre surgit à ras du sol et fila en sens opposé de la charrette. C'était un chat ou un rat qui décampait à toute vitesse.

Les animaux vagabonds étaient saisis et abattus aussitôt, accusés de transporter les miasmes de la maladie. D'ailleurs, il n'y avait plus de chevaux dans les écuries, plus de coqs et de poules dans les basses-cours et moins encore de chats et de chiens que leurs maîtres avaient probablement mangés depuis longtemps.

Quand le chariot fut passé, Pierre soupira. Une sueur abondante qu'il n'essuyait même pas coulait sur son front. Ses mains se trouvaient en sécurité enfouies sous sa pelisse qui préservait également son nez, sa gorge et tout ce qu'il pouvait cacher de lui-même.

Pendant plus de six heures, Pierre frôla les murs des venelles, se hasardant parfois à l'angle de deux avenues pour s'orienter. Quand il vit le bout du pont Notre-Dame, il sut que l'itinéraire dont il avait calculé chaque pas était le bon puisqu'il n'avait rencontré qu'une charrette. Aucun homme de surveillance ne l'avait interpellé et, s'il reprenait ce chemin avec Léonore et Martin, ils avaient quelque chance d'aboutir dans sa maison de la rue Saint-Jacques.

Hélas, le sort en avait décidé autrement et, tandis qu'il s'apprêtait à rebrousser chemin, il entendit hurler derrière lui et sentit son dos se glacer. Deux lourdes mains le saisirent aux épaules. Un choc violent le jeta contre un amas de corps mous et nauséabonds et il se retrouva captif de la mort.

La sonnette du chariot qu'il entendit vaguement avant de sombrer dans l'inconscience tinta comme le bruit d'un squelette dont les articulations se déboîtent.

Martin poussa un cri quand il vit le bubon enfler à l'aine du vieux palefrenier qui respirait bruyamment et délirait. Le visage du vieil homme enflait à vue d'œil et avait pris une couleur cadavérique, découvrant un masque affreux aux yeux rouges. Dans l'inconscience de ses gestes il cherchait à se découvrir tant la fièvre l'envahissait. Il se mit bientôt à hurler et, ne reconnaissant plus Martin, l'invectiva de mille injures. La plaie que le vieil homme découvrait en se dénudant prenait une forme oblongue, resserrée aux extrémités. Elle suintait et commençait à dégager une odeur nauséabonde qui fit reculer le jeune homme.

Martin était conscient qu'il devait fuir le malheureux vieillard perdu d'avance. Et pourtant quelque chose le clouait sur place et, terrifié, il n'arrivait pas à détacher son regard du visage méconnaissable de son vieil ami. La pensée de Léonore seule et affaiblie dans la soupente le fit réagir.

Alors, il recula, observa une dernière fois le vieil homme en train de mourir et s'enfuit sans plus se retourner.

Son cœur battait à tout rompre. L'auberge était désormais contaminée et il fallait fuir au plus vite. Même si les murs de l'écurie étaient un peu éloignés, des ouvertures intérieures communiquaient et les pierres souvent disjointes offraient tous les risques d'une contamination rapide.

Quand il entra dans le réduit, Léonore dormait. Elle semblait détendue et il regretta de l'éveiller. Mais il ne fallait perdre aucune minute. Martin la secoua doucement et elle s'éveilla tout de suite.

— Nous devons partir, Léonore, le vieux palefrenier va contaminer toute l'auberge.

— Est-il malade ? souffla la jeune femme en se frottant les yeux.

— Pire ! il est peut-être mort à cet instant. Je t'en prie, il ne faut plus tarder.

Léonore se frotta de nouveau les yeux. Cette fois, elle se sentait réveillée, mais elle était si lasse et si grosse ! Comment allait-elle avancer ?

— Je peux te soutenir, insista Martin en aidant déjà sa sœur à se soulever.

— Mais, Pierre !

— C'est impossible, on ne peut plus l'attendre.

Léonore soupira. Quel cauchemar ! Elle était si heureuse d'être enfin une mère responsable ! L'atelier de Tours fonctionnant sous la direction d'un haut lissier ! Son jeune frère si gracieux et si prévenant à son côté ! Et Pierre ! Oui ! Pierre l'artiste, le voyageur, Pierre souvent parti, mais qu'un enfant obligerait sans cesse à revenir.

Martin soutenait sa sœur, qui marchait avec difficulté.

— Il y a une église tout près d'ici, il faut s'y rendre, dit-elle, convaincue. Dieu ne peut pas nous fermer ses portes.

— Tu as raison. Nous n'avons peut-être pas besoin d'aller bien loin pour être hébergés.

À l'extérieur, une odeur infecte, irrespirable, venant de l'écurie, se propageait et empestait la cour entière. Bientôt, l'aubergiste et sa femme allaient, eux aussi, inhaler cette pestilence qui ne pouvait pas les épargner. Léonore eut un haut-le-cœur, soutint son ventre, se courba et se mit à vomir.

Quand la jeune femme reprit son souffle, elle tituba, toussa, puis, soutenant toujours son ventre d'une main, elle essuya sa bouche de l'autre en essayant de comprimer les nausées qui la menaçaient à nouveau.

— Vite, sortons d'ici.

Martin tira sa sœur par le bras et l'obligea à marcher

plus vite pour échapper à cette terrible pesanteur. Mais leur internement forcé dans cette auberge les avait tenus écartés des réalités. Depuis combien de jours n'étaient-ils pas sortis ? Ils s'aperçurent rapidement que, dans les rues, la même odeur les prenait à la gorge.

Ils furent effarés devant les portes barrées de ces immenses croix sanguinolentes, les corps jetés à terre, le silence de mort, l'espoir perdu, l'atmosphère empuantie par une gigantesque peur qui prenait chacun à la gorge. Et Martin fut plus affolé encore de sentir sa sœur peser tout contre lui, ses jambes la portant à peine.

Il leva les yeux et aperçut le chevet de l'église. Elle était proche, très proche, mais encore fallait-il l'atteindre avant qu'un obstacle ne vînt leur barrer la route. Il pria le ciel qu'il leur accordât cette faveur. Les minutes passaient. Ils avançaient à pas lents, s'arrêtant chaque fois que Léonore ne pouvait plus respirer. Martin craignait qu'elle ne tombât dans le coma avant qu'ils atteignent l'église.

Ce n'étaient plus les minutes qu'il fallait compter, c'étaient les heures. De pas en pas, Martin prenait peur. Devait-il aller chercher du renfort et laisser là sa sœur, gisante et à demi prostrée, tenant son ventre en attendant les prochaines contractions ? Mais quel renfort pouvait-il rapporter ? Personne ne hantait les rues. Il pensa que ce n'était certainement pas la meilleure solution et poursuivit le soutien physique et moral qu'il apportait à Léonore.

— Regarde ! Il n'y a plus que quelques pas à faire. Courage, Léonore. Nous y sommes. Tu as tenu le coup. Tu peux encore marcher jusqu'au seuil de l'église.

Léonore lança un pauvre sourire à son frère et hocha la tête. Oui, elle ferait cet effort, pour son frère, pour son enfant, pour Pierre qu'elle allait sans doute revoir dans quelques heures, ou dans quelques jours !

Ils arrivèrent enfin devant le grand porche. Mais celui-ci était hermétiquement fermé. Comment entrer ? Martin frappa si fort qu'il s'écorcha les phalanges sur les sculptures en colonnades qui ornaient la façade.

— Cette fois, dit-il à Léonore, personne ne viendra te chercher là. Attends-moi, je vais faire le tour de l'église. Peut-être y a-t-il une autre porte plus accessible.

Après s'être assuré qu'elle était confortablement installée sur le sol dur, le dos calé contre la porte de l'église, il s'en fut à grandes enjambées inspecter les environs. Mais à peine avait-il disparu aux yeux de Léonore que celle-ci se laissa glisser pour s'allonger complètement. Ses yeux se fermèrent presque inconsciemment, elle était à la limite de l'évanouissement.

Martin frappa aux portes de l'église. Elles étaient toutes fermées. Il ne réussissait qu'à s'écorcher les mains. Il eut une forte envie de hurler, mais l'aubergiste n'avait-il pas révélé avec un accent de vérité, le jour de leur arrivée, qu'en criant ils ne feraient qu'alerter les soldats et les hommes de surveillance ?

Et pourtant il avait tant envie de faire savoir qu'il était là, attendant qu'on lui ouvre les portes de la maison de Dieu ! Si ces portes-là restaient fermées, lesquelles pourraient alors s'entrouvrir ? Las, démoralisé par tant d'échecs, par tant d'incompréhension, il se laissa tomber sur le sol et se prit le visage entre les mains. Que pouvait-il faire à présent ? Il ne savait même pas ce qui arriverait à Léonore.

Comment un enfant pouvait-il venir au monde ? Un jour, il avait entendu d'étranges propos de la bouche même de Mariette, la vieille servante de Thomassaint qui l'avait élevé après la mort de sa mère. Elle avait dit qu'il fallait couper un cordon pour que l'enfant vive et qu'il fallait le mettre la tête en bas jusqu'à ce qu'il pousse son premier cri. Jamais Léonore n'aurait la force de faire ce geste, pas plus que lui n'en aurait la compétence.

Abattu, perdu dans ses pensées, les larmes brûlant ses yeux, il sentit qu'on lui touchait l'épaule. Il redressa la tête comme si un scorpion venait de le piquer. Tous ses esprits soudain en éveil et ses tristes idées rejetées bien loin de lui, il fixa l'homme qui se tenait devant lui.

C'était un moine, grand, brun, les yeux de braise, les pommettes saillantes, le front haut, l'allure dégagée. La stupéfaction s'inscrivit sur son visage en même temps que celle qui passait dans les yeux de Martin. Ils se regardaient tous les deux, figés, presque ahuris.

Et ce fut Martin qui s'exclama le premier :

— Jean !

— Toi ! Martin ? Que fais-tu là ?

Au bout d'un long instant, Martin se recula et observa le visage de Jean.

— Léonore nous a dit que tu étais mort.

— Léonore ! murmura Jean, le teint soudainement décomposé, Léonore est en vie !

Il se passa la main sur le front. De la sueur froide y perlait. Mais Martin, qui se reprenait déjà, lui prit le bras et l'entraîna.

— Viens vite ! Léonore est très mal.

À ces mots, le chanoine Jean se précipita sur les pas de Martin. Quand ils arrivèrent devant le grand porche de l'église, il poussa un gémissement en apercevant la jeune femme étendue sur le sol. Le visage exsangue, il eut un recul. Allait-il retomber dans les affres du péché ? Il rougit, eut honte de telles pensées. Comme si Léonore, dans l'instant présent, avait besoin d'autre chose que d'être sérieusement secourue !

— Elle attend un bébé.

Cette fois, Jean resta pétrifié. Sa réaction ne put échapper aux yeux de Martin, qui n'en comprit pas le motif.

— Qui est le père ? ânonna Jean, les mâchoires contractées, le visage plus pâle encore.

— C'est Pierre de Coëtivy. Un peintre lissier comme mon père. Il est très renommé et son travail est reconnu dans les Flandres entières.

— Pierre de Coëtivy ! Oui, je connais ce nom-là.

Ainsi Léonore qui le croyait mort avait survécu, quitté la France, aimé quelqu'un d'autre. Oh ! pourquoi le Dieu qu'il avait adopté à la place d'Allah, le dieu du sultan turc son père, pourquoi ce Dieu des chrétiens à qui il vouait sa vie depuis sa petite enfance n'avait-Il pas permis que cet enfant-là soit de lui ? Pourquoi fallait-il qu'Il remette Léonore sur sa route alors qu'il s'était promis de l'oublier ?

La jeune femme était inanimée. Comme un automate, il la souleva de terre et la prit dans ses bras.

— Suis-moi, dit-il à Martin. Nous allons entrer dans l'église par une porte que je suis le seul à connaître avec les autres prélats.

Qui eût dit, de l'extérieur, que l'église grouillait de monde ? Martin n'en revenait pas. Jean leur fit traverser la nef, l'abside, le chœur en direction d'une petite chapelle ardente qui se trouvait lovée sur le côté entre deux statues, l'une de saint Martin, l'autre de saint François d'Assise.

— Il n'y a personne pour l'instant. Cet emplacement est en principe prévu pour ceux qui sont en voie de départ. Nous les raccompagnons chez eux afin qu'ils ne soient pas appréhendés par les soldats ou les hommes de surveillance. Ils ont reçu l'ordre du prévôt de Paris de nous laisser passer sans nous questionner et sans nous faire barrage. Ils nous précèdent juste pour être certains que là où nous allons il n'y a pas de croix sur les portes.

Puis, avisant la pâleur de la jeune femme, il s'enquit :

— A-t-elle faim ?

Martin acquiesça d'un grand signe de tête.

— Suis le bas-côté de l'église jusqu'à l'arrière de la nef et prends le transept gauche. Avant de traverser le chœur, tu trouveras un groupe de religieuses. Elles distribuent des bols de bouillon. Prends-en un toi-même. Tu en as grand besoin.

Quand il fut seul avec Léonore, il nota son inconscience qui trahissait presque toujours une phase avancée de la peste. La voir ainsi l'inquiétait si fort qu'il préféra se rendre compte lui-même des éventuelles possibilités de contamination.

Au premier abord, Léonore avait le visage plutôt exsangue et non bouffi. Mais la peste se cachait souvent dans l'un des replis des aisselles ou de l'aine. Il dut écarter le corsage, la chemise et aperçut sa gorge blanche intacte. La vue de ce corps qu'il avait si souvent caressé et embrassé le fit frémir.

Il souleva la jupe de lainage qu'elle avait portée durant presque tout son voyage. Ses cuisses, ses jambes lui rappelèrent tant de souvenirs qu'il crut défaillir. Les aisselles ne révélaient aucune trace de la peste, plus bas, l'aine n'en présentait pas davantage.

Il caressa doucement le ventre énorme et tendu qui s'offrait à ses yeux. Qu'avait donc fait Léonore après avoir cru à la mort du moine Jean de Villiers ? L'avait-elle oublié si vite ?

Lorsqu'il fut certain qu'elle n'avait pas la peste, toute son inquiétude s'envola. Il la remettrait entre les mains des religieuses du couvent des Ursulines. Elle y serait soignée, accoucherait bien entourée et il pourrait même prendre de ses nouvelles aussi souvent qu'il le désirerait.

Martin revint avec une religieuse qui tenait un bol de bouillon fumant entre les mains. Sa grande cornette encadrait un visage grave. Ses lèvres minces devaient rarement sourire, mais une grande bonté s'affichait dans son regard.

— La maternité a beaucoup affaibli cette femme, jeta-t-elle en observant le battement de son pouls. Mais je dois vérifier l'état de son corps. Écartez-vous un instant tous les deux, je vais la dévêtir pour l'examiner afin de m'assurer qu'elle n'est pas en état de contamination.

— Oh ! fit Jean dont la rougeur du visage se remarquait à peine, je ne crois pas qu'elle soit malade, en dehors de sa grande faiblesse. Car son visage et ses mains sont intacts. Et son anémie est beaucoup plus inquiétante que sa fièvre.

Martin et Jean s'écartèrent et la religieuse inspecta le corps minutieusement, jusqu'à ce qu'elle fût convaincue qu'aucune lésion ne l'avait atteinte.

Jean la veilla toute la nuit et Martin plongea dans un sommeil qui ne prit fin que tard le lendemain. La minuscule chapelle était composée d'un autel où la religieuse, en partant, avait déposé des linges propres, de la soupe froide, un peu de pain et de fromage. Chaises et prie-Dieu avaient été enlevés pour libérer de la place.

Éclairé par quelques chandelles placées aux quatre coins de la chapelle, le visage de saint Martin semblait sourire à Jean et lui assurer que la sainte odeur de l'église devait contribuer au rétablissement de Léonore.

La journée se passa pourtant dans la même inquiétude, car la jeune femme ne reprenait toujours pas ses esprits et ce n'est que la nuit suivante, toujours veillée par Jean, qui lui tenait la main, qu'elle ouvrit les yeux.

Elle gémit, porta la main à son ventre et cilla plusieurs fois avant de tourner lentement la tête. Avant d'apercevoir Jean à son côté ou plutôt de le reconnaître, elle fut prise d'une violente contraction qui l'empêcha de discerner son entourage. Elle cria, referma les yeux, le visage crispé. Jean prit peur. Martin se réveilla et courut chercher la religieuse qui s'était occupée d'elle.

— C'est ennuyeux, fit-elle, elle retombe dans le coma alors que la contraction devrait la tenir éveillée. Il faut la transporter d'urgence au couvent des Ursulines. Vous y avez vos entrées, abbé Jean. Elle y sera mieux soignée qu'ici, où nous ne sommes équipés que pour l'hébergement.

Jean, Martin et Léonore, qui avait replongé dans l'inconscience, grimpèrent le jour suivant dans un chariot conduit par un petit moine à l'allure vive et alerte qui menait ses chevaux de main de maître. Un visage au nez un peu insolent, mais la mine goguenarde, le regard qui, en d'autres temps, eût été malicieux, la main leste, la taille courte mais flexible, il tenait les rênes de l'attelage en excitant de la voix ses deux canassons qui n'avaient peut-être pas un sang pur dans les veines, mais qui tenaient vaillamment la route.

À peine avaient-ils fait le quart du chemin qu'ils furent arrêtés par une troupe de surveillance. Ils était six hommes, bardés dans leurs capelines qui les enveloppaient de haut en bas, le nez recouvert. Hallebardes pointées vers l'attelage, ils firent de leur corps un barrage infranchissable.

Le petit abbé arrêta ses chevaux et la voiture freina brusquement. Léonore tourna la tête, mais ses yeux ne s'ouvraient toujours pas. Jean lui passa de l'eau fraîche sur le visage et Martin glissa son regard anxieux au travers de la fenêtre dont il venait de tirer le rideau.

— Nous avons un laissez-passer, cria le petit moine alors que Jean sortait lui aussi.

— Nous venons de l'église Saint-Martin et nous nous dirigeons vers le couvent des Ursulines pour permettre à cette femme d'accoucher dans les conditions d'hygiène qui s'imposent.

Sous leurs longues capes de drap, les soldats froncèrent les sourcils. Tant de faux moines tentaient de déroger à la règle que leur méfiance s'aiguisait au moindre soupçon.

— Montre-nous la femme, intima l'un d'entre eux.

Deux hommes entrèrent dans le chariot et, devant l'inquiétante somnolence de Léonore, ils exigèrent que l'on retirât ses vêtements afin de s'assurer de la non-contamination de son corps. Jean s'opposa à un tel procédé. L'un des soldats se mit à jurer, le menaçant de sa hallebarde.

— Cette femme doit accoucher d'un moment à l'autre. Sa grande faiblesse provient de la faim, de la fatigue et des contractions qui la prennent fréquemment et l'anéantissent davantage.

— Découvrez l'aine et les aisselles, ordonna le soldat, qui tenait toujours sa hallebarde pointée vers Jean.

Offrir le corps délicat de Léonore aux yeux de ce butor répugnait à Jean. Un coup de poing dans le bas-ventre stoppa les exigences du soldat qui recula, hurlant de douleur. On eût dit que l'autre n'attendait que cela pour foncer sur le moine avec son coutelas tendu qui, sans l'aide de Martin, se fût enfoncé dans le flanc de Jean. La lame dévia. Martin se tenait devant l'homme, les poings fermés élevés à hauteur de son buste. Jean profita d'une seconde de surprise pour lui asséner un violent coup dans les côtes, puis un second.

L'autre tenait toujours son ventre en hurlant. Martin esquiva un coup de hallebarde en se glissant agilement sur le côté du chariot. Jean, pendant ce temps, jeta le premier soldat à l'extérieur du convoi et Martin, saisissant le gourdin que le petit moine tenait toujours à disposition des voyageurs, en asséna un coup sur la tête de son adversaire qui récidivait.

Jean avait beau avoir prononcé ses vœux – certes, avec un grave manquement qui l'avait jeté autrefois dans les bras de Léonore –, son sang bouillonnait dans ses veines et, comme il avait tué une fois pour sauver sa bien-aimée, il était prêt à recommencer pour la sortir à nouveau d'une vilaine affaire. Quand un troisième soldat se montra dans l'ouverture du chariot, il l'envoya sans attendre valser dans le décor rugueux des pavés de la rue et le quatrième suivit la même trajectoire que ses compagnons.

Restaient deux soldats dont Martin et lui pouvaient avoir raison. Mais ils n'en eurent pas besoin : le petit moine, excité par l'agitation de cette course inhabituelle, même en ces temps de grand désarroi, fonçait droit en direction du couvent des Ursulines.

La grande salle où fut déposée Léonore comprenait plus de quarante malades. Mais aucun d'eux n'était pestiféré. Ils avaient tous été sauvés d'une mort certaine, pris dans des rafles de fuyards qui ne voulaient qu'échapper à leur triste destin.

La jeune femme respirait avec difficulté. On lui fit absorber des remèdes qu'on coula entre ses lèvres serrées et respirer de fortes doses de sels et de camphre pour lui faire recouvrer ses esprits. Quand, enfin, elle ouvrit les yeux, ce fut pour les poser sur Jean. Le reconnaissant, elle fut prise d'une violente quinte de toux.

— Qu'a-t-elle ? murmura la religieuse qui lui avait administré les premiers soins.

Jean ne pouvait divulguer la totalité de son secret. D'ailleurs, Martin allait l'aider à confirmer l'essentiel.

— Ce jeune homme est mon demi-frère par notre mère, expliqua-t-il. Et cette femme enceinte est la demi-sœur de Martin, par leur père.

La religieuse hocha la tête, mais l'explication de Jean ne semblait pas la satisfaire intégralement. Cette fois, il sentait le regard brûlant de Léonore posé sur lui. Ses doigts s'agitaient fébrilement. Ses yeux s'affolaient, ses lèvres tremblaient. De plus en plus étonnée, la religieuse se tourna vers Jean.

— Mais encore ? murmura-t-elle d'un ton très doux.

— Nous ne nous sommes pas vus depuis longtemps. C'est la première fois qu'elle ouvre les yeux depuis que je suis près d'elle. Léonore me croyait mort. Elle doit être perturbée, tout autant que je le suis.

— Alors, je vous laisse, dit la religieuse, comprenant enfin la complexité d'un tel cas.

Puis, elle sortit. Jean se tourna vers Martin.

— Veux-tu nous laisser un instant, Martin ? J'aimerais me retrouver seul avec elle un instant.

— Mais..., tenta d'intervenir le jeune homme.

— Ne t'inquiète pas. Si les mots ne viennent pas, les regards combleront les réponses à nos questions.

Martin parti, Jean saisit la main de Léonore et la porta à ses lèvres. Il crut que son cœur allait éclater. Dieu de la sainte Église catholique ! Il voulait qu'elle vive, et qu'elle respire en posant son tendre regard sur lui.

— Mon amour, chuchota-t-il, le Dieu que j'ai choisi, qui est aussi le tien, m'a appris qu'il fallait toujours espérer. Pourquoi as-tu cru en ma mort alors que tu n'en as jamais été sûre ?

— Cinq moines ! chuchota Léonore, les larmes dans les yeux. Cinq moines originaires de Tours ! Tous pendus par le capitaine de La Trémoille sous les ordres de la régente Anne de Beaujeu. Oh ! Jean, tu étais bien parmi ces moines-là !

— J'étais le sixième, mon amour. Le sixième dont, hélas, tu n'avais pas eu connaissance. J'ai été gracié parce que j'étais le seul à disposer d'un prétexte qui m'a sauvé la vie.

— Oh ! fit-elle en hoquetant. Tout ce temps perdu.

— Pourquoi en as-tu aimé un autre ? reprocha Jean de sa voix douce. Pourquoi ?

— Je le connaissais déjà, Jean. Nous nous étions aimés avant que tu n'arrives dans ma vie.

Il soupira et serra sa main si fort qu'une petite plainte sortit de ses lèvres.

— Pardonne-moi, mon amour. Pardonne-moi. Je n'arriverai jamais à me défaire de ces impulsions mauvaises qui coulent en moi et que je tiens de mon père.

— Jean ! Tu n'es que bonté et générosité.

— Sauf quand je veux te protéger, te garder, te défendre. Comment faire, je t'aime autant que Dieu et je suis capable de tout refaire avec toi. Mon amour ! Laisse-moi une autre chance.

Ces mots la firent sourire.

— La saisirais-tu si je t'emmenais en Orient, dans les temples et les palais que tu n'as plus revus depuis ta naissance ?

Il eut ce sourire énigmatique qui plaisait tant à Léonore.

— Alors, je crois que je prendrais Dieu à part et que je mettrais Allah sur un pied d'égalité. Puis, je les questionnerais tous les deux et le plus tolérant l'emporterait.

Elle tendit ses lèvres pour qu'il y posât les siennes. Elle eut un long soupir. Il dut s'écarter d'elle, car une contraction la saisissait.

Il n'y eut plus aucun répit par la suite. Elle cria tout au long de la nuit suivante. Les calmants des religieuses ne semblaient faire aucun effet.

— L'enfant arrive et se présente très mal. Il nous faut du renfort. La mère est faible et elle risque d'y laisser sa vie.

— Mais quel renfort, ma sœur ? demanda une petite nonne au regard pétillant qui prenait son travail au sérieux et qui s'était prise de sympathie pour le bel ecclésiastique. Aucun médecin n'est là.

— Oui ! je sais, soupira la religieuse. En matière de renfort, nous ne pouvons compter que sur nous-mêmes. Alors, attelons-nous à l'ouvrage. Il faut sortir cet enfant avant que la mère ne meure d'épuisement. Son cœur va lâcher d'un moment à l'autre.

Jean eut un hoquet de douleur et les larmes perlèrent dans les yeux du sensible Martin. Ils sortirent tous les deux dans le grand corridor qui menait à la chapelle.

— Viens, fit Jean. Viens. Allons prier Dieu pour qu'Il sauve Léonore.

Quand ils revinrent, quelques heures plus tard, l'enfant n'était toujours pas là et Léonore était retombée dans l'inconscience. Ses joues pâles et creuses ajoutaient une inquiétude supplémentaire à son état déficient.

Il fallut tout un jour encore et une nouvelle nuit, pesante de questions, de doutes et d'espoirs de plus en plus compromis.

À l'aube suivante, Jean, qui ne supportait pas d'être mis à l'écart selon les règles strictes des religieuses du couvent des Ursulines, ne tenait plus en place. Certes, il savait qu'aucun homme ne devait assister aux accouchements, à l'exception du médecin dont l'aide était précieuse en cas de difficultés. Aussi frappait-il de son pied furieux le carrelage du corridor en attendant les nouvelles qui tardaient.

Soudain, il entendit un cri. Un cri vigoureux, strident, violent, un cri qui réclamait déjà tout de la vie. Son cœur bondit, son sang ne fit qu'un tour. Ce fut plus fort que lui, il se précipita dans la chambre. Il ne vit, tout d'abord, que les yeux tristes et le visage soucieux de la petite religieuse qui tenait l'enfant entre ses mains arrondies en coupelle. Dieu ! Pourquoi cet enfant n'était-il pas le sien ?

— Sortez ! fit doucement la sœur. Vous le voyez, l'enfant est né. C'est un garçon. À présent, nous essayons de sauver la mère.

Jean tourna la tête et le spectacle qu'il découvrit le figea d'horreur. Toute sa vie, cette vision hanterait ses nuits. Il avait retrouvé Léonore pour la perdre à nouveau et pour que Dieu lui impose un tel châtiment. Il ne sortit pas comme on le lui avait commandé, mais au contraire s'approcha. Léonore respirait bruyamment tout en poussant des cris plaintifs. Installée dans une torpeur dont elle ne réussissait plus à sortir, elle gardait les yeux fixes, braqués devant elle. La sueur collait à ses cheveux tirés en arrière, mais quelques mèches retombaient le long de son cou moite.

Les draps avaient été écartés, rejetés depuis longtemps. Ensanglantés, ils ressemblaient à de gigantesques fleurs aux pétales flétris blancs et rouges. Dans son inconscience, Léonore gémissait toujours. Les sœurs pressaient entre ses cuisses des linges qui se teintaient aussitôt d'un rouge aussi agressif qu'il était écarlate.

— L'hémorragie ne veut pas s'arrêter, murmura la religieuse, qui ne cessait de prendre un linge propre chaque fois qu'elle en jetait un taché de sang, tandis qu'une autre essayait de soulever la tête de la malade pour lui faire absorber un liquide qu'elle rejetait aussitôt.

— Hélas, murmura de nouveau la sœur qui s'affairait à presser les linges entre les cuisses blanches de la jeune femme, l'enfant se présentait trop mal. Il a déchiré le ventre de sa mère en passant.

— Si c'est une déchirure, insista la petite religieuse qui berçait le nouveau-né, ne pourrait-on trouver un médecin qui sache la recoudre ?

— Vous savez bien qu'en ce temps de maudite peste c'est impossible.

— Même à l'Hôtel-Dieu ?

— L'Hôtel-Dieu est bondé à craquer de pauvres, de mendiants et de malades, de pestiférés, de gens à moitié morts de faim. Les corridors sont emplis de tous ceux que les praticiens tentent de sauver. Tous ces malheureux qui, dans peu de temps, vont aller s'entasser dans les léproseries de Saint-Julien ou du Petit-Quevilly.

Elle eut un geste d'impuissance et ramena un drap propre sur les jambes et le ventre de Léonore qui semblait s'être arrêtée de saigner, mais c'était parce qu'elle n'avait plus de sang dans le corps. La religieuse hocha tristement la tête, puis elle se tourna vers Jean, qui restait prostré, pâle, muet.

— Tenez ! Prenez cet enfant dans vos bras, dit-elle en se forçant à sourire, il vous fera oublier un instant votre tourment. Peut-être même vous donnera-t-il un peu d'espoir.

— De l'espoir, oui ! chuchota l'ecclésiastique. Mais à présent c'est surtout de courage que j'ai besoin.

Il saisit maladroitement l'enfant, mais le cala bien vite dans ses bras et le berça comme il avait vu faire la jeune sœur, dans un lent balancement de droite à gauche. L'enfant ne pleurait pas. Trop chétif, sans doute, puisqu'il était venu au monde avant terme. Mais si beau ! Si vif ! Le regard clair, déjà grand ouvert, la petite bouche mauve et charnue qui grimaçait un sourire, le poing fermé qui battait la mesure et ce front tout plissé, certes, mais haut et intelligent déjà.

Jean voyait en cet enfant un petit être d'envergure. Il le berçait doucement tandis que la jeune religieuse, dont le visage s'était détendu et sur lequel on voyait apparaître un sourire moins soucieux, moins crispé, surveillait avec attention les gestes délicats du chanoine.

— Jean !

Ah ! ce mot-là : « Jean », crié avec une telle intensité par Léonore, il l'aurait entendu à mille lieues d'ici. Jean tourna la tête et vit Léonore qui le regardait, les lèvres entrouvertes ; il fit un pas vers elle. Ses veines se mirent à battre violemment, comme si elles allaient rompre à l'intérieur de son corps, et il s'approcha d'elle, l'enfant blotti dans ses bras.

Léonore eut un bien pâle sourire, elle remua imperceptiblement la main et la fièvre dans ses yeux s'alluma. Elle chuchota quelques mots que personne ne comprit, car le simple appel de Jean l'avait épuisée. Elle avait dû y mettre toute l'énergie qui lui restait.

Elle ferma les yeux un instant afin de se concentrer pour prendre une longue respiration qui sembla lui donner une dernière force. Elle les rouvrit et les braqua sur ceux de Jean. Tout doucement, il posa l'enfant sur elle mais sans le lâcher afin que son poids ne pesât pas sur le corps de sa mère.

— Il s'appelle petit Jacques ou Jacquou.

Elle vit une larme briller dans l'œil noir de Jean. Elle voulut tendre la main, mais n'en eut pas la force et celle-ci retomba mollement le long de son corps. La jeune religieuse se précipita, reprit l'enfant, et Jean put alors saisir doucement les doigts fragiles de Léonore qu'il pressa un peu fort dans sa main afin qu'elle en perçoive la pression.

— Il faut l'emmener chez son père. Il en fera un bon lissier.

Tous ces mots l'achevaient, la précipitaient dans on ne sait quel enfer. Des mots urgents, indispensables, nécessaires pour qu'elle puisse enfin partir libre et rassurée. Ces mots qu'il fallait dire. Sa respiration se fit haletante.

— Je te le confie, Jean. Garde toujours un regard attentif sur lui. Toujours, jusqu'à ta mort. Et assure-toi qu'Isabelle est heureuse.

Ce fut la fin. Elle toussa. Ses pupilles se renversèrent. Ses doigts dans la main de Jean se crispèrent.

— Qu'on me laisse seul avec elle, murmura-t-il dans un souffle. Qu'on me laisse la pleurer.

La peste passée, on avait enterré les corps dans les fosses, brûlé les derniers miasmes, nettoyé les rues, désinfecté les maisons, hébergé les sans-abri, nourri les affamés. Partout on faisait brûler des parfums d'absinthe, de lavande, de romarin, de genièvre, de muscade, de girofle, on jetait du soufre et du vinaigre. La peste fuyait ailleurs. Sans doute était-elle descendue dans le Sud, passant le barrage des montagnes, traversant les frontières, allant décimer d'autres pays, assombrir d'autres horizons.

Parmi ceux qui étaient encore en vie, ceux qui avaient échappé à la mort ou l'avaient frôlée de près, se trouvaient toujours une poignée d'hommes et de femmes qui partaient en pèlerinage à Saint-Jacques-de-Compostelle. Pieusement, ils suivaient jusqu'en Espagne les traces du saint entre les mains duquel ils se remettaient.

Puis, parmi les survivants de la peste, d'autres attendaient avec fatalisme les prochains fléaux qui décimeraient aussi les populations, car, en ces temps-là, variole, dysenterie, typhus et autres maladies mortelles exterminaient les hommes. Autant de malheurs qu'ils ne pouvaient ni ne savaient maîtriser.

Les épidémies faisaient de plus en plus de ravages à mesure que les moyens de communication se développaient. À présent, n'allait-on pas facilement d'une ville, d'un pays et même d'un continent à un autre ? Si les grandes foires internationales se multipliaient avec un énorme succès, véhiculant les idées, les échanges, le commerce, les marchandises, elles engendraient aussi la venue de microbes parfois inconnus.

La peste, qu'on appelait alors le « mal contagieux », déstabilisait complètement la vie des peuples, tant elle se propageait vite. En quelques semaines, une région, un pays entier pouvaient se trouver complètement décimés, anéantis.

Quand tout était rétabli, les hommes cherchaient les causes du désastre, mais ne les trouvaient pas, ou du moins pas les bonnes. Après un passage de la peste, les foules s'apercevaient que ni les médecins, ni les remèdes, ni les prières, les amulettes, les processions ou les pèlerinages n'arrêtaient le fléau quand il était en marche. Alors, ils cherchaient des boucs émissaires et incriminaient parfois les juifs que l'on arrêtait et brûlait en place publique. Pour d'autres, la cause était les rats, les planètes néfastes ou même les chirurgiens-barbiers qui incisaient les bubons et cautérisaient les plaies. Ceux-ci d'ailleurs fuyaient la colère des hommes quand se déclenchait la peste pour ne pas être brûlés vifs eux aussi.

Peur, incompréhension et misère s'additionnaient, car beaucoup, pour ne pas être contaminés, quittaient leur maison et s'en allaient très loin, mourant de faim sur les routes.

Mais, comme de tout temps, l'espoir finissait par revenir et la vie reprenait son allure normale.

XVII

Lorsque, à dix-huit ans, Charles était monté sur le trône de France, il savait depuis longtemps qu'il allait rompre avec la politique de son père et avec celle d'Anne de Beaujeu. Mais son extrême jeunesse et son inexpérience accordaient encore le maintien de la régence à sa sœur et à son conseil d'État.

À présent qu'il venait d'épouser Anne de Bretagne, dès que l'accord papal confirmerait son mariage et permettrait leur sacre à Saint-Denis, Charles se sentirait responsable.

Mais que de mots, d'idées et d'illusions grandioses s'agitaient dans sa tête ! La prise de Naples l'intéressait davantage que le sort de son royaume.

Charles rêvait chaque jour à l'Italie. Qu'importait si Anne et Pierre de Beaujeu s'inquiétaient du sort de la France, le jeune roi se nourrissait de ses mirages : prendre Naples – et pourquoi pas Milan ? Adolescent, cette idée germait déjà dans sa tête et, s'il l'avait nourrie avec tant de convoitise, c'est qu'elle lui paraissait trop séduisante pour ne pas exiger de lui sacrifier une guerre et d'abandonner une partie de son royaume.

La possession de l'Italie tourna vite dans l'esprit du jeune Charles à l'obsession et nourrit les chimères les plus grandioses. Naples devenait une étape, un relais sur la route de Constantinople qu'il fallait aussi arracher aux Turcs. Certes, c'était un projet qui, par la suite, aurait pu peut-être prendre forme si Ludovic Sforza ne s'était emparé du pouvoir à Milan, détrônant son jeune neveu, le duc Jean-Galéas.

Mais, pour l'instant, Charles VIII rongeait son frein en attendant le message de Rome.

L'installation au château du Plessis-lès-Tours se fit dans le silence et la discrétion. Une réserve si grande qu'elle tenait encore du secret. Anne devait n'en émerger qu'avec l'acceptation du pontife.

Perdue entre ces murs dont l'épaisseur empêchait parfois de laisser passer le soleil quasi hivernal en ce mois de décembre, il ne semblait guère à la duchesse Anne qu'elle fût reine des Français. Les magnificences qui l'avaient éblouie à Langeais se transformaient en journées tristes et monotones, d'autant que Charles, préoccupé par les affaires de l'Italie, n'arrivait pas. Elle attendait avec impatience et anxiété celui qui l'avait si fortement émue lors d'une trop courte nuit qu'elle n'était pas près d'oublier.

La vigilance que les Beaujeu mettaient à priver la duchesse des fastes royaux n'était qu'une façon de prévenir le danger. La régente veillait à tout. Réserve et méfiance étaient de mise. Pour clore une situation déjà délicate, il était bon d'éviter de heurter la susceptibilité des Tourangeaux habitués à la petite Autrichienne évincée et qui risquaient de faire un accueil bien peu chaleureux à la nouvelle reine.

Demain, cette étrangère, duchesse d'un pays ennemi que les Valois eux-mêmes avaient tant de fois combattu, serait peut-être adulée. Alors, les honneurs et les fêtes se poursuivraient dans la liesse et Anne déploierait son charme devant le peuple français et lui prouverait sa bonne volonté.

Un avenir prometteur. Mais, pour l'instant, elle partageait son temps avec la régente et ses demoiselles de compagnie, s'inquiétant de l'attitude du pape envers la France. Si les journées étaient grises, Anne restait du moins calme et patiente. Elle éprouvait un réconfort indéniable quand elle repensait à toute cette période agitée de guerres et de conflits subie en son château de Nantes.

Pour mieux rester dans l'ombre, Anne n'avait un droit de promenade que du côté de la poterne à l'arrière du château, passage secret par lequel elle était entrée le premier soir au Plessis. L'endroit était charmant, il donnait sur les vergers, les champs et les jardins et Anne adorait les plantes et les fleurs. L'époque hivernale n'en laissait éclore aucune, mais elle sentait la riche et brune terre pleine de floraisons à venir.

Le haut des tours lui était interdit. Juchée tout en haut du donjon, elle aurait aimé, pourtant, découvrir les pentes douces de la vallée que recouvrait le frimas d'hiver, admirer le long ruban argenté du fleuve qui sinuait nonchalamment dans toute sa magnificence et rêver sur l'étendue des toits bleutés des villages.

Petite fille, elle grimpait agilement l'interminable escalier à vis de son vieux château de Nantes qui l'emportait dans les nuages. De là, Anne commandait tout un peuple qui tournoyait dans le ciel, s'agitait en volutes interminables. C'était son domaine et celui du vol des mouettes blanches qui criaient dans l'espace. Sa Bretagne qu'elle ne pouvait oublier. Son pays ! Ses racines !

Anne vit Isabelle arriver. Celle-ci semblait si bien s'intégrer aux charmes du Val de Loire qu'elle lui en aurait fait volontiers le reproche.

— Isabelle ! N'avez-vous pas oublié notre chère Bretagne ?

— Certes non, Anne ! s'exclama Isabelle. Je garderai toujours la nostalgie de notre campagne nantaise. Mais tous ces châteaux ne sont-ils pas merveilleux ?

Elle s'approcha de la jeune et nouvelle reine et déposa un baiser léger sur sa joue. En privé, lorsque nul ne les voyait, elles gardaient leurs gestes familiers et leur intimité. Seule la présence des membres de la cour exigeait le respect total du protocole.

— Ne soyez pas triste, Anne, la consola-t-elle, dans peu de temps vous serez sacrée reine des Français et, dans quelques jours, la ville de Tours vous accueillera. Cela vaut bien deux ou trois petits sacrifices.

— Bien sûr ! Mais je connais une privation qui m'est plus pénible encore.

— Laquelle donc ?

— L'absence de Charles.

— Vous a-t-il séduite à ce point ? murmura Isabelle.

— Plus que je ne l'aurais pensé.

Isabelle se mit à rire.

— Vous ne l'aimiez guère, pourtant ! Rappelez-vous.

— J'ai changé d'avis, voilà tout. Il s'est montré courtois, tendre, prévenant. Et je crois bien...

Anne approcha ses lèvres de l'oreille d'Isabelle.

— Qu'il m'aime !

— Est-ce réciproque ?

— Je le pense, sinon il ne me manquerait point.

— Patientez, Anne. Vous le retrouverez à Tours dans quelques jours.

Le mot de « Tours » amena dans l'esprit d'Isabelle un petit frisson. C'était comme un doux petit vent d'été qui soufflait dans sa tête. Elle se demanda un instant si elle parlerait de son projet à sa compagne mais, se ravisant, elle se dit qu'elle ne le confierait à personne.

Isabelle avait pris la décision de partir à Tours pour y rencontrer l'abbé Jean. Le seul homme qui, vraisemblablement, pouvait lui parler de sa mère et lui apprendre tout ce qu'elle ne savait pas. L'occasion rêvée d'en connaître plus. Isabelle soupira. Elle avait tout prévu. Elle se servirait à nouveau des *Amants du Levant* en espérant que cela ne se passerait pas comme dans ce petit atelier de Langeais où le maître des lieux l'avait prise pour une voleuse.

Cependant, la recherche ne serait pas facile, car, en plus de la cathédrale, Tours enfermait de nombreuses églises et plusieurs monastères. Et ce moine était peut-être parti. Il arrivait fréquemment qu'un membre de la communauté demande un transfert. Si c'était le cas, elle était tout à fait décidée à traquer cet homme et à le rencontrer.

Il était tout de même moins compliqué de le rechercher dans les églises tourangelles que de partir à Bruges et frapper aux portes des ateliers de haute lisse.

— Isabelle, jeta soudain Anne en remarquant que sa compagne était songeuse, avez-vous accepté que Julien de La Trémoille soit votre chevalier pendant les fêtes de mes épousailles ?

— Non, Anne, je ne lui ai rien promis.

— Ne vous plaît-il donc pas ?

— Je ne sais pas encore.

— Il est d'une grande famille, Isabelle. Réfléchissez-y. C'est l'un des meilleurs partis que je pourrais vous présenter.

Comme Isabelle se taisait, elle reprit :

— Et il est jeune et beau.

— Oui, mais je ne suis pas prête.

— N'avez-vous pas envie de connaître les délices de l'amour ? s'exclama Anne.

— Je ne sais pas.

— Mais qu'avez-vous tout à coup, Isabelle, à ne plus rien savoir ? Ce n'est pas votre habitude. Je vous ai connue plus audacieuse.

— Anne ! Ne m'en voulez pas. J'ai envie de placer ma hardiesse ailleurs.

— À rechercher votre mère. Et si elle était morte ?

— Non ! Je suis sûre que non.

Enfin, un matin de décembre Charles arriva et, à nouveau, tout se précipita.

On annonça aux Tourangeaux que la duchesse ferait sa première apparition en public. Au son de leurs trompes, les hérauts avaient clamé la nouvelle à travers la ville et les préparatifs avaient commencé.

Le soleil ne se montrait guère, mais du moins offrait-il une belle clarté hivernale, froide et sèche, qui ne s'obstruait que dans les venelles les plus sombres.

Ce dimanche 18 décembre, toute la ville s'apprêtait à accueillir Anne de Bretagne dans sa pompe la plus solennelle. La duchesse chaussée non plus de ses sabots, comme on aimait à le dire, mais de jolis souliers doublés de zibeline, allait se présenter dans ses plus rutilants atours et l'on verrait comment une Bretonne pouvait se comporter en reine sur le sol de France.

Les clés de Tours furent présentées au couple royal dans un coffret de bois sculpté aux armes de la ville. De jeunes pucelles en tenue blanche plongèrent, devant Anne, en une révérence fort gracieuse et une file de pages tout de blanc vêtus, eux aussi, le geste souple et la mine avenante, se tenaient droits et imperturbables sur leurs mules caparaçonnées de velours cramoisi.

C'est alors qu'Anne vit, étalée sur un coussin brodé d'or et rehaussé de perles fines, sa blanche hermine qu'en aucun cas, reine adulée ou repoussée, elle ne voulait abandonner. La longue et voluptueuse petite bête qui s'étirait dans l'épaisseur de sa queue avait été cousue en fil de soie blanche. L'intention chaleureuse remplaçait peut-être la froide spéculation dont elle avait fait l'objet jusqu'alors et une onde de plaisir parcourut tout son corps.

Un peu crispés à l'aube, bien que Charles posât sur elle en quasi-permanence un regard serein et protecteur, ses traits se détendirent et elle put montrer un visage affable, gracieux, quelque peu charmeur et surtout attentionné envers ce bon peuple de France qui, enfin, semblait l'accepter.

Un peuple bien curieux, pourtant, que formaient ces Tourangeaux, aussi volubiles à présent qu'ils avaient été suspicieux, tapant bruyamment dans leurs mains et criant des vivats à l'étrangère à laquelle ils avaient d'abord fait si grise mine.

Subitement, Anne retrouvait l'éclat et les honneurs qui l'avaient accueillie à Langeais. Un même tohubohu s'emparait des villageois, une même effervescence bouillonnait dans les ruelles, les impasses, les passages et les venelles les plus étroites.

Devant les échoppes des commerçants, où s'agitaient des banderoles à l'effigie du lys et de l'hermine, s'entassaient badauds et manants toujours à l'affût du moindre jour de fête.

Des estrades dressées offraient à manger et à boire. Des bannières et des étendards de soie s'envolaient dans l'espace grisâtre et froid où toute brume s'était dissoute depuis le lever du jour, laissant une belle transparence à cette journée d'hiver.

Le cortège emplumé des haquenées cousues d'or et de velours glissait dans le roulis des tambours parfois repris en grand tapage par la sonnerie des trompes que les hérauts brandissaient hardiment au-dessus de leurs têtes.

De la bride aux étriers des chevaux, du plafond des voitures au cerclage des roues, les attelages ruisselaient de couleurs. Porte-fanions et porte-bannières avançaient lentement dans un luxe insolent. Les oriflammes se balançaient ; les lances et les casques, dans un mouvement continuel de jeux irisés, éblouissaient la foule avec une arrogance que décuplaient les cris et les ovations et, sous le dais royal fleurdelisé, Charles et Anne, se tenant par la main, saluaient.

La duchesse rayonnait. Son blanc visage était illuminé d'un sourire jeune et sincère qui n'avait pas encore appris feinte et simulation. Loin d'elle était cette triste soirée lorsque, entrée par la poterne du château et amenée directement dans une chambre vide où personne ne l'accueillait, elle avait aussitôt redouté le pire.

Envolée la peur d'un odieux enlèvement dont on ne parlait plus. L'intransigeant Maximilien d'Autriche avait dû ravaler sa défaite et sa colère. Envolées aussi les craintes diverses que nourrissaient les Beaujeu et le roi de France envers un mariage qui n'était pas accepté par le pape. Ils avaient décidé de se passer de sa dispense pour ne la réclamer qu'après le sacre.

Anne observait ses demoiselles d'honneur, craignant qu'elles ne fissent un faux pas ou qu'elles ne s'égarent un instant. Elle les voulait en tous points parfaites, exemplaires, sans l'ombre d'une médiocrité afin qu'elles évoluent et rayonnent dignement autour d'elle.

Lorsque Anne avait quitté Nantes, apprenant la décision subite de son mariage avec le roi de France, elle avait réuni autour d'elle une cohorte de jeunes filles toutes belles et instruites. Elle avait fixé son choix sur les familles les plus riches du duché de Bretagne. Appelée à être formée aux plus hautes destinées, cette troupe de donzelles, appliquées et dociles, devait suivre la reine dans tous ses déplacements officiels, laissant les plus anciennes – les amies d'Anne – dans un cercle plus proche et plus intime.

Anne, qui était loin d'être sotte, savait que de sa cour personnelle dépendraient les fluctuations politiques les plus diverses. Et ce n'était qu'en compagnie de demoiselles d'honneur irréprochables que son but serait atteint. Les sottes, les puériles, les disgracieuses, les étourdies n'auraient plus, désormais, leur place auprès d'elle.

Ce jour-là, elles étaient toutes vêtues avec recherche et dégageaient suffisamment de grâce et de noble maintien pour attirer les regards des seigneurs de la cour de France. Aucune défaillance dans leurs gestes et leurs attitudes ne venait contrarier leur nouvelle reine.

Anne savait aussi qu'aucune d'elles ne viendrait ternir l'image qu'elle voulait imprimer à sa cour. Aucun bruit de dévergondage ne devait arriver à ses oreilles délicates. D'ailleurs, les mœurs de l'époque n'étaient guère libertines et l'école d'Anne de Beaujeu entrait fort bien dans cette règle d'austérité.

La jeune reine détourna les yeux de ses suivantes et les reporta sur son époux. Puis, rassurée de le voir serein, elle observa tranquillement la foule qui l'ovationnait.

Au Plessis-lès-Tours, Anne goûtait à présent chaque instant et, depuis qu'elle pouvait emprunter d'autres chemins que ceux qui menaient à la poterne du château, elle se plaisait à monter tout en haut des tours crénelées pour y découvrir le charme qu'offrait le Val de Loire en ces premiers jours de janvier.

Ce matin-là, elle ne gravit ni ne longea les remparts du donjon, mais se dirigea en compagnie d'Isabelle vers la poterne comme elle l'avait si souvent fait avant que sa situation auprès des Tourangeaux ne s'éclaircisse. Charles était reparti et, à nouveau, elle attendait que son retour lui apporte ces instants inépuisables qui l'élevaient dans des sphères plus hautes encore que les créneaux du donjon et d'où elle retombait plus fragile encore, mais épuisée de bonheur.

Arrivées à la poterne, Anne et Isabelle respirèrent la fraîcheur de l'air qui entra furtivement dans leurs poumons en leur laissant une sensation de froidure qui leur bloqua la respiration. Les branchages dénudés d'une vigne vierge mêlés à un pied de lierre indocile recouvraient le grand pan de mur qui obstruait une partie du paysage.

Anne et Isabelle levèrent les yeux. Le ciel était d'un gris paisible et, parfois, se ponctuait du vol d'un oiseau à la recherche du sillage de ses congénères. À l'aube, ils avaient survolé les bords de Loire, serrés en une longue nuée noirâtre, épaisse et dense, que l'avancée du matin avait vu repartir.

L'herbe était rare et quelques feuilles mortes que le temps commençait à décomposer jonchaient le sol frais.

En longeant le muret, Anne et Isabelle virent une large échancrure formée par deux pierres disjointes. Elles se baissèrent et y collèrent un œil. D'ici, elles ne voyaient ni donjon ni pont-levis, ni fossé ni rien qui pût leur rappeler une quelconque forteresse. Les deux tours qui encadraient la poterne étaient éloignées et les gardes postés dans la basse-cour ne les avaient pas aperçues.

chapelet de bois devenu trop lourd pour ses pauvres vieux doigts décharnés.

— Répond-il à toutes les questions ? s'enquit Anne, de plus en plus intéressée.

— Oui-da, duchesse. Mais seules les dames qui sont en peine de cœur vont le voir. Il refuse les banalités ou les choses sans importance.

— Ce bonhomme est-il un curé ?

— Oui-da, demoiselle. Un très vieux curé.

Tout à coup, André de La Vigne ne trouva plus rien à dire sur le saint homme, le curé, le mystique qui était aussi devin. Dans un geste attentif, mesuré, presque religieux, il saisit la main d'Anne et la porta à ses lèvres.

— Puis-je vous appeler « ma dame » ?

Elle se mit à rire légèrement, et, mi-sérieux, mi-joyeux, le page en fit autant, prenant grand soin de serrer doucement sa main entre ses doigts minces.

— Vous avez trouvé là un parfait chevalier servant, Anne, fit Isabelle d'un air joyeux.

— Et vous, Isabelle, n'avez-vous pas Julien de La Trémoille ?

Puis elle se tourna vers le page.

— Permission accordée, gentil damoiseau. Mais c'est uniquement parce que vous devrez me côtoyer aussi souvent que nécessaire, et que mes désirs seront vos ordres.

Elle retira lentement sa main et plongea les yeux dans ceux du page.

— Parlez-nous encore de ce François de Paule.

— C'est un vieil ermite. Certains disent que c'est un saint, d'autres un sorcier. Le roi Louis XI pour qui le vieux curé était un ami et un confident le prenait pour l'un et l'autre.

— À votre avis, gentil page, pourrions-nous lui rendre visite ?

Ces mots prononcés sur un ton bas s'apparentaient plus à une réflexion qu'à une question, mais le jeune page crut devoir y apporter une réponse.

Il parut réfléchir quelques secondes et lança, presque comme on jette une bouée à la mer :

— Dame de Beaujeu vous l'accordera sans aucun doute.

Étonnée par cette réponse qu'elle n'attendait pas, Anne se tut. Ce fut Isabelle qui s'exclama :

— Nous n'avons pas besoin de l'accord de la régente. Ne lui en parlez pas, gentil page.

Conscient de son étourderie, le page rougit un peu.

— N'oubliez pas, seigneur de La Vigne, que je suis mariée au roi de France et, qu'à ce titre, je n'ai d'autorisation, d'ordres ni de conseils à recevoir de personne.

— Ma dame, pardonnez-moi, murmura-t-il.

— Allons, fit Anne en riant. Vous le saurez désormais. Et si nous voulons aller voir ce vieux devin, je vous en parlerai, mais vous n'en direz rien à personne.

Elle observa quelque temps le ciel gris, puis descendit lentement son regard vers la ligne d'horizon que lui offraient les bois et les champs du Plessis. Puis, elle plongea les yeux sur l'ourlet de sa robe en satin cramoisi qui balayait voluptueusement les feuilles mortes.

— Une fraîcheur désagréable envahit le bout de mes pieds, dit-elle en relevant le bas de sa robe. N'avez-vous pas froid, Isabelle ?

Et, découvrant ainsi un fin chausson en peau de zibeline, elle poursuivit gaiement :

— Mes demoiselles d'honneur doivent me chercher partout. Rentrons. Et, puisque vous êtes là, seigneur de La Vigne, tenez-nous compagnie.

Il fit aussitôt quelques enjambées et les conclut de quelques pas. En longeant le muret, ils arrivèrent vite à l'une des tours rondes du château. Dans la cour basse que soldats et hallebardiers renforçaient de leur garde permanente et vigilante, elles aperçurent la nuée de jeunes suivantes qu'elles avaient réussi à semer au petit matin.

Anne et Isabelle étaient ainsi. Elles aimaient se lever tôt et, parfois, lorsqu'elles étaient encore en leur vieille forteresse de Nantes, elles éprouvaient ce désir fou de se promener seules le long du chemin de ronde. Alors, elles observaient au travers des créneaux ou des mâchicoulis les alentours brumeux et silencieux dans un matin tout neuf.

Ici comme ailleurs, elles sentaient déjà le besoin d'un relâchement qu'elles ne pouvaient s'accorder qu'à l'aube, quand tout le monde sommeillait encore.

Le premier jour de février, le convoi s'était mis en branle dans un petit matin froid et sec annonciateur de gelées hivernales qui n'étaient pas encore apparues en Val de Loire. Plus on s'éloignait de la Touraine et plus le chemin se faisait dur et noir. Dans le ciel croassaient quelques corbeaux dont le vol pesant s'arrêtait parfois sur la cime d'un arbre dénudé.

Écuyers et fourriers chargés d'organiser les étapes du voyage alertaient sur leur passage les bons villageois qui se tenaient toujours prêts sur le pas de leurs portes pour acclamer le cortège. Dans tous les alentours, du simple petit hameau de campagne jusqu'au village qui tenait marché chaque semaine, on savait que cette frêle jeune fille au visage blanc et au regard sombre, passant en litière capitonnée de velours, se ferait sacrer à Saint-Denis dans la basilique des rois de France.

Tandis que Charles et Anne traversaient la région de Chartres, les bonnes gens, toujours amateurs d'événements nouveaux, laissaient flotter sur leurs visages un large sourire de contentement.

Mais ce qu'on ignorait encore – car le petit peuple restait dans une méconnaissance totale de ces choses – c'est que les caisses du trésor de France s'ouvriraient non seulement pour couronner reine une petite duchesse de Bretagne, mais pour préparer une longue guerre dans un pays où la lumière était dorée et le ciel toujours bleu.

Du Plessis à Paris, il fallait compter quelques semaines de route car les étapes avaient été prévues nombreuses et les arrêts plus ou moins prolongés selon l'intérêt que les bonnes villes portaient à l'événement.

La jeune tête d'Anne, soumise à bien des critiques et qui ploierait dans quelque temps sous la couronne royale, ne passait certes pas inaperçue. Ne s'obstinait-elle pas à déployer tout son charme jusqu'à exiger de chevaucher sa haquenée lorsqu'elle traversait les villes et villages – et ce n'était pas Auréolie qui refusait une telle occasion de caracoler sur les vieux pavés disjoints.

Coiffée d'un bonnet de velours noir qui rehaussait son fin visage à peine sorti de l'adolescence et que deux pans coupés droit encadraient avec élégance, Anne se tournait, sereine, vers les villageois curieux.

Dans quelques instants à peine, les voitures du convoi empliraient la cour de l'auberge Aux Deux Pots d'étain et les écuries se verraient, soudain, bondées de chevaux, mules et haquenées qu'il faudrait abreuver et alimenter du fourrage le plus frais.

Depuis la veille, un grand tumulte fracassait les murs de l'auberge.

— Sacrebleu, jura maître Guillemin en essuyant ses mains grasses sur le grand linge de couleur douteuse qui pendait à sa ceinture, voilà que la cour de France n'annonce plus son arrivée. Que vais-je faire, moi, avec tous ces gens ! Diantre ! le roi en personne avec la Bretonne !

Il attrapa au passage le bras de la jeune Suzon qui courait dans tous les sens, rectifiant nerveusement les mèches blondes et rebelles qui tombaient de son bonnet blanc empesé.

— Doux Jésus, murmura-t-elle. Le roi !

— Eh là ! Calme-toi, la Suzon !

Il secoua vigoureusement le bras de la jeune chambrière et tira d'un coup sec son tablier de toile grossière qui alla choir sur le pavé de la salle.

— Et change-moi ce tablier-là, tu vois bien qu'il est gras et sale.

De ses petits yeux, plissés et coupants comme les lames des couteaux qui lui servaient à trancher ses gigots, il inspecta rapidement l'intérieur de son auberge et fut rassuré par l'ordre impeccable qui régnait sur les murs passés à la chaux où, éclatants de couleurs, pots d'étain et ustensiles de cuivre étaient accrochés. La veille, Suzon avait passé à la cire les poutres de bois pour les faire bien reluire.

Certes, l'auberge de maître Guillemin était accueillante, mais, diable ! pourquoi le fourrier du roi avait-il laissé courir le bruit que c'était ce stupide Anatole Franchois, en sa nouvelle auberge de parvenu, qui devait nourrir et loger le convoi du roi de France alors que lui, Jacques Guillemin, tenait le meilleur gîte et la meilleure table de la région ? Et cela de père en fils depuis plus de cent ans.

Maître Guillemin avait même entendu son grand-père raconter comment, un jour, alors que le roi Charles VII n'était qu'un petit monarque enfermé à Chinon, les Anglais étaient venus en son auberge engloutir poulardes, cochons, agneaux de lait et Dieu sait encore quelle viande grillée arrosée de vin, qu'ils avaient bu en telle quantité qu'ils ne pouvaient plus repartir. Ils se tapaient les cuisses en se gaussant d'une pucelle nommée Jeanne qui menaçait de leur en remontrer.

Comment pouvait-on comparer le gîte de ce Franchois, aussi sot qu'arriviste et balourd, avec sa propre maison ? Ah ! il allait montrer comment, Aux Deux Pots d'étain, un roi de France et sa cour pouvaient être reçus, même à l'improviste.

Il redressa son buste court et carré et ses yeux s'allumèrent de cette petite étincelle qui, parfois, quand ils se posaient sur Suzon, leur donnait un air grivois. À son gré, la drôlesse n'allait pas assez vite ! Et quel accoutrement avait-elle passé ce matin ? Une cotte de domestique mal nourrie, mal payée ! Une si jolie donzelle !

Il appela la grosse Franchette. Plus ancienne que Suzon, elle avait la charge de nettoyer et d'astiquer les chambres des hôtes. Avec ses gros bras de lutteuse et ses reins costauds, elle exécutait les besognes difficiles pour lesquelles elle ne rechignait pas.

Maître Guillemin regarda tour à tour Franchette et Suzon et s'esclaffa de bon cœur. Puis, il se dit que l'une allait bénéficier de la faveur des circonstances et que l'autre n'obtiendrait que le profit du bas ouvrage.

Il attrapa de nouveau Suzon par le bras et retroussa d'un geste rapide son cotillon gris.

— Pardieu ! la Suzon, c'est que tu es trop bien faite pour astiquer les pots et les casseroles. Laisse la Franchette s'en débrouiller et va plutôt te mettre une robe plus affriolante, celle que tu enfiles les jours de fête.

Et choisis des bas fins. Ces mollets-là, si tu les montres au roi, doivent être recouverts plus joliment.

Il s'approcha du buste mince de Suzon qui, un sourire aux lèvres, gigota. Mais, la couvant de ses petits yeux plissés, il dégagea, fort habilement, l'un des seins de la jeune fille et le tritura entre ses gros doigts.

— Un beau corselet, ma mignonne, et rien de plus sur ces tétons fermes de jouvencelle. Pour sûr ! Ça fera l'affaire. Il faut que tes rondeurs attirent le regard du roi.

Il descendit ses mains sur les reins cambrés de Suzon et lui tapa deux fois la croupe.

— Ce p'tit cul-là, Suzon, doit lui plaire. Arrange-toi pour le trémousser comme il convient devant ses yeux gourmands. Il ne reviendra en ma demeure que si une belle fille l'y retient.

— Mais la duchesse, son épouse ! fit Suzon en se tortillant pour se libérer des gros doigts de l'aubergiste, qui, à présent, tripotait ses fesses.

Tournant les yeux vers la porte qui communiquait avec les couloirs de l'auberge, Suzon soupira quand elle vit Franchette disparaître en maugréant haut et fort.

— C'est que j'ai les chambres, moi, à m'occuper. C'est pas mon travail de récurer les casseroles. C'est celui de la Suzon.

Enfin, maître Guillemin lâcha la croupe de la soubrette et se mit à hurler :

— Qui te dit que tu fourbiras toutes les chambres ? Tu laisseras celle du roi. C'est Suzon qui s'en occupera et c'est elle qui lui apportera les friandises du petit matin. Hein, ma Suzon ?

Il voulut encore lui attraper le bras, mais la jeune servante s'esquiva.

— Comme vous voulez, maître Guillemin, rétorqua aigrement Franchette. Mais, c'est pas des manières de vendre les tétons de c'te fille au bon roi de France, quand celui-ci vient à peine de prendre épouse. Y s'pourrait bien qu'la duchesse vous assomme du regard et veuille plus mettre les pieds chez vous. En attendant, je m'en vais la préparer, c'te chambre.

L'aubergiste ne répondit rien. Il y avait du vrai dans ce qu'affirmait la Franchette. Mais, jetant encore les yeux sur la délicate apparence de Suzon, il se persuada que n'importe quel homme normalement constitué trouverait bien le moyen d'écarter un instant sa légitime, fût-ce la reine de France, pour ripailler quelques instants.

Il leva donc très haut les bras au ciel en jetant à tous les diables les propos de Franchette.

— Et toi, la Suzon, tu fais comme je t'ai dit. Tu vas te changer et tu te fais belle.

XVIII

De ses grands yeux bleus, Isabelle observait le chanoine. Comment ne pas être ahurie devant l'image vivante du prince oriental de sa mère ? Jean lui faisait face et elle reconnaissait l'abbé rencontré naguère au château de Nantes. Un charme particulier se dégageait de toute sa personne. Les traits énergiques, le teint basané, les yeux de braise, le geste sûr, l'allure noble et distinguée, vigoureusement charpenté, son habit d'ecclésiastique lui donnait une prestance supplémentaire. Isabelle restait fascinée par la puissance et la séduction qui émanaient de cet homme.

Et, pourtant, tout en lui semblait paradoxal. La douceur de ses yeux alors qu'ils n'auraient dû lancer que des éclairs, la vivacité de ses propos alors qu'il s'enfermait dans une pudeur parfois déroutante, la sagesse de ses pensées alors qu'il n'était que bouillonnement et réaction spontanée, presque épidermique, la chaleur de ses mains qui n'étaient que caresses alors qu'elles n'auraient dû se tendre que vers Dieu.

Le chanoine Jean était un bien étrange personnage. Fascinant, troublant, extraordinairement brillant. Il chevauchait comme personne et Isabelle ne pouvait rester insensible à ce charme supplémentaire. Il ne tenait pas ses rênes, il les effleurait. Il savait même monter à cru et se battre comme le plus valeureux des capitaines. Il chantait d'une voix basse, chaude et grave. Il récitait des poèmes à tirer les larmes. Il aimait les belles choses, la porcelaine, le cristal, les riches reliures des manuscrits aux fermoirs de bronze et les tapisseries historiées tissées en fils d'or. Et, pour l'instant, il tournait et retournait entre ses doigts nerveux *Les Amants du Levant*.

— C'est l'une des plus belles œuvres que j'aie jamais vues, murmura-t-il. J'aurais dû accepter son idée d'avoir un atelier à Tours. Avec mon aide, nous aurions fait des merveilles.

— Mais votre place n'était-elle pas à l'église ?

— Oui ! Bien sûr.

Un éclair illumina ses yeux sombres. Ses mâchoires puissantes se contractèrent et ses mains tremblèrent le temps d'une seconde. Isabelle n'osait respirer tant il la déroutait. Tout à l'heure, elle avait vu passer sur son visage une paisible lumière, à présent une ombre d'angoisse et de désarroi semblait l'habiter.

Jean de Villiers se plaisait à rêver en solitaire, assis dans le foin d'une écurie tel un simple palefrenier ou dans une cabane isolée en pleine forêt comme le garde-chasse d'un seigneur de province.

Isabelle ferma les yeux, juste un instant, pour se persuader qu'elle avait suivi ses bons instincts en partant à sa recherche. Dame Charlotte l'avait bien conseillée.

Elle l'avait d'ailleurs facilement trouvé à l'évêché de Tours et, comme s'il s'attendait à sa visite, il avait planté la braise de ses yeux noirs dans la porcelaine bleue de ceux d'Isabelle en murmurant :

— J'attendais ce jour avec une grande impatience.

Et il l'avait serrée contre lui. Pour Isabelle, retrouver l'abbé Jean était une étape importante. Il semblait savoir tant de choses sur sa mère ! Mais, à présent, il lui fallait partir à la recherche de ses origines. Une démarche qui lui tenait à cœur, mais qui, hélas, commençait d'une bien mauvaise façon. Avait-elle eu raison d'aller à la rencontre de ses sources profondes pour apprendre une nouvelle si triste de la bouche de cet homme qu'elle connaissait à peine et qui, pourtant, ne demandait qu'à être son ami ?

Une larme perla dans ses yeux.

— J'aurais tant voulu la connaître. C'était ma mère.

Il la reprit dans ses bras et la serra tendrement contre lui en se donnant l'impression qu'Isabelle était sa fille. Comment aurait-il pu oublier le jour où il avait croisé la blonde fillette, déjà si belle, qui posait sur lui un regard interrogateur au château de Nantes ? Ce jour-là restait gravé dans sa mémoire.

— Léonore ne pensait qu'à vous, Isabelle. Avant de mourir...

— Oh ! que vous a-t-elle dit ?

— Que je devais m'assurer de votre bonheur.

La jeune fille soupira.

— Heureuse ! Le suis-je ?

Isabelle ne pouvait contester l'éducation aristocratique dont elle avait bénéficié aux côtés de la jeune duchesse Anne. Elle ne pouvait nier l'amour que lui avait donné sa mère nourricière, dame Charlotte, dont les attentions allaient bien au-delà de ses simples désirs, ni les innombrables privilèges qui l'attendaient encore. Parfaitement intégrée dans la suite intime de la nouvelle reine de France, Isabelle pouvait prétendre à de multiples honneurs. Mais était-elle pour autant heureuse ?

En remontant dans sa mémoire, tout lui revenait. Sa petite enfance à la cour du seigneur de Berry. Une enfance choyée, adulée dans les bras de dame Charlotte, car il était de bon ton, dans une cour princière, qu'on ne laissât pas aux mères l'éducation de leurs enfants. C'était affaire de principe. Les enfants bâtards de Charles de Berry, frère du roi Louis XI, étaient considérés comme de vrais princes. Et c'est bien la raison pour laquelle le duc avait refusé que Léonore s'en aille avec sa fille. Mais il n'avait pas retenu sa maîtresse, puisqu'il devait prendre épouse en la personne de la propre cousine du duc de Bourgogne. Il l'avait délivrée et laissée partir à l'aventure, en quête de son père.

Isabelle savait tout cela. Sa nourrice le lui avait appris. La suite, elle s'en souvenait comme si les événements s'étaient passés tout récemment. Quand Charles de Berry était mort, Isabelle n'avait pas souffert de partir à la cour de Bourgogne puisque dame Charlotte ne l'avait pas quittée. Lorsque la terrible Anne de Beaujeu avait expédié les deux petites bâtardes, Isabelle et sa compagne d'enfance Marguerite, comme une marchandise luxueuse à la cour de Bretagne, la vie des deux fillettes s'était déroulée agréablement dans l'intimité paisible et harmonieuse de la petite duchesse.

— Et Jacquou, dit Isabelle en fixant ses yeux dans ceux du prélat, parlez-moi du petit Jacquou.

— J'ai respecté la demande de votre mère, Isabelle. Je l'ai conduit à maître Pierre de Coëtivy, son père, qui a miraculeusement survécu à l'épidémie de peste au moment où il était à Paris avec votre mère.

— Mais, vous m'avez dit...

— Qu'il avait une femme. Oui ! Elle s'appelle Bertrande et n'a jamais eu d'enfant. J'ai eu l'impression qu'elle attendait celui-là. Qu'importait pour elle, puisque la mère était morte et que son époux lui revenait bien vivant.

Isabelle soupira.

— Abbé Jean, puis-je...

— Abbé Jean ! reprit le chanoine en souriant. Non, Isabelle, appelle-moi Jean.

Il saisit sa main et la serra chaleureusement dans la sienne.

— Tu es séduisante, Isabelle. Aussi désirable que ta mère, avec un charme plus doux, mais Léonore avait tant d'amour à donner et à prendre !

Il se tut, hésita et reprit, d'une voix presque éteinte :

— C'était une grande amoureuse.

— L'avez-vous si bien connue, Jean ?

— Trop pour l'oublier.

— M'emmènerez-vous un jour à Bruges pour que je connaisse mon grand-père et mes oncles, Gilles et Martin ?

Martin ! Qu'était-il devenu ? À la mort de sa sœur, l'adolescent avait repris le chemin de Bruges. Thomassaint était venu le chercher dès que la peste avait cessé de semer ses ravages. Et le grand projet de collaboration entre lui et Coëtivy avait été remis à plus tard. Isabelle inspira longuement. Le regard de Jean posé sur elle lui redonnait de l'espoir.

Et pourtant ! Le cœur du prélat battait si fort dans sa poitrine à la pensée qu'il ne reverrait plus Léonore. Ses doigts se crispèrent à nouveau, comme si Jean enfermait son secret. Nul n'apprendrait le lien passionnel qui l'avait uni à Léonore même si celle-ci avait tissé une œuvre qui les représentait tous deux enveloppés de leur mystère. À présent, Dieu lui avait assigné deux tâches auxquelles il ne se déroberait pas : veiller sur Jacquou et sur Isabelle.

La jeune fille ne le quittait pas des yeux. Il lui sourit, offrant l'image de ses dents parfaites, blanches, bien rangées, qui conféraient à son visage hâlé une séduction plus grande encore.

— Je t'emmènerai, Isabelle, dès que j'aurai une mission dans les Flandres.

— Mon grand-père a-t-il vraiment connu votre père, le sultan turc Mehmed II, qui est à l'origine de la chute de Constantinople ?

— Oui !

L'esprit de Jean s'évada. Blanche lui avait peu parlé du sultan, son père. Comment aurait-elle pu le faire sans évoquer ses actes barbares, ses pillages, son goût du sang, son harem dont elle avait été l'une des perles les plus belles ? Comment aurait-elle pu omettre les sauvageries de ce Turc parfumé, cultivé, habillé de soie luxueuse, capable aussi d'une ignominie sans pareille ?

Adolescent, Jean s'était penché sur l'histoire de Byzance, de Ravenne et de ses belles mosaïques. Il se repaissait alors des histoires du christianisme en Orient, de l'art byzantin, de son architecture, de la séduction des icônes païennes et religieuses, y amalgamant ses sources profondes, ses sources turques !

L'évêque Bertrand de Tours avait su le convaincre du choix qu'il devait faire, mais ne l'avait nullement forcé. Devant le dilemme qui se présentait à lui, religion musulmane ou religion chrétienne, Jean avait choisi le Dieu des chrétiens.

Le fils de Blanche n'avait pourtant pas renié la fougue qui le caractérisait. Mais l'évêque de Tours avait su le comprendre, l'assagir, le discipliner, le former, bref ! l'assouplir et, quand il s'était douté de sa liaison avec Léonore, sans pour autant en avoir la preuve, il avait fait la part des choses.

L'évêque Bertrand s'était montré clairvoyant. S'il lui avait interdit de poursuivre un acte puni par l'Église chrétienne en l'obligeant à s'enfermer entre les murs de sa cellule, Jean aurait tout remis en cause en choisissant son amour pour Léonore. Alors, il avait préféré l'élever haut dans la hiérarchie, lui offrant des missions et des responsabilités qui exigeaient de grands voyages. Et Jean était resté au sein du clergé.

Mais, tout cela, Isabelle l'ignorait.

XIX

Le bruit des sabots se répercutait sur la route comme un écho rappelant les multiples dangers qu'une longue chevauchée nocturne engendrait.

Louis d'Orléans tenait bien en mains les rênes de son cheval et Mordocus galopait, les flancs frémissants et les naseaux humant l'atmosphère qui, à chaque envolée de sabots, se refroidissait un peu plus.

Charles d'Angoulême conduisait son cheval plus souplement, avec élégance et désinvolture. Il fallait dire que Pardaille n'était pas de ces chevaux à se laisser mener impérieusement et il entendait bien montrer à son maître qu'il dirigeait l'accélération du mouvement.

Les deux cavaliers chevauchaient côte à côte et si, parfois, l'un prenait l'avantage, l'autre rattrapait aussitôt le retard.

— Une ou deux nuits de ripailles, mon cousin, nous remettront les idées en place.

— Hé là ! riposta son compagnon, qui te dit que j'ai la tête à l'envers ?

— Allons, Charles, laisse donc un peu tes femmes se reposer et suis-moi jusqu'à Paris. Tiens, arrêtons-nous à Chartres et je promets que je trouverai ton affaire.

Ravi de l'aubaine, Charles d'Angoulême, qui n'en demandait pas plus, rétorqua d'un ton hilare :

— Aurais-tu quelque petite promesse à tenir ? Une donzelle jeune et fraîche qui, dans sa candeur et sa jeunesse, attend le fier cavalier que tu es ?

— Une ! Mon cousin, tu veux rire ! C'est une brochette de drôlesses qui languissent. Et toutes émoustillées de me savoir courir les routes à leur rencontre. Mordi ! Charles, deux à Chartres et trois à Fontainebleau.

Charles cravacha son cheval.

— Les cordons de ta bourse, mon cousin, sont-ils aussi facilement délacés que tu y puises tant de largesses ?

— Holà ! Qui te parle de dépenses excessives ? À La Couronne d'or, la nuit entière est à dix sols, souper compris, plus six sols pour le fourrage de ton cheval et si tu prends la fille, ah ! la fille...

D'une main, il fit un large signe dans l'espace, y décrivant de façon fort imaginative des voluptés infinies.

— Si tu prends la fille, reprit-il, c'est huit sols.

Le comte d'Angoulême émit un petit sifflement tout en talonnant les flancs noirs et lustrés de Pardaille, son fidèle ami. Pardaille était un genet d'Espagne, pas très grand, mais superbement musclé, qui savait fendre l'air comme une flèche éjectée d'un carquois. Vaillant, courageux, volontaire, Pardaille n'avait qu'un défaut, celui de vouloir gouverner à sa guise.

— Huit sols !

— Huit sols, mon cousin. Et je te garantis mieux ! Une belle hostelière à Fontainebleau, toute en rondeurs, des tétons à la croupe. Elle a des bras gros et blancs de commère qui connaît bien son affaire et des cuisses, ah ! les cuisses. Grasses et fermes, des cuisses de belle pouliche qui t'emportent... sacrebleu, ça ne peut être qu'au paradis.

Il jeta un grand rire et rattrapa son cousin qui venait de prendre quelques longueurs d'avance.

— Que diable veux-tu que je fasse à Paris ?

— T'acoquiner, mon cousin. T'acoquiner. Ne me dis pas que tes gentilles femmes suffisent à combler tes aspirations !

Charles d'Angoulême avait deux maîtresses, Antoinette et Jeanne, vivant paisiblement en son logis et qui l'avaient chacune généreusement gratifié d'une fille. Sa mère, la comtesse de Rohan, attendait que sa toute jeune épouse lui donne un fils afin de ne pas ternir la descendance de la famille d'Angoulême par des bâtardises excessives.

— Allons, Charles, je décèle déjà dans ton œil complice qui s'allume sous ta paupière l'assentiment que tu t'apprêtes à me donner.

— Soit, Louis. Je t'accompagne à Paris. Cependant, tu oublies que je ne suis pas invité au sacre d'Anne de Bretagne.

— Bah ! Dans la foule, tu passeras inaperçu.

— Entendu. Je ne resterai que le temps d'une ou deux ripailles, mais, tiens-le-toi pour dit, mon cousin, je ne gaspillerai que les huit sols dont tu me parles.

— Si tu les as en poche, ton compte est bon et j'en fais mon affaire. Allons, mon cousin, Antoinette et Jeanne veilleront sur ta mère.

— Elle se fait vieille et je n'aime plus la laisser.

Charles d'Angoulême et Louis d'Orléans représentaient les membres les plus proches de la couronne royale. Que le jeune roi Charles VIII décédât et c'est Louis d'Orléans qui monterait sur le trône. Que ce dernier vînt aussi à trépasser et c'est Charles d'Angoulême qui se trouverait couronné roi de France.

Comment ne pas comprendre que nos deux coquins, qui s'entendaient comme larrons en foire, fussent acharnés à rester dans le sillage du roi ? Pourtant, là où le bât blessait, c'était dans le peu de considération qu'ils obtenaient de la famille royale, étant considérés comme des perturbateurs du royaume. N'avaient-ils pas, l'un et l'autre, organisé, tissé point par point tous les fils de la « Guerre folle » uniquement pour s'opposer à la politique des Beaujeu ? Aussi ne se gênaient-ils pas pour dénigrer leurs idées dès que l'occasion s'en faisait sentir.

De plus, comment Louis et Charles pouvaient-ils ne pas exécrer la régente Anne, laquelle avait emprisonné l'un pour insubordination, dans la grosse tour de Bourges, l'y laissant dépérir quelques années, et pratiquement évincé l'autre en lui imposant une retraite prolongée en son domaine d'Angoulême ?

— Allons, Charles, ta mère Marguerite de Rohan, reprit Louis d'un ton égrillard, qui est aussi ma vieille tante, pourrait bien vous enterrer, toi et tes concubines. Vivons l'instant présent et oublie ton domaine.

Il fit un léger écart, mais revint aussitôt près de son compagnon.

— Parions, mon cousin, que nous serons à Paris dans deux jours à peine. Es-tu prêt pour une longue course nocturne ?

Et, sans plus attendre, il cravacha Mordocus, un beau hongre pommelé, superbe dans ses taches fauves et blanches, et dont les naseaux se mirent à frémir.

Charles était déjà à ses côtés, prêt pour la chevauchée endiablée. En douceur, il éperonna Pardaille qui rua en plein milieu de la route, dépassant Mordocus de quelques longueurs. Mais Louis était trop bon cavalier pour se laisser distancer et ils continuèrent la route côte à côte sans plus discuter.

Le chemin était sombre, faiblement éclairé par une demi-lune naissante qui laissait les bas-côtés et les ornières dans une obscurité complète. L'air était vif et les cavaliers avaient resserré sur eux pourpoints et mantelets. Leurs pieds dans les étriers devenaient nerveux et le trot se transforma vite en un galop vertigineux. Mordocus et Pardaille filaient en direction de Chartres, dans une course éperdue et absorbée par la nuit qui s'offrait à leur plaisir, décuplé par l'ardeur et l'enthousiasme de leurs maîtres.

La froidure recouvrait la route d'un voile humide et, lorsque les hauts peupliers s'espaçaient, laissant à nu le chemin, l'ombre absorbait leurs silhouettes en diffusant un halo à peine perceptible que la lune reflétait comme une image à demi effacée.

Les galops impétueux résonnaient sur la route. Tant de silence juste troublé par le bruit régulier des sabots pouvait paraître inquiétant, et plus d'un, si ce n'avaient été nos valeureux cavaliers, ne se serait certes pas hasardé dans une telle équipée nocturne.

L'époque était peu favorable aux trajets routiers et parfois mieux valait, pour les moins pressés, emprunter le cours lent et tranquille des fleuves. La Loire restait navigable une grande partie de l'année et les gués et les passages étaient nombreux. Seuls, les péages représentaient un obstacle pour les moins fortunés, obligeant les barques et les petites embarcations à n'effectuer que de petits voyages.

Une ère bien incertaine que cette fin du XVe siècle où rien n'était assuré. Bois et campagnes inquiétaient tous les voyageurs. Qu'ils soient pèlerins, commerçants, prélats ou simples paysans, leur traversée se passait rarement sans encombre, c'est pourquoi ils essayaient souvent de s'assembler pour mieux se défendre. Bandits et rôdeurs qui menaçaient fréquemment les routes se tenaient souvent au détour d'un sombre bosquet ou d'un bas chemin, regroupés en cercle pour mieux agresser les passants.

Mais le duc d'Orléans et le comte d'Angoulême n'en étaient ni l'un ni l'autre à leur première chevauchée nocturne et la peur ne les saisissait que rarement. Pour eux, si les chemins de terre tendaient de multiples pièges, ils offraient en compensation, le soir venu, quand les chevaux étaient las et les cavaliers affamés, la possibilité de s'arrêter dans une auberge pour y passer la nuit.

Et là se poursuivait la volupté du voyage. Mais fallait-il encore avoir quelques écus en poche ou la bourse bien remplie, à moins qu'il ne s'agît de pèlerins peu fortunés qui, bien souvent, couchaient dans les étables ou les écuries, humant le foin sec et odorant qui leur tenait chaud.

— Nous arriverons à Chartres dans une heure ou deux, cria Charles. Que fait-on ? Ton cheval m'a l'air de vouloir prendre du repos.

Avec sa bonhomie habituelle, Louis capitula.

— Tiens donc ! Tu n'es plus à une journée près, maintenant. Mais, soit, arrêtons-nous dès que nous serons aux portes de Chartres.

Leurs yeux fouillèrent la nuit et, soudain, ils distinguèrent une lumière qui, sans les inquiéter, les obligea à forcer l'allure.

— Mordi ! Cette route n'est plus aussi sûre que je le pensais. Si c'est un rôdeur, filons, cria Louis en éperonnant son cheval.

Tremblante et diffuse, la lumière s'étendait en un cercle phosphorescent qui ne pouvait échapper aux deux cavaliers.

Charles qui, sur son genet noir, menait la course fit un brusque écart. Une ombre chercha furtivement à s'esquiver. Il dut freiner sec pour ne pas heurter l'obstacle et, la seconde qui suivit, Pardaille s'arrêta dans un hennissement craintif.

— Holà, manant ! Que fais-tu sur la route à cette heure ? résonna la voix de Charles, haute et distincte.

Pris par son élan, Louis, qui s'apprêtait à les dépasser, distingua une silhouette sombre tenant un âne par la bride.

— Par tous les diables, qu'est-ce donc là ? cria-t-il à son tour.

Après avoir contourné la monture de son compagnon restée sur le bas-côté de la route, l'homme venait d'éviter de justesse celle de Louis.

— Je ne suis ni un rôdeur ni un malfaiteur, mes seigneurs. Je ne suis, hélas, qu'un pauvre moine à la recherche d'une aide. Cet âne stupide ne veut plus avancer.

— Eh ! eh ! moinillon, braque-nous donc ta lanterne sur l'âne et, par la même occasion, sur ton crâne tonsuré et ta soutane.

Le moine s'exécuta.

Il portait une robe brune et grossière, serrée à la taille par une corde blanche. Dissimulée sous la capuche de sa bure, la tête ne laissait apercevoir aucun détail de son visage.

— Il ne vaut pas deux pistoles, ton âne. Où l'as-tu volé, moine ?

— Volé ? Vous plaisantez, mon seigneur. Je n'ai fait que l'échanger.

— Contre quoi ? ricana Charles.

— Que puis-je échanger d'autre, mon seigneur, que des prières ?

Puis, en hâte, il se signa par deux fois, glissant sur les deux voyageurs un regard hésitant.

— Morbleu ! Des prières, et pour sauver qui ?

— Un pauvre hostelier qui, du côté d'Orléans,

regardait avec pleurs et gémissements mourir sa femme.

D'un geste toujours aussi expéditif, le moine se signa à nouveau et reprit d'un ton leste :

— Mais Dieu m'a entendu et la matrone est en vie.

— Ne serait-ce pas plutôt toi qui aurais convaincu le brave homme que sa femme était près de trépasser ?

— Doux Jésus, répliqua le moine, elle était si mal en point que sa tête ne répondait plus tant la fièvre rongeait son corps et son souffle était quasiment celui d'une morte. Ah ! mon bon seigneur, c'est que mes prières l'ont bien ragaillardie.

— Et ton âne en est le prix. Il me semble, moinillon, que si tes Ave Maria et tes Pater ont fait leur effet, tu t'es bel et bien fait avoir.

Charles faisait tournoyer Pardaille autour de l'homme, dont la bure qui le recouvrait pouvait fort bien cacher quelque chose.

— Regarde ! fit-il, ton âne n'a que la peau et les os. Il ne s'est guère ruiné, ton homme.

— Dis plutôt que tu l'as volé à quelqu'un d'autre. Un hostelier ne laisse pas mourir de faim ses animaux.

Une main posée sur son épée ajustée à sa ceinture et l'autre sur sa bourse rebondie, Louis se tourna vers son cousin.

— Ce drôle ne me dit rien qui vaille.

Charles tira sur la bride de Pardaille, lâchant suffisamment la longe pour qu'il reprenne tranquillement le milieu du chemin.

— À combien de lieues sommes-nous de Chartres ? s'enquit-il auprès de Louis.

— Trente à peine, répondit précipitamment le moine. Je connais bien le coin, mon seigneur, c'est justement là que je me rends.

— À quelle abbaye t'attend-on ?

La question eût fort embarrassé le moine si celui-ci avait eu le temps de répondre. Mais le destin lui offrit une chance, car trois hommes débouchèrent du bas-côté de la route et se ruèrent sur les cavaliers.

Surpris, le comte d'Angoulême ne vit pas venir le coup. Il fut déséquilibré et projeté durement au sol. Il frotta sa tête endolorie, puis son omoplate qui avait heurté violemment une pierre angulaire du chemin.

Charles ne distinguait plus la lueur de la torche que le moine avait tout à l'heure dirigée sur son habit, pas plus d'ailleurs qu'il ne voyait son compagnon. Mais il entendit un grand tapage dans la direction opposée. Ses esprits revenant peu à peu, ses oreilles purent enfin démêler des grognements et des essoufflements qui n'auguraient rien de bon. Il jura en grimaçant de douleur et entreprit de se remettre sur pied.

Souple et rapide, Louis avait dégainé l'épée de son fourreau, la faisant virevolter dans l'obscurité en de grands moulinets qui eussent été impressionnants dans la clarté du jour.

Charles entendit siffler la pointe de l'épée au-dessus de sa tête. Assurément, c'était celle de son cousin. Ce qui le réveilla tout à fait.

— Tiens bon, Louis. Me voici, cria-t-il, la voix encore un peu pâteuse, à peine remis de l'étourdissement qui l'avait tout à l'heure anéanti. Combien sont-ils ?

— Je ne sais pas, mais sacrebleu ! je vais tous les occire.

Alors que les trois hommes se jetaient sur lui, Louis engagea le fer vers son plus proche adversaire. Son épée vola et coupa l'air dans un crissement sonore, puis fendit l'espace comme un bec acéré de faucon saisissant sa proie en plein élan. Cependant, l'obscurité trop intense lui fit rater son coup. En position de force sur son cheval, il eut pourtant l'avantage de quelques secondes sur ses agresseurs. D'une main, il tenait fermement la bride de Mordocus et de l'autre pourfendait l'air de sa lame.

Charles eut un vertige.

— Diable ! maugréa-t-il, c'est que la tête me tourne encore.

Puis il tituba et porta la main à sa ceinture pour tirer son épée. Quand, soudain, il repéra la torche du moine. Plus vif et plus alerte qu'on ne l'aurait soupçonné, celui-ci sortait de sa bure grossière un bâton rond, lisse, dur, taillé dans un bois sec, un de ces petits gourdins qui, bien utilisés, envoyaient sur-le-champ l'adversaire à terre.

Chancelant encore, Charles entendit le moine pousser un juron qui n'était guère représentatif du saint corps de l'Église. Un juron bien pesé, bien gras.

Puis il souffla un grand coup, leva haut le bras qui tenait le gourdin et, par-derrière, en asséna un coup sec sur le premier crâne à sa portée qui, fort heureusement, n'était ni celui de Charles ni celui de Louis. En un tour de main, il réitéra son geste et en assomma immédiatement un deuxième dont le crâne dénudé était par chance de son côté. Les hommes tombèrent raides à terre dans un bruit pesant et ne se relevèrent pas.

Charles, qui tenait encore ses côtes douloureuses, comprit que ce filou de moine s'était rangé de leur côté.

Le troisième agresseur qui se battait avec Louis marqua un temps d'hésitation et, quand Louis frôla de son épée sa large poitrine revêtue d'un lourd manteau en peau de bête, il recula et parut abandonner le combat, mais deux autres complices restés sur le qui-vive, et que nos trois hommes n'avaient pas pu remarquer tant ils étaient dissimulés dans les fourrés, vinrent à la rescousse.

Charles se remettait lentement. Bien que rude, le choc était sans gravité. Il se frotta de nouveau l'omoplate et les côtes et s'écria :

— Cette fois-ci, je vais tous les occire.

Puis il tira son épée qui, par bonheur, tenait toujours à sa ceinture et se rua sur les assaillants.

Deux malfaiteurs prenaient l'avantage sur son cousin qui commençait à s'échauffer. Le plus bruyant – il poussait des cris rauques rythmant ses élans pour mieux tirer sur la jambe du cavalier afin de le faire tomber – était de petite taille et paraissait assez fluet, et, de l'autre côté, celui dont on ne voyait qu'une immense silhouette encapuchonnée le poussait avec force, afin de lui ôter toute résistance.

Charles arriva juste à temps. Il fit siffler l'épée au-dessus de sa tête et, plus prompt que l'aigle qui tombe à pic de son rocher, l'abaissa d'un coup sec et faillit trancher le cou du plus grand. Mais, de toute évidence, celui-ci avait parfaitement paré le coup et, se baissant vivement, fit tourbillonner sinistrement dans les airs le tranchant de la lame.

Le déséquilibre du malfaiteur permit à Louis, sur son cheval, de reprendre une posture plus stable. Mais le manant s'était relevé, jambes écartées et poings levés, en position d'attaque.

Emmitouflé dans sa bure de laine, le moine s'était approché en silence, laissant flotter quelques petits jurons entre ses dents serrées et, de son gourdin bien rond, frappait le crâne de l'agresseur qui s'apprêtait à se ruer sur Louis, louchant d'un œil vers l'épée qui tentait de l'étriper.

Mais le coup ne fut pas aussi précis que ceux qu'il avait assénés à ses deux premiers adversaires. L'homme se releva en portant la main à sa tête, reprit son souffle, et sa réaction fut plus rapide que ne se l'était imaginé le frocard. Il lui asséna un tel coup de poing en plein visage que le pauvre moine tituba en poussant un énorme blasphème. Puis, libre de ses mouvements, pour un bref temps du moins, il se rua sur le duc d'Orléans et tira sec sur sa jambe.

— Tout doux, Mordocus, tout doux, mon brave, lança Louis en gesticulant sur son cheval. Nous allons l'estourbir en beauté, ce diable-là.

Il fit face à son agresseur et, du tranchant de l'épée, lui porta un coup sur le côté gauche qu'il ne put esquiver. L'homme tomba pesamment à terre.

— Tiens bon, moine, tiens bon, s'écria Charles qui venait à la rescousse. Et surveille-moi ce lascar, que je puisse occire les deux autres.

Cette fois, dans sa chute, le bandit avait entraîné Louis, qui heurta durement le sol. Il lui fallut quelques secondes pour se remettre sur pied et reprendre son arme tombée sur le chemin. Il crut un instant que les deux autres scélérats allaient lui tomber sur le col.

La pointe de son épée dirigée vers ses agresseurs, il se rua sur l'un d'eux et lui entailla l'épaule. C'est à peine s'il vit Charles qui, ayant perdu son arme, se battait au corps à corps avec l'autre, pas plus qu'il ne remarqua que le brave moine enfonçait son poing dans le bas-ventre de l'homme qui le malmenait.

L'agresseur blessé à l'épaule, se trouvant en fâcheuse posture, s'était écarté, mais les deux autres récidivaient et se ruaient sur le moine. Celui-ci s'efforça de faire un croc-en-jambe pour déstabiliser le plus petit et, en se contorsionnant, y réussit. Un coup porté au flanc le laissa immobile.

Peu s'en fallait que le dernier bandit ne capitulât, mais la rage le prit et, avant de se jeter sur le moine, il cracha un jet de salive qui s'écrasa au sol dans un chuintement sec.

— Ah ! sale curé, vociféra-t-il, tu me paieras ton coup de gourdin avant que je t'envoie brûler aux enfers.

— Attends, fripouille, je vais te faire avaler ta salope de langue.

— Tiens, frocard ! Attrape-moi ça !

Un coup de poing bien appliqué fit trébucher le moine. Suant, soufflant, grognant, il se rua sur son agresseur. À présent qu'il avait perdu son gourdin, seules ses mains pouvaient le sauver. De fortes mains, massives et lourdes, des poings serrés tendus et forts qui s'élançaient à l'assaut du bandit.

— Attends, moine, cria Louis qui s'était enfin dégagé du dernier malfaiteur que Charles avait récupéré avec un certain déplaisir. Attends, on va étriper celui-ci avant qu'il n'aille pourrir dans l'ornière.

Et, d'un coup sec, brandissant son épée, il l'estourbit, marquant ainsi la fin du combat.

Charles exultait.

— Bravo, cousin. Tu peux dire que c'est un coup de maître. Mais, à mon avis, il vaudrait mieux ne pas trop traîner dans ces parages.

Au lieu de compter les morts et les blessés, Orléans se rallia au sage conseil de son compagnon.

— Allons, monte en croupe, jeta Charles au moine, et attache ton âne à mon cheval.

Le moine se confondit en remerciements et sauta sur Pardaille avant que l'« autre seigneur » soit d'un avis contraire.

Mais le duc d'Orléans se mit à rire.

— Espérons que ton âne voudra bien avancer.

— Pour sûr, mon bon seigneur, qu'il va trotter vite fait, ce satané fainéant-là.

— Qui t'a appris à te battre ainsi ? questionna

Charles en talonnant Pardaille qui ne semblait guère apprécier le poids supplémentaire du gros homme en soutane.

— Les occasions m'ont formé, mon seigneur.

— Les occasions ! Enfermé comme un prisonnier dans ton monastère ?

Orléans se mit à rire, suivi par Angoulême, qui reprit aussitôt :

— Es-tu moine ou manant ?

— Manant ! Moi ! N'avez-vous pas vu mon habit ?

— Allons ! Tu m'as l'air d'un frocard d'occasion. Confesse-toi, moine, ou je t'abandonne avec ton âne sur le bord du chemin.

Charles, que l'air froid ragaillardissait, vint se placer devant son cousin.

— Moine, tu as devant toi le duc d'Orléans qui, un jour peut-être, faute d'héritier plus direct, sera roi de France.

Il eut un grand rire saccadé, plein de franchise et d'ironie. Se doutait-il, Charles d'Angoulême, que les propos qu'il jetait avec tant de désinvolture devaient un jour se réaliser ?

— À moins que ce ne soit toi, mon cousin, fit Orléans en se gaussant à son tour. Ces fripouilles auraient pu m'occire et te laisser en vie ! Mais, bah ! Je me fais vieux et, hormis les femmes, j'ai décidé de m'assagir.

Charles fit claquer son fouet en direction de l'âne qui n'avançait pas assez vite.

— Assez ri, mon cousin.

Puis il se retourna.

— Alors, qui es-tu, manant ?

L'âne ne pouvait que ralentir l'allure des chevaux et, bien que l'aube approchât, la nuit ne se dissipait guère, de grandes traînées obscures s'attardaient le long de la route.

— Mordieu ! Vas-tu nous dire si tu es moine ou non ?

L'homme en bure hésita et détourna habilement la question.

— Mes bons seigneurs, peu importe qui je suis. Dorénavant, j'existe pour vous servir.

— Ainsi, tu veux nous suivre. Mais, dans les poches de ta bure, as-tu au moins deux ou trois pistoles pour payer ton gîte, ton souper à l'auberge et le foin de ton âne ?

— La bourse d'un moine n'est jamais bien gonflée, mon seigneur.

Louis, qui chevauchait aux côtés de Charles, chercha dans les manches de son pourpoint et tira quelques pièces qu'il lui jeta au vol.

Une à une le moine les attrapa, s'aidant de sa torche pour les compter à voix haute.

Ils arrivèrent à proximité de Chartres alors que l'aube commençait à poindre.

— Arrêtons-nous ici. Je n'ai guère envie de poursuivre la route avant que le jour ne se lève. N'es-tu pas las, mon cousin ? Ne veux-tu pas t'arrêter dans cette hostellerie ?

— Bah ! J'en connais une autre qui n'est qu'à quelques lieues d'ici et qui vaut son pesant d'or. Mais tu as raison, Charles. Arrêtons-nous ici. Nous repartirons demain à l'aube. Une bonne nuit de repos nous fera oublier nos déboires.

Devant l'auberge, Charles descendit de sa monture et contourna son cheval qui, bruyamment, hennit de joie quand il vit qu'on le détachait de ce fainéant qui freinait sans cesse son allure. Pardaille avait l'échine en sueur et ses naseaux fumaient abondamment. Dégagé de l'âne, il secoua sa crinière et agita son sabot droit arrière avec tant de fougue que son compagnon de route Mordocus l'imita aussitôt, prenant soin d'accrocher une touffe d'herbe pour soulager sa nervosité.

Charles lui flatta le flanc et leva la tête. L'enseigne représentait une tête de cerf dont les bois enchevêtrés étaient surmontés d'une couronne.

— Voilà un gîte qui m'apparaît bien accueillant. Allons, mon cousin, entrons.

Tandis que les deux cavaliers observaient l'auberge, le moine marcha jusqu'au puits de la cour à grands pas silencieux. Des seaux vides y étaient empilés les uns dans les autres. Un seul récipient, plein à ras bord d'une eau glacée, était posé sur la margelle et servait aux ablutions matinales des voyageurs qui, trop pressés, ne pouvaient attendre le lever des chambrières.

Le moine contourna le puits et s'accroupit derrière pour se cacher.

Le dos tourné vers l'enseigne, Charles et Louis ne pouvaient le voir. Du moins n'en eurent-ils pas le temps, car déjà l'hostelier s'avançait.

— Que puis-je pour vous, messieurs ?

Torche à la main, il s'arrêta net en voyant les vêtements des deux hommes en bien piteux état. Le pourpoint jaune du comte d'Angoulême était déchiré de l'épaule à la ceinture, découvrant un bas-de-chausses assorti qui béait sur son genou droit. Quant au mantelet du duc d'Orléans, sa teinte bleue disparaissait sous la poussière et pendait lamentablement le long d'une de ses cuisses, laissant à jour sa chemise fendue du col à la taille.

— Il est bien tard pour souper, avança prudemment l'aubergiste.

— Il n'est jamais trop tard pour deux sires en quête de repos, répliqua Louis d'Orléans, et votre gîte nous paraît bien flatteur. Nous voulons deux chambres, aubergiste.

Il se retourna vers Charles, qui fit un signe affirmatif.

— Je crains fort de ne pouvoir vous aider, messieurs. Je n'ai malheureusement plus de chambre pour vous.

— Eh là ! mon brave. Nos chevaux sont harassés et nous ne pouvons repartir. Nous venons d'être agressés sur la route par des bandits et nous voulons nous reposer. Si vous n'avez qu'une seule chambre, nous la partagerons.

L'hostelier les toisa avec hauteur.

— J'en ai bien une, en effet, mais ce n'est pas une chambre pour vous.

— Et pour qui est cette chambre ? jeta Louis d'un ton irrité.

— C'est une chambre de maître avec laquais, monsieur.

— Eh bien, nous la prenons, mon brave !

— C'est que vous n'avez pas de laquais, rétorqua l'homme, de plus en plus méfiant.

À nouveau, il jaugea les vêtements maculés, troués, déchirés de ses vis-à-vis, puis recula de quelques pas, s'apprêtant à réitérer son refus. Quand, soudain, une voix forte retentit derrière lui :

— Que si, monsieur l'hostelier ! Me voici. Je suis le laquais du comte d'Angoulême.

Surpris, l'aubergiste se retourna. Un petit homme trapu, fort, le cheveu épais et noir, la mâchoire carrée, le cou enfoncé dans les épaules se tenait droit et raide comme s'il eût voulu grandir d'un seul coup. Sa cotte grise et poussiéreuse n'était pas plus reluisante que les habits des deux cavaliers.

— Qu'est-ce que..., articula l'aubergiste.

Mais l'homme poursuivit d'un ton gouailleur, en s'adressant à Charles :

— Mon seigneur, je vais mettre les chevaux à l'écurie et m'assurer qu'on leur donne de la paille fraîche. Pardaille est si affamé qu'il prend exemple sur mon idiot d'âne et ne veut plus avancer.

— Pardieu ! Mais c'est notre curé, murmura Louis en esquissant un sourire de connivence.

Puis, s'adressant à l'aubergiste, il l'interrogea d'un ton où roulait une colère contenue :

— À combien se monte le prix de votre chambre avec laquais ?

— Une fortune que vous n'avez pas en poche, manant, fit l'aubergiste dont les joues rouges tournaient au cramoisi. Maintenant, déguerpissez et ne m'importunez plus. Sinon, j'appelle les hommes d'armes.

— Vous avez tort de vous emporter, monsieur l'aubergiste, car nous avons de quoi payer votre chambre avec laquais.

Il tira de sa manche déchirée sa bourse pleine et fit sonner haut et fort les écus qu'elle contenait.

— Votre chambre aurait-elle été à quinze ou vingt sols, et même plus, que nous vous l'aurions payée. Adieu, l'hostelier, ce manque de courtoisie à notre égard est un geste que vous regretterez un jour.

L'homme reculait, sa torche à la main. Visiblement, il commençait à se demander si ces cavaliers n'étaient pas vraiment des seigneurs que la nuit avait saisis dans ses multiples pièges.

Mais Louis d'Orléans ne lui laissa ni le temps de réfléchir ni celui de s'excuser.

— Sachez, reprit-il, en rentrant sa bourse dans sa manche, que nous allons de ce pas gîter et souper à l'auberge Aux Deux Pots d'étain, là où le maître des lieux nous accueillera avec chaleur et reconnaissance.

— Mes seigneurs..., fit l'aubergiste en tendant la main.

Louis d'Orléans esquissa un sourire d'ironie et continua d'une voix froide :

— D'ailleurs, nous y retrouverons probablement le cortège royal qui doit repartir pour Paris afin d'y sacrer Anne de Bretagne, la nouvelle reine de France, et je suis impatient de retrouver mon cousin Charles, le roi de France.

Il claqua des doigts.

— Amène les chevaux, dit-il en se tournant vers le faux moine. Nous repartons. Il n'y a que quelques lieues pour atteindre la sortie de la ville.

Puis, plantant là l'aubergiste qui ne savait toujours pas s'il avait tort ou raison, ils enfourchèrent leurs chevaux et s'enfoncèrent dans l'aube qui commençait à poindre.

— Hé ! compère laquais, puisque tel tu as décidé d'être, comment t'appelle-t-on ?

— Lambert, pour servir mon maître.

— Tiens donc, je croyais que tu avais choisi la personne du comte d'Angoulême.

— Mon cousin, répliqua Charles, ta bourse est plus garnie que la mienne et je n'ai pas besoin de personnel autre que celui que je paie déjà fort mal.

Louis d'Orléans toussota et laissa poursuivre son cousin.

— Mon pauvre Lambert, reprit celui-ci, mon domaine me rapporte juste ce qu'il faut pour vivre. Tes généreux services – et je te remercie encore de l'aide que tu nous as apportée sur la route – seraient bien mal rétribués.

— Eh bien, soit, lança Louis d'un ton débonnaire, jette définitivement tes hardes de curé. Je te prends à mon service. Quand nous serons rentrés à Blois, je verrai ce que tu sais faire.

XX

Les chevaux galopaient. Chartres se profilait derrière la forêt dans laquelle ils venaient de s'engager. La grande allée boisée répercutait le pas des chevaux. L'allure du vieil âne de Lambert freinait leur course. Soudain, ils entendirent dans leur dos un galop. Louis se retourna en même temps que Charles. Sidérés de voir le nuage de poussière que les deux cavaliers leur jetaient en plein visage en les dépassant, ils eurent envie de pousser leurs chevaux afin de les doubler crânement.

L'étonnement de Louis grandit. L'un des cavaliers dont la fougue était évidente lui rappelait quelque chose. Où avait-il vu cette façon de tenir les rênes en pleine course et remarqué cette manière de chevaucher pratiquement comme si la selle devenait inutile ? Pardieu ! Il ne connaissait qu'un cheval capable de soutenir les prouesses d'un tel cavalier. Et il s'appelait... Il s'appelait César.

Sa surprise fut plus grande encore quand, au loin, il vit le nuage de poussière s'atténuer, comme si le cheval ralentissait. Son esprit remonta les années jusqu'à cette époque agitée qu'avait été la « Guerre folle ».

Oui, il n'y avait qu'un homme qui se tînt ainsi sur son cheval. Et voici que, de surprise en surprise, il aperçut le cavalier revenir vers lui, en maîtrisant sa monture.

— Seigneur d'Orléans, je vous salue.

— Jean de Villiers ! s'écria Louis en sautant à bas de son cheval. Quel hasard ! Sacrebleu ! Que je suis content de vous voir.

Le bouillant prélat n'avait pas changé. Le visage ferme, volontaire, les yeux de feu, l'attitude fière, mais nullement hautaine, le geste précis, l'allure noble, plus noble que bien des seigneurs hautement titrés.

— Jean de Villiers, s'écria encore Louis d'Orléans.

Puis il le serra dans ses bras, lui tapota le dos et, finalement, lui fit une accolade qui montrait sa grande satisfaction de le revoir.

— Ah ! que le temps passe. Toutes ces années, Jean !

Puis, il se tourna vers son cousin Charles.

— Voilà un curé qui, mordieu ! est bien vrai, celui-là.

Il pointa l'index vers Lambert grimpé sur son âne et qui fixait des yeux, ahuri, le vrai moine.

— Prends-en de la graine, mon brave Lambert, si un jour l'idée te reprend d'être moine.

Jean riait, apparemment ravi, lui aussi, de cette rencontre inopinée durant laquelle, pour l'instant, il n'arrivait pas à placer une seule parole. Louis le détaillait d'un air joyeux, goguenard.

Sa robe n'était plus une bure de grossière étoffe brune. Le chapelet en perles de bois qu'il portait autrefois à la ceinture était remplacé par une élégante bourse en soie brochée. Ses pieds n'étaient plus chaussés de simples sandales et Louis devinait sous les poulaines de feutre les ongles de ces pieds-là soigneusement entretenus.

— Sacrebleu ! Jean. Vous avez fait du chemin. Plus

que moi, pardi ! qui, sorti de ma honteuse prison de Bourges dans laquelle m'avait mis cette odieuse femme, suis écarté de la cour comme un pestiféré.

Il esquissa un grand geste envers son nouveau compagnon et poursuivit, avant que personne d'autre n'eût le temps de glisser un ou deux mots :

— Regarde-le, mon cousin, Jean est un prince de l'équitation, un prince du combat, à qui il manque tout bonnement un sabre entre les mains, une épée, que dis-je ! un arc d'où chaque flèche se fiche exactement là où elle doit aller.

— Eh là ! mon cousin, jeta enfin Charles d'Angoulême, quel enthousiasme débordant ! En vérité, si ce compagnon retrouvé est tel que tu le décris, j'ai bien envie de le connaître davantage.

— Il est mieux encore. Il est à mon image, il aime tout ce qui est beau, tout ce qui est fait pour être admiré par des yeux connaisseurs. Quand allez-vous vous défroquer, mon cher Jean ?

Le visage du chanoine devint plus grave.

— Me défroquer ! répliqua-t-il. Le Dieu que j'ai adopté ne me laissera certes pas m'échapper. Il me tient bien, croyez-le.

Et c'est alors que Louis fut assailli par cette vision de rêve qu'autrefois il avait croisée sur l'un des chemins forestiers qui menaient à Nantes. Elle s'appelait Léonore. Elle avait fait un bout de chemin avec lui, tout en refusant ses avances. Ensemble, ils avaient été emprisonnés sur les ordres d'Anne de Beaujeu, ensemble ils s'étaient enfuis, et ils avaient compris que la liberté était la seule chose qui vaille la peine d'être vécue. Puis, leurs chemins s'étaient séparés. Et voilà qu'il la retrouvait sur un autre chemin forestier. Mais celui-là menait à Chartres.

La belle apparition le cloua sur place, droite et fière sur son cheval. Sans s'en rendre compte il tendait les bras afin de serrer contre lui celle qu'il n'avait plus revue depuis des années.

De folles boucles blondes dansaient sur ses épaules. Des yeux bleus de porcelaine éclairaient ce même visage, ce même sourire. Cette jeune femme n'était pas Léonore, dont le regard était fauve et les cheveux noirs comme les ailes d'un corbeau.

— Je vous présente Isabelle de La Baume, dit Jean.

La jeune fille planta ses yeux dans le regard mordoré du duc d'Orléans et expliqua d'une voix douce, tranquille, aussi harmonieuse que les vibrations modulées d'une corde de harpe :

— Je n'ai pris ce nom que pour une raison bien compréhensible. On vient de me donner le domaine que ma mère avait hérité de son mari, le seigneur de La Baume.

— Léonore ! fit Louis, étonné.

— Je suis sa fille.

— Et où est votre mère ?

— Hélas, elle est morte.

Jean crut bon d'intervenir.

— Vous souvenez-vous qu'elle avait été enfermée dans...

— Dans la grosse tour de Bourges, poursuivit Louis. Hélas, comment pourrais-je l'oublier quand sa fuite – sacrebleu ! comme je la comprends – a permis qu'on me déloge de cette infect cachot de Lusignan dans lequel je crevais comme un rat.

Il s'approcha d'Isabelle, qui fit mine de descendre de cheval. Aussitôt, il s'empressa pour l'aider gracieusement à mettre pied à terre.

— C'est dans la tour de Bourges où a été enfermée

votre mère pendant deux longues années que j'ai été emprisonné à mon tour lorsqu'elle s'est évadée. Mordieu ! Que j'étais content quand j'ai appris cela.

Il passa la main sur son front et observa longtemps le visage d'Isabelle.

— Comment est-elle morte ?

C'est Jean qu'il regardait à présent, d'un œil triste, la mine consternée. Toute sa joie semblait s'être envolée. Il connaissait si bien l'histoire. Isabelle n'avait jamais vu sa mère. Elle ne pouvait qu'éprouver un immense regret, une amertume qu'elle garderait peut-être toujours au cœur, mais qui ne pouvait guère s'apparenter au chagrin de ce chanoine qui, autrefois, avait été fou amoureux d'elle.

— Comment est-elle morte ? répéta-t-il en plantant ses yeux dans ceux du prélat. Racontez-moi, Jean.

Le tirant par le bras, il l'avait emmené un peu plus loin, tandis que Charles d'Angoulême s'était approché d'Isabelle pour tenter de lier une conversation aimable et courtoise. Jean haussa les épaules, comme s'il était inutile de raconter une histoire qui lui remuait trop le cœur. Mais il se reprit et raconta d'une voix basse :

— Après sa fuite, elle est allée à Bruges. Elle me croyait mort. Vous rappelez-vous, Louis, les cinq moines pendus à Nantes pour espionnage et qui œuvraient pour votre compte ?

— Je m'en souviens, je n'étais pas encore emprisonné.

— On lui a fait croire que j'étais parmi eux.

— Mais, vous l'étiez ?

— J'étais le sixième et j'avais un fort bon alibi. Celui de rencontrer un fabricant de soie qui me connaissait et avec lequel je négociais depuis longtemps pour le compte de l'évêque de Tours.

— Je sais tout cela. Mais ensuite ?

— Ensuite, c'est très simple. Me croyant mort, oui ! me croyant mort, insista-t-il pour se convaincre lui-même, Léonore a connu et aimé un artiste peintre renommé qui, de plus, est un lissier d'envergure dont je tairai le nom par discrétion. Elle est rentrée en France juste quand l'épidémie de peste s'est déclenchée.

— Mordieu ! Elle en est morte.

— Non. Elle est décédée en couches. Je l'ai retrouvée par un pur hasard à Paris où la fatigue, la peur, la faim l'accablaient comme tant d'autres. Son enfant a survécu. Elle a succombé dans une interminable hémorragie que les sœurs du couvent des Ursulines n'ont pu arrêter.

— Et son enfant ?

— C'est un garçon. En mourant, elle m'a demandé de le confier à son père.

— L'a-t-il accepté ?

— La mère étant morte, son épouse a semblé consentante.

Charles d'Angoulême et Isabelle venaient à eux et Lambert était descendu de son âne pour écouter la suite de la conversation. Mais Jean n'en ajouta pas davantage.

— Où alliez-vous donc dans cet infernal galop ?

— Je me rends à Paris, seigneur d'Orléans, répondit Isabelle. Je suis l'une des suivantes d'Anne de Bretagne et je dois assister à son sacre tout comme j'ai assisté à son mariage avec le roi Charles VIII.

— Mais ne faites-vous donc pas partie du convoi royal ?

— Et vous, seigneur d'Orléans ?

Louis se mit à rire.

— Ah ! la liberté ! La liberté ! Savez-vous que vous

ressemblez à votre mère autant par les charmes physiques que par les répliques et l'audace ?

— J'en suis ravie, car je sais, ou du moins j'ai appris, que ma mère était un personnage hors du commun.

— Ainsi, vous l'accompagnez, Jean, à ce que je comprends.

— Il avait d'autres engagements, s'empressa d'ajouter Isabelle, mais il se refuse à me laisser seule sur les routes en plein hiver. Il dit que le mauvais temps est toujours sujet à tracas. Déjà quand nous sommes partis de Tours, le brouillard se levait.

— Confiez-nous cette jeune demoiselle, Jean, nous en prendrons le plus grand soin. Dieu en sera le témoin visible. Vous le savez, elle ne risque rien en notre présence. Nous allons là où elle va et nous la remettrons en main propre à la reine.

Louis s'approcha de César, qui sembla le reconnaître.

— Ah ! mon brave. Après Léonore, tu ne pouvais pas trouver meilleur maître que le chanoine Jean.

Soulagé de voir Isabelle en si bonne compagnie – car, bien entendu, qui pouvait mieux la défendre en cas de difficultés que le duc d'Orléans et le comte d'Angoulême, réunis ? –, Jean les quitta en promettant à Isabelle que leurs contacts seraient fréquents, car il entendait bien continuer à veiller sur elle.

Le petit convoi traversa Chartres sous un brouillard intense qui s'était levé quelques heures plus tôt et s'étendait sur la ville tel un épais manteau, les empêchant de reconnaître ce qu'ils cherchaient. Ils dépassèrent sans le voir le porche de la cathédrale. Les sabots des chevaux claquaient sur le pavé froid et, de leurs naseaux humides, sortait une buée blanche qui s'évaporait aussitôt dans l'espace.

— Mordi ! Mon cousin, s'exclama Louis, c'est à peine si je distingue le bout de ma botte.

— Bah ! Allons tout droit, répliqua Charles, cette rue mène sans doute à la cathédrale. De là je retrouverai l'auberge.

— À mon sens, fit Lambert qui trottait alertement sur son âne, nous l'avons laissée derrière nous.

— C'est aussi mon avis, seigneur d'Angoulême, jeta Isabelle, qui avait cru apercevoir la masse trapue de la cathédrale au travers de l'épais brouillard. Nous devrions retourner sur nos pas.

Ils firent donc demi-tour et, cette fois, la chance fut avec eux, bien que la brume recouvrant les enseignes des échoppes ne leur permît pas de s'orienter facilement. Ils suivirent les pavés disjoints de la rue qui les mena non pas sur la place de la cathédrale, mais directement aux Deux Pots d'étain.

En entrant dans la cour, le cheval d'Isabelle heurta celui d'un autre cavalier que la brume cachait totalement.

— Pardon, messire, dit la voix de l'inconnu, qui reprenait son cheval en main. Par ce vilain temps, nous ne voyons rien. J'espère que votre monture n'a pas été perturbée.

Un hennissement joyeux lui répondit et le cavalier resta bouche bée.

— Dieu soit loué ! murmura-t-il, je ne connais qu'un cheval capable de hennir de cette façon-là.

Il sauta à bas de sa monture.

— Framboise ! cria-t-il.

— Perle Noire, entendit-il en écho.

Mais le duc d'Orléans saisit le bras d'Isabelle.

— Allons à l'écurie, Isabelle. Je veux avant tout m'assurer que mon cheval y est bien logé, nourri, soigné. Et quelque chose me dit que vous êtes aussi attentionnée que moi sur la santé de votre cheval.

Il aperçut dans le brouillard le jeune homme qui s'était approché d'Isabelle.

— Permettez, seigneur, dit celui-ci, que j'accompagne moi-même cette jeune fille à l'écurie. Je ne sais point qui vous êtes, mais je dois vous dire que Framboise et Perle Noire se connaissent de longue date.

— De longue date ! s'écria Isabelle, comme vous y allez, messire. Je vous connais encore à peine.

— Et de plus, renchérit Louis, vous partiez, si j'en juge par votre monture fraîchement harnachée.

— Vous rendez-vous à Paris ? s'enquit Isabelle.

— Bien sûr, j'y suis attendu pour le sacre.

— Et vous partiez maintenant ?

— Sur-le-champ, quand nous nous sommes heurtés.

Isabelle tourna son visage vers Louis et vit son air contrarié car là où il se trouvait la nappe de brouillard se levait doucement pour retomber plus dense juste un peu plus loin.

Mais le brouillard est ainsi fait, fantaisiste, dangereux, inattendu, et il jette ses captifs dans l'incertitude de l'instant à venir.

— Seigneur d'Orléans, dit-elle, il me serait extrêmement agréable de partir à présent. J'ai envie de voir Paris avant d'assister aux festivités du sacre.

— Il n'en est pas question, Isabelle. Jean vous a confiée à moi et je ne saurais manquer à ma parole.

Il voyait à présent le visage de celui avec lequel Isabelle se proposait d'enfreindre les règles de la bonne éducation.

— À qui ai-je l'honneur, d'abord ?

Le jeune homme se courba.

— Je suis Julien de La Trémoille et suis à même

de conduire cette demoiselle à Paris si elle le désire.

Mais le duc d'Orléans reprenait, d'une voix brusque et sèche :

— La Trémoille ! Le fils du capitaine de La Trémoille ?

— Celui-là même, messire.

— Savez-vous, jeune insolent, que votre père m'a infligé un emprisonnement que je ne suis pas près d'oublier ?

Il saisit brusquement le bras d'Isabelle et la fit reculer en jetant vertement :

— Et vous voulez que je vous livre à la compagnie du fils de cet homme qui est également à l'origine de l'emprisonnement de votre mère ? Vous voulez rire, je pense !

— Je vous en prie, seigneur d'Orléans, Julien de La Trémoille connaît là-dessus mon point de vue et sait que je ne suis pas près d'en changer. Mais cela n'a rien à voir avec mon désir de voir Paris en toute liberté.

— Ce petit prétentieux n'aura pas le dernier mot, Isabelle.

Le jeune homme, cette fois, s'interposa.

— Je ne vous permettrai pas, monsieur, de m'insulter. Sinon, je serai obligé de vous combattre en duel.

— Julien, vous êtes fou, s'écria Isabelle.

— Il a cent fois raison, s'écria Louis à son tour. S'il veut se battre, battons-nous. Et je réitère le mot « prétentieux » en le doublant du mot « sot », car il aurait dû, depuis longtemps, se courber devant mon rang et ma position. C'est un fat, il n'a qu'une seule intention en tête, celle de vous déshonorer à Paris.

— Suffit, cria Julien. Battons-nous, monsieur. Ici

même, et que le brouillard qui se lève me fasse voir votre visage qui se crispera au moment où la pointe de mon épée entrera dans votre flanc.

— Cessez cette parodie, hurla Isabelle. Ah ! seigneur d'Angoulême, venez leur faire entendre raison.

Louis se mit à rire.

— Mon cousin est déjà dans la stalle de l'écurie à bichonner Pardaille. Laissez-le où il est, cela ne le regarde pas.

Il dégaina son épée.

— En garde, cria-t-il.

— Je vous en prie, s'écria Isabelle, cessez ce jeu stupide. Je ne veux point avoir la mort de l'un de vous sur la conscience.

— C'est tant pis, ma belle ! Du moins tant pis pour lui, fit Louis en riant. Ce petit morveux-là ne va pas m'en remontrer davantage.

La pâleur d'Isabelle s'accentua. Louis d'Orléans était un adversaire plus redoutable que Julien. Et le sieur d'Angoulême qui ne revenait pas ! Et ce tristounet petit laquais de Lambert qui devait se complaire dans l'écurie à choyer son âne comme jamais il n'avait eu l'occasion de le faire !

— Je vais le tuer ! cria Julien à son tour.

— Non !

Julien se campa sur ses jambes, le bras levé, le visage crispé par l'émotion, la colère, la tension. Le coup qui jaillit de l'épée férocement effilée de Louis faillit lui trancher le bras. Isabelle en eut le souffle coupé. Puis un sentiment étrange la transperça. Ciel ! On se battait pour elle. Dans un instant, Julien serait étendu mort, gisant dans une flaque de sang noir.

— Louis ! cria-t-elle encore.

Pour la première fois, elle l'appelait Louis. Le duc

d'Orléans y fut sensible. Il eut un instant d'hésitation, suspendit son geste. Puis, dans un sourire qu'Isabelle ne comprit pas, il attaqua de plus belle.

Impuissante à séparer les deux hommes, Isabelle fit sans doute ce qu'il y avait de mieux à faire pour couper court immédiatement à leur querelle, elle sauta sur Framboise et cria :

— Adieu, Louis. Je m'en vais à Paris. Je vous aime bien, mais j'aime aussi ma liberté. Vous devriez le savoir, je suis comme ma mère.

Les deux hommes entendirent le claquement des sabots de Framboise sur le pavé de la cour. Isabelle cria encore :

— Venez, Julien, avant qu'il ne soit trop tard. Venez avant que je n'aille dans les bras d'un autre. Dans quelques secondes, je vous l'assure, tout sera fini entre nous si je n'entends pas le galop de Perle Noire derrière celui de Framboise.

Il ne fallait que ces mots-là pour convaincre Julien de lâcher aussitôt son adversaire. Allait-il se ridiculiser devant le duc d'Orléans ? Laisser filer une chance qui ne se produirait peut-être plus ? Il écouta le galop de Framboise, hésita. Son cœur flambait et, pourtant, ses jambes devenaient molles, car il n'arrivait pas à prendre de décision.

Il évita de justesse un coup bien avisé. Puis il se décida brusquement. Au diable le duc d'Orléans et ses propos acerbes. Il saisit la bride de Perle Noire, l'enfourcha fougueusement tandis que son adversaire rengainait son épée.

— Adieu ! Julien de La Trémoille, cria le duc d'Orléans. Nous nous retrouverons plus tard en une autre occasion, si ce n'est pas Jean de Villiers qui croisera votre chemin pour vous châtier d'avoir enlevé Isabelle.

Mais Julien n'écoutait plus. Ses oreilles sifflaient. Il n'entendait que le galop de Framboise. Son sang bouillonnait. Perle Noire sentit l'impatience de son maître et n'eut plus que l'idée de rattraper sa compagne.

XXI

Un peu plus tard, le duc d'Orléans et le comte d'Angoulême pénétrèrent dans l'auberge. Suzon s'avança vers eux, les mains sur les hanches et le sourire engageant, découvrant un visage blanc et fin encadré d'un bonnet empesé qui laissait échapper quelques mèches frisées et blondes.

Sa mince silhouette ondulante offrait une image agréable aux yeux des cavaliers qui mettaient pied à terre.

— Doux Jésus, mes seigneurs, que vous est-il arrivé ?

— Voilà une donzelle qui me plaît, fit Orléans en riant, et qui ne craint ni nos hardes, ni nos mines lasses et affamées. Où est ton maître, mignonne ?

— Il arrive, fit la jeune servante en désignant du doigt la porte de l'auberge.

Mais, ne le voyant pas venir, elle reprit :

— Attendez là, je vais le chercher.

Puis, elle glissa un regard en coulisse vers Lambert.

— En attendant, messieurs, votre serviteur peut emmener les chevaux à l'écurie. Il y a de la paille fraîche et des seaux emplis d'eau.

À peine eurent-ils le temps de prononcer des remerciements que maître Guillemin s'avançait.

— C'est que, messieurs, je vais avoir grand mal à vous loger. J'attends le cortège du roi de France.

Il inspecta les hardes poussiéreuses des cavaliers.

— Serait-ce donc, mes pauvres seigneurs, qu'on vous aurait attaqués ?

— Hélas, oui, fit le duc d'Orléans, une bande de scélérats dont nous avons occis les trois quarts.

L'aubergiste leva les bras au ciel, mais Charles devança aussitôt les mots qu'il allait dire.

— C'est que votre homologue Au Cerf couronné n'est guère accueillant.

Du coup, l'aubergiste baissa les bras et ouvrit la bouche.

— Ce triple sot vous aurait-il repoussés ?

— Certes, il nous a toisés du haut de son arrogance et considérés comme si nous étions pires que les bandits qui nous ont surpris.

— Triste sire en vérité. C'est le nouvel hostelier de Chartres qui ne mise que sur la mine et la bourse de ses clients. Un arriviste et un imbécile. Ah ! croyez-moi, mes bons seigneurs, je ne donne pas cent ans d'âge à sa maison, au contraire de ma bonne vieille hostellerie qui vous accueille aujourd'hui et qui peut vous parler du temps où les Anglais, en 1430, venaient s'empiffrer de nos salaisons et de nos poulardes bien grasses.

— Peux-tu donc nous loger ?

— Oui-da, mais vous n'aurez pas des chambres de grand luxe, vu que le roi de France et sa duchesse vont débarquer dans deux jours à peine. Peut-être même serez-vous obligés de partager la même.

— Peu importe, fit Louis en se frottant joyeusement les mains. Ce que nous voulons, c'est un bon repas et ton meilleur vin. Pour clore, un lit bien chaud fera l'affaire.

Ayant dit ces mots, il loucha d'un air égrillard en direction de la jolie Suzon qui venait d'accompagner Lambert aux écuries.

— Un bon lit, mon cousin, répliqua Charles en administrant une claque amicale dans le dos de son compagnon.

— Dans ces conditions, le feu, le pot et la chambre vous coûteront douze sols par jour et je comprends le foin pour vos chevaux et le gîte pour votre serviteur qui couchera près d'eux dans la paille fraîche.

Charles suivait des yeux la silhouette de Suzon. Elle tenait un petit panier d'osier posé en équilibre sur l'une de ses hanches. Sa mince silhouette, qui se balançait avec tant d'harmonie, tant d'aisance et de grâce, devait attirer plus d'un regard grivois et plus d'un geste mal placé, trop osé sans doute pour qu'elle restât honnête.

Elle pénétra dans la grande salle de l'auberge en criant après la Franchette qui refusait de montrer l'ombre de son jupon.

L'aubergiste croisa le regard du comte d'Angoulême.

— Quand Suzon aura donné le grain aux poules et aux canards, elle vous montrera votre chambre. Puis, si cela vous convient, mes seigneurs, la Franchette lavera vos vêtements, pourra les recoudre et les repasser pour cinq sols seulement.

— Cela nous va.

L'aubergiste attrapa la manche du duc d'Orléans et, la retenant entre ses gros doigts boudinés, il murmura, suffisamment fort pour que son compagnon en profitât aussi :

— Attention, mes seigneurs ! Ces prix ne comprennent en rien les faveurs de ma chambrière. Je pense que vous l'aviez compris.

— Sans aucun doute, susurra Charles d'Angoulême. Sans aucun doute.

À son tour, il coinça entre ses doigts la manche de l'hostelier.

— Loin de nous l'idée de déflorer une aussi jeune et mignonnette fille que vous devez sans doute garder pour satisfaire de plus hautes ambitions.

Puis il cligna un œil complice et se mit à rire, imité aussitôt par son cousin, que l'hilarité commençait à gagner.

— N'avez-vous pas dit que vous attendiez le roi de France ? On le dit très entreprenant auprès des jouvencelles.

— Comment le savez-vous ?

— C'est que nous sommes ses cousins, lui et moi, fit Orléans en pointant l'index sur la poitrine d'Angoulême.

Suzon, dont la curiosité était fort éveillée, montra son visage rieur dans l'encadrement de la porte.

— Cousins ! fit l'aubergiste en écarquillant ses petits yeux qui d'ordinaire restaient toujours à demi fermés, comme s'il voyait mieux au travers de leur fente.

— Pis que cela, aubergiste. Je suis le duc d'Orléans, le plus proche parent du roi de France, et ce drôle-là, fit-il en désignant Charles, est le comte d'Angoulême qui, lui, est mon cousin germain.

— Et ce crétin d'Anatole qui vous a jetés à la porte !

Cela dit, il se mit à rire bruyamment, à gorge déployée en se tapant sur les cuisses.

— Le crétin ! L'imbécile ! Ouvrir une auberge et rater tout ce beau monde. Savez-vous, monsieur le duc, reprit-il après s'être suffisamment gaussé, que ce personnage falot et sot s'est vu ôter la clientèle du convoi royal pour avoir refusé le gîte aux palefreniers du roi. Ah ! il s'en mord les doigts, à présent.

Il s'esclaffa et la crise de rire le reprit. Ses cuisses n'étaient plus assez larges pour supporter les coups qu'elles attrapaient.

— Peut-on être aussi balourd et, après ce coup manqué, ne pas se rattraper avec l'appui de votre clientèle, mes seigneurs !

Sur sa bruyante et inépuisable hilarité, il marqua une pause.

— C'eût été bonne chose pour lui si, aux alentours et plus encore parmi vos connaissances, vous aviez pu ébruiter le sérieux de sa réputation, bien que ses poulardes soient moins goûteuses que les miennes et ses cochons moins gras.

Puis, il se remit à rire.

— Entrez, je vais vous servir un repas royal dont vous vous souviendrez, messires. De la dinde truffée aux cèpes, du canard aux pois, de la poule en gibelotte. Ensuite, je vous ferai goûter mes tartes pochées aux poires et mes compotes confites au miel sauvage. Ah ! mes braves seigneurs, c'est pas à l'hostellerie d'Anatole Franchois que vous auriez mangé ça.

La grosse Franchette, qui venait au-devant d'eux, frotta ses mains grasses sur le tablier qui recouvrait sa cotte grise.

— Allez donc préparer votre repas, maître Jacques. Vous semblez oublier les six autres clients attablés qui s'impatientent.

Elle poussa l'aubergiste dans le dos et reprit :

— Pendant ce temps, je m'occupe de vos nouveaux hôtes. On me dit, messires, que vos vêtements sont à recoudre. Mais je vois qu'ils sont aussi à laver. Dieu ! quelles guenilles ! Suzon vous attend dans la chambre que nous vous avons préparée.

Elle pointa l'index vers les deux hommes dont les yeux s'allumaient de plaisir. Qui aurait pu leur annoncer cet heureux déroulement quelques heures plus tôt ? Voilà quelques périlleux déboires qui tournaient en joyeuse conclusion.

D'ailleurs, Charles et Louis ne sentaient plus leur lassitude et les charmes provocants de la petite Suzon échauffaient leurs esprits. Mais Franchette modéra leurs espoirs.

— Ne croyez pas, messires, que cette drôlesse va rester là, piquée devant vous, à vous regarder tout nus. C'est moi qui prendrai vos vêtements.

Elle attrapa un pan lacéré du pourpoint de Charles et le tira vers elle, ce qui fit craquer davantage la déchirure déjà bien amorcée.

— Non ! N'entrez pas par là. Vous avez l'air de misérables loqueteux quémandant un bol de brouet. Que diraient les autres hôtes de maître Guillemin à voir passer des mendiants aussi sales que vous êtes ? Il y a un escalier à vis qui mène à l'étage.

La suite les fit rapidement retomber sur terre, car Suzon ne les attendait pas dans la chambre et ce fut la ronde et grasse Franchette qui assista à leur complet déshabillage.

— Par saint Michel ! se signa la grosse servante, tout émoustillée, voilà le convoi du roi de France. Oui-da ! On peut dire qu'il a fière allure et que les dames sont bien belles dans leurs bonnets de satin emperlé. Si tu voyais ça, le Martial ! Des attelages tout de cramoisi vêtus, reluisants comme des sous neufs et les chevaux enrubannés tout de pareil au même.

Le Martial hocha la tête d'un air convaincu. Ah ! satisfait, il pouvait l'être. Ses écuries étaient propres. Et bien tenues ! Valets et laquais de ces messieurs les seigneurs de France pourraient y dormir sur leurs deux oreilles. Spacieuses, claires, nettes, du fourrage en abondance, des harnais briqués et de la paille fleurant bon l'étable.

Maître Guillemin accourait pour saluer le personnel du convoi qui venait en éclaireur. Fourriers, messagers, écuyers, gens de pied se tenaient dans la cour de l'auberge, attendant que le maître de céans leur parlât. Et, avançant sa bedaine recouverte par un tablier propre, l'aubergiste souriait de contentement et de suffisance.

— Bienvenue au roi de France, fit-il en saluant l'homme qui descendait de cheval.

Grand, élancé, vêtu d'un habit noir, le visage impassible et neutre, celui-ci se donnait de l'importance en relevant son buste et en poussant en avant son menton carré et proéminent et son nez long et busqué.

— Ton auberge est accueillante, l'ami ! Es-tu le maître de ces lieux ? Quel est ton nom ?

— Jacques Guillemin. Pour vous servir, mon seigneur, et pour servir le convoi que vous avez si brillamment organisé.

Maître Guillemin savait tourner les compliments, quand il le fallait. L'homme en noir parut satisfait et releva le menton.

— Eh bien, maître Guillemin, de combien de chambres disposes-tu, hormis la chambre royale ? Et combien de gens peux-tu regrouper autour de ta table que l'on dit excellente ?

De nouveau, Guillemin se courba devant le fourrier du roi. Puis il se redressa vivement et regarda l'homme en habit noir.

— Huit chambres à deux grands lits qui peuvent chacun regrouper trois ou quatre personnes. Je conseille à mon seigneur d'y loger des suivantes assez...

D'un geste, il traça une ligne verticale dans l'espace.

— Menues ! veux-tu dire ?

— Oui-da, mon seigneur, très menues.

Il lança un clin d'œil au fourrier et reprit :

— Six chambres à un grand lit pour couple. Je conseille à mon seigneur de n'y mettre que les gens mariés de haute condition.

L'homme en noir écoutait et secouait la tête en signe d'assentiment.

— Enfin, reprit l'aubergiste, six autres à deux petits lits pour les femmes seules...

Devant le regard sec que lui lança le fourrier, l'aubergiste crut devoir expliquer :

— Les femmes de grande classe, mon seigneur, celles qui ne veulent que leur chambrière à leur côté.

Il retint Suzon par le bras et vit les yeux perçants du fourrier au-dessus de son grand nez dont les narines frémissaient.

— Combien met-on de couches à terre dans les quatre grandes pièces du second étage ? demanda-t-il à sa servante.

— Une dizaine, maître Guillemin, répondit Suzon en soutenant la noire pupille du seigneur fourrier.

— Cela nous fait donc une quarantaine de personnes logées dans ton premier étage et autant dans ton second, l'ami. Ton auberge est grande et cela me convient.

Enfin, le fourrier lâcha les yeux de Suzon et se tourna vers l'hostelier.

— Et tes écuries ?

— Sang-dieu ! Parlons-en de mes écuries. Ah ! mon seigneur, si l'on y ajoute les étables, les granges et les établis annexes où je range les outils et le matériel de l'auberge, je peux entasser encore une bonne cinquantaine de valets, laquais et petites gens.

Et, sans plus attendre, d'un ton assuré tant il était remonté, il enchaîna :

— Quant à ma table, je peux fort bien y nourrir autant de gens que je peux en loger dans mes chambres.

— Parfait. Le roi sera là dans un instant et ne repartira qu'à l'aube prochaine. Mais une partie du convoi ne reprendra la route que d'ici à deux ou trois jours. À vous de jouer, l'ami ! Cela vous convient-il ?

— Oui-da, mon seigneur.

Ces préliminaires indispensables accomplis, le plus gros de la troupe – couple royal en tête – arriva quelques heures après.

À l'auberge Aux Deux Pots d'étain, on recevait les clients avec une grande déférence et, depuis que les Anglais avaient débarqué dans l'auberge des Guillemin, les maîtres accueillaient les hôtes de grande marque, debout devant l'entrée, aux côtés du personnel.

Si bien que, veuf et n'ayant pas repris d'épouse, Jacques Guillemin était, en cette occasion, entouré de Franchette, sa vieille et fidèle servante, de Martial, le palefrenier, de Jean-le-bègue, le jardinier, qui s'occupait du potager et, derrière, un peu en retrait, venaient deux jeunes garçons vachers, grands et dégingandés, employés aux travaux de basse-cour, aux clapiers, aux porcheries et aux étables. Puis, Suzon se tenait entre deux autres filles, servantes et lingères, qui n'avaient pas sa grâce et sa beauté.

La cour de l'auberge grouilla vite de monde et ce fut un mélange indescriptible de cris, de clameurs, de jurons, de rires et d'interjections aux sens les plus divers.

Charles VIII entra, décontracté, tenant la main d'Anne qui, heureuse, se laissait mener sereinement depuis qu'elle avait quitté le Plessis.

Derrière eux arrivaient les Beaujeu, les Rohan, les Dunois, les Châtillon, les Albret, les Montauban, les La Trémoille et la cohorte des suivantes qui se trémoussaient d'aise à l'idée d'avoir encore franchi une étape du voyage qui les rapprochait de Paris.

Certes, Anne planta ses yeux dans ceux de Suzon lorsqu'elle passa près d'elle, mais la jeune chambrière de l'auberge ne croisa que quelque temps son regard, car elle le détourna rapidement pour le fixer sur celui du roi de France, qui l'observait avec un grand intérêt.

Il y eut un fort, long et bruyant remue-ménage dans les escaliers, les couloirs, les chambres, les communs, les débarras où l'on entassait les vêtements du voyage. Anne de Foix courait après sa chambrière qu'elle avait perdue, Françoise de Rohan criait après la sienne qui refusait de partager sa couche avec une vieille lingère qu'elle exécrait. Louise de Châtillon cherchait sa malle dans tous les coins et recoins et ne la trouvait pas.

Quand enfin chacun fut installé, on dîna tout aussi bruyamment, et la nuit était fort avancée au moment où le silence retomba enfin sur l'auberge des Deux Pots d'étain.

XXII

Anne était enfin sacrée à Saint-Denis. Au centre de tous les honneurs, elle goûtait la perfection de son état de reine.

Dans la basilique, noire d'une foule enthousiaste, elle avait pris place sur une petite estrade qui rehaussait de magnificence sa petite taille. Mais, si Anne était menue, sa prestance et son allure restaient magistralement dignes et solennelles.

Le buste et le corps étroitement enfermés dans une robe de satin blanc emperlée, doublée d'hermine, les cheveux soigneusement coiffés et tressés encadrant son fin visage aux teintes d'opale fragiles et délicates, les pieds chaussés de poulaines en fourrure, la jeune reine, que quinze ans couronnaient à peine, écoutait les chants monter clairs et purs dans les hauteurs de l'abside.

Sur les bas-côtés de la basilique, parmi les grands dignitaires, les notables et les conseillers royaux, la rangée d'évêques et de prêtres habillés de riches couleurs psalmodiaient des cantiques que le public reprenait en chœur.

À présent, la duchesse avait tous les pouvoirs, mais en contrepartie l'onction sacramentelle avait scellé promesses, devoirs et responsabilités qu'elle devait assumer jour après jour. Viendraient ensuite les joies immuables de l'ambition, de la puissance et de l'autorité qu'elle apprendrait à maîtriser au fil des ans.

Pour mieux vivre ce moment de gloire, Anne eût volontiers fermé les yeux quelques minutes, mais elle était trop curieuse de l'ordonnancement complet de la cérémonie pour en perdre la moindre bribe. Détournant légèrement la tête, elle remarqua même avec une légère contrariété l'absence d'Isabelle.

À l'instant solennel de la bénédiction, ce fut le duc d'Orléans qui eut à soutenir la trop lourde et trop large couronne de France, étincelante d'or et de pierreries, au-dessus de sa menue tête. Instant où tous les rites du sacre avaient pris la mesure de son pouvoir. Instant où l'ampleur de mouvement qu'avait apportée Louis d'Orléans à son geste était devenue d'une intense gravité. Et pourtant, prenant conscience de la réalité des faits, Louis avait jeté un regard ambigu à la jeune reine qui l'avait saisi au vol presque en frissonnant d'incertitude, avant d'aller rejoindre les autres notables pressés dans le chœur de l'église. Du regard, lui aussi chercha Isabelle, mais il ne la vit pas.

Au petit matin, il était arrivé avec son cousin Charles d'Angoulême à la basilique de Saint-Denis dont les alentours commençaient à fourmiller de monde.

Le temps était frais et le ciel de Paris grisâtre. Aux abords traînait cette euphorie communicative qui touchait chaque citadin. La tension se relâchait.

Charles et Louis ressentaient cette accalmie.

Ils n'étaient pas sans projets, nos deux compères qui ne se quittaient plus, recherchant méticuleusement les plus jolies têtes de l'assemblée et leur lançant des œillades raffinées qui pesaient de sous-entendus à peine subtils.

Si l'un s'était astucieusement fondu dans la foule, faute d'avoir été invité, l'autre accourait sous les reproches d'Anne de Beaujeu, mécontente de ne point l'avoir aperçu la veille, lors de la réunion des membres de la famille des Valois.

La cérémonie se termina dans un pieux silence et les chants et les prières ne reprirent qu'à la sortie de la basilique. Anne appuyait légèrement sur le bras de Charles VIII sa fine main qui pesait délicatement de son nouvel anneau d'or. Était-elle fatiguée ? Sa pâleur devenait excessive et ses gestes se faisaient plus mesurés et plus lents.

Quelques instants à peine, quelques secondes fugitives et toujours aussi vacillante, c'est en descendant de son estrade qu'Anne avait de nouveau soutenu le regard de Louis. Un regard bleu-gris, intense, aux lueurs aussi capricieuses que celles du ciel au-dessus de la Loire.

Quel curieux hasard que ce fût justement lui qui élevât la couronne de France au-dessus de sa tête ! Lui, qui avait été un fiancé éventuel lorsqu'elle était encore petite fille, tremblante en son château de Bretagne, aux côtés de ses deux amies Isabelle et Marguerite.

Le regard qu'ils avaient échangé avait sans doute été trop éloquent aux yeux de la sévère Anne de Beaujeu, qui n'en demandait pas tant. Mais, par tous les dieux du ciel ! elle ne pouvait plus rien faire contre lui. Et, s'il ne freinait pas ses fougues amoureuses, il semblait se ranger aux côtés du roi de France, abandonnant toute politique opposée à ses intérêts. Anne de Beaujeu pouvait apaiser ses angoisses, son parent devenait inoffensif.

Lasse, mais droite et digne, un brin distante hormis ce long regard qui les avait fondus l'un à l'autre quelques secondes, la jeune duchesse eût sans doute été moins hautaine si, à ce moment précis, elle avait su que ce même Louis serait un jour son second époux.

Mais l'ignorance des jours futurs et la quasi-certitude de son bonheur présent l'avaient rendue, ce jour-là, à la fois glorieuse et dédaigneuse envers Louis d'Orléans.

De toutes les festivités parisiennes qui suivirent le sacre – et elles furent nombreuses –, les représentations dans la ville, les soirées du Louvre, les festins, les joutes, les chasses dans les forêts de Saint-Germain, elle ne le revit plus.

Son page, André de La Vigne, qui savait maintes choses et qui, déjà, les répétait en toute intimité à sa reine – ne réclamant en échange que quelques œillades assorties de menus sourires enjôleurs –, lui avait assuré qu'après le sacre il était reparti accompagné par un cousin d'Angoulême qu'elle ne connaissait pas et dont, seule, la réputation douteuse était venue heurter son oreille.

Mais quelle bêtise de s'attarder ainsi sur l'homme qu'elle n'avait pas épousé.

Ne vivait-elle pas pleinement des jours qui devaient la marquer, l'imprégner à vie du sceau de la France ? D'ailleurs, la capitale, oubliant que, désormais, elle nourrissait en son sein une étrangère fort mal acceptée, avait offert un immense et généreux concert d'applaudissements.

Assurément, elle était déterminée, la « duchesse en sabots », la Bretonne qui n'oubliait pas pour autant sa couronne ducale, bien décidée à montrer aux Français les multiples visages de son charme aguicheur. Et, tour à tour, elle minaudait et souriait à la fenêtre de sa litière, la main levée en un salut gracieux, rehaussant le menton pour mieux dégager le pur ovale de son visage.

Lorsque, parfois, elle chevauchait sa haquenée pour un tour de ville entre les rangs serrés des citadins, son intuition – qui par la suite devait servir ses idées politiques – lui dictait de s'arrêter quelques instants devant un bourgeois cossu qui la saluait bas ou un commerçant qui, de son œil goguenard, l'observait cependant avec un brin de suspicion. Dans ces instants de brève communication avec la foule, Anne n'oubliait pas les braves commères qui, tenant un marmot par la main, se signaient aussitôt en lui souhaitant tous les bonheurs possibles que le ciel pût lui envoyer.

L'ex-régente elle-même devait reconnaître que la sincérité n'était pas toujours de mise. Anne cultivait le sens de la diplomatie qui lui servirait dans l'exercice de ses responsabilités futures.

Oui, cette fois, Anne était vraiment reine de France et Charles VIII ne lésinait pas pour obliger son peuple à une reconnaissance officielle. Partout où ils se rendaient, que ce fût au centre de la ville, au Louvre ou aux portes qui menaient hors des murs de l'enceinte, il s'accordait un instant pour élever son épouse aux yeux des Parisiens, afin qu'ils la vénèrent, l'admirent, la respectent et l'ovationnent toujours plus.

Ce n'est qu'au soir du second jour des festivités du sacre qu'Anne croisa le regard d'Isabelle. Il chavirait un peu et elle y décela un trouble.

Parmi les jeunes seigneurs, elle chercha la silhouette de Julien de La Trémoille, mais ne l'y trouva pas.

Un peu plus tard, elle revit Isabelle, souriante, détendue. Elle discutait avec le chanoine Jean de Villiers et semblait transportée par la braise de ses yeux noirs. À côté d'eux se trouvaient monseigneur Murat, attaché à l'évêché de Chartres, et monseigneur Bertrand, attaché à celui de Tours.

Elle vit Isabelle se pencher sur le chanoine de Villiers mais n'entendit pas ce qu'elle lui chuchotait à l'oreille.

— Je vous en prie, Jean, emmenez-moi à Tours, je veux voir les ateliers de tapisserie.

— Que va dire la reine ?

— Elle est entourée, à présent, de mille autres suivantes. C'est à peine si elle remarquera mon absence.

Charles d'Angoulême et Louis d'Orléans filaient en direction de Tours, chevauchant à toute allure pour rejoindre Poitiers. Anne était enfin sacrée reine de France. Aux côtés de Charles le huitième, elle avait tous les pouvoirs et goûterait désormais à la perfection de son état de souveraine. Louis éprouvait des regrets, des amertumes à l'idée qu'il eût lui-même élevé la couronne au-dessus de sa tête. Sacrebleu ! Qu'elle était belle et désirable dans sa robe de satin blanc doublée d'hermine.

Il talonna son cheval, laissant une traînée poudreuse sur les bas-côtés de la route. Puis, l'optimisme de sa nature reprit vite le dessus et, bientôt, il ébauchait de nouvelles initiatives que son cousin ne pouvait refuser.

Au soir du second jour, ils se retrouvèrent à la taverne Au Fil du Roy, jouant les jolis cœurs face à une épouse de tisserand délaissée la veille par un mari volage, parti avec une donzelle dans le pays de Flandres sous prétexte de commerce.

À Calais, Douai, Lille et Bruges, capitales internationales de la laine et du drap, la saison des foires s'annonçait et l'auberge Au Fil du Roy, lieu de rendez-vous des tisserands de l'ouest et du centre de la France, n'allait certes pas chômer.

Dans quelques jours à peine, la grande salle presque vide ce soir-là serait littéralement bondée, pleine de bruits et de cris divers, un vacarme indescriptible sans limites et sans retenue que maître Foulon aurait peine à maîtriser. Les servantes et les valets d'écurie qui lui prêtaient main-forte en de telles circonstances seraient bien sûr payés comme il se doit et les clients repartiraient à l'aube après une nuit fort perturbée par le bruit incessant.

Les chambres seraient pleines à craquer, les grands lits hébergeraient quatre ou cinq personnes serrées les unes contre les autres et on disposerait des paillasses dans les coins des soupentes et sur le plancher des corridors pour les moins fortunés.

Quant aux repas, si le temps le permettait, on disposerait des tréteaux sous des bâches et les pigeonneaux et les poulets au vinaigre, les aigrettes douces et les blancs de chapons, les tartes en gelée, les plats de gaufres et les hanaps de bière fraîche de maître Foulon servis à l'extérieur rempliraient le gosier de ses clients.

Assurément, le tavernier serait sans doute plus nerveux qu'à cet instant où son auberge était presque vide. Il haussa nonchalamment les épaules en se posant des questions sur les deux nouveaux venus. Sans doute deux seigneurs, visiblement trop entreprenants envers l'audacieuse jeune femme qui, tout à l'heure, était entrée hardiment et qui, maintenant, oubliait son infortune dans l'alcool.

L'établissement de maître Foulon était vaste, le gîte confortable et la table copieuse. Bien qu'il y servît un excellent vin d'Artois et un clairet léger que l'on buvait frais, la bière y était renommée. On y servait de la blonde, celle que l'on confectionnait avec des baies de laurier et celle qui avait goût de cannelle et de girofle. La brune, la plus forte, qu'appréciaient les gens du Nord, se servait dans de grandes chopes en grès que maître Foulon emplissait à ras bord.

En hochant la tête, l'aubergiste disposa des pichets

sur la table. La jeune dame en butte aux grivoiseries de ses deux clients avait passablement bu et commençait à déraisonner. Pour l'instant, elle devisait sur l'importance de l'industrie textile en Europe.

— Messires, savez-vous que la production européenne à partir des laines locales...

Elle hoqueta discrètement quand l'aubergiste vint susurrer à l'oreille de Louis d'Orléans que, le mari enfui, elle noyait son chagrin là où elle avait l'habitude de venir dîner en sa compagnie.

Louis hocha la tête avec un air de compassion, mais l'éclat de ses yeux brilla et un sourire satisfait étira sa bouche gourmande.

— Messire, reprit la dame, le commerce s'épanouit désormais dans les cités flamandes...

Elle s'arrêta, saisit son gobelet que Louis venait de remplir et poursuivit d'une voix nébuleuse :

— Mon mari dit que le plus grand complexe textile d'Europe révèle une véritable capacité de production qui va de...

Elle hoqueta de nouveau, mais sa poitrine sursauta et le vin tremblota dans la chope de faïence qu'elle tenait nerveusement. Charles vint à son secours.

— Qui va de la Baltique jusqu'aux mers africaines, compléta-t-il en attrapant son autre main qui battait le tambour sur le rebord de la table.

— Non, messire, s'offusqua la dame, qui va de... de...

Louis s'approcha et attrapa ses lèvres au passage. Elle ne s'écarta pas d'un pouce.

— Qui va de ta bouche à ton sein, fit-il en la pressant davantage, alors que Charles avait passé son bras autour de ses épaules.

D'un geste ferme, il l'obligea à se retourner vers lui, ce qui l'écarta de son rival.

— Allons, qui choisis-tu ? Moi ou mon ami ?

Mais les vapeurs de l'alcool embuaient tant son esprit qu'elle haussa les épaules sans rien dire. À quoi bon ! D'ailleurs, la porte de la taverne s'ouvrait à deux battants sur trois charmantes jeunes femmes qui entraient joyeusement, suivies d'une duègne tout aussi gracieuse, à peine plus âgée qu'elles.

Jeunes femmes ! Elles avaient plutôt l'air de véritables adolescentes. Seize ou dix-sept ans au plus, peut-être moins, et celle qui les accompagnait n'avait pas plus de vingt ans.

Des yeux, elles firent le tour de la salle et boudèrent un tantinet lorsqu'elles virent que la pièce était presque vide. Leur duègne, Orlandine, leur avait dit que l'auberge était toujours pleine et qu'elles allaient se divertir. Or, ce soir-là, il n'y avait que deux hommes, bien mis de leur personne, le visage assez jeune, agréables à regarder, dont l'allure distinguée n'était pas celle de simples commerçants.

Pourtant, ce qui dénotait dans le tableau, c'est que les deux gentilshommes étaient penchés sur une femme fort délurée qu'ils cherchaient à embrasser, chacun à leur manière. Orlandine avait peut-être raison. On pouvait sans doute s'amuser, rire et parler plus fort qu'à l'ordinaire, d'autant plus que dans quelque temps, à la cour de la reine, elles auraient à se conduire d'une façon exemplaire sous peine de se voir renvoyées.

À l'inverse de ses compagnes, Catherine observait les deux clients de l'auberge avec hauteur. Ils avaient de fort mauvaises manières pour des seigneurs de bonne réputation. Quant à Orlandine, elle souriait de façon ambiguë.

— Demoiselles, fit l'aubergiste, étonné par l'entrée triomphale des quatre jeunes filles, vous êtes bien jeunes pour fréquenter mon établissement sans une garde sérieuse. Puis-je savoir à qui j'ai l'honneur ?

Orlandine fit un grand geste et, joyeuse, sortit de sa manche une escarcelle assez rebondie.

— Ne craignez rien, aubergiste, nous avons de l'argent pour vous payer notre repas et notre nuit. Tenez, voici des cents tout neufs et tout brillants.

— Vous n'avez pas répondu à ma question, demoiselle.

La jeune femme fouilla minutieusement dans l'escarcelle brodée qu'elle tenait toujours en main et sortit un sou qu'elle fit tinter sur le rebord de la première table qu'elle rencontra.

— C'est un acompte, aubergiste. Nous paierons le reste demain.

— À qui ai-je l'honneur ? répéta maître Foulon.

— Je suis la nièce du vénéré monseigneur de Murat, muté à l'évêché de Tours pour remplacer monseigneur Bertrand. Il devait vous prévenir de notre passage. Ne s'est-il pas déplacé en personne pour vous l'annoncer ?

— Pas le moindre du monde.

— C'est fort gênant, fit Orlandine d'un petit ton qu'elle s'efforça de rendre sec.

Mais sa gaieté affleurait trop pour qu'on l'imaginât un seul instant revêche ou acariâtre.

— Nous sommes attendues par la duchesse Anne de Bretagne, sacrée reine de France depuis huit jours, ajouta-t-elle en retrouvant son avenant sourire.

Brusquement, les deux hommes se détachèrent de la belle enivrée et se levèrent. Le plus mince s'approcha des jeunes filles.

— Nous quittons presque à l'instant Sa Majesté, la duchesse Anne. Aussi permettez-nous, demoiselles, de nous présenter sans plus attendre. Je suis le duc d'Orléans, et voici mon cousin Charles d'Angoulême qui me suit de très près dans l'ordre de la hiérarchie royale.

La tirade de Louis eut pour effet de dégriser l'audacieuse inconnue qui avait failli tomber lorsque ses deux flagorneurs l'avaient lâchée.

— Mais, fit-elle sur un ton ulcéré, pourquoi ne vous êtes-vous pas présentés plus tôt ?

— Belle dame, fit Charles en effleurant son front d'un baiser, cela aurait-il freiné vos abus de boisson ?

— Sans doute.

Puis, de son poing fermé, elle frappa rageusement la table et s'écria :

— Aubergiste, apportez-moi de l'eau fraîche.

— À notre tour de nous présenter, fit Orlandine. Voici les filles des ducs de Châtillon et de Montberon. Ma cousine Jeanne et moi-même faisons aussi partie de la future cour de Sa Majesté Anne de Bretagne que nous rejoindrons au château du Plessis.

Elle s'avança de quelques pas et observa la femme qui s'emparait vivement de l'aiguière emplie d'eau qu'apportait l'aubergiste.

— Messires, n'avez-vous point honte de traiter ainsi cette jeune dame qui semble s'être laissée aller, involontairement sans doute ?

Bouche bée, elles regardèrent toutes les quatre l'épouse du tisserand s'asperger copieusement la tête d'eau froide, laissant ses cheveux mouillés pendre le long de son visage. Elle ne purent faire autrement que d'éclater de rire.

— Soyez les bienvenues, demoiselles, fit l'épouse du tisserand en relevant la tête, ses mèches brunes dégoulinantes d'eau. Vous m'avez sauvée des griffes de ces deux vilains seigneurs prêts à profiter de ma faiblesse momentanée et je vous en remercie vivement.

— Allons, laissez-moi vous aider, fit Orlandine. Je

suis l'aînée de notre groupe, chargée de le mener à bon port jusqu'au château du Plessis.

— Nous pourrions vous escorter, si vous le désirez, fit Charles en plongeant savamment devant elles dans un profond et courtois salut.

— Ciel ! Après ce que nous avons vu ! Nous préférons nous en tenir à notre bon cocher qui saura nous défendre en cas d'incident.

De nouveau, elles se mirent à rire et ce fut Jeanne qui réclama d'un ton impératif à maître Foulon un linge pour éponger les cheveux de leur nouvelle amie.

— Ne vous inquiétez plus, nous sommes là pour vous défendre.

Puis elle se tourna vers Louis d'Orléans.

— N'est-ce pas vous, messire, fit-elle en plongeant ses yeux noirs dans ceux non moins sombres de Louis d'Orléans, qui vous êtes si vaillamment défendu lors des assauts contre la Bretagne avant qu'elle ne s'accouple avec la France ?

— Jeanne, rectifia Orlandine, le duc d'Orléans n'a pas eu que des gloires à son actif, ne vous rappelez-vous pas ce que votre père racontait au mien au sujet de la « Guerre folle » ?

— Est-ce vrai qu'à la suite de cette audace vous avez été emprisonné par la régente Anne de Beaujeu ?

— Puisque vous semblez bien me connaître, pourquoi me poser toutes ces questions ?

— Nous reverrons-nous à la cour ? questionna Blanche de Châtillon, une jolie blondinette au teint pâle et transparent, qui n'avait pas encore parlé depuis leur arrivée.

— Sans doute, puisque le duc est appelé à courtiser notre reine, jeta la brune et vive Catherine de Montberon dans un petit rire significatif.

— Moins que vous ne le pensez, rectifia Louis.

Orlandine avait pris des mains de Jeanne le linge qui épongeait la tête de la dame et lui frotta la tête vigoureusement.

— En attendant de se revoir à la cour, peut-être pourrions-nous prendre le repas ensemble.

— Soit, fit Orlandine, à la condition que vous laissiez cette femme dormir en paix. Aubergiste, emmenez-la dans notre chambre, elle partagera le lit avec nous. Ainsi, nous serons sûres qu'elle évitera vos manœuvres.

— Jean, je suis fatiguée, arrêtons-nous.

— Toi, Isabelle ! Fatiguée ? Nous n'avons visité que deux ateliers. Tu as refusé d'aller jusqu'au troisième et, à mon sens, c'était le plus important puisqu'il s'agit de celui de maître Coëtivy.

— Maître Coëtivy n'était pas là.

— Nous aurions pu l'attendre. Ne voulais-tu pas le voir ?

— Plus tard, Jean. Je reviendrai plus tard. Il me faut encore un peu de temps pour découvrir ce petit frère qui n'a que quelques semaines à peine. Pour l'instant, j'ai envie d'admirer le ciel avant de m'enfermer dans cette auberge bruyante et enfumée.

Elle tendit le bras et, de la main, désigna un talus éclairé par un rayon de lune.

— Je veux me reposer ici.

Framboise avait suivi César sans broncher. La monture d'Isabelle était semblable à celle d'Anne, deux chevaux fougueux, rapides, n'aimant rien d'autre que galoper à bride abattue sans souci des lieues qui s'ajoutaient les unes aux autres.

— Les chevaux vont pouvoir souffler un peu, assura-t-elle en stoppant l'allure de Framboise.

Jean arrêta aussi sa monture.

— Je sais que ta jument n'est pas fatiguée, Isabelle, dit-il en l'aidant à sauter de sa monture, pas plus que César. C'est un prétexte.

Elle sourit et, dans l'obscurité qui commençait à s'épaissir, il vit briller les dents perlées d'Isabelle.

— Que veux-tu me demander avant de pénétrer dans l'auberge ?

— C'est un peu compliqué et je ne pourrai plus le faire quand toutes les demoiselles d'honneur de la reine te harcèleront.

— Que veux-tu dire ?

— En ce moment, elles agrippent Louis d'Orléans et Charles d'Angoulême et, tout à l'heure, ce sera toi. Je ne pourrai même plus te parler.

— N'exagères-tu pas un peu ?

— Pas du tout, elles raffolent des histoires chevaleresques. Louis d'Orléans doit en ce moment leur raconter sa « Guerre folle » et Charles d'Angoulême ses combats en Aquitaine avec les Anglais. Quant à toi, tu n'y échapperas pas. Elles sont toutes folles des récits qui concernent Constantinople, l'Orient, les palais des sultans, les harems et je ne sais encore trop quoi !

Jean l'avait saisie dans ses bras lorsqu'elle était descendue de cheval. Elle se pelotonna contre lui et murmura :

— Pourquoi faut-il que tu soies précisément celui que ma mère a tissé sur sa tenture ?

Jean ne répondit pas, sans doute gêné par le tour que prenait la conversation. Isabelle, remarquant qu'elle visait juste, poursuivit d'un ton plus vif :

— Elles sont attirées par la séduction orientale comme les mouches par le lait.

— Isabelle, je n'y puis rien si mon père était turc, jeta Jean en riant.

— Pis ! sultan, et tu as tout pris de lui.

— Sûrement pas la sauvagerie de ses actes barbares.

— C'est vrai ! Toi, tu es un ange.

Il l'installa confortablement sur un lit de feuilles sèches au pied du talus qu'éclairait la lune ronde, blanche et pleine.

— Que veux-tu me dire, Isabelle ?

Elle prit une longue inspiration.

— La seule chose que tu ne m'as pas révélée, Jean.

— Je ne suis pas tenu de tout te dire. Tu es encore presque une enfant, Isabelle. Tu dois avancer en âge avant de comprendre certaines choses.

— Je veux te poser une question et je veux que tu y répondes, sinon je serai malheureuse. Et tu as promis à ma mère que tu veillerais sur le bonheur de Jacquou comme sur le mien.

— Isabelle, reprocha-t-il, ce n'est pas bien, c'est du chantage.

Elle posa la tête sur son épaule et il sentit une larme glisser sur sa joue.

— Tu pleures ! dit-il en essuyant sa larme d'une caresse. Allons ! Que veux-tu savoir ?

— As-tu aimé Léonore ?

Jean ne broncha pas. Pourquoi disait-elle « Léonore » et non « ma mère » ?

— Réponds-moi, Jean.

— Qui n'a pas aimé ta mère ?

— Réponds-moi.

Il marqua un long temps d'arrêt. Une pause qui lui permettait de chercher ses mots, de les savourer avant de les jeter à Isabelle, de s'en repaître avant de les reprendre jalousement pour ne plus avoir à les ressortir, jamais !

— Oui, je l'ai aimée passionnément et sans aucune mesure, comme personne ne peut aimer. D'un amour sans nuances, sans limites alors que tout autour de nous, les contraintes et les interdits, s'imposaient. Comment expliquer ? Nous vivions cet amour avec une sorte d'inconscience qui nous détachait de terre.

— Je m'en doutais, soupira Isabelle. À présent, je suis rassurée. Oui ! satisfaite et apaisée car je sais qu'avec toi Léonore a dû être heureuse.

Elle haussa un peu les épaules.

— Sans doute plus qu'avec le duc de Berry, mon père, qui avait une épouse et un tas de maîtresses. Quant à ce La Baume dont je n'ai guère entendu parler et dont j'hérite le domaine, je ne sais si...

— Ne me parle jamais de ce monstre d'homme. Jamais, coupa Jean d'un ton dur.

— C'est entendu. Je ne citerai jamais plus son nom devant toi, car la régente Anne de Beaujeu m'a révélé en deux mots ce qu'il était. Ma mère a dû beaucoup souffrir avec lui.

Elle se redressa, se jeta dans les bras du chanoine qui s'était assis à son côté.

— Serre-moi fort, Jean. Je t'en prie, serre-moi fort. J'ai besoin de ton amour. Je n'ai eu ni père ni mère.

— N'as-tu pas envie de te marier ? La reine va t'offrir de beaux partis.

— C'est déjà fait, mais je n'en veux pas. Oh ! Jean, c'est toi que j'aime.

Elle plaqua son fin visage sur celui de Jean et ses lèvres écrasèrent furieusement les siennes, mais le prélat la repoussa doucement.

— Il n'est pas question de cela entre nous, Isabelle. Tu entends ! Si tu veux me revoir, si tu veux que je t'aide dans la vie, que je t'épaule, que je te guide, je refuse que tu joues à ce jeu-là. Je veux que tu m'aimes autrement. Tu pourrais être ma fille, ne l'oublie pas.

Penaude, Isabelle hocha la tête.

— Pourquoi ma mère n'a pas eu d'enfant de toi ? Ni Jacquou ni moi n'avons ce privilège de t'avoir comme père. Pourquoi, Jean ? Elle aurait pu !

— C'est le Ciel qui ne l'a pas voulu.

Isabelle soupira et ferma les yeux. Comme elle était bien dans les bras de Jean.

— Allons ! Il ne faut plus tarder à présent. L'auberge n'est pas loin. Nous y serons dans une heure à peine. Viens.

Il la releva et la fit grimper sur Framboise.

L'auberge Au Fil du Roy grouillait de monde. C'est à peine si on les remarqua quand ils entrèrent. Les tables étaient bourrées, les cris fusaient, rebondissaient, les rires couvraient les exclamations avinées des femmes et les jurons hilares des hommes.

Il fallut l'œil averti d'Orlandine de Murat pour apercevoir de loin la haute et mince silhouette de Jean de Villiers.

— Mais c'est notre premier chanoine de Tours ! s'exclama-t-elle en esquissant un grand balancement du bras dans la direction des nouveaux venus.

— N'est-il pas avec Isabelle de La Baume ? reprit sa cousine, Jeanne de Murat.

— On les voit souvent ensemble depuis quelque temps, remarqua Catherine de Montberon.

Blanche de Châtillon était la seule à se désintéresser du prélat, trop préoccupée par les savants compliments que lui tournait Charles d'Angoulême.

Bien qu'ayant fortement bu, Louis d'Orléans, qui avait une oreille à la traîne, s'exclama :

— Mordieu ! Mais c'est mon acolyte Jean qui accompagne Isabelle ! Venez à notre table, mes amis. Venez donc ! Diantre ! Il ne manquait plus que vous. Nous allons reprendre de ce merveilleux poulet au vinaigre dont il me reste encore le goût dans la bouche. Holà ! maître Foulon, apportez-nous deux ou trois pichets de vin frais pour que nous buvions à la santé des nouveaux arrivants.

Isabelle et Jean furent vite attablés au sein de cette joyeuse compagnie qui s'esclaffait à tout bout de champ et qui, pour se faire entendre, hurlait plus qu'elle ne parlait.

Ah ! certes, maître Foulon se souviendrait de la belle tablée réunie chez lui, au lendemain du sacre du roi Charles le huitième et de la duchesse Anne de Bretagne. Il ne serait pas dit qu'il n'avait pas offert ses meilleurs mets et hébergé tout ce beau monde, même si tout à l'heure ils devraient se serrer les uns contre les autres dans les chambres des étages.

D'ailleurs, les servantes commençaient à monter les paillasses. Au Fil du Roy descendaient les plus riches tisserands, marchands huniers, commanditaires du textile et lissiers des Flandres, et ce n'étaient pas de grossières enveloppes en toile rêche qui enfermaient paille ou feuilles sèches, mais de belles et confortables paillasses rembourrées de bonne laine moelleuse, chaude et souple.

Pendant ce temps Orlandine n'avait d'yeux que pour Jean de Villiers, ce qui avait pour effet d'attiser l'agressivité d'Isabelle. Elle se poussa pour lui offrir une place à son côté, tandis que Louis d'Orléans attirait la nouvelle venue près de lui.

Assurément, la demoiselle Murat n'allait pas se gêner pour se serrer contre le séduisant prélat qui ne pouvait que subir à son corps défendant cette bouillonnante présence.

— Vous nous avez quittés bien précipitamment après le sacre, attaqua-t-elle aussitôt en s'adressant à Isabelle. Et la reine vous a réclamée, demoiselle.

— La reine sait toujours où je suis.

— Pas cette fois, ma chère. Et elle semblait contrariée.

— Alors, rétorqua Isabelle, cela ne regarde qu'elle et moi. Pas vous.

La jeune fille n'ignorait pas que les nouvelles suivantes d'Anne ne la portaient guère dans son cœur, jalouses de son intimité avec la jeune souveraine, envieuses de sa position privilégiée d'amie d'enfance. Comment ces jeunes filles, toutes de la plus haute noblesse, auraient-elles pu accepter de bon cœur les regards complices échangés entre la reine et sa compagne favorite ? Et cette façon dont la reine la défendait à chaque instant, et surtout sa tolérance pour ses audaces et ses fugues permanentes ?

Les choses se passaient très différemment pour Marguerite, moins rebelle, d'un tempérament souple, docile, réservé, ce qui provoquait moins d'animosité dans la petite communauté qu'Anne de Bretagne formait peu à peu autour d'elle.

— La reine m'a affirmé que vous en preniez trop à votre aise, déclara Orlandine d'un petit air suffisant.

— Quand la reine me le signifiera elle-même, j'aviserai.

— Je vous aurai prévenue.

— Nul besoin, ma chère ! Votre généreux soutien n'effleure même pas mon ombre.

Durant cette courte joute oratoire quelque peu houleuse, Jean s'était tourné vers le duc d'Orléans et discutait avec lui sans paraître se préoccuper d'Isabelle.

Mais Orlandine, dont l'intention était moins de poursuivre un palabre avec cette arrogante rivale que d'entamer une discussion avec Jean, prit le bras de l'abbé en le forçant à se tourner vers elle.

— Puis-je vous poser une question ? demanda-t-elle.

Isabelle la foudroya du regard et jeta à son tour :

— Quelle question ?

— Ce n'est pas à vous que je parle, ma chère, c'est à Jean de Villiers.

Tout souriant, le chanoine regarda tranquillement Orlandine, plongeant son regard sombre dans le sien.

— Quelle est cette question, demoiselle ? Si je puis y répondre, je le ferai avec un grand plaisir.

Isabelle n'en sut pas davantage, car Louis d'Orléans l'accaparait déjà en lui prenant le bras et en lui susurrant à l'oreille :

— Racontez-moi donc...

Isabelle se redressa comme un petit scorpion en colère.

— Je ne raconterai rien de ce que vous voulez savoir, Louis.

Le duc d'Orléans se mit à rire.

— Allons ! Isabelle, juste une brève réponse. Votre petite échappée à Paris avec le jeune sire de La Trémoille s'est-elle bien terminée ?

Elle n'eut ni l'envie ni le temps de répondre, car elle entendit Orlandine jeter, d'un ton où perçait autant d'audace que de ruse :

— On dit qu'à votre dernier retour de Constantinople vous avez vu Alexandre Borgia et que celui-ci, vous tenant en haute estime, pourrait même vous réclamer à Rome. Est-ce vrai ?

— Où avez-vous bien pu entendre pareille histoire ? répondit Jean en cessant de sourire.

— Monseigneur Murat, mon oncle, qui s'apprête à remplacer monseigneur Bertrand à l'évêché de Tours, l'affirme. On parle beaucoup d'Alexandre Borgia au sein du clergé français.

Orlandine parut satisfaite de sa sortie d'autant plus qu'Isabelle la menaçait d'un œil flambant dont le bleu habituel venait de virer au noir même si elle était consciente que son habile compagne, pour en savoir davantage, n'hésitait pas à déballer une vérité qui couvait sans doute quelque part.

— Sera-t-il vraiment pape ? s'enquit sa cousine Jeanne.

— On le dit très puissant et très riche. Accepterez-vous vraiment son offre ? questionna à son tour la blonde demoiselle de Châtillon qui, enfin, semblait se soustraire à l'âpre cour dont la poursuivait Charles d'Angoulême.

Cette fois, Jean parut gêné. Isabelle, toute agressivité retombée, l'observait tristement. Son regard exprimait la détresse. Pourquoi ne lui avait-il pas parlé de cette éventualité ? Il était regrettable que ce projet soit soudain dévoilé devant elle d'une façon aussi brutale. Un sentiment de culpabilité envahit le chanoine.

— Je ne puis répondre qu'à une de vos questions, dit-il. Il est probable qu'Alexandre Borgia endosse prochainement l'habit pontifical. Quant au reste, demoiselles, votre imagination déborde.

— Pourtant, insista Orlandine d'un petit ton sec, mon oncle affirme que si Borgia devient le prochain pontife vous avez des chances de faire partie de son concile.

— Vous feriez un bel évêque ! ponctua la gracieuse et brune Catherine.

Isabelle fut saisie d'un frisson. Tous ses instincts querelleurs envers les suivantes d'Anne étaient retombés.

Jean devenait tout à coup un mystère. Quitter le Val de Loire ! Partir ! Assumer d'autres activités ! Voilà un point de sa vie qui, ce soir, lui était brutalement révélé. Depuis qu'elle le connaissait, jamais il n'avait abordé ces sujets avec elle. Pourtant, c'était inévitable, elle se rendait soudain compte qu'elle n'avait fait que l'entretenir de ses propres problèmes sans se préoccuper des siens. Qu'allait-elle devenir si Jean partait un jour pour Rome ?

Elle croisa son regard et fut réconfortée par la chaude lueur qui brillait dans ses yeux, l'assurant qu'elle ne devait pas s'inquiéter. Jean lui sourit presque tendrement et, comme Orlandine voulait en savoir davantage, il dut se retourner vers elle.

— Êtes-vous vraiment fils de sultan turc ?

Isabelle esquissa une moue agacée. Voilà que le récit oriental commençait !

— Oui ! répondit Jean simplement. Mon père était le sultan Mehmed II qui, hélas, participa à la chute de Constantinople.

— Et votre mère ?

— Vous abordez là, Orlandine, un sujet bien personnel, remarqua Isabelle d'une voix acide.

— C'est à Jean de Villiers de me dire si cette question le gêne, rétorqua son interlocutrice.

Jugeant qu'Isabelle était assez secouée par les révélations indiscrètes de la jeune femme, il coupa court à la curiosité, avec un sourire assez charmeur.

— Il me semble, en effet, gentille Orlandine, que c'est une question très personnelle que je n'ai pas envie d'évoquer ce soir. Un autre jour, peut-être.

À peine avait-il prononcé ces mots que l'on entendit maître Foulon crier :

— Entrez, il y a bien encore une petite place pour

deux malheureux gentilshommes en quête d'un gîte et d'un couvert. Chacun se serrera un peu plus. Il ne sera pas dit que j'aurai négligé un seul de mes convives ce même soir où toute la cour du roi de France se réunit dans mon auberge !

Deux personnages entrèrent, deux fringants jeunes seigneurs qui portaient encore leur bel habit de cérémonie, justaucorps serré les moulant avantageusement, pourpoint en satin broché à manches bouffantes et béret carré posé coquettement sur le côté et piqué d'une pierre de couleur. Ils avaient, bien entendu, assisté au sacre royal et s'en retournaient sur leurs domaines, comme beaucoup d'autres dans cette joyeuse assemblée.

Isabelle écarquilla les yeux quand elle reconnut Julien de La Trémoille et son inséparable ami, Étienne d'Amboise.

— Eh bien ! Quand on parle du loup, jeta le duc d'Orléans à Isabelle, qui regardait le jeune La Trémoille s'avancer.

L'arrivée des deux jeunes seigneurs apporta le trouble parmi les demoiselles d'honneur de la reine. Catherine de Montberon et Jeanne de Murat se tournèrent aussitôt vers eux, ignorant d'un seul coup les séduisants quadragénaires qui, jusque-là, leur tenaient compagnie. Mais les yeux verts de la belle Orlandine restaient braqués sur Jean de Villiers.

— Étienne ! Venez donc près de moi, s'écria Jeanne, émoustillée par l'élégance raffinée du jeune homme.

— Oui ! Venez vous installer entre nous, rétorqua Catherine en poussant sa compagne pour laisser une place au jeune Étienne bien que, de place, il n'y en eût plus guère.

Amboise se glissa entre les deux jeunes filles tout

en regardant son ami Julien, qui s'approchait d'Isabelle.

— Je savais que vous étiez là, dit ce dernier à la jeune fille.

Isabelle lui sourit et lui tendit sa main sur laquelle il posa délicatement ses lèvres, mais elle n'eut aucun regard pour son compagnon dont elle détestait l'arrogance.

— Cette jeune fille ne semble guère vous attendre, Julien, fit observer Étienne à son camarade. À la regarder, elle se complaît en la présence de ses amis.

— Pourquoi l'attendrais-je ? rétorqua Isabelle, piquée.

Jean posa son regard sur le jeune Amboise et le trouva aussitôt vaniteux et sottement prétentieux. Quant à Julien, il lui donnait une impression de faiblesse. Il manquait de fermeté, de caractère. En quelques mots, il le trouvait mou et sous la coupe de son ami Étienne. Rien d'étonnant à ce qu'Isabelle ne se pâmât pas dans ses bras !

Déçu que ce fût là le prétendant que lui avait choisi la reine, il se tourna vers le duc d'Orléans, dont le jugement semblait s'accorder au sien, à en croire les mots qu'il clamait à haute voix :

— Eh bien, sire de La Trémoille, il est dommage que vous ayez fui notre petit combat de l'autre jour, car il me reste toujours le désir de vous battre.

— Cela viendra à son heure, messire, répondit Julien en pâlissant légèrement.

— En effet, Julien, trancha Étienne, cette jeune fille ne tardera pas à vous en donner l'occasion, si elle poursuit ses œillades en direction du chanoine, qui, d'ailleurs, l'accompagne beaucoup trop fréquemment depuis quelque temps. Il est étrange que vous ne le lui reprochiez pas.

Les suivantes d'Anne prirent alors un air réjoui. Voilà que le nouveau venu lançait au visage d'Isabelle ce qu'elles auraient voulu lui jeter elles-mêmes. Elles ne supportaient pas qu'elle regardât Jean avec une autre lueur dans l'œil que celle de l'estime et du respect.

Louis d'Orléans, qui avait absorbé plus de vin que de coutume, même s'il dépassait souvent les limites – il clamait toujours haut et fort qu'il devait rattraper ses années d'emprisonnement –, leva le poing et l'abattit brusquement sur la table.

— Jean ! s'écria-t-il, allez-vous laisser ces jeunes godelureaux nous abreuver de leurs sarcasmes ? L'autre fois, c'était le sire de La Trémoille, aujourd'hui, c'est le sire d'Amboise.

Les joues cramoisies par les mets et les vins fins absorbés il redressa le buste et poursuivit à voix forte, en se tournant vers Étienne :

— Jeune sot ! J'ai de l'estime pour monseigneur Louis d'Amboise, votre oncle, mais quant à vous, damoiseau, je ne vous supporte pas. Aussi, vous demanderai-je de retirer ce que vous venez d'affirmer.

À cet instant, Isabelle esquissa un geste qu'elle regretta aussitôt, celui de poser la tête sur l'épaule de Jean. Sans doute voulait-elle montrer à Julien qu'elle ne lui appartenait pas et que, malgré le désir de la reine Anne, elle n'avait rien promis encore. Mais à peine eut-elle effleuré de sa tête l'épaule du chanoine qu'elle se reprit et se redressa. Chacun avait pourtant vu son mouvement d'abandon.

— Je ne changerai point d'avis, seigneur d'Orléans, rugit prestement Étienne, et je dirai que mon ami Julien est plus tolérant que je ne suis.

Cette fois, Isabelle se rebiffa :

— Mais enfin, Julien, insista-t-elle en se tournant

vers le jeune homme, dites-leur que je ne vous appartiens pas et que vous n'êtes pas mon fiancé.

— C'est faux ! rétorqua Orlandine, la reine nous a parlé de votre prochain mariage avec le fils du capitaine Louis de La Trémoille. Il me semble que c'est bien de Julien qu'il s'agit.

— Ah ! ce traître de La Trémoille ! grommela Louis d'Orléans, ce félon à cause de qui je suis resté emprisonné trois ans. Sacrebleu ! Le fils a autant l'air d'être un pleutre que le père était un tyran.

— Julien ! implora Isabelle, dites-leur que je n'ai pas donné mon consentement et que rien ne nous unit. Dites-leur que je ne suis pas celle que votre ami prétend.

Remarquant qu'Isabelle s'affolait à l'idée qu'on la mariât aussi vite à ce freluquet de Julien, Jean se tourna vers Louis d'Orléans, qui vidait une nouvelle chope de vin. Par tous les diables ! Il sentit que, lui aussi, il en avait fortement besoin. Aussi but-il la sienne à grandes goulées. Puis, saisissant celle d'Isabelle qui l'avait à peine effleurée de ses lèvres, il la porta à sa bouche et la finit tout aussi promptement.

La rage froide qui l'animait n'échappa pas à Louis d'Orléans et à Charles d'Angoulême.

— Cette jeune fille est encore libre, tonitrua Jean. Rien ne l'unit à un homme, rien ! Aucune promesse, aucun geste, aucun mot.

Le comte d'Angoulême, rouge et hilare, lui tendit un gobelet de vin qu'il prit entre ses doigts nerveux et vida en quelques secondes.

— Messire d'Amboise ! précisa-t-il en se tournant vers Étienne, puisqu'il faut tout préciser sachez que, par ma mère Blanche de Villiers, Isabelle de La Baume est ma nièce.

— Tiens donc ! siffla Étienne d'Amboise. D'où

sortez-vous cette Blanche de Villiers ? Je vous croyais de pur sang.

Jean crispa les mâchoires et ses doigts craquèrent.

— Ma mère, Blanche de Villiers, originaire du Val de Loire, est aussi celle de mes deux demi-frères, lissiers à Bruges.

Depuis que Jean avait annoncé qu'Isabelle était sa nièce, un silence s'était installé tout autour de la table et l'étonnement était venu s'inscrire sur les visages, à l'exception de celui de Louis d'Orléans, qui connaissait parfaitement l'histoire.

— Ce n'est pas tout, reprit Jean de Villiers d'un ton glacial, je terminerai en ajoutant que j'ai promis autrefois à sa mère mourante de protéger Isabelle.

La voix nasillarde d'Étienne d'Amboise rompit brutalement la tension :

— Vous n'êtes pas son oncle, messire Jean de Villiers.

— Taisez-vous, jeune blanc-bec, vociféra le prélat, que la colère, cette fois, empoignait. Les demi-frères de sa mère sont aussi les miens et le lien entre nous est Thomassaint Cassex, lissier à Bruges.

— Vous nous abusez, messire le chanoine. Et cette jeune fille le sait et en profite. Elle cherche à vous séduire et vous en êtes conscient.

— C'en est trop, s'écria le duc d'Orléans en sautant lourdement par-dessus la table. En garde ! Monsieur, tirez tout de suite votre épée. Je combattrai au nom de celui que vous insultez et qui, étant du clergé, ne peut vous répondre comme il se doit.

Mais, à la stupéfaction de tous, Jean s'était levé, lui aussi, et escalada la table, à l'exemple de Louis.

— Laissez votre épée, Louis, et combattons à mains nues puisque, du moins, j'ai ce droit. Il ne me plairait pas qu'un autre, tout ami qu'il soit, règle mes problèmes à ma place.

Maître Foulon commençait à s'inquiéter de la tournure des événements sans oser rien dire et encore moins faire, d'autant plus qu'il s'agissait là du deuxième personnage du royaume.

Louis d'Orléans, à qui la stimulante idée de combattre avait rendu l'esprit clair comme de l'eau de source, avançait déjà le poing.

— Julien ! cria Jeanne, ne laissez pas votre ami seul contre deux.

Le jeune La Trémoille, qui ne pouvait se soustraire au combat, fut bien obligé de prêter main-forte à son ami.

Maître Foulon suait à grosses gouttes : sacrebleu ! Il ne s'attendait pas à une telle fin de soirée. Tout se mit à voler au-dessus de la table, les chopes, les assiettes, les cruches, les tranchoirs. Les autres convives se partagèrent en deux, ceux qui préféraient assister au combat et ceux qui désiraient quitter les lieux.

À l'exception d'Isabelle, les jeunes filles battaient des mains. Seule, Orlandine criait son enthousiasme envers Jean de Villiers. Les autres rejoignaient le camp des deux jeunes gentilshommes.

Julien esquivait les coups et se retranchait derrière Étienne. Louis attaquait avec ardeur, mais on sentait qu'il devait mieux se battre à l'épée qu'à mains nues, tandis que Jean restait tranquille et sûr de lui, assuré de sa pratique plus que de sa force. Chacun dut reconnaître, sans le dire, qu'un sabre entre ses mains eût été du meilleur effet.

— Cela suffit, cria soudain Isabelle. Jean, arrête ce combat. Il est inutile. Je connais Étienne d'Amboise, c'est la guerre qu'il me déclare, une petite guerre intestine et permanente, et c'est bien pour cela que je n'épouserai jamais Julien : il est beaucoup trop son ami.

Elle se leva et sortit précipitamment de l'auberge. Le poing levé, Julien la regarda. Puis, laissant les autres à leur bataille, il courut à sa poursuite.

XXIII

Hormis penser à sa Bretagne, Anne n'avait pour l'instant d'autre souci que celui de méditer. De retour au Plessis, Charles VIII, qui l'avait accompagnée, louvoyait dans les jardins du château, chassant, musardant, admirant sa belle épouse qui, coquette et sensuelle, consentait chaque soir à partager sa couche.

Certes, le jeune roi de France était dévoré d'appétits sexuels tournant presque à l'obsession, et que sa tendre épouse lui accordât tant de sollicitude ne pouvait que lui plaire.

Le soir, après les journées qu'il passait à la chasse, courant derrière le cerf avec sa meute de blancs d'Écosse, ses limiers, ses piqueux et son grand veneur, il rentrait au château, affamé et fourbu. Puis, son repas arrosé du meilleur vin de la région terminé, il allait retrouver Anne qui, à demi sommeillante, l'attendait, nonchalamment étendue.

Durant ces voluptueuses soirées, Anne écartait prudemment ses suivantes, ne gardant auprès d'elle que ses chambrières, Francette et Jacquotte, qui avaient reçu de leur maîtresse l'ordre de ne point regarder le roi de France dans les yeux. Elles se courbaient bas devant lui, baissaient modestement paupières et pupilles et, lorsque prudemment elles les relevaient, elles évitaient de croiser son regard.

Si Anne agissait de la sorte, c'est qu'elle n'avait pas été sans remarquer l'intérêt que portait son époux à la gent féminine. Aussi, dès que le roi tournait les yeux vers la gracieuse silhouette d'une de ses suivantes ou celle d'une ronde et fraîche chambrière qui n'était pas attachée à son service, Anne l'accrochait par des clins d'œil aguicheurs et ses minauderies coupaient net ses élans coupables.

Cette attitude révélait sa jalousie envers un mari pourtant ni grand, ni beau, ni séduisant. Mais la jeune reine avait décidé, dès sa première nuit conjugale, que Charles VIII serait son prince, son dieu, son maître.

Ainsi se passaient les jours radieux qui suivirent le sacre de la reine dans la capitale de Paris. Folâtrer, rêver, s'aimer, échanger de tendres promesses, yeux dans les yeux et main dans la main, d'autant plus que le printemps s'annonçait précoce et qu'iris et jonquilles sortaient de terre à foison, éclairant de leurs teintes mauves et jaunes les multiples parterres du château.

Sur la frêle épaule d'Anne, Charles avait posé son bras protecteur. Du premier étage, là où se tenait la chambre de leurs amours, on découvrait le parc, les jardins en fleurs et les vergers dont les arbustes se couvraient de bourgeons et de ramures d'un vert si tendre qu'il semblait aussi léger que le bleu pâle du ciel immensément étendu devant eux.

Anne leva la main et pressa celle de Charles qui enserrait son épaule. Elle regarda au loin. La ligne d'horizon qu'elle apercevait à travers la brume légère était formée par le trait ininterrompu des toits de la ville et, sous la voûte plate des ardoises grises, les maisons de Tours offraient leurs façades de pierre blanche.

Elle poussa un petit soupir d'aise et se rapprocha de Charles. Un bonheur infini emplissait tout son être et il s'amplifiait encore lorsqu'elle posait la main sur son ventre. Dès qu'elle fut au Plessis-lès-Tours, Anne sut qu'en elle bougeait le fruit de leurs amours.

Depuis quelques semaines, Charles passait tout son temps à la chasse ou dans les joutes et les tournois. À l'exemple de son père, s'il chassait dans les garennes voisines, il n'en avait ni la tenue, ni l'attitude, ni les principes. Le jeune roi s'adonnait d'une façon plus simple et sans doute plus prudente aux joies de la forêt, cherchant à jouir d'un air pur ou d'un spectacle que son œil appréciait.

— Mon roi, souffla Anne, lorsque vous rentrerez ce soir de la chasse, n'oubliez pas que nous festoyons ensemble.

— Si fait, ma douce ! J'y pense.

— Serez-vous assez délassé pour suivre les danses que je me propose de mener avec vous ?

Elle fit la moue et ajouta aussitôt :

— J'aimerais que vous m'appreniez cette branle qui vous vient de Bourgogne et que je ne connais pas encore.

— Dans votre état, ma douce ! Vous n'y pensez pas, rétorqua Charles VIII en riant.

— Croyez-vous donc, reprit Anne sur un ton enjoué, que je vais vous laisser gigoter et vous trémousser devant les plus gracieuses de mes suivantes ? Vous ne danserez qu'avec moi, monsieur.

— Mais, l'enfant ? tenta Charles à nouveau.

— L'enfant n'est encore qu'une toute petite chose à peine formée et qui, pour l'instant, n'exige pas de trop grandes contraintes.

Elle prit la main de Charles et la baisa de ses lèvres fraîches.

— Je vous promets, mon doux ami, mon doux roi, que dans un mois ou deux, lorsque vous serez en grande agitation sur le point de préparer votre maudite expédition italienne, je ne chevaucherai point et ne commettrai plus d'imprudence. Mais pour l'instant, avant votre long départ, vivons pleinement ces quelques semaines de sérénité et de plaisirs.

Ses réflexions l'avaient déjà conduite vers des questions troublantes. Depuis la veille, elle pensait à une échappée hors du Plessis qu'elle voulait taire à ses demoiselles de compagnie, à Charles et surtout à sa belle-sœur, la régente.

Si Anne voulait tenir cette démarche secrète, bien que l'escapade envisagée ne fût pas sans risque, c'est qu'elle en craignait le dénouement. Ce matin-là, donc, à l'exception de Jacquotte, sa chambrière, et de Nicolas, le palefrenier, dont elle avait besoin pour préparer sa haquenée, elle ne parla à personne de son projet.

Une échappée, certes ! Une fuite dans le petit chemin qui traversait les bois du Plessis et qui menait à la demeure isolée du vieil ermite François de Paule.

Accotée à la rambarde de sa fenêtre qui surplombait le chaînage de brique rose, Anne serra dans ses doigts la main de son époux. Tout à l'heure, vêtu de son pourpoint de chasse et de ses chausses en velours, la tête coiffée de sa toque à plume de paon, Charles s'en irait dans la garenne chasser le faisan et le canard sauvage. Alors, à pas de velours, dissimulée dans une cotte grise, elle se rendrait aux écuries pour enfourcher sa haquenée et courir à grandes galopades sur le chemin qui conduisait à l'ermite.

Qui eût dit, lorsque le roi, quelques mois plus tôt, était encore fiancé à Marguerite d'Autriche, que sa descendance serait si vite assurée ? La joie pouvait être immense. Pourtant, hors de France, le bruit courait déjà que les cours d'Europe éprouvaient quelques craintes sur les conséquences de cette naissance.

Il est vrai que l'agressivité de Maximilien d'Autriche ne s'était pas encore adoucie et que ses hommes placardaient aux portes des églises, là où ses armées cantonnaient, de grandes affiches malveillantes rédigées en langue française. Ainsi couraient les mots « roi félon », « fausse reine » ou, pis encore, « enfant bâtard ». Tout se précipitait d'autant plus que l'imprimerie naissante facilitait la diffusion des textes. Maximilien ne se gênait guère pour répandre par ce moyen les calomnies qui noircissaient la personne du roi de France en usant de termes obscurs comme ceux de « rapt » et de « double adultère ».

Mais, à vrai dire, le jeune couple ne s'en inquiétait pas, vivant pleinement l'harmonie qui les unissait et s'écartant volontairement de tout propos qui eût terni leurs espoirs communs.

En fait, Anne se préoccupait davantage d'élégantes toilettes pour dissimuler habilement son rejeton qui, par instants, remuait comme seul un garçon pouvait le faire. Et, lorsqu'elle était assurée du parfait maintien de sa personne, elle organisait des soirées où jeux, danses et musiques étaient à l'honneur.

Dans son euphorie – les caisses du trésor aidant –, Anne échafaudait déjà les plans d'une cour dont le luxe et le faste devaient, au fil des ans, coûter bien des écus au royaume de France.

Pourtant, au milieu de ce bonheur, Charles n'était pas sans remords et, chaque matin, dans la chapelle du Plessis, il priait Dieu de lui pardonner l'infidélité monstrueuse qu'il avait faite à Marguerite d'Autriche, laquelle attendait toujours à Blois que son père vînt la chercher.

Les haquenées filaient à bonne allure et le vent léger zébrait le visage des deux jeunes femmes, stimulant leur envie de pousser plus fort leurs montures. Elles tenaient les rênes avec une assurance qui prouvait une longue pratique. Anne talonnait Auréolie, lui frappant légèrement la croupe pour conserver un galop régulier, et Isabelle gardait le contrôle de Framboise.

Partis chasser dans les garennes, comme Anne l'avait prévu, Charles VIII et sa cour ne devaient rentrer qu'au soir de cette embaumante journée qui n'annonçait que joie et plénitude.

— File, ma belle, file ! murmura la jeune femme. Nous devons être de retour avant que midi ne sonne au château, car nous avons fort à faire jusqu'à ce que la nuit tombe.

À vrai dire, Anne et Isabelle n'avaient pas eu de difficultés à s'esquiver. Personne n'était encore levé lorsqu'elles étaient parties et pas un valet ne semblait avoir remarqué les menues silhouettes qui filaient dans leur austère tenue grise.

Quant aux Beaujeu, ils étaient retournés en leur Bourbonnais depuis plusieurs jours. Ils songeaient déjà au futur mariage de leur fille Suzanne avec le jeune Charles de Montpensier.

Elles passèrent les bosquets de noisetiers et de mûriers qui bordaient le chemin et arrivèrent au petit pont qu'elles devaient traverser pour rejoindre la route qui menait à la cabane du vieil ermite.

Les impétueuses juments, toujours prêtes à accepter les fantaisies de leurs maîtresses, galopaient avec fougue. Enfin, les jeunes cavalières aperçurent la modeste demeure en torchis que leur avait décrite le page. Elle était accotée à un épais bosquet qui bourgeonnait et que prolongeait un mur décrépi où poussait du lierre enchevêtré de liserons sauvages.

Elles attachèrent les juments au tronc de l'unique arbre – un bouleau qui étendait ses feuillages clairsemés sur le petit toit de chaume – et relevèrent le bas de leurs robes très sobres ce matin-là. Des toilettes grises aux passementeries blanches et empesées que leur avaient prêtées Francette et Jacquotte.

Quand elles furent à la porte de la demeure, elles restèrent surprises devant l'extrême clarté qui flottait à l'intérieur de l'unique pièce. Dans un coin, une paillasse posée à terre faisait face à une table longue, ébréchée et bancale. Ce mobilier rudimentaire n'était complété que d'une chaise dépaillée et d'un vieux coffre en bois vermoulu dont la serrure ne fermait plus depuis longtemps. Au fond, occupant presque tout un pan de mur, une cheminée attendait la rigueur de l'hiver pour y brûler les quelques brindilles que le vieil homme accumulait avec peine dans le minuscule abri qui côtoyait sa maison.

Anne et Isabelle n'osaient ni bouger ni respirer tant l'atmosphère semblait étrange. Elles se sentaient comme prises dans un étau qui se desserre peu à peu pour libérer une énergie secrète et inconnue.

La luminosité venait de quatre petites ouvertures percées sur les quatre côtés et par lesquelles l'ermite pouvait voir les divers horizons qui s'offraient à ses yeux.

— Que ma demeure vous soit bénéfique, Majesté ! fit le vieil homme en s'approchant d'Anne. Quant à vous, jeune orpheline, que le ciel soit avec vous. Entrez.

— Majesté ! fit Anne, surprise, en inclinant la tête devant lui. Déjà vous m'avez identifiée. On dit que vous êtes à la fois sorcier, devin et prêtre. Qui êtes-vous exactement ?

— Cela n'a aucune importance, jeune femme, seule compte ma présence auprès de Dieu et des hommes.

Je ne suis qu'un intermédiaire entre l'un que je vénère et les autres que je sers avec dévouement en essayant d'être le plus juste possible.

Il étendit son bras enfoui sous la large manche de sa bure grossière en laine grise qu'une corde retenait et serrait à la taille. À sa ceinture, tout aussi rustique, pendait un grand crucifix d'argent attaché à un chapelet en bois d'olivier. De sa taille trop mince, des plis tombaient le long de ses maigres jambes et le bas de la triste tunique balayait le sol poussiéreux, entraînant les miettes de pain qui restaient à terre et qu'il ne devait jamais balayer.

Ce chapelet lourd et imposant qui se balançait sur le côté droit du religieux rassurait presque les jeunes femmes. Elles effleurèrent des yeux la croix d'argent, sans doute la seule richesse que possédât un personnage aussi pieux, et relevèrent le visage vers le vieil ermite qui les observait en silence, les perçant de son regard aigu.

— Il est futile pour une femme de savoir à l'avance si elle attend un garçon ou une fille.

— Ne me le direz-vous pas, saint homme ? murmura Anne, honteuse soudain de ne rien trouver d'autre à dire.

— Si fait, bien que le destin de la France ne soit pas en jeu.

Surprise, elle le regarda en ouvrant démesurément les yeux et se mit à trembler.

— Cela veut-il dire que le roi de France tiendra une fille entre ses bras ?

Il la toisa de ses yeux durs. Les yeux d'un aigle habitué à se perdre dans les hauteurs de l'espace. Des yeux sombres, noirs, profonds, coupants qui ne s'adoucirent que devant le désarroi de la jeune femme.

— Cela vous ennuie-t-il d'avoir une fille ?

— Saint homme ! Je dois enfanter un fils pour le roi de France, murmura piteusement Anne, de plus en plus désemparée.

Il fit le tour de la pièce en quelques enjambées, s'arrêta devant l'âtre vide et se perdit dans une contemplation dont Anne ignorait l'objet. À vrai dire, elle pensait que le vieil homme s'était prudemment enfermé en lui-même et réfléchissait intensément. Mais il lui tournait le dos et elle n'apercevait plus son visage aux sillons nombreux et profonds qui signalaient un âge avancé.

Il se retourna lentement. Sa poitrine était creuse, son dos voûté, ses épaules retombaient en avant, effaçant un cou maigre qui relevait avec peine un menton osseux et pointu.

— Pourquoi, ma fille, veux-tu savoir ce que d'autres femmes ignorent jusqu'à la délivrance ?

Ce tutoiement subit la déstabilisa davantage encore. Elle recula d'un pas.

— Pour rassurer le roi, fit-elle dans un chuchotement à peine perceptible.

— Il sera rassuré en son temps. Dis-lui que chaque homme, sur cette terre, doit subir le destin que lui envoie le Tout-Puissant. Et ce n'est pas parce que tu es reine, ma fille, qu'il faut passer au travers des diverses contraintes que le ciel t'impose.

Anne sentit sa tête tourner et ses jambes mollir. Prise d'une nausée, elle courut dehors pour respirer une gorgée d'air frais qui la ragaillardit. Le vieux François de Paule l'avait suivie et l'observait en silence tandis qu'Isabelle se terrait dans un angle de la pièce.

— Ta haquenée est belle, fit-il en hochant la tête.

— N'avez-vous pas de cheval, d'âne ou de mule ?

— Vieux comme je suis, qu'en ferais-je ?

Anne reprit son souffle. La nausée s'était dissipée

et, enfin, elle se libéra du poids qui l'entravait depuis son entrée.

— Vous faut-il quelques écus pour une telle prédiction ?

Ses lèvres minces et décharnées s'étirèrent en un long sourire énigmatique.

— Je n'ai jamais rien réclamé aux hommes.

— Alors, c'est que vous êtes davantage un saint qu'un voyant.

Il parut piqué au vif et elle en fut satisfaite. Avait-elle enfin marqué un point sur l'inébranlable entêtement du vieil homme ?

François de Paule se planta devant l'une des petites ouvertures de la pièce, celle qui donnait sur les vallons arrondis cachés plus loin par des bois feuillus. Sans bouger il s'enferma dans une longue méditation, les yeux fixes, la tête immobile levée vers l'horizon qu'il ne voyait plus et annonça d'une voix basse :

— Dans six mois, tu accoucheras d'un fils. Cependant, méfie-toi, le jour est court et la nuit longue.

C'est alors qu'Isabelle s'avança, presque vacillante. Le vieil homme s'approcha d'elle et pointa son index décharné sur son buste.

— Toi, ma fille, ta trop grande séduction te jouera des tours et tant que tu l'entretiendras comme un soleil triomphant, tu seras malheureuse.

— Irons-nous à Amboise avant la fin des travaux, Charles ?

Anne écarta le rideau de velours cramoisi qui occultait la fenêtre de la litière. Puis elle caressa son ventre qui chaque jour prenait des rondeurs plus imposantes.

— Ma mie, ma douce ! Je pense que c'est au Plessis

que notre fils viendra au monde, répondit le roi en posant sa main sur celle de son épouse.

Puis il se pencha sur elle, frôla de ses lèvres épaisses le cou gracile qu'elle lui offrait en se penchant gracieusement et, se délectant de son parfum, remonta sa bouche vers son visage et dévia sur une oreille dont il suçota un instant avec délice le petit lobe rose et frais qui frémit de plaisir.

— Si vous me mignotez ainsi, mon tendre sire, dit Anne en riant, je ne verrai pas cette belle entrée de Chinon dont vous me parlez depuis notre départ du Plessis.

Un jappement fit glisser la main d'Anne sur la petite boule roulée à ses pieds qui, d'une leste détente, sauta sur ses genoux.

— Flora ! Un peu de patience ! Tu n'as que six mois à peine et déjà tu veux m'imposer ta loi.

Les grands yeux allongés de la levrette l'observèrent et, d'un bond, elle quitta les genoux d'Anne pour se réfugier sur ceux de Charles.

— Vous plaît-elle ? fit le roi en caressant la tête de Flora, qui lécha aussitôt à petits coups ininterrompus la main qui se posait sur elle.

— C'est là un magnifique présent, mon tendre roi et, certes, de tous ceux que vous m'avez offerts, c'est celui que j'apprécie le plus. Regardez ce doux pelage blanc sous le cou et le ventre, il me rappelle mes hermines de Bretagne.

— Ah ! votre Bretagne, ma mie ! Ne pouvez-vous donc l'oublier un peu ?

— C'est impossible, Charles.

— Vous le pourrez, lorsque nous vivrons à Amboise. Les travaux que j'y fais effectuer nous rendront la vie confortable. L'espace vous comblera d'aise. Nous habiterons le logis central.

— Le logis central ! Y donnerons-nous des fêtes ?

— Certes. Les plus fastueuses qu'une cour de France ait jamais données. Vous en serez la reine incontestée, ma douce.

Il déposa délicatement Flora sur le sol et saisit la taille de sa femme.

— Amboise fera un site de séjour merveilleux. J'ai étendu les travaux sur tout l'est du château, au-delà du fossé qui le sépare de la colline. Il me serait désagréable, Anne, que nous résidions dans le donjon qui présente trop d'inconfort. Je veux que vos fenêtres donnent sur de belles et spacieuses terrasses que vous pourrez admirer de l'intérieur.

— Borderont-elles la Loire ?

— Cela vous plairait-il ?

— J'aime ce fleuve qu'hélas je ne connaissais qu'aux abords de Nantes. Je ne soupçonnais guère le charme de son cours.

Elle accepta d'un air polisson le baiser que Charles posa sur le haut de l'épaule qu'il venait de dénuder.

— Ces travaux seront-ils très longs ? fit-elle en se redressant un peu afin que la main quémandeuse de son époux aille se perdre sur le sein qu'il commençait à pétrir doucement.

— Je pense qu'ils ne seront pas terminés avant mon retour d'Italie.

— Ah ! Charles, fit-elle, languissante, pourquoi me quittez-vous si tôt ? N'attendrez-vous pas que votre fils soit au monde pour partir en Italie ?

— Si fait, ma douce. Si fait. Je veux voir comment notre enfant est tourné avant de débarquer à Milan.

À leurs pieds, Flora s'était endormie. Son doux flanc se soulevait au rythme tranquille de sa respiration.

Le sein d'Anne que la maternité avait gonflé frémissait de plaisir sous les doigts de Charles. Elle lança ses yeux à la dérive du côté de la porte que camouflait un rideau de velours.

— Ne craignez-vous pas que l'on n'entre sans prévenir ? fit-elle en se serrant contre lui.

— L'allure de votre litière, ma mie, est suffisamment rapide pour que personne ne nous gêne. N'avez-vous pas éloigné vos chambrières et vos demoiselles de compagnie pour mieux apprécier ce tête-à-tête que vous n'attendiez pas ?

Elle soupira et, lascive, se coucha sur lui.

— C'est vrai.

Le cahotement régulier de la voiture ne les secouait qu'à peine et dans ce balancement Anne se laissa nonchalamment aller à de tendres ébats. Ses seins ronds et nus s'offraient à l'œil connaisseur du roi de France. Des seins aux fines couleurs d'opale, tendant voluptueusement leurs pointes arrondies, rouges comme de petits fruits mûrs que Charles ne se privait point de cueillir.

Ah ! ce corps blanc et laiteux qui frissonnait au simple contact de ses doigts et tremblait dès que ses yeux avertis le parcouraient avec délectation, s'arrêtant sur chaque veine, chaque grain de peau, chaque chemin qui menait au duvet soyeux et intime qu'Anne offrait sans pudeur.

Pudeur ! Que voulait dire ce mot ? Dans son extase, Anne se mit à sourire. Ciel ! Que le curé Mayeuc, qui l'avait encore écoutée hier en confession, paraissait désuet lorsqu'il la mettait en garde contre des impuretés que son corps amoureux ne devait pas accomplir ! Et que la comtesse de Beaumont lui semblait, à présent, bien vieillotte, lorsqu'elle parlait de certains actes intimes comme d'une calamité qu'il fallait subir avec soumission et non vivre avec harmonie.

Au contact des doigts de Charles, Anne poussait des

petits gémissements plaintifs. Par tous les dieux du ciel ! Où était cette vertu qu'il fallait préserver ? D'ailleurs, Charles s'arrangeait trop pour que la conduite des choses soit tout à l'opposé. Audace et impudeur étaient plus dans ses usages que réserve et modération. Avec lui, quelle décence fallait-il adopter ? Le brave curé Mayeuc, enfermé dans son austérité naïve, aurait à démêler seul bien des questions et ses interrogatoires resteraient pour certains sans réponse. Sur ce point, la reine de France n'avait pas de compte à lui rendre.

De la décence ! Anne refusait d'en avoir. Elle glissa donc dans la volupté de l'instant comme on se délecte d'une sucrerie fondante et veloutée, celle qui laisse une trace ineffaçable sur les papilles. Ne sentait-elle pas, d'ailleurs, au-delà de toute la jouissance qu'elle prenait plaisir à cerner dans chacun de ses remous, que c'était là le seul moyen de retenir un mari volage dont l'œil s'allumait trop souvent sur la gent féminine ?

Flora, elle, dormait. Le lent cahot de la voiture ne perturbait pas plus le sommeil de la levrette qu'il ne gênait le plaisir exacerbé des deux amants.

XXIV

— En garde, Rohan !

Dans la cour de Chinon, Charles, le roi de France, et Pierre de Rohan, cadet d'une des familles les plus puissantes de Bretagne, se dressaient l'un contre l'autre.

Pour Anne, Rohan était aussi le personnage le plus exécrable qu'elle connaissait depuis qu'elle était adulte. Nommé maréchal de Gié par Louis XI, il avait établi sa fortune en trahissant son pays. Une fois passé au service du roi de France, sa loyauté et son courage sans faille l'avaient fait accéder aux plus hautes charges du royaume.

— En garde, Charles.

Ils se mesurèrent un instant, pointant leurs épées l'un vers l'autre.

Avant de se présenter au château, Rohan était resté deux jours entiers dans la ville où les ruelles tortueuses, entre les bords de la Vienne et l'escarpement de la cité, enfermaient les tavernes qu'il aimait fréquenter.

Et, certes, ces maisons médiévales aux façades à pans de bois et aux poutres sculptées lui plaisaient. Oui-da ! De belles maisons aux pignons de pierre flanquées de tourelles, de fenêtres à meneaux, de portes ciselées. C'est là que, en remontant avec son écuyer la rue des Caves-Peintes qui ouvrait une percée sur les coteaux, il s'était arrêté à l'auberge Au Grand Carroi pour y prendre pot et gîte, deux journées durant.

La poterne qui menait au fort Saint-Georges par une pente raide et incommode pour les voitures à chevaux avait conduit Rohan, juste la veille, au-devant du nouveau roi, Charles le huitième, auquel il venait proposer ses services comme autrefois il les avait offerts à son père.

Charles l'avait reçu dans la salle du logis royal éclairée par de grandes baies. Le fond de la pièce était orné d'une haute cheminée que l'été laissait vide.

À l'extérieur de l'enceinte qui abritait trois bâtiments séparés par des fossés profonds, on restait presque pétrifié devant l'arsenal militaire qui dressait ses masses redoutables, tours d'angle, mâchicoulis, barbacanes, contrescarpe, pont-levis.

Chinon avait le charme désuet des vieux châteaux forts. Entouré de solides bâtisses blanches dont la couronne de pierre surmontait la vallée, le site offrait une contrée pleine de délicatesse où coteaux, vallons, bois et vignobles se prélassaient tranquillement au-delà des eaux de la Vienne.

— Rohan, vos bons et loyaux services me seront agréables. Mais en attendant qu'ils s'inscrivent dans les annales, battons-nous en valeureux chevaliers.

— Ce vieux château, sire, me donne des ailes, reprit Rohan en parant un coup fort adroit.

— Tudieu ! mon ami, fit Charles en reculant prestement d'un pas. Connaissez-vous son histoire ?

— Sire, je sais qu'à l'origine ce château n'avait qu'une structure de bois.

Du plat de l'épée, Rohan frôla l'épaule de Charles, qui répliqua aussitôt par une violente attaque.

— Saviez-vous que l'extrémité orientale avait été construite par Plantagenêt ?

— Sire, chercheriez-vous à me déconcentrer ?

Pointe contre pointe, ils ferraillèrent quelques instants. Puis, Rohan esquiva de justesse un coup. Sa main virevolta sur le pommeau qu'il tenait solidement et, fléchissant le genou droit, tendant le jarret gauche, il para de nouveau.

La pointe adverse le menaçait. Il ne la quittait pas des yeux, rivant ceux-ci sur l'extrémité qui, dans la main de son compagnon, frétillait de plaisir.

— Vos assauts, mon ami, ne me troublent guère, fit Charles. Je suis plus expert que vous ne le pensez.

Il se mit à rire, sauta à pieds joints et retomba lestement sur le sol.

— La place forte sur laquelle nous ferraillons, reprit-il en suspendant son épée un instant au-dessus de sa tête, a été élevée durant la guerre d'Angleterre contre la France.

Le roi fit un écart. Son fer de lance engagea celui de son adversaire, mais Rohan était un habile escrimeur et, certes, plus expérimenté au combat que Charles, bien que celui-ci déployât une incontestable énergie.

Nullement déconcentré, Rohan restait impassible. Son faciès étrange semblait être taillé dans la pierre. Ses yeux de faucon, bleus et durs, transperçaient ses vis-à-vis avec une acuité que seul le roi de France pouvait désarmer. Tout autre que le roi, combattant ce redoutable adversaire, eût sans aucun doute reçu des paroles vexatoires.

À chaque esquive, Rohan levait les yeux vers le pont-levis, comme s'il attendait quelqu'un.

— Me ferez-vous enfin l'honneur de me présenter votre épouse, Pierre ? fit Charles en frôlant d'un coup sec le flanc gauche de son compagnon.

— Sire, ma femme est restée en Bretagne.

Le fer de sa lance tournoya un instant dans l'espace,

zébrant l'air dans un chuintement sec, et sa pointe vint se ficher contre la gorge palpitante du roi.

— Où avez-vous appris ce coup-là ?

— La pratique, Sire. La pratique !

Un silence bref ramena la concentration du jeune roi et, d'une détente leste et rapide, son attaque frôla dangereusement la tête de Rohan. Alors, Charles se mit à vibrer de plaisir. Sa main tenait fermement le pommeau rude et froid de l'épée. Avant qu'il ne retirât la pointe du front de son compagnon, l'épée de Rohan toucha sa cuisse, remonta sur son flanc et stoppa net sur son buste.

À présent, les échauffements étaient terminés. Le jeu devenait serré et il ne fut plus question de balivernes. Rohan attaquait de front son adversaire, ne désirant nullement le ménager, cherchant à le déstabiliser non plus par l'échange d'un propos banal, mais par une astuce de combat.

Charles avait lui aussi repris toute sa maîtrise. Il sautillait souplement, tendant les jarrets et pliant les genoux. Les pointes s'entrechoquaient et les manches des pourpoints volaient haut. Le roi jubilait. Son épée toucha le visage de Rohan, qui n'avait pas paré assez vite, puis vint heurter violemment son flanc droit.

— Un joli coup que celui-ci, jeta Rohan entre ses dents. Quelques centimètres plus haut, Sire, et il m'atteignait en plein cœur.

Trop concentré, Charles ne rétorqua rien.

— L'aviez-vous prémédité, Sire ?

— Pourquoi vous répondrais-je, Rohan ? N'êtes-vous pas à cette heure mon ennemi ?

— Et le mien aussi, Sire. Le mien aussi !

L'homme qui venait de parler s'approchait d'eux. Il était grand, séduisant, à peine la quarantaine, et portait belle allure.

— Ah ! Ligny, fit le roi.

Un sourire fleurit sur son visage comme si cette présence le sécurisait.

— Diable ! Me voici avec deux ennemis, à présent, fit Rohan d'un ton alerte.

Puis il se mit à rire, recula, s'accroupit et se releva d'une brusque détente. D'un bond, il sauta sur le roi et l'attaqua de pleine face.

Charles recula moins vivement qu'il ne l'eût souhaité. Quand il se remit d'aplomb, il questionna subitement :

— Resterez-vous longtemps à Chinon ?

— Le temps d'une victoire, Sire.

Et, s'élançant sur le roi, son épée se ficha dans son épaule et déchira le tissu de sa chemise avec un sinistre craquement.

— Cela suffit, Rohan, s'écria Charles en reculant.

Puis, vexé, il jeta son arme à terre, jura et porta la main à son épaule où le sang commençait à couler.

— Laissez-moi voir, Sire, fit Ligny en s'approchant du roi et en écartant le tissu pour examiner la blessure.

Il se pencha sur la plaie qui, fort heureusement, n'était pas profonde.

— Sire ! hurla tout à coup une voix féminine. Sire, attention !

Une gracieuse silhouette accourait. Rohan eut un grand rire caverneux et déplaisant.

— Eh bien, madame ! jeta-t-il d'une voix mordante, pensiez-vous dans votre déraison que j'allais attaquer le roi par-derrière et lui transpercer lâchement le dos ?

Charles VIII et Ligny relevèrent prestement la tête.

— Madame, êtes-vous une suivante de la reine ? questionna le roi d'une voix douce en s'approchant d'elle.

— En effet, Sire, je suis Isabelle de La Baume. Pardonnez ma sottise, je n'ai voulu que vous porter secours. J'ai cru que le comte de Rohan vous préparait un mauvais coup.

Rohan se piqua devant elle, la jaugea cyniquement, prit un air de dédain pour lui jeter en plein visage :

— Vraiment, madame, vous êtes aussi sotte qu'ignorante. Ne saviez-vous pas que l'on peut jouer d'une astuce pour forcer son adversaire à poursuivre ? Je ne désirais que stimuler le roi pour continuer le combat, tout inoffensif qu'il est.

— Je ne suis ni stupide ni naïve, messire de Rohan, et je vous prierai de ravaler votre mépris. Quant à moi, je crois que votre dédain et votre fatuité dépassent en grandeur ce que vous croyez être un talent d'escrimeur. Vous eussiez été plus grand si vous aviez laissé l'avantage à votre roi.

— Bien dit ! demoiselle Isabelle.

C'était le même homme dont elle ignorait le nom et qui, lors d'un festin à Langeais, l'avait abordée en lui disant : « J'aurais voulu être cet ours pour vous manger dans la main, belle Isabelle. Hélas, je ne suis qu'un homme, moi aussi, séduit par la beauté de vos yeux. »

Elle ne l'avait jamais revu et voici que ce jour-là, alors qu'elle revenait d'une longue promenade dans le parc en compagnie de son amie Marguerite, elle avait aperçu les deux adversaires. S'approchant et observant la scène, ce n'est certes pas son roi en difficulté qu'elle avait tout d'abord remarqué, mais cet homme qui l'avait intriguée et sur lequel elle voulait en savoir plus.

Qui était-il ? La curiosité taraudait son esprit. Elle s'était avancée dans la grande cour carrée de Chinon, et elle avait vu Rohan esquisser ce geste déloyal dans le dos du roi.

— Que faites-vous dans ces parages, madame, ne savez-vous pas qu'il est interdit d'y circuler quand un combat s'y déroule ?

— Un combat ! Seigneur de Rohan ! Un combat avec votre roi ! jeta Isabelle d'une voix outrée. Un jeu, voulez-vous dire ? S'il en était autrement, vous seriez coupable d'un acte de lèse-majesté.

Rohan ne sut que répondre. Cette mijaurée lui clouait le bec comme s'il avait été un élève.

— Bien dit, demoiselle Isabelle.

Ligny s'approcha d'elle et se courba légèrement.

— Notre roi ne peut être que favorablement touché par votre courage et votre sens de la décision, poursuivit-il d'un ton enjoué.

— Petite peste, siffla Rohan entre ses dents. Les demoiselles de votre espèce sont faites pour rester devant leurs broderies et leurs livres de prières, car elles n'entendent rien aux affaires de combat.

— Et les hommes de votre espèce, monsieur, sont faits pour rester avec la soldatesque dont vous semblez avoir les manières.

— Allons, madame ! Retournez à vos jeux d'adolescente aguicheuse et puérile.

— Si je pouvais me battre, monsieur, je vous défierais à l'épée.

— Sotte fille ! jeta dédaigneusement Rohan, le ciel ne vous accorde que le droit de vous étendre sur la couche des hommes.

Ligny se jeta brusquement sur lui.

— Je demande réparation de cet outrage, monsieur, et je ne saurai vous épargner.

— En garde, cria Rohan. Combattez donc pour vos idées, monsieur de Ligny, je combattrai pour les miennes.

Isabelle sentit ses jambes fléchir, mais elle tint bon. Ce n'était certes pas le moment de s'émouvoir. Cet inconnu dont elle avait tant rêvé allait se battre pour elle. C'était la troisième fois qu'un homme lui rendait cet hommage, et si cet inconnu n'avait pas le charme oriental de Jean, il lui plaisait davantage que Julien avec qui elle s'ennuyait.

Vivre quotidiennement avec le jeune La Trémoille, c'était passer des soirées sereines et tranquilles au coin d'un bon feu de cheminée, se promener main dans la main dans le parc, manger, dormir, faire des enfants, les élever et, de temps à autre, revenir près de la reine pour tenir son rôle de suivante. C'était, comme l'avait dit tout à l'heure ce maudit Rohan, rester devant ses broderies et ses livres de prières.

Cultivait-elle donc les idées de sa mère ? Aujourd'hui, elle connaissait l'histoire de Léonore et de Clarisse de même que celle de son arrière-grand-mère Betty, une Anglaise émigrée pendant la guerre de Cent Ans qui avait appris à sa fille le métier de tisserande. Trois femmes de tête ! Trois femmes auxquelles elle voulait ressembler. La voix de Ligny la ramena sur terre.

— En garde, monsieur.

Rohan et Ligny s'affrontaient, une lueur de défi dans l'œil.

Ils ferraillaient en silence, concentrés, sans que, pour l'instant, il y eût la moindre indication sur celui qui menait le jeu. De force égale, ils se mesuraient du regard. Le comte de Rohan, cadet d'une puissante famille de Bretagne, contre le comte de Ligny, grand capitaine des galères royales.

L'un avait un visage de pierre, l'autre de marbre. Les yeux de Rohan étaient ceux d'un aigle, les yeux de Ligny ceux d'un faucon. L'un était vif, alerte, l'autre aussi rusé qu'un renard sorti de sa tanière.

— Qu'ai-je fait ? murmura Isabelle en se tournant vers le roi qui, intéressé, appréciait la qualité de ce duel.

— Votre devoir, Isabelle. Vous avez cru sauver votre roi.

La jeune fille le remercia d'un sourire. À chaque esquive, Ligny redoublait d'audace. À chaque attaque, Rohan relançait par une ruse calculée. Isabelle sentait que Ligny appréciait la rudesse du pommeau dans sa main. Il retirait la pointe de son épée, la relançait, la faisait tournoyer, la ramenait droit sur le front de son adversaire.

Au bout d'un quart d'heure, ils ne s'étaient pas encore touchés. C'était un grand duel digne de l'admiration d'un public, hélas, absent. Chacun se tenait sur la défensive, attaquait, se repliait. Leur échauffement était à son paroxysme. Tout dans leur jeu était astuce, calcul, préméditation, réflexion. Pour l'instant, il n'y avait pas encore de vainqueur ni de vaincu. Mais il fallait en finir et le roi trancha net.

— Cessez donc, messieurs, de batailler en adversaires, proposa-t-il, en reprenant son air aimable et son attitude avenante, dont il s'était départi quand Rohan avait eu l'avantage sur lui. Nous aurons bientôt l'occasion de combattre côte à côte contre un véritable ennemi sur les terres d'Italie. Et gageons, mes amis, que nous remporterons la guerre.

Ces mots n'admettaient, cette fois, aucune réplique. Les deux hommes connaissaient les limites du jeu. Rohan partit en adressant un bref salut au roi mais sans un regard pour Isabelle, tandis que Ligny lui tendait la main pour y déposer un baiser léger qui en disait long sur ses intentions.

Du même auteur :

LE PAYS D'ALICE EST À QUELQUES DÉRIVES D'ICI
Poèmes, Préface de Denise Miège
Éditions Millas-Martin

RETENDRE LA PEAU DES PAVÉS
Poèmes, Préface d'Andrée Appercelle, Illustrations de l'auteur
Éditions La Bruyère

LÉONOR FINI OU LES MÉTAMORPHOSES D'UNE ŒUVRE
Biographie, étude de l'œuvre
Éditions Le Sémaphore
(Traduit en italien aux Éditions L'Altra metà dell Arte)

DHUODA LA CAROLINGIENNE
Roman historique
Éditions Le Sémaphore

LES THÉBAINES
La Couronne insolente, t.1
De roche et d'argile, t.2
Vents et parfums, t.3
L'Ombre du prince, t.4
La Seconde Épouse, t.5
Les Dieux indélicats, t.6
Le Chant de la Terre, t.7
La Vallée des artisans, t.8
À l'est, le port, t.9
L'Impossible Soleil, t.10
Éditions Le Sémaphore

Lys en Val de Loire

L'Apocalypse, *La Nuit des démons, t.1*
L'Apocalypse, *La Trahison des anges, t.2*
L'Apocalypse, *La Revanche des dieux, t.3*
Les Millefleurs, *L'Offrande du cœur, t.1*
Les Millefleurs, *La Baillée des roses, t.2*
Les Millefleurs, *Une flambée d'or, t.3*
Éditions Stock

Composition réalisée par PCA

Achevé d'imprimer en juin 2007 en Espagne par
LIBERDUPLEX
Sant Llorenç d'Hortons (08791)
Dépôt légal 1re publication : juillet 2007
N° d'éditeur : 88958
Librairie Générale Française – 31, rue de Fleurus – 75278 Paris Cedex 06